Graham Joyce

Gefährtin der Nacht

Roman

Ins Deutsche übertragen
von Barbara Först

BASTEI LÜBBE

BASTEI-LÜBBE-TASCHENBUCH
Band 13 876

Erste Auflage: Juni 1997

Deutsche Lizenzausgabe 1997 by
Bastei-Verlag Gustav H. Lübbe GmbH & Co.,
Bergisch Gladbach
Originaltitel: The Tooth Fairy
Lektorat: Christiane Wagner/Dr. Edgar Bracht
Titelbild und Umschlaggestaltung:
Richardt – Savsek – Turek, Köln
Satz: KCS GmbH, Buchholz/Hamburg
Druck und Verarbeitung: Brodard & Taupin,
La Flèche, Frankreich
Printed in France
ISBN 3-404-13876-7

Der Preis dieses Bandes versteht sich einschließlich der
gesetzlichen Mehrwertsteuer.

1. Hecht

Clive war auf der anderen Seite des grünen Teichs und quälte einen Kamm-Molch. Sam und Terry lagen faul unter einer gewaltigen Eiche und ließen ihre plumpen weißen Füße in die dunklen Fluten hängen. Der weit ausladende Baum streckte seine Äste über den blanken Teich, und die klare Wasserfläche spiegelte Blätter und Zweige und die Eicheln, die in ihren grünen Hülsen heranreiften.

Es war Hochsommer. In den Bäumen gurrten Tauben, und Clives Familie veranstaltete ein Picknick. Etwa dreißig Yards entfernt fischten zwei ältere Jungen nach Flußbarschen. Sam sah den Hecht, doch zuerst glaubte er, es sei ein Stück Treibholz. Der Fisch hing einige Zoll unter der Wasseroberfläche, regungslos, als sei er im Eis eingefroren. In seinen Grün- und Goldtönen war er wie ein Phantom, ein Wesen aus einer anderen Welt. Sam versuchte eine Warnung auszustoßen, doch die Erscheinung des Hechts hielt ihn im Bann. Wie ein Blitz stieß der Fisch zur Oberfläche, um mit einem einzigen Biß die beiden kleinsten Zehen an Terrys linkem Fuß abzureißen.

Die Erscheinung war verschwunden, bevor Terry auch nur begriffen hatte, wie ihm geschehen war. Langsam zog er seinen Fuß aus dem Wasser. An der Stelle, wo seine Zehen gesessen hatten, glitzerten nun zwei winzige dunkelrote Tropfen. Einer der Tropfen löste sich und fiel ins Wasser. Terry wandt sich Sam zu; er lächelte verblüfft, als habe ihm jemand einen Streich gespielt. Als die Wunde zu schmerzen begann, verschwand sein Lächeln, und er fing an zu schreien.

Clives Eltern, die an diesem Nachmittag auf die Kinder aufpassen sollten, lagen im Gras, er hatte den Kopf in ihren Schoß gebettet. Sam rannte zu ihnen. Clives Vater hob den Kopf, um zu sehen, was die ganze Aufregung zu bedeuten hatte.

»Terry ist von ’nem grünen Fisch gebissen worden«, rief der Junge.

Clives Vater sprang auf und raste am Ufer entlang. Terry schrie immer noch und hielt sich seinen Fuß. Mr. Rogers kniete nieder, um Terrys Hände von dem Fuß zu lösen. Das Blut wich dem Jungen aus dem Gesicht. Mit einer instinktiven Bewegung hob er Terrys Fuß zum Mund und saugte an der Wunde.

Schnell kam Clives Mutter herbeigeeilt. Auch die beiden Jungen, die geangelt hatten, legten ihre Angeln nieder und kamen, um zuzuschauen. »Was ist denn passiert? Ist er reingefallen?«

Clive war immer noch auf der anderen Seite des Teichs. Sam rief ihn herüber. Mit zitternden Händen suchte Mr. Rogers nach einem Taschentuch. Er band es um den blutenden Fuß, hob Terry auf seine Arme und lief zurück zur Wohnsiedlung.

Atemlos kam Clive angerannt. »Was ist denn los?«

»Komm jetzt«, erwiderte seine Mutter in scharfem Ton, als sei Clive irgendwie der Schuldige. Sie faltete das Picknicktuch zusammen und führte die Jungen von der Wiese. Die beiden älteren wollten immer noch wissen, was denn passiert sei, aber sie gab keine Antwort.

Sam trottete hinterher; er begriff, daß Terry erst fünf war und daß das Leben ihm seine Zehen genommen hatte, vermutlich für immer. Er hoffte, mehr Glück zu haben.

Clives Vater rannte eine halbe Meile zu Terrys Wohnwagen. Dort lebte Terry mit Mutter und Vater und mit seinen Zwillingsbrüdern, die noch keine neun Monate alt waren. Die Familie Morris bewohnte einen verrosteten und verbeulten Bluebird-Caravan, der in einem ungepflegten Garten hinter einem Cottage stand. Sie zahlten eine niedrige Miete an den Besitzer des Häuschens, einen alten Mann, der sich nie vor der Tür blicken ließ. Sam wohnte am Ende einer Häuserreihe in derselben Straße, sieben Hausnummern von Terry entfernt.

Der Wohnwagen ruhte auf roten Ziegelsteinen, die Räder hatte man abmontiert. Er stieß gegen eine Hecke und war so weit wie möglich vom Cottage entfernt aufgestellt. Tiere und herumstreunende Kinder hatten die Hecke an vielen Stellen durchbohrt, dahinter breitete sich von Unkraut überwuchertes Ödland aus. Welche soziale Stellung Mr. Morris auch verloren haben mochte, daß er nun gezwungen war, in einem Wohnwagen zu hausen – er trotzte dem Statusverlust, indem er einen Sportwagen sein eigen nannte. Sams Vater konnte sich in diesen schweren Zeiten selbstverständlich keinen Wagen leisten, und Clives alter Herr auch nicht. Es schien den beiden Jungen irgendwie ungerecht, daß ihre Väter in einer Autofabrik arbeiteten und sich dennoch keinen Wagen leisten konnten; Terrys Vater hingegen, dessen Arbeit für jedermann ein Geheimnis blieb, war der stolze Besitzer eines MG mit Speichenrädern und faltbarem Dach, der in funkelndem Glanz neben dem verrosteten Wohnwagen prunkte.

An diesem Sonntagnachmittag trug Eric Rogers den heulenden Terry vom Teich heran und trat gegen die Wohnwagentür, wo er das Ehepaar Moris bei einer sehr intimen Beschäftigung störte. Die Zwillinge schlummerten in ihrem Bettchen. Mr. Morris fluchte laut, als

Mr. Rogers mit dem wimmernden Bündel wieder gegen die Tür trat und schrie, sie sollten herauskommen und sich um ihren Sohn kümmern. Chris Morris erschien mit wildem Blick und kämpfte mit dem Reißverschluß seiner Hose. Augenblicke später hatte er Terry auf den Rücksitz des MG bugsiert und ließ den Motor aufheulen. Mit puterrotem Gesicht kam nun auch Mrs. Morris zum Vorschein, in einem verblichenen seidenen Morgenrock, die rotbraunen Locken wild zerzaust, und bestand darauf mitzufahren. Dann erinnerte sie sich der Zwillinge, die in ihrem Bettchen schnauften. Mr. und Mrs. Morris schrien einander an, dann raste Mr. Morris zum Krankenhaus.

Doch was konnte man tun? In der Ambulanz verbanden sie Terrys kleinen Fuß und gaben ihm eine Tetanusspritze. Sie strichen ihm über das blonde Haar und sagten, er müsse nun ein tapferer Soldat sein. Sie hatten keine neuen Zehen für ihn.

»Ein Hecht?« wiederholte der Arzt ungläubig. »Ein Hecht, sagten sie?«

Nev Southall, Sams Vater, sah den grünen MG vom Krankenhaus zurückkehren. Nachdem Sam ihm den Vorfall erzählt hatte, zögerte er eine Viertelstunde, doch dann ging er zu den Morris', um zu sehen, wie es um den Jungen stand. Er fand Chris Morris in heller Aufregung – der Mann versuchte, ein Stanley-Messer an einem Besenstiel zu befestigen.

»Wie geht's dem Kleinen, Chris?«

»Schläft.«

»Was machst du da?«

»Ich geh' jetzt zum See, und ich werd' diesen Hecht kriegen.«

Nev betrachtete das Stanley-Messer und den Besenstiel und das Netz, das Morris auf dem Boden ausgebreitet hatte, und ihm wurde schwer ums Herz. Wenn es etwas gab, von dem er eine Ahnung hatte, so war es das Angeln. »Damit wirst du's aber nicht schaffen.«

»Hab' nichts anderes da.« Chris warf Besenstiel und Netz in den Kofferraum seines Wagens.

Nev wußte, daß es sinnlose Zeitverschwendung war – Hechte waren kaum zu fangen, auch wenn man eine gute Ausrüstung hatte. Aber er konnte Chris nicht allein zum See fahren lassen. »Warte mal. Ich hab' da noch ein paar Sachen. Laß es uns doch richtig machen.«

Er suchte ein paar Fischerruten und Angelrollen zusammen, einen großen Kescher und den Korb mit seiner Ausrüstung. Mit Sam auf dem Rücksitz rasten sie den Weg am See entlang. Es war schon später Nachmittag. Die Sonne war zu einer blassen gelben, tief am Himmel ziehenden Scheibe geworden, die den Teich in nebelhaftes Licht tauchte. Sam zeigte ihnen die Stelle, an der das Unglück geschehen war.

»Du könntest hier jahrelang angeln und würdest ihn nicht erwischen«, sagte Nev, während er die Ruten aufstellte. Chris Morris hörte ihn nicht; er starrte in die dunklen Fluten, den Kescher bereit, als glaube er, der Hecht würde ihm den Gefallen tun, hineinzuspringen.

Sam fiel auf, daß sein Vater das Reden besorgte, während Terrys Vater schwieg. Er starrte nur auf den düsteren Teich. Es dämmerte schon. Nev fand nun, daß er genug getan habe: er hatte von diesem Unsinn die Nase voll.

»Ein andermal, Chris«, sagte er. »Ein andermal.«

»Geht ihr ruhig nach Hause«, meinte Terrys Vater. »Laßt mir nur den Kescher da. Ich bring' ihn euch wieder.«

»Bist du sicher?«

»Ich bin sicher.« Also ließen Nev und Sam Chris Morris ruhelos umherstreifend am Ufer zurück und begaben sich zu Fuß auf den Weg, der am See entlangführte.

»Wird er den Hecht kriegen?« fragte Sam, als sie außer Hörweite waren.

»Keine Chance«, erwiderte sein Vater.

2.
Zähne

Während Terry humpelte, ›flog‹ Clive mühelos: Clive, der so gern Molche quälte, war das, was man gemeinhin als ›begnadetes‹ Kind bezeichnet. Wären seine Eltern Atomwissenschaftler oder ›Oxbridge‹-Dozenten gewesen, hätte sein Vater Eric diese ›Gnade‹ vielleicht nicht so sehr als Fluch empfunden – doch er schuftete am Fließband in den Humberwerken, und Betty, die Mutter, arbeitete halbtags im örtlichen Coop, schnitt Schinken und füllte Regale auf.

Es ist schon schwer genug, sich von einem jüngeren Menschen ständig Verbesserungen gefallen zu lassen, doch Clives Laufbahn als Korrektor seiner unwissenden Eltern begann schon zu dem Zeitpunkt, als er vier Jahre alt war, kurz bevor Terry zwei seiner Zehen durch den Hecht verlor. Als Clive eingeschult wurde, ging überall das Gerücht um, er könne schon die Tageszeitung lesen. Ob das nun bedeutete, daß er lediglich – wie die meisten Erwachsenen – jeden Morgen im Halbschlaf die Schlagzeilen der Boulevardblätter überflog, oder ob er wirklich die anspruchsvollen Blätter nach politischen Leitartikeln und Sportnachrichten durchforstete, um dann kurz vor dem Frühstück noch schnell das Kreuzworträtsel zu lösen, war nicht bekannt. Doch als er fünf geworden war, erzählte man sich, er könne die Zeitung lesen.

Mit sechs nahm er an einem Wettbewerb teil, den die NASA für Schulkinder ausgeschrieben hatte. Juri Gagarin hatte zum ersten Mal die Erde umkreist; John Glenn strebte danach, ähnliche Ziele für die Amerikaner zu erreichen; und die NASA bat Sechsjährige in der Industrieregion der englischen Midlands, Vorschläge zum Weltraumprogramm abzugeben. Wie Clive in seinem zarten Alter Kenntnis von einem derartigen Wettbewerb erlangen konnte, blieb ein Geheimnis für sich, und auch die Anforderungen waren nicht leicht: die Schulkinder sollten Experimente vorschlagen, die dann von den wahrscheinlich gelangweilten Astronauten während der Erdumkreisung durchgeführt werden sollten. Clives Vorschlag war, man solle Spinnen mit ins All nehmen, um zu prüfen, ob Schwerelosigkeit irgendeinen Einfluß auf den Netzbau habe. Und die NASA fand diesen Vorschlag gut.

Als Gewinner des Wettbewerbs durfte Clive mit seinen Eltern nach Cape Canaveral fliegen, um den Start der nächsten bemannten Fahrt ins All zu erleben. Sein Bild erschien im *Coventry Evening Telegraph* – neben einem riesigen Spinnennetz stehend, machte er einen eulenhaften Eindruck. In der Erwachsenenwelt wurde er nun gefeiert, doch auf dem Schulhof verhalf ihm sein Ruhm zu trauriger Berühmtheit; man taufte ihn sogleich ›Spiderboy‹, und jedes Kind versetzte ihm Püffe und Tritte. Er haßte seinen Spitznamen, gab jedem, der ihn so hänselte, eins aufs Maul – und mußte selbst auch Schläge einstecken.

Es geschah an einem Nachmittag auf dem Heimweg von der Schule – wie immer begleitet von Terrys schlaksiger älterer Kusine Linda –, daß Clive Sam den Hieb verpaßte, der den Milchzahn lockerte, welcher später für soviel Verwirrung sorgen sollte.

»Spiderboy!« hatte Sam plötzlich aus heiterem Himmel gesagt.

Clive verpaßte Sam einen Kinnhaken, mehr aus Gewohnheit als aus Wut.

Sam hielt abrupt an; Clive, der nun eine Rauferei erwartete, ebenfalls. Auch Terry hielt plötzlich inne. »Was ist denn?«

Sam spuckte einen Milchschneidezahn, an der Wurzel leicht blutig, in seine Hand.

»Es tut mir leid«, sagte Clive, ehrlich entsetzt über das, was er angerichtet hatte. Schließlich waren sie Freunde. »Tut mir leid.«

»Ist schon gut«, meinte Sam mit ein wenig zitternder Stimme. »Der wackelte sowieso schon.«

Kusine Linda, wie immer zehn Yards voraus, da es ihr äußerst peinlich war, ständig auf drei kleine Jungen aufpassen zu müssen, ermahnte zur Eile.

»Steck ihn unters Kopfkissen«, riet Terry. »Dann kriegst du 'nen Sixpence von der *Tooth Fairy*, der Zahn-Fee.«

»Es gibt keine Beweise dafür, daß so 'ne Fee wirklich existiert«, hielt Clive dagegen.

»Jedesmal, wenn ich 'nen Zahn verloren hab', hab ich 'nen Sixpence gekriegt«, rief Terry.

»Und was hast du gekriegt, als du deine Zehen verloren hast?« widersprach Clive. »Gar nichts.«

»Ich hab' fünf Pfund aufs Sparbuch gekriegt. Fünf Eier.«

»Das war von deinem Dad«, sagte Sam. »Das ist was ganz anderes. Zahn-Feen interessieren sich nicht für Zehen. Und außerdem hat ja der Hecht die Zehen.«

»Fünf Pfund!« Terry war verletzt. Seit dem Erlebnis mit dem Hecht humpelte er.

»Es gibt 'ne Möglichkeit, es rauszufinden«, beharrte Clive. »Steck ihn unter dein Kopfkissen, aber sag deinen Eltern nichts davon.«

»Was schreit ihr denn da?« wollte Linda wissen, als sie sie einholten.

»Sams Zahn ist ausgefallen«, sagte Clive schnell.

»Gibt es so was wie 'ne Zahn-Fee?« wollte Sam wissen.

Geschwind vergrößerte Linda den Abstand zwischen sich und den Jungen. »Schluck ihn bloß nicht runter. Sonst wächst dir noch ein Zahnbaum im Bauch.«

»Was?« fragten die Jungen gleichzeitig.

»Ein Zahnbaum«, rief sie über die Schulter. »Wächst in deinen Eingeweiden.«

Sam hielt die Faust fest um den Zahn geschlossen, als befürchte er, ein böser Geist wolle seinen Arm hochreißen und ihm den Zahn wieder in den Mund zwingen. Den Rest des Weges schwieg er.

Sam erwähnte den Schneidezahn weder vor der Mutter noch vor dem Vater. Falls er ihnen an jenem Abend besonders schweigsam erschien, so verzichteten sie auf jeden Kommentar. Sam war ohnehin als ein zerstreuter Junge bekannt, der sich Tagträumen hingab und auf beunruhigende Weise ins Leere starren konnte.

»Weit weg«, pflegte seine Mutter Connie des öfteren zu bemerken. »Weit weg ist er. Glaubst du, daß der Junge autistisch ist?«

»Autistisch?« Nev ließ den *Coventry Evening Telegraph* sinken. »Was ist denn autistisch?«

Connie versuchte sich an einen Artikel zu erinnern, den sie einmal in einer Zeitschrift gelesen hatte. »Na ja. Wenn man immer so weit weg ist.«

Nev glaubte nicht an irgendwelche Dinge, die er nicht aussprechen konnte. Er betrachtete seinen Sohn, der vor dem Radio saß, und runzelte die Stirn, während er über den Jungen nachdachte. Sam, der immer genau spürte, wenn die beiden über seinen Kopf hinwegredeten, tat so, als höre er nichts.

»Nee«, sagte der Vater schließlich und zog sich hinter seine Zeitung zurück.

In dieser Nacht untersuchte Sam den Zahn im

Schein der Nachttischlampe. Der elfenbeinfarbene Stumpf war an der Wurzel leicht verfärbt. Als er den Ring aus getrocknetem Blut am unteren Ende sah, erinnerte er sich genau an das Gefühl, wie der Zahn aus dem Zahnfleisch gebrochen war. Dieser Blutfleck war aus Schmerz gebildet. Mit der Zunge bohrte Sam in dem Loch herum, das der Zahn hinterlassen hatte. Das war auch aus Schmerzen gebildet. Er knipste die Lampe aus und ließ den Zahn unter sein Kopfkissen gleiten.

Ein paar Stunden später wurde er kurz wach, weil seine Eltern zu Bett gingen; seine Mutter schaute noch einmal nach ihm. Wie durch einen Nebel nahm er wahr, daß sie seine Bettdecke zurechtzupfte und das Kissen glattstrich. Dann drehte er sich auf die Seite und schlief wieder ein.

Um Mitternacht erwachte er und fühlte sich ganz steif vor Kälte. Das Schlafzimmerfenster stand weit offen, und aus der düsteren Nacht wehte ein Windhauch durch die Vorhänge. Die schwache Sichel des Mondes sorgte für Licht, doch es war ein unheimlicher Schein. Auf den Schwingen des Windes ritt ein fremder Geruch, der ihm vertraut erschien, aber er konnte ihn nicht erkennen; es war eine Mixtur aus Düften, darunter auch der von Gras nach einem Regenguß. Doch heute hatte es nicht geregnet.

Da stimmte etwas nicht; Sam setzte sich kerzengerade auf.

Jemand war im Zimmer.

Seine Haut zog sich zusammen. Er blinzelte in das Netz von Dunkelheit. Sein weißes Hemd, das er am nächsten Morgen in der Schule tragen sollte, war über eine Stuhllehne drapiert. Es leuchtete in der Düsternis. Angestrengt starrte er auf das Hemd. Im Schatten hinter dem Stuhl kauerte eine Gestalt. Die erschreckende

Stille im Raum schien Blasen zu werfen und sich wie eine Haut abzuschälen.

»Ich weiß, daß du da bist. Ich kann dich sehen.«

Die Gestalt erstarrte.

Sam fürchtete sich, doch tief innen fühlte er sich auf seltsame Weise ruhig. »Es hat keinen Zweck, sich zu verstecken. Ich weiß, daß du da hinter dem Stuhl bist.«

Die Gestalt stieß einen leisen Seufzer aus. Sam konnte hinter dem gefalteten Hemd kaum etwas erkennen. *Ein Einbrecher,* dachte er nur, *es ist ein Einbrecher.* Der Eindringling wollte nun offenbar aus seinem Versteck kommen. Langsam richtete er sich auf und trat hinter dem Stuhl hervor. Der Vorhang am Fenster blähte sich. Irgendwo weit weg bellte ein Fuchs dreimal. Alles, was Sam erkennen konnte, war der schwarze Schatten eines ziemlich klein geratenen Mannes. Der Schatten näherte sich dem Fußende des Bettes.

Die Stimme war ein gebrochenes Flüstern. »Kannst du mich sehen? Ja?«

Durch das Fenster konnte er den Mond wie einen abgebrochenen Fingernagel erkennen. Sein Licht reichte kaum, um das Gesicht des Eindringlings zu beleuchten, doch das, was Sam sah, gefiel ihm nicht besonders. Zwei dunkle Augen, glänzend wie der grünschwarze Panzer eines Käfers, blitzten ihn an. Sie lagen tief in den Höhlen, schielend, lauernd, unter einem verfilzten schwarzen Haarschopf. Das Gewirr aus Koboldlocken umrahmte hohe Wangenknochen und einen dunklen Teint. Sam mußte an das Wort Halbblut denken, das er von Erwachsenen gehört hatte; doch sie hatten es immer mit Verachtung ausgesprochen, die nichts mit dem Wort an sich zu tun hatte. Nun, da die Gestalt näher gekommen war, erkannte Sam, daß der Geruch, den er beim Erwachen wahrgenommen hatte, von dem Einbrecher ausging. Er kam nicht etwa durch das Fenster: es war der Geruch des Eindringlings, und nicht nur der Geruch von Gras nach einem Regenguß, sondern auch ein Duft von Pferdeschweiß und Vogelschiß und Kamille.

Plötzlich legte der Eindringling – Sam vermochte nicht zu sagen, ob es ein Mann oder eine Frau war – den Kopf zur Seite und grinste. Eine Reihe von Zähnen blitzte im schwachen Mondlicht – ein Mund voll blauen Lichtes. Die Zähne waren makellos, doch wenn er sich nicht täuschte, liefen sie spitz zu – wie Messer.

In seiner vollen Größe erreichte der Eindringling kaum mehr als vier Fuß; auf jeden Fall war er kaum größer als Sam. Im Dunkeln war seine Kleidung fast nicht zu erkennen, aber Sam vermochte eine senffarbene und grün gestreifte Hose und schwere Arbeiterschuhe auszumachen. »Ja. Ich kann dich sehen.«

»Das ist aber schlimm. Ganz schlimm!«

Sam nickte stumm. Er wußte nicht, warum es so schlimm war, aber er wußte, daß er lieber zustimmen sollte.

Der Eindringling schielte ihn angestrengt an, als überlege er, was er nun tun solle. »Und du kannst mich hören. Klar, klar, klar. Ganz schlecht.« Wieder blitzten die scharfen Zähne in einem funkelnden Blau auf. Es gab ein leises Knistern, als er einen Finger auf den Bettpfosten legte. Sam spürte, wie das Knistern an sein Genick fuhr und ihm die Haare hochblies. Die Gestalt sandte elektrische Strahlen aus.

Plötzlich fiel ihm ein, wer der Eindringling sein könnte. »Du willst den Zahn holen, stimmt's?«

Er war schwer enttäuscht von der Erscheinung der Zahn-Fee. Wenn er vor dieser Nacht eine Vorstellung von der Fee gehabt hatte, so war es die einer zarten Dame, vielleicht drei Fuß groß, mit duftigen Flügeln und einer Eichelkappe als Hut.

Nicht so ein Schlägertyp mit schweren Stiefeln.

»Du willst doch den Zahn, oder?«

»Schhh! Weck doch nicht das ganze Haus auf! Wie kommt's denn bloß, daß du mich seh'n kannst? Halt, sag nichts. Warte.« Er hielt eine wundervoll gepflegte Hand hoch, streckte fünf elfenbeinfarbene Finger aus; an jedem steckte ein silberner Ring. »Wie viele Finger siehst du?«

»Fünf.«

»Das ist schlimm. Ganz schlimm.« Der Zahn-Elf rieb sich den Nasenrücken mit Daumen und Zeigefinger. Er schien angestrengt nachzudenken. »Das ist das Schlimmste, was passieren kann. Das Allerschlimmste!«

»Willst du den Zahn denn nicht?«

»Häh?«

»Den Zahn. Willst du ihn nicht?« Und Sam bot ihm den kleinen Schneidezahn auf der Handfläche dar.

Der Zahn-Elf sprang auf und schaute den Zahn lange an, bevor er ihn nahm. Sam spürte einen winzigen elektrischen Schlag, als sie einander berührten. Der Zahn-Elf zog sich zum Fenster zurück und hielt den Zahn ins schwache Mondlicht. »Ist dir überhaupt klar, was für Probleme wir jetzt kriegen? Wir beide? Du hast mich gesehen! Weißt du überhaupt, was das bedeutet?« Er drehte den Zahn im schwachen Schein den Mondes.

»Schrei nicht! Du weckst noch Mum und Dad auf.«

»Scheiß auf sie!«

Die Bosheit dieser Worte erschütterte Sam zutiefst. »Ich werd's ihnen sagen!«

Der Zahn-Elf näherte sich dem Bett. Er streckte seine Hand nach dem Gesicht des Jungen aus und schloß seine langen, schlanken, aber kräftigen Finger über dessen Mund. Wieder ein kalter, elektrischer Schlag. Die Hand zerrte heftig am weichen Fleisch seiner Wangen, die scharfen Nägel fuhren in sein Gesicht. »Und du willst ihnen erzählen, daß du die Zahn-Fee gesehen hast? Dann glauben die, daß du verrückt bist. Und weißt du, was sie mit Verrückten machen?«

Im Nebenzimmer war Poltern zu hören, dann das Knarren von Sprungfedern.

Die Hand fiel herab. »Scheiße!« sagte der Zahn-Elf, krabbelte aufs Bett und stellte einen seiner schweren Schuhe aufs Fensterbrett. »Ich hau' jetzt ab.«

»Warte! Du hast mir noch nichts gegeben! Für den Zahn!«

Entsetzt blickte der Zahn-Elf zum Bett. Er warf einen raschen Blick aus dem Fenster, schien gefangen zwischen dem Drang zur Flucht und seiner unwiderruflichen Pflicht. Aus dem Nebenraum waren Schritte zu hören. Wild suchte der Elf in der Hosentasche herum und brachte schließlich einen silbernen Sixpence zum Vorschein, den er durch die Luft schnellen ließ. Im Flug glitzerte das Geldstück im Mondlicht, dann fiel es leicht auf den Kissenbezug nieder und verschwand geradewegs durch das Kissen. Sam fuhr mit der Hand unter das Kissen, zog sie aber schnell zurück, als der Elf ihn wütend anbellte. »Laß ihn da liegen bis morgen früh, Kleiner! Hast du gehört? Laß ihn liegen!«

Die Türangel quietschte, eine Diele knarrte. Der Zahn-Elf hievte sich aufs Fensterbrett.

»Werd' ich dich noch mal sehen?« fragte Sam.

»Solltest du dir besser nicht wünschen.« Der Zahn-Elf sprang in dem Moment aus dem Fenster, in dem Sams Tür aufging. Aus dem Korridor strömte Licht ins Zimmer. Es war seine Mutter. Sie knipste die Nachttischlampe an.

»Alles in Ordnung, Sam? Es kam mir so vor, als hättest du im Schlaf gesprochen. Hast du das Fenster aufgemacht?«

Sie schloß das Fenster und zog die Vorhänge zu. Während sie sein Kissen glattstrich, gab sie ihm einen flüchtigen Kuß auf die Stirn. Dann zog sie die Decke bis zu seinem Kinn hoch.

»Schlaf jetzt wieder«, sagte sie.

3.
Nebel

Da der Wohnwagen auf ihrem Weg lag, holte Terrys schlaksige Kusine mit Spitznamen Lanky Linda den Jungen jeden Morgen ab, um ihn zur Schule zu bringen. Terry bestand dann darauf, daß sie auch Sam und schließlich Clive abholten, bevor sie sich auf den Schulweg machten, der mehr als eine halbe Meile lang war. Ein Leidensweg für Linda: mit ihren knapp elf Jahren spürte sie ganz genau, daß nun der geheimnisvolle Schleier zurückgeschlagen wurde, der sie vom erhabenen Erwachsensein trennte. Doch diese Einsicht führte zu einem seltsamen Verhalten; seit einiger Zeit hatte sie sich angewöhnt, auf dem Schulweg weiße Spitzenhandschuhe zu tragen. Ihre Eltern nannten sie launisch. So hieß sie abwechselnd Lanky Linda und Moody Linda.

Sie empfand es als Schmach, nun, da sie an der Schwelle des Erwachsenseins stand, drei gräßliche, plärrende, rotznäsige Jungs jeden Tag zur Schule und wieder zurückbringen zu müssen; so wurden die Aussichten auf eine verheißungsvolle Zukunft und die Rückschau auf die Vergangenheit geradezu in den Schmutz gezogen. Es war wie eine besonders raffinierte Strafe, wie sie die alten Götter Griechenlands ausgedacht haben mochten. Die Jungen liefen immer zehn bis fünfzehn Meter hinter ihr, schrien Schimpfwörter und besudelten die blendende Reinheit ihrer weißen, weißen Handschuhe.

»Ihr werdet noch zu spät kommen!« schrie Linda durch den Nebel. »Die Schule fängt gleich an!«

Ein früher Herbstnebel umhüllte Felder und Hecken und das Straßenpflaster wie ein zartes Musselinetuch.

Die Häuser, die Unterstände an den Bushaltestellen und die Telegraphenstangen schienen sich aufzulösen. Die fade, silbergraue Welt bedurfte dringend einiger Farbtupfer. Doch die Hecken leuchteten, von feinem Spinnweb überzogen – Altweibersommer-Fäden, aus denen silberne Tropfen sprangen. Linda hatte an diesem Morgen den Fehler gemacht, einen Zweig zu einem federnden Ring zu biegen; ein Werkzeug, mit dem sie Spinnweben aus den Hecken sammeln konnte. »Guckt doch mal«, sagte sie. »Feenflügel.«

Die Jungen waren schwer beeindruckt. Durch ihre Bewunderung für ihr Wissen ermutigt, ging Linda nun daran, ihnen zu zeigen, wie man die Zweige zu einem Ring bog, damit alle drei für sich Spinnweben sammeln konnten.

»Wir sind spät dran! Ihr werdet noch zu spät kommen!« schrie sie wieder. Die Jungen waren nun ausgelassen damit beschäftigt, alle Spinnweben von der zweihundert Yards langen Hecke abzureißen. Eine Art Wettbewerb brach zwischen ihnen aus: sie stachen und drehten, rissen und zerrten. Es war ein wahres Gemetzel, eine Plünderung – fröhlich zerstörten sie die kunstvollen Gebilde, die ein wichtiges ökologisches Teil der heimischen Fauna waren.

»Hört auf!« bellte Linda. Keine Reaktion. »HÖRT AAAUUUFFF!!! HÖRT AAAUUUUUFFFF!«

Sie hörten auf. Linda war puterrot im Gesicht. Erstaunt blickten die Jungen sie an. Doch nun, da sie ihre volle Aufmerksamkeit hatte, wußte sie nicht mehr, was sie ihnen sagen sollte. »Wenn ihr zuviel Spinnweben abreißt«, sagte sie schließlich, »wißt ihr doch, was passiert.«

»Was denn?« fragte Sam. »Was soll denn passieren?«

Linda mußte sich sehr anstrengen, eine Erklärung zu finden. »Die Feenflügel. Dann ist doch nichts mehr übrig. Für die Feen. Um sich Flügel daraus zu machen.«

»Ha!« rotzte Terry. Eine kleine weiße Kugel aus Spucke und Verachtung klatschte in die Gosse.

»Und«, fuhr Linda fast schreiend fort, »Spinnen fangen Fliegen!«

»Ja, und?« meinte Clive.

»Dann wird es eine Fliegenplage geben. Millionen und Abermillionen von Fliegen. Und ihr wißt, was *das* bedeutet.«

»Was denn?« fragte Sam.

»Ja, was denn?« wollte auch Terry wissen.

»Die Pest.« Linda drehte sich auf dem Absatz um und marschierte in Richtung Schule. Nach ein paar Schritten hielt sie an und schaute zurück. Die Jungen starrten sie mit weit aufgerissenen, entsetzten Augen an.

Es war Clive, der das Schweigen brach. In solchen Situationen pflegte er ein Grinsen aufzusetzen, das aussah wie die Naht in einem alten, verschlissenen Fußball. Jeden, der es sah, überkam die unbezwingbare Lust hineinzutreten. »Bist du sicher?« wollte er wissen.

Linda spürte, wie ihre Wangen feuerrot anliefen. Ihre weißen Spitzenhandschuhe schnellten nach oben, bedeckten die Wangen. Sie kniff die Augen zusammen und lächelte böse. »Die Beulenpest. Wenn ihr mir nicht glaubt, warum versucht ihr's nicht. Na los, macht schon weiter.«

Doch sie hatte die Jungen schon überzeugt. Linda drehte sich auf dem Absatz um und eilte weiter. In scheuem Schweigen liefen die Jungen hinterdrein. Als sie den Süßwarenladen an der Ecke zur Schule erreichten, befreite jeder von ihnen die Zweige von den grauen Spinnweben; ohnehin hatten die feinen Fäden ihre Schönheit verloren – sie waren nun weder silbern noch funkelnd. Als die Schulglocke vom Hof her läutete, wurden die Zweige neben klebrige Bonbonpapierchen und altes Laub an den Straßenrand geworfen.

4.
Augen

Sam erwachte, weil er fror. Das Schlafzimmerfenster stand offen, und die herbstliche Kälte hatte sich wie Puderzucker im Raum niedergelassen. Draußen standen die Sterne über das dunkle Tuch der Nacht verstreut, und der Mond starb in seiner nach links gerundeten Sichel. Reiche Düfte der Nacht – faulende Damaszenerpflaumen und verrottendes, feuchtes Laub – wehten in sein Zimmer. Sie hafteten an den Stiefeln der Gestalt, die zusammengekauert an der gegenüberliegenden Wand saß.

Sam erschauerte. Doch der Zahn-Elf schien erschöpft. Er oder sie – Sam konnte es immer noch nicht mit Bestimmtheit sagen – hatte die Arme um die Knie geschlungen. Ein Bein in der senffarben und grün gestreiften Hose hielt das Wesen ausgestreckt und ließ Sam das Sohlenmuster eines riesigen Stiefels sehen. In den schwarzglänzenden Augen, die Sam schon einige Zeit beobachtet hatten, glomm ein schwaches Licht.

»Wir haben uns einen ganz schönen Ärger aufgehalst.«

Sam setzte sich auf. »Warum?« Immer, wenn er zu dem Zahn-Elfen sprechen wollte, schlug ihm das Herz und die Zunge klebte ihm am Gaumen.

»Hast du je Ärger gehabt?«

Sam dachte nach. Er wußte, wie es war, eine wütende Stimme zu hören. Er wußte auch, was es hieß, den Schlag einer Männerhand zu spüren, die einen großen roten Abdruck auf seinem Bein hinterließ. »Ja.«

»Ich meine aber großen Ärger. So 'nen richtigen Scheißärger.«

Wenn die anderen Kinder in der Schule ein Wort wie

›Scheiße‹ benutzten, so hatte das meist nicht viel zu bedeuten. Wenn er aber Erwachsene solche Worte sagen hörte – und dieses Wesen hier im Zimmer sprach wie ein Erwachsener, auch wenn es nicht wie einer aussah –, so versetzte es ihn in Angst. Die Worte gewannen ein Eigenleben.

»Ich hab' doch nichts getan.«

Das Wesen schnaubte verächtlich. »Nichts getan«, äffte es Sam nach. Der Elf hatte eine Art zu reden, als ersticke er an seinem zynischen Humor, so daß er manche Worte mit einem kleinen Husten ausspuckte. »Du willst wissen, was du getan hast? Du hast mich *gesehen*, das hast du getan. Und du siehst mich immer noch. Das reicht ja wohl, du kleiner Scheißer. Das reicht voll und ganz.«

»Ich kann's nicht ändern.«

»*Fuck.*«

Als die Kreatur ›Fuck‹ sagte, entblößte sie die Zähne – eine makellose Zahnreihe, zu scharfen Spitzen geformt. Der Schmelz wirkte stumpf, blau, durchsichtig. Das Wesen spie einen kleinen weißen Speichelklumpen auf den Teppich.

»Bist du ein Junge oder ein Mädchen?«

Der Elf blinzelte ihm zu. »Soll ich dir vielleicht mal weh tun?«

»Ich wollt's doch nur wissen.«

»Frag mich das noch mal, und ich beiß' dir das Gesicht ab. Ich mein's ernst.«

Der Elf setzte sich zwischen den Jungen und die Tür. Sam fühlte, wie ihm die Augen übergingen. Er wollte nach seiner Mutter rufen, doch er hatte zuviel Angst vor diesem Tier in seinem Zimmer.

»Beruhige dich. Ich hab' nur so getan, als wäre ich wütend. Scheiße. Tut mir leid. Beruhige dich mal. Ich muß darüber nachdenken, wie wir beide aus dieser

Sache wieder rauskommen. Es stimmt, daß wir wirklich ganz schönen Ärger am Hals haben. Es werden 'n paar ganz schlimme Dinge passieren, wenn wir nicht aufpassen. Schlimme Dinge.«

Der Elf kam unbeholfen auf die Beine. Aufgeregt strich er in Sams Zimmer herum und berührte alle Gegenstände: strich mit seinem langen, schlanken, beringten Finger über die Rundung des Fußballs; verdrehte ein Ohr des weißen Kaninchens. Als er über die Kreuzritterburg auf dem Fußboden stolperte, gab er ihr einen wütenden Tritt, daß sie über den Boden rutschte, wobei die Spielzeugritter von den Zinnen fielen.

»Ich hab' den Sixpence gefunden«, wagte Sam einen neuen Versuch. »Unter dem Kissen. Am Morgen, nachdem du da warst.«

Der Zahn-Elf stieß einen dünnen Schrei der Wut und Verzweiflung aus und grub die Nägel der einen Hand in die Handfläche der anderen. Sam war geschockt, als er sah, wie das Wesen sich selbst blutig kratzte. *»Fuck! Fuck!* Warum hast du das nur getan? Warum? Weißt du, daß ich dir fast die Augen ausgekratzt hätte, als ich rauskriegte, daß du mich sehen kannst? Ich könnt's auch jetzt immer noch tun!«

Während er sprach, streckte er einen zitternden Finger nach Sam aus. Mit einem Wutschrei sprang das Wesen quer durchs Zimmer, auf Sams Bett und hielt den Jungen mit seinen knochigen Knien fest. Es beugte sich über ihn und blies ihn heftig an; der Atemstrom traf Sam ins rechte Auge. Wieder war da der stechende Geruch nach Vogelschiß und Pferdestall, vermischt mit Pflaumen und frischgemähtem Gras – und dazu ein scharfer, stechender Schmerz in seinem rechten Auge.

Sam schrie auf. Es war zuviel für ihn. Seine Angst brach aus ihm heraus. »Maaammm!!! Iiiiihhhhh!!! Daaaddd!« Seine Stimme überschlug sich.

Die Kreatur ließ von ihm ab, völlig erschrocken. »O nein, nein, nein! Das hätte ich nicht tun sollen. Dafür werde ich bezahlen müssen! Nein, nein, nein! Hör auf zu schreien! Hör doch auf zu schreien!«

»Iiiiiihhhhhhh!!!«

Aus dem Nebenzimmer waren Geräusche zu hören. Ein dumpfer Plumps.

Der Elf schloß seine beringten Finger über Sams Mund. »Hör auf! Wenn du's ihnen erzählst, machst du's nur noch schlimmer für uns!«

Die Tür zum Schlafzimmer der Eltern quietschte in den Angeln. Auf dem Korridor tappten Schritte. Eine Diele knarrte. Sam biß in die Hand, die seinen Mund umschloß. Erstaunt sprang der Elf zurück und starrte auf den sichelförmigen Abdruck der kleinen Zähne. Dann blickte er zur Tür.

»Sag es ihnen bloß nicht!« zischte er, bevor er aufs Fensterbrett sprang. »Niemals!« Dann verschwand er in der Nacht.

Die Tür ging auf. Licht flutete ins Zimmer. Es war Sams Vater, die Haare zerzaust, unrasiert, die Augen wie Murmeln, die man aus der Erde gegraben hat. »Was soll das ganze Geschrei?«

Sam wollte sprechen, doch er war außer Atem. Er wollte ›Zahn-Elf‹ sagen, doch alles, was er herausbrachte, war ein krampfhaftes Schluchzen. Keuchend rang er nach Luft.

»Komm, Sam. Du hast schlecht geträumt. Ein Alptraum. Nun ist er ja vorbei, hm? Alles ist gut. Schon gut.« Der Vater strich ihm über das Haar. »Du bist ja klitschnaß geschwitzt, alter Junge. Klitschnaß. Schlaf wieder ein, alles wird gut.«

Während er ihn zudeckte, blickte der Vater zum Fenster. »Ist ja auch eiskalt hier. Kein Wunder.« Er schloß das Fenster und schob den Riegel vor.

»Laß das Licht an«, bat Sam.

Sein Vater zögerte. »Ich lasse das Licht im Korridor an und die Tür offen. Sonst schläfst du ja gar nicht wieder ein.«

Gehorsam schloß Sam die Augen, doch er öffnete sie sofort wieder, als sein Vater das Zimmer verlassen hatte. Er krabbelte aus dem Bett und spähte aus dem Fenster; das bleiche Licht des Mondes schien auf die blaugrauen Schieferdächer der Nachbarhäuser. Er ließ den Vorhang wieder fallen und wandte sich seiner Spielzeugburg zu; eine Seite war zerbrochen. Seine wilde Truppe, ein Sammelsurium von Kreuzrittern, US-Kavalleristen, Fallschirmjägern und Indianern, lag verstreut auf dem Boden, besiegt von den Armeen der nächtlichen Alpträume. Er ließ die Gefallenen liegen.

Sein Auge, auf das der Zahn-Elf seinen üblen Atem geblasen hatte, fühlte sich entzündet an. Er kletterte wieder ins Bett und war nach kurzer Zeit eingeschlafen.

Am Abend nach dem zweiten Erscheinen des Elfen saß Sam in einen Sessel gekuschelt und schaute sich still ein Bilderbuch an. Da bemerkte er, daß seine Mutter ihn forschend anblickte. Er sah auf, und ihr starrer Blick blieb weiter auf ihn geheftet. Sie lächelte nicht, und so ließ er seinen Blick wieder ins Buch sinken, doch aus dem Augenwinkel sah er, daß sie ihn immer noch anstarrte.

»Der Junge schielt ja«, hörte er sie flüstern.

Nev hinter der Zeitung gab ein teilnahmsloses Grunzen von sich.

»Wirklich«, beharrte Connie. »Sieh doch.«

Langsam senkte sich die Zeitung, bis Nevs Augen und Nase über den Schlagzeilen zum Vorschein kamen. »Was?«

Sam tat, als höre er nichts von ihrer Unterhaltung. »Sein rechtes Auge. Es rutscht ein bißchen nach innen.«

»Ja, und?«

»Er muß zum Arzt.«

Nev gab sich geschlagen; er ließ die Zeitung in den Schoß sinken. »Wenn der Junge kein Artistist ist, dann ist er 'n Autist, oder wie auch immer dieses verdammte Wort heißt. Und wenn er nicht total gelenkig ist, dann ist er eben auf dem einen verdammten Auge blind.«

»Ich hab' nicht gesagt, daß er blind ist. Ich sagte, er schielt ein bißchen.«

»Warum läßt du den Jungen nicht in Ruhe, anstatt dauernd an ihm rumzuzerren?«

Connie war nicht so leicht zu beruhigen. »Sam. Leg mal dein Buch weg. Leg es hin. Jetzt guck mich an. Jetzt guck mal auf die Tür, ohne deinen Kopf zu bewegen.«

Sam tat, wie ihm geheißen. Seine Mutter beugte sich über ihn; ihre Augen wirkten eulenhaft und flossen über vor maßlosem Mitleid. Sein Vater blickte verdrossen und doch teilsnahmsvoll.

»Nein«, beharrte Connie. »Das muß untersucht werden.«

5.
Reibung

Immer wieder fragten sich die Nachbarn, womit Terrys Vater eigentlich sein Geld verdiente. Wenn einer fragte, so erzählte er den Leuten, er sei Erfinder – eine Antwort, die auch Terry des öfteren gab. Aber genausogut hätte er sich UFO-Forscher oder Astrophysiker nennen können – die Vorstellung war eben zu absurd.

»Erfinder von was?« war denn die unausweichliche Frage.

»Was immer erfunden werden muß«, lautete seine übliche Erwiderung.

Chris Morris arbeitete in einer Garagenwerkstatt neben seinem Wohnwagen an seinen Erfindungen. Falls seine Nachbarn – Sams Vater Nev oder Clives Vater Eric – jemals über seine Erfindungen grübelten, so stellten sie sich vielleicht Apparate vor, die den Verbrennungsmotor überflüssig machen sollten, oder gar Erfindungen des Raumzeitalters in der Art von kleinen Taschen-Fernsehern.

In Wahrheit ähnelten Morris' Erfindungen eher den selbst zu bastelnden Gegenständen aus Pappe, wie man sie auf der Rückseite von Cornflakes-Packungen findet, oder den Schaufensterdekorationen in Lebensmittelläden.

»Was immer es auch sein mag«, hörte Clive eines Tages seinen Vater sagen, »es kann nicht besonders viel einbringen, wenn sie in so 'ner Rostlaube von Wohnwagen hausen müssen.«

»Wenn er es nicht für lauter andere Sachen zum Fenster rausschmeißt.« Betty Rogers preßte die Lippen zusammen, als wisse sie etwas.

»Was willst du damit sagen?« Das war die Frage, die

die Männer stets ihren Frauen zu stellen pflegten: »Was willst du damit sagen?«

»... Daß er immer in seinem Sportwagen rumsaust, während seine Kinder mit Löchern in den Strümpfen rumlaufen.«

Obschon Clive dies alles mithörte, nahm es ihm nicht seine Träume. Für ihn war Terrys Vater ein Held. Und wenn Clive auch erst sieben Jahre alt war, so wußte er doch, daß er Erfinder werden wollte wie Terrys Vater. Clive fand, Terrys Vater habe etwas von einem Fuchs an sich. Sein sandfarbenes Haar erhob sich über einem spitzen Haaransatz, und darunter spähte ein wachsamer Blick, der von einer unheimlichen Intelligenz zeugte. Ständig lief er mit aufgekrempelten Ärmeln herum und zeigte seine sonnengebräunten Unterarme, die sich sehr von der kittfarbenen Haut seines eigenen Vaters unterschieden.

Morris hatte immer selbstgemachtes Spielzeug und Flugzeuge aus Pappe anzubieten. Während Terry keine Verwendung für Spielzeug hatte, solange es nicht aus wohlgeformten Plastikteilen bestand und von Woolworth stammte, zeigte sich Clive immer wieder fasziniert von Morris' Geschicklichkeit und seiner lässigen Philosophie, daß man alles basteln könne. Sein eigener Vater indessen war träge, tapsig und völlig unbedarft, genau wie Terry. Mehr als einmal hatte er schon den Verdacht gehabt, es sei da ein Irrtum unterlaufen, man habe ihnen die falschen Väter gegeben. Terry würde – falls er ihn gefragt hätte – dieser Idee mit Freuden zugestimmt haben. Vor kurzem hatte Clives Vater ein Fernsehgerät gekauft, und Sams Eltern standen kurz davor, sich ebenfalls eins anzuschaffen. Alle Welt redete davon, daß jetzt das ›Fernsehzeitalter‹ begonnen habe, während Terry sich mit einer Spielzeugattrappe aus Pappe zufriedengeben mußte.

Morris' Werkstatt war für Clives Phantasie wie ein Märchen, das Wirklichkeit geworden war: seltsame Spezialwerkzeuge hingen ordentlich an der Wand aufgereiht; auf Wandborden häuften sich aus Schrott geklaubte Maschinenteile – alte Absperrhähne ohne Leitungen, kaputte Spielautomaten, Sprungfedern, Kabelrollen, Gewichte und meterweise alte Kabel. Von der Decke hing ein echter Flugzeugpropeller, der die ganze Länge des Daches einnahm; eine doppelläufige Flinte, mit einem Vorhängeschloß gesichert, hing an der hinteren Wand; und in einer Ecke stand eine verstaubte Wurlitzer-Jukebox, unter deren Haube aus Acrylglas ein Stoß schwarzer Vinylplatten auf das Abspielen wartete, das nie mehr erfolgte.

Doch Morris war auch launisch: er pflegte die Dinge in seiner Werkstatt herumzustoßen, und er hatte eine Sprache am Leib, die wie die Funken aus seiner Schleifmaschine in der Luft zerstob. Manchmal brach er donnernd aus der Werkstatt hervor, scheuchte die Kinder beiseite und kickte wie ein Wilder ihre liegengelassenen Dreiräder und Fußbälle aus dem Weg.

Doch dann gab es wieder Tage, an denen er sich Clive widmete und den Jungen in seinen Interessen bestärkte. Eines Nachmittags, als Linda und die Jungen von der Schule heimgekehrt waren, ließ er seine Spielereien mit Pappkartons liegen und begab sich zur Rückwand seiner Werkstatt, wo er unter einer Persenning einen zierlichen Apparat hervorzog. Terry hatte den schon gesehen; gelangweilt schlenderte er davon. Auch Linda, die argwöhnte, man werde nun von ihr verlangen, sich die weißen Handschuhe schmutzig zu machen, trollte sich in den Wohnwagen, wo ihre Tante Jane mit den Zwillingen saß. So blieben nur Sam und Clive übrig und starrten blinzelnd auf das Vehikel.

Es war ein Rad von einem Fahrrad, ohne Speichen, auf einen Rahmen montiert. Als Morris das Ding in Bewegung gesetzt hatte, sahen die Jungen eine Reihe glänzender, geölter Stäbe, die von Gewichten nach unten gezogen wurden, um dann wieder nach oben zu fahren und so das Rad anzutreiben. Eine clevere, teuflisch kluge Konstruktion. Sie schien nur zu nichts *nutze* zu sein.

»Ein Perpetuum mobile«, erklärte Morris. »Es heißt immer, man könnte es nicht bauen. Aber ich werd's schaffen. Ich arbeite schon sieben Jahre daran.«

»Ist es denn fertig?« Clive war völlig gebannt.

Traurig blickte Morris auf sein Werk. »Nee. Nach einer Weile hält es immer an. Das liegt an der Reibung, Jungs, versteht ihr? Die hält uns immer auf. Immer. Diese scheißverfluchte Reibung.« Und er verlor sich in einem wütenden Sermon, daß Kohle und Öl und fossile Brennstoffe schließlich nicht ewig vorhalten würden und die Wissenschaftler sich mal dranhalten sollten, alternative Energien zu finden. Er starrte auf seinen Apparat und schien mit sich selbst zu reden. Sam, der überhaupt nichts mehr verstand, zog sich langsam zurück und ging auf die Suche nach Terry. Clive, der gern alles begreifen wollte, starrte auf das rotierende Rad, als könne es ihm jeden Augenblick eine Pforte in die Zukunft öffnen.

Da erschien Jane Morris im Garagentor. In der Hand hielt sie ein zusammengeknülltes Papier. Ihre Züge waren wie in Eisen gegossen; Wut hatte ihr Gesicht derb gezeichnet.

»Such mal die anderen, und dann macht euch davon«, sagte Morris zu Clive. »Der nächste Weltkrieg wird bald ausbrechen.«

»Der nächste Weltkrieg wird bald ausbrechen«, sagte Clive am Abend zu seinen Eltern.

»Was?«

»Terrys Vater hat Terrys Mutter angeguckt und gesagt, daß der nächste Krieg bald ausbricht.«

Eric Rogers mußte lachen; Betty preßte die Lippen zusammen.

Sie wollten zur Bibliothek. Eine der Strafen, wenn man ein begnadetes Kind aufzog, bestand darin, zweimal wöchentlich die Bibliothek aufsuchen zu müssen. Immer wieder mußten Mr. und Mrs. Rogers die Demütigung hinnehmen, von ihrem siebenjährigen Sohn überrundet zu werden: Sie brauchten fünf Minuten, um sich ein Wildwestbuch oder einen Liebesroman auszuwählen, während Clive darauf bestand, eine volle Stunde, wie sie den Mitgliedern zustand, inmitten der Bücher zu verbringen. Zwei Tage später hatte er dann seine Bücher gelesen; seine Eltern indes mußten die ihren zurückbringen, ohne sie ausgelesen zu haben, nur um den Schein zu wahren.

Bücher hätten sonst keine große Rolle im Hause der Rogers gespielt. Doch wegen Clives besonderer ›Begabung‹ hatten sich seine Eltern von einem gewieften Vertreter zum Kauf einer sündhaft teuren Encyclopaedia Britannica überreden lassen. Ein wahres Opfer. Die Bücher waren in teures weißes Leder gebunden. Erst als sie geliefert worden waren und im Wohnzimmer wie zwei Säulen eines okkultistischen Tempels gestapelt lagen, begriff Eric Rogers, warum man ihm zusätzlich als heißen Tip einen Bücherschrank aus Teakholz angeboten hatte. Vielleicht wäre es ihm ein Trost gewesen zu wissen, daß sein Nachschlagewerk aufgrund des unersättlichen Wissensdurstes seines Sohnes das einzige in der Stadt war, das wirklich ständig benutzt wurde.

Clive hatte neuerdings Science-fiction entdeckt, und so hatte sein Vater versucht, Anteil an dieser Wissensrichtung zu nehmen. Manchmal war es jedoch ein hartes Los.

»Was ist ein Geigerzähler?«

»Schlag's nach, Sohn. Dafür haben wir doch die ganzen Lexika gekauft.«

»Was ist ein Positronen-Richtstrahl?«

»Der Teufel soll mich holen, wenn ich das weiß, kannst du's nicht nachschlagen?«

Es dämmerte schon, als Clive und sein Vater auf dem Weg zur Bibliothek waren. Riesige braune Blätter, trocken wie Pergament, wehten von den Buchen herab. Als sie das Cottage erreichten, neben dem der Wohnwagen der Morris' stand, hörten sie den aufheulenden Motor eines Wagens. Mr. Morris' MG mit den Speichenrädern schoß aus der Einfahrt und bremste scharf, als er die Straße erreichte. Hinterdrein rannte Jane Morris, barfüßig, und schwang einen großen Aluminiumtopf. Als der MG mit quietschenden Reifen davonraste, traf der Topf den hinteren Kotflügel, um danach harmlos aufs Pflaster zu hüpfen. »Wichser!« schrie die Frau. Sie war rot vor Wut. In einer Abgaswolke blinzelte Clive seinem Vater zu. »Du verdammter Wichser!« kreischte Jane Morris wieder.

Eric Rogers sah aus, als wolle er etwas sagen. Statt dessen hob er den Topf auf. Angebrannte Reste des Abendessens klebten am Boden. Er gab der Frau den Topf, wobei er versuchte, nicht zu zwinkern. Ohne ein weiteres Wort ging Jane Morris in den Wohnwagen.

Schweigend legten Clive und sein Vater die halbe Meile zur Bibliothek zurück. Eric konnte spüren, daß sein Sohn in heftiges Grübeln versunken war. Mit seinen sieben Jahren hatte er schon eine steile Falte über der Nasenwurzel, die immer dann zum Vorschein kam, wenn er scharf nachdachte. Erics Gedanken beschäftigten sich immer noch mit Jane Morris' Ausbruch.

Als sie die Bibliothek erreicht hatten, hielt ihn sein Sohn an der Tür zurück. Ein Ausdruck tiefer Besorgnis hatte sich auf sein Gesicht gelegt.

»Dad.«

»Was ist denn?«

»Was ist ein radioaktives Isotop?«

6.
Schlechter Einfluß

Ungefähr um diese Zeit trat Gott auf geheimnisvolle Weise in das Leben der drei Jungen. Er trat auch in das Leben von Lanky Linda, und zur gleichen Zeit nahm er Einfluß auf ein paar andere Kinder des Ortes, die alle etwas jünger waren. Es geschah eines Morgens, als Sam vom Leben nichts anderes erwartete als ein ordentliches Fußballspiel.

Eines Sonntags nach dem Frühstück sah Sam sich in einen Anzug gesteckt, den er haßte. Es war ein Anzug mit kurzen Hosen aus einem glänzenden, kratzigen Synthetikstoff. Zweimal schon war er in diesen Anzug gezwängt worden, einmal zu einer Hochzeit, das andere Mal zu einer Taufe. Nachdem ihm gezeigt worden war, wie er ein Paar elastischer Strumpfbänder zu befestigen hatte, damit die kniehohen, cremefarbenen Strümpfe nicht rutschten, mußte er seine guten schwarzen Schuhe wienern, bis sie blitzten. Als er fertig war, benetzte Connie seinen Kopf mit Wasser und begann, ihm mit heftigen Strichen das Haar vom Scheitel glatt zu bürsten. Sam wollte eben protestieren oder zumindest fragen, was alle diese Vorbereitungen zu bedeuten hätten, als es an der Haustür klopfte. Connie öffnete, und der erstaunte Sam gewahrte Lanky Linda in einem makellosen weißen Kleid, gekrönt von einem weißen Pillbox-Hut. Sie strahlte ihn an. Und noch erstaunter war er, hinter ihr einen kunterbunten Haufen kleiner Kinder aus der Nachbarschaft zu entdecken, alle frisch gebadet, gekämmt und mit ihren besten Sonntagskleidern angetan. Dann spürte er, wie eine Erwachsenenhand ihn nach draußen schob, und die Tür wurde – viel zu schnell – hinter ihm geschlossen.

Und da war Terry! Und da Clive! Beide schauten bedrückt und unbehaglich drein. Clives Hals und Ohren leuchteten hellrosa, als habe ihn jemand mit Schmirgelpapier bearbeitet.

»Was?« meinte Sam nur. »Was soll das alles?«

»Komm mit«, sagte Linda voller Stolz und winkte den Kindern mit ihrem weißen Handschuh. »Kommt alle mit.« Sie eilte schnellen Schrittes davon, doch lag in ihrer Haltung auch ein gewisser Stolz und ein Hochmut, der dieses Ereignis deutlich von dem gewöhnlichen Gang zur Schule unterschied. Die kleineren Kinder in der Gruppe mußten rennen, um mit ihr Schritt zu halten.

»Was ist denn bloß?« wollte Sam von Clive und Terry wissen, aber entweder wußten sie nicht mehr als er oder sie waren zu sauer, um ihm eine Antwort zu geben.

»Es ist eine Überraschung«, rief Linda über die Schulter, und sie schritt ihren Schäfchen voran, gelassen und heiter, mit einer seltsamen Haltung der Hände, so als trage sie eine unsichtbare Kugel und ein Zepter.

Sie wanderten eine Viertelmeile den Hügel hinauf, dann hielt Linda vor einem Torbogen. Sam erkannte das Haus: es war ein bescheidenes schwarzgestrichenes Fachwerkgebäude mit einem Holzkreuz auf dem Dach.

»Es ist eine Kirche«, sagte er. »Eine Kirche.«

Linda strahlte in froher Zustimmung. Sie hielt das Tor offen und scheuchte alle hinein. Ein kleiner Angstschauder überlief die kleineren Kinder, doch Linda beruhigte sie, Linda ermutigte sie und schließlich führte Linda alle zum Kirchenportal. In der Kirche erklang leise Orgelmusik. Die drei Jungen folgten als letzte den kleineren Kindern, die sich schutzsuchend zusammengedrängt hatten.

Sam konnte nicht wissen – und hätte auch nie erraten –, daß eine kleine elterliche Verschwörung sie an diesen Ort gebracht hatte. Ein oder zwei Elternpaare aus der Nachbarschaft, die sich vielleicht ehrliche Sorgen um die religiöse Bildung ihrer Kinder machten, hatten sich mit jener größeren Zahl von Eltern zusammengetan, die schon zufrieden waren, wenn sie einen friedlichen Sonntagmorgen ohne ihre Sprößlinge genießen konnten; und jene besorgten Eltern hatten dann einen Plan ausgeheckt, indem sie die bereitwillige Linda dazu brachten, die Kinder zur Missionskirche St. Paul zu begleiten. Und während die Kinder der Apostelgeschichte lauschten, konnten Mutter und Vater in aller Ruhe im Bett das tun, was ihnen nur das heilige Band der Ehe gestattete, ohne dafür im Feuer der Hölle zu schmoren.

Mr. Phillips begrüßte Linda und alle Kinder mit einem warmen Willkommen in der Sonntagsschule. In der Kirche waren schon fast dreißig Kinder, ein paar kannte man von der Schule, andere nicht. Mr. Phillips, ein Mann mit einem offenen, trägen Lächeln, blitzenden blauen Augen und einer spiegelnden Glatze, nahm seinen Platz vor dem Altar ein, um die Kinder mit den Geschichten über den Guten Samariter und den Verlorenen Sohn zu erfreuen. Sam hörte aufmerksam zu.

Nach der Messe bekam jedes Kind einen Aufkleber und eine Karte, auf die der geklebt werden konnte. Jede Woche, so versicherte man ihnen, würden sie nun einen neuen Aufkleber erhalten. Auf dem ersten Aufkleber war ein Bild aus der traurigen Geschichte eben jenes Verlorenen Sohnes. Die Aufkleber waren zwar ganz interessant, aber noch lange kein Ersatz für das verpaßte Fußballspiel. Doch diese neue Sonntagsroutine war nun Pflicht, und die Jungen ertrugen sie Woche um Woche mit einem aus Vernunft geborenen Gleichmut -

es war dann doch zu schwer für sie, gegen Gott anzutreten.

Nach der vierten Woche hatten sie Plätze in der hintersten Reihe gefunden, wo sie unbeobachtet Fratzen schneiden, flüstern und einander knuffen konnten, während Mr. Phillips am Altar milde lächelte und begeisterte Reden schwang. Dann wurde gesungen, dann mußte man sich erheben, dann wieder mußte man niederknien und beten. Sam grub seine Knie in das Betkissen, das auf dem gewachsten Holzboden lag, und hatte bald herausgefunden, daß er während des Gebets leise wegdösen konnte. Erst wenn er hörte, daß alle ihren Hintern wieder auf die Bank bewegten, setzte er sich auf.

Terry und Clive lümmelten zu seiner Rechten. Als er schläfrig die Augen öffnete, sah er zu seinem Entsetzen den grinsenden Zahn-Elf zu seiner Linken sitzen. Er schnappte nach Luft und wurde starr vor Furcht. Der Elf bedeutete ihm, still zu sein, und berührte dann sein Ohr: er sollte sich auf den Unterricht konzentrieren.

»Heute werde ich euch die Geschichte vom Scherflein der Witwe erzählen«, intonierte Mr. Phillips, die Arme in die Hüften gestemmt. Er schien den Zahn-Elf nicht bemerkt zu haben. Sein weißes Nylonhemd wies unter den Achseln runde Schweißflecken auf, und sein Kahlkopf glänzte unter dem Licht der Glühbirnen. In seinen Augen leuchtete unbeirrbarer Glaube, und sein Kopf nickte in ständiger Selbstbestätigung, während er sprach. Sam erkannte an Terrys und Clives Gesichtern, daß auch sie sich mit träumerischer Aufmerksamkeit tarnten. Er blickte wieder den Elf an, der ihm verstohlen zuzwinkerte.

Der Elf fuhr fort zu blinzeln und zog verschlagen eine Braue hoch. Sam wollte Terry eben einen Rippenstoß versetzen, als er sah, daß der Zahn-Elf in seinem

Schoß etwas streichelte. Er schnaubte, als er es erkannte: Der Zahn-Elf hatte seinen Schwanz hervorgeholt. Leicht ruhte er auf der Handfläche. Er war von ungesunder weißer Farbe, die Eichel geschwollen wie ein Pilz nach einem warmen Regen. Der Elf öffnete den Mund, wobei er wieder die spitz zulaufenden Zähne zeigte, dann blinzelte er und nickte Sam spielerisch zu. Sam kicherte laut. Terry drehte den Kopf, um zu sehen, was los war. Auch ein paar andere Köpfe in den vorderen Reihen fuhren herum. Sam begrub seine Nase im Taschentuch und schneuzte sich heftig. Als er wieder aufblickte, war der Elf verschwunden.

»Und obwohl die Witwe nur ein winzig kleines Opfer brachte ...«, fuhr Phillips mit erhobener Stimme fort, um die Aufmerksamkeit der Kinder wachzuhalten.

Sam stieß Terry den Ellbogen in die Rippen. Terry blickte auf, und Sam zwinkerte ihm zu. Nun war es an Terry zu kichern, als er Sams schlaffen Penis aus der Hose hängen sah.

»Es spielt also keine Rolle, wie klein das Opfer ist ...«

Terrys Schultern begannen zu zucken. Clive riß sich aus seinen Träumen und wollte wissen, was los war. Einen Augenblick später wanden sich alle drei in unterdrücktem Kichern, mit bebenden Schultern. Terry stopfte sich das Taschentuch in den Mund, wodurch er nur noch mehr schnauben mußte und sich tief in seiner Nase ein Rotzklumpen löste, der als grüner Wurm aus dem Nasenloch herausschoß. Alle Kinder drehten sich um. Linda, die unter ihrem weißen Hut in einer der vorderen Reihen saß, war herumgefahren und blitzte sie mißbilligend an. Dies verschlimmerte die Lage nur noch. Sam grub sich die Fingernägel in die Handfläche und versuchte sich zu beherrschen; Terry erstickte fast an seinem Taschentuch; und Clives Wangen waren zum Platzen aufgeblasen.

»Und dies ist die Botschaft der der der ... Sam, Terry und Clive, ihr bleibt noch ein wenig hier, wenn wir fertig sind ... die Botschaft der Geschichte vom Scherflein der Witwe.«

Ein zügelloses Gelächter brach aus. Sam mühte sich ab, seinen Schwanz wieder in die Hose zu verstauen, bevor jemand es merkte. Die Art, wie Phillips ihn angesehen hatte, deutete an, daß er es wußte. *Er wußte,* daß Sam mit seinem Schwanz gespielt hatte. *Er wußte es,* weil Gott es ihm gesagt hatte. Gott hatte es Mr. Phillips gesagt, und Mr. Phillips würde es Linda sagen, und Linda würde es seiner Mutter sagen, und seine Mutter würde es seinem Vater sagen, und sein Vater würde seinen Ledergürtel mit der Messingschnalle nehmen und ihn verdreschen.

So machte Gott das.

Nach der Sonntagsschule versammelte Mr. Phillips die drei Jungen in der Sakristei, während die anderen Kinder die Kirche verließen. Trotz seiner Leutseligkeit und seiner tiefen Nächstenliebe hatten sie Angst vor Mr. Phillips – vor seiner Verbindung zu den höheren Mächten. Nach diesem Ereignis waren sie – zumindest Sam und Terry – zutiefst erschrocken über die Schwere ihres Vergehens, besonders da sie sicher waren, es werde öffentlich bekannt.

»Er weiß es«, warnte Sam, während sie darauf warteten, daß die anderen Kinder die Kirche verließen. Die Sakristei roch nach Bohnerwachs und Lavendel. An der gegenüberliegenden Wand hing ein Bild von Jesus zwischen den beiden Dieben.

»Tut er nicht«, gab Clive zurück. »Kann er gar nicht.«

»Ich glaube, er weiß es«, sagte Terry.

»Sag nichts«, riet Clive.

Phillips kam herein. Sacht fiel die Tür ins Schloß, als er sie hinter sich zuzog. Er stemmte die Hände in die

Hüften, dann nahm er die Brille ab. »Nun. Jetzt würde ich gerne einmal wissen, was ihr heute so lustig fandet.«

Schweigen.

»Nun, schön, ich kann auch den ganzen Tag hier stehenbleiben und auf eine Erklärung warten. Den ganzen Tag.«

Schweigen.

»Ich warte.« Sie spürten alle, daß Phillips bereits verloren hatte. »Komm schon, Clive, du bist der Vernünftigste von euch dreien. Müßt ihr denn rumkichern wie dumme kleine Mädchen? Ich warte immer noch.«

Clive räusperte sich. »Entschuldigen Sie, Sir.«

»Tja, also, ich glaube nicht, daß ich eine Entschuldigung wollte. Ich wollte eine Erklärung.«

Clive räusperte sich zum zweiten Mal. »Ich denke«, begann er und imitierte eine Phrase, die er von den Erwachsenen oft gehört hatte, »daß wir etwas sehr amüsant gefunden haben müssen.«

»Ach. Du denkst, du hast etwas sehr amüsant gefunden, ja?«

»Ja, Sir.«

»Ich verstehe. Und was war mit Jesus?«

»Sir?«

»Ich sagte, was war mit Jesus?«

»Sir?«

»Ja, was war mit ihm? Als Er am Kreuz starb für unsere Sünden. Für eure und für meine Sünden. Glaubt ihr etwa, Er hätte da irgend etwas besonders amüsant gefunden?«

Der Zahn-Elf brachte Sam auch bei, wie man durch rasches Atmen eine Ohnmacht herbeiführen konnte. Es war ein Trick, den er in der Schule vorführte. Das Ereignis gelangte sogar in die Schlagzeilen der Lokalpresse.

Es war ein schöner sonniger Nachmittag; die Kinder hatten Frühstückspause und sollten in zehn Minuten von der Glocke in ihre Klassen zurückgerufen werden. Über ihren Köpfen flog ein Flugzeug, überraschend tief, so daß man fast den Piloten in der Kanzel erkennen konnte. Sam stand da und starrte ihm nach, starrte mit zusammengekniffenen Augen in den Himmel; das laute metallische Brummen der Maschine hielt ihn in seinem Bann, als die anderen Kinder das Flugzeug schon längst vergessen hatten. Er stand am Rande des Schulhofs und plötzlich fiel ihm wieder ein, was ihn der Elf in der Nacht gelehrt hatte.

Er wandte sich wieder den anderen Kindern zu und nahm Clive am Arm. »Hey, guck dir das mal an.« Er bestimmte zwei andere Jungen dazu, ihn aufzufangen, steckte sich die Finger in die Ohren und atmete in rascher Folge tief ein, bis er ohnmächtig wurde. Die Jungen fingen ihn auf, und innerhalb weniger Sekunden hatte er das Bewußtsein wiedererlangt.

»Hey!« meinte Clive, und nun wollte er es auch versuchen. Wieder geschah dasselbe. Dann waren die beiden anderen Jungen dran, dann Terry, und innerhalb weniger Augenblicke hatte sich eine Zuschauerrunde von zehn oder fünfzehn Kindern versammelt, die alle darauf brannten, an dem neuen Spiel teilzunehmen. Das Publikum verdoppelte, verdreifachte sich, bis der ganze Schulhof zuschaute.

Dann geschah etwas Seltsames: Sandra Porter aus Sams Klasse wurde plötzlich ohnmächtig, ohne vorher hastig geatmet zu haben. Dasselbe geschah Janet Burrows und Wendy Cooper, dann Mike Carpenter und noch drei anderen Mädchen und schließlich vier weiteren Jungen, bis endlich alle ohnmächtig wurden, auf dem Schulhof lagen – ein ganzer Schulhof voller Kinder, mehr als hundertsechzig Kinder, die zu Boden sanken wie die abgeworfenen Blütenblätter einer Rose.

Sam sah Lehrer aus dem Gebäude herbeieilen. Terry und Clive waren unter den letzten Gefallenen, und Sam dachte, es wäre besser, wenn auch er sich fallen ließ. Er hörte, wie die Lehrer zwischen den Kindern herumrannten und schrien: »Hört auf damit! Hört sofort auf damit!« Aber es dauerte mehr als drei Minuten, bevor das erste Kind sich wieder erholte. Sam öffnete kurz die Augen und sah auf dem Zaun, der den Schulhof umgab, den Zahn-Elf sitzen und höchst befriedigt grinsen. Dann war er verschwunden.

Als die Kinder das Bewußtsein wiedererlangt hatten, schien niemand in der Lage zu sein, den Lehrern irgendeine Erklärung liefern zu können. Und so wurde dies ›Der Tag, an dem jeder in Ohnmacht fiel‹. Das Ereignis erschien im *Coventry Evening Telegraph* und wurde als Massenhysterie beschrieben.

Der Urheber, Sam, wurde nie entlarvt.

7.
Der Käfig

Sam mußte heute nicht in die Schule, obwohl er liebend gern gegangen wäre; Mitglied im ›Club zur Sammlung ungewöhnlicher Objekte‹ zu sein wurde täglich spannender, und heute würde er die Sitzung verpassen, zu der Terry eine unbenutzte Patrone mitzubringen versprochen hatte, die aus der 12-Kaliber-Flinte seines Vaters stammte. Clive hatte diesen Club eben erst vor einer Woche gegründet, indem er Sams und Terrys Interesse mit einer Armbinde aus der Nazizeit weckte: einem blutroten Ding mit einer runden weißen Fläche in der Mitte, auf die ein Hakenkreuz genäht war. Dieses Souvenir war während des Krieges in Eric Rogers' Besitz gelangt. Die Mitgliedschaft im Club verlangte, daß man täglich ein ähnlich interessantes Stück vorzuweisen hatte. Am nächsten Tag hatte Terry ein ›Katzenaugen‹-Rücklicht mitgebracht, das er aus der Werkstatt seines Vaters gestohlen hatte. Sam lieferte ein ägyptisches Tempelsymbol, das nach Aussage seines Vaters von Gott weiß woher stammen mochte. Und nun hatte Terry ihnen die Flintenpatrone an dem Tag versprochen, an dem Sam zu einem Untersuchungstermin in die Augenklinik mußte.

Um dorthin zu gelangen, mußte man den bescheidenen Weg zur Bushaltestelle zurücklegen, die lange ermüdende Fahrt in die Stadt auf sich nehmen und dann noch eine ganze Strecke zur Klinik wandern. Sams Mutter war nicht gewillt, viele Umstände zu machen – als Sam zum fünftenmal quengelte, er wolle nicht ins Krankenhaus, steckte sie ihn in seinen Dufflecoat, stopfte seinen Kopf in die Kapuze und schüttelte diesen dann so lange, bis ihm ganz schwindlig wurde.

Er stand schon einige Zeit an der Haltestelle, bevor die Welt wieder normale Konturen annahm.

Bevor der Bus kam, raste Chris Morris' frisierter MG Midget an ihnen vorüber, mit röhrendem Auspuff, in Richtung Stadt. Dreißig Yards hinter der Haltestelle kam er mit kreischenden Bremsen zum Stehen, verharrte und raste dann im Rückwärtsgang auf sie zu. Die Beifahrertür sprang auf, und Morris lehnte sich mit einem Totenkopfgrinsen herüber. Während er am Lenkrad spielte, ließ er den Motor aufheulen. Connie blickte zweifelnd auf den Wagen.

»Er will uns mitnehmen«, sagte Sam zu seiner Mutter, als sei das plötzliche Auftauchen des Sportwagens ein Omen, das von einem Fachmann erklärt werden mußte.

Sam kletterte in die Nische hinter dem Fahrersitz, während seine Mutter Mühe hatte, sich mit Würde auf dem Schalensitz niederzulassen. Als Morris mit kreischenden Reifen anfuhr, wurde sie in den Sitz gepreßt, ihre Knie gingen hoch, und sie versuchte verzweifelt, ihren Rock festzuhalten. Sie waren schon fast in der Stadt, bevor Morris das Schweigen brach.

»Sie ist verrückt, weißt du«, erklärte er mit ruhiger, beherrschter Stimme.

»Wer?« fragte Connie.

»Ehrlich. Sie ist total verrückt. Schreit in der Gegend rum. Nehme an, sie hat dir schon ihre Version erzählt. Unter Frauen, nicht wahr?« Im letzten Augenblick hielt er vor einer roten Ampel.

»Sie hat mir überhaupt nichts gesagt.«

Sam saß hinten und blickte zuerst seine Mutter, dann Morris an. Die Erwachsenen setzten ihr Gespräch fort und hielten den Blick starr auf die Straße gerichtet. Die Ampel sprang auf grün, Morris legte den Gang ein, und Connies Knie fuhren wieder in die Höhe.

»Alles, was sie sagt, ist eine Lüge. Ich nehme an, du weißt das. Ihr Weiber. Du weißt doch, wie die Leute sind.«

»Ja.«

»ALLES IN ORDNUNG DAHINTEN?« brüllte er plötzlich Sam zu, als befinde er sich in einem offenen Flugzeug in großer Höhe. »GEHT'S DIR GUT?«

»Ja«, erwiderte Sam fröhlich.

»Es geht ihm gut«, sagte Morris, nun wieder mit seiner gewohnten, leisen, ein wenig unheimlichen Stimme. »Es geht ihm gut.« Sein Hände packten das Lenkrad fester. »Wenigstens das ist in Ordnung.«

»Hier wär's ganz gut«, sagte Connie.

»Was?«

»Laß uns hier raus.«

Nachdem sie aus dem Wagen geklettert waren, packte Connie Sam bei der Hand, während sie dem Midget nachschauten, der Richtung Zentrum brauste. »Schnell«, bemerkte Sam. »Mr. Morris fährt ganz schön schnell. Wo fährt er denn hin?«

»Geradewegs in die Hölle«, antwortete Connie. »Und untersteh dich, mich noch mal in dieses Auto zu schubsen.«

Weil Mr. Morris so schnell gefahren war, hatten sie noch Zeit bis zu ihrem Termin; Connie nahm Sam in die Innenstadt mit, um ihm den Glockenturm zu zeigen. Unter der Uhr am Broadgate sprangen ein paar Türchen auf, und eine sonderbare, mechanische Lady Godiva ritt rüttelnd und stockend im Halbrund vorüber.

Über ihrem Kopf erschien in einem zweiten Fenster Peeping Tom mit weit aufgerissenen Augen und riskierte einen verbotenen Blick auf die Schöne. Sam interessierte sich mehr für Tom als für die wackelnde nackte Dame. Die Uhr schlug die volle Stunde.

»Er ist geblendet worden«, sagte Connie.

»Warum?«

»Weil er geschaut hat, wo er nicht durfte.«

Sie machten sich auf den Weg in die Klinik. Sam wurde das Herz schwer. Er fragte sich, ob auch er zur Strafe geblendet worden war, weil er Dinge gesehen hatte, die er nicht sehen durfte. Vielleicht mußte er die gleiche Strafe erleiden wie Tom, weil er den Zahn-Elfen erblickt hatte. Auf ihrem Weg hielt Connie an einem der wenigen erhaltenen mittelalterlichen Stadttore von Coventry. Von dem gotischen Torbogen grinste ein Wasserspeier heimtückisch zu ihnen herunter. Seine Zähne liefen zu scharfen Spitzen aus. Sam ergriff Connies Hand. Als sie das Tor passierten, fürchtete er, beim Herauskommen auf der anderen Seite könnte sich die Welt unwiderruflich verändert haben.

»Ist Micky nun im Käfig oder draußen? Drinnen oder draußen?« Die dicke Krankenschwester wurde langsam ärgerlich. Sie hatte Sam nun dreimal dieselbe Frage gestellt, und er war außerstande, eine korrekte Antwort zu geben.

Er mochte die Augenklinik nicht. Im Wartezimmer saßen lauter Leute mit Augenklappen und bepflasterten oder verbundenen Augen. An der Wand hingen einschüchternde Plakate mit der Aufschrift SCHÜTZEN SIE IHRE AUGEN: SPAREN SIE NICHT AM FALSCHEN ENDE. Aus dem Wartezimmer wurde er in einen kleinen verdunkelten Raum bugsiert, wo er eine Tafel lesen mußte, und von dort in eine düstere Höhle, wo man ihm ein teuflisches Gerät mit einer Art Metallmaske auf die Nase setzte und ihm befahl, auf das Erscheinen kleiner blinkender roter und grüner Lichtblitze zu achten.

»Werden die mich noch gehen lassen?«

»Natürlich werden sie das«, tröstete Connie ihn. »Dauert nicht mehr lange.«

Später wurde er in einen anderen, helleren Raum kommandiert; dort schubste ihn die dicke Krankenschwester auf einen Stuhl vor einem Tisch, auf dem eine Black Box stand. Sie drückte einen Schalter, und plötzlich wurde die Black Box erleuchtet und zeigte ihm ein Bild von Micky Maus und einem Eisenkäfig. Die Schwester hielt eine Karte vor sein Auge.

»Ist Micky jetzt im Käfig oder draußen?«

An der Vorderseite der Black Box klemmte eine Art Fernglas. Die Schwester befahl Sam, hindurchzusehen. Das Ding roch scheußlich nach Gummi und Metall. Dann tat die dicke Schwester etwas, wodurch das rechte Glas schwarz wurde.

»Ist Micky drinnen oder draußen?«

Sam hatte solche Angst, daß er nur ein ›Ja‹ herausbringen konnte.

Die Krankenschwester stieß einen tiefen Seufzer aus. »Drinnen oder draußen?«

»Drinnen. Ja.«

Das linke Glas wurde wieder geöffnet. »Und jetzt – ist Micky im Käfig oder draußen?«

Sam zögerte. Die Frage stellte ihn vor ein Problem, da Micky gleichzeitig drinnen *und* draußen war. Er konnte zwei Mickys sehen; der eine war auf jeden Fall draußen und der andere ein leicht verschwommenes, aber immer noch erkennbares Bild *im* Käfig.

»Ich weiß nicht.«

»Entweder«, betonte die dicke Schwester, »ist er drinnen, oder er ist draußen. Ist Micky nun drinnen oder draußen?«

Sam hielt den Atem an. Er wußte, daß es ungeheuer wichtig war, jetzt nicht in Tränen auszubrechen. Wo war nur seine Mutter?

Er biß sich auf die Lippen und wartete. Die Krankenschwester knallte ihren Kugelschreiber auf den Tisch. »Drinnen oder draußen?« fragte sie. »Du meine Güte, drinnen oder draußen?«

»Drinnen.«

Die Schwester schien zufrieden. Sie nahm den Kugelschreiber wieder zur Hand und kreuzte ein Kästchen auf einem Bogen an. Sie wechselte das Glas. »Und jetzt?«

»Drinnen.«

»Und jetzt?«

»Drinnen.«

»So ist's besser. Ist doch ganz einfach, oder?« Ihre Laune hatte sich schlagartig gebessert. Er seufzte heimlich vor Erleichterung. *Drinnen* schien die richtige Antwort zu sein, die jedermanns Zustimmung fand. Nach einer Weile durfte er gehen.

Man ließ ihn auf einem Stuhl im leeren Flur Platz nehmen und warten, während Connie mit dem Arzt sprach. Eine junge Krankenschwester kam vorbei und lächelte ihn freundlich an. Die Minuten verstrichen. Jemand saß auf dem Stuhl neben ihm, doch Sam war so in Gedanken versunken, daß er nicht einmal aufsah.

»Es tut mir richtig leid«, sagte die Gestalt neben ihm. »Es tut mir so leid, und deshalb bin ich gekommen, um dir etwas zu geben.«

Sam sah auf. Es war der Zahn-Elf. Sam erkannte den Geruch wieder, der beim Besuch des Elfen sein Schlafzimmer erfüllt und der sich nun wenig geändert hatte. Jetzt roch die Kreatur nach Heu und Leder und Pferdeschweiß. Im Tageslicht sah der Elf noch häßlicher aus. Sein Blinzeln war deutlicher, und sein kleingewachsener Körper wirkte kräftiger, als sei er aus Draht und Sprungfedern gemacht. »Du bist *doch* ein Junge«, stellte Sam fest.

Ärgerlich knirschte der Elf mit den Zähnen. »Du wirst mich nicht immer so sehen. Nur jetzt. Hör mal, es tut mir wirklich leid, daß ich dir all das zugefügt habe. Ich mein' das mit deinem Auge. Ich bin gekommen, um dir was zu geben.«

»Was? Was meinst du denn damit?«

»Dieser kleine Freund von dir. Der so hinkt.«

»Terry?«

»Er ist gezeichnet. Aber hör zu. Am Samstag wird's sein. Du wirst verdammt noch mal 'nen Weg finden, klar? Du wirst es hinkriegen, daß der Kleine bei dir ist, ja? Samstag abend.« Der Zahn-Elf stieß Sam mit einem spitzen, knochigen Finger in die Schulter. »Ich hab' dir jetzt das gegeben, also sind wir quitt. Ich hab' keine Rechnung mehr offen. Du wirst alles verdammt richtig machen. Ich geh' jetzt.«

Der Zahn-Elf erhob sich von seinem Stuhl und schlenderte den Krankenhausflur entlang, schubste wütend eine Bahre aus dem Weg, bevor er um eine Ecke verschwand. Sein Kopf erschien noch einmal kurz, und er warf Sam einen warnenden Blick zu.

»Sam! Sam! Kannst du nicht zuhören, wenn ich mit dir rede?« Seine Mutter. Sie packte ihn am Arm und zog ihn vom Stuhl hoch. »Laß uns gehen. Du mußt eine Brille bekommen.«

8.

Fernsehen

Eines Samstags wurde in einem eindrucksvollen großen Karton der erste Fernseher der Familie Southall angeliefert. Ein bedeutsamer Tag, auch für die Nachbarn, da Sam an diesem Tag seine brandneue Kassenbrille bekam; so könne er mit seiner neuen Brille in den neuen Fernseher schauen, lauteten die spitzen Bemerkungen der Leute. Die runden Gläser, in dünnen blauen Draht gefaßt, gaben Sam das Gefühl, sein Kopf sei gewachsen und sein Körper kopflastig geworden.

Nev Southall hatte Clives Vater Eric um Rat gefragt, der bereits einen Fernseher besaß, und Eric hatte ihm erklärt, daß eine Antenne auf dem Speicher genüge. Es würde ein paar Pfund sparen, wenn man das Ding nicht auf dem Dach montieren müsse, betonte er. Der Lieferant war anderer Meinung gewesen; während er sich am Ohrläppchen zupfte und seinen Kugelschreiber einschnappen ließ, erklärte er ihnen, daß sie in einer ›Depression‹ auf der falschen Seite des Sendemastes wohnten und eine Dachantenne brauchten.

»Nichts«, sagte Connie.

»Nichts«, echote Sam.

»Wie ist es jetzt?« rief der Vater.

»Wie ist es jetzt?« wiederholte Sam.

»Nicht gut«, sagte Connie.

»Nicht gut«, rief Sam.

Sie hatten Sam an das obere Ende der Treppe gestellt. Nev, der oben auf dem Speicher an der Antenne herumfummelte, konnte Connie nicht hören, die lustlos an den Knöpfen des neuen Fernsehgeräts im Wohnzimmer drehte, und sie konnte ihn auch nicht verstehen. Sams Aufgabe war es, unter der offenen Speicherklappe zu stehen und die Verbindung zwischen ihnen aufrechtzuerhalten.

»Besser.« Connie.

»Besser.« Sam.

»Jetzt ist es wieder weg.«

»Jetzt ist es wieder weg.«

Man mußte es Nev hoch anrechnen, daß er dieses nutzlose Hin und Her eine gute Viertelstunde lang ertrug, bevor er anfing, wütend zu werden.

»Was ist denn da unten los?«

»Was ist denn da unten los?«

»Nicht gut.«

»Nicht gut.«

In dem dunklen Loch, das den Eingang zum Speicher bildete, erschien Nevs verdrehter Kopf. Er knurrte. Sam beeilte sich, das Kurren weiterzugeben, bevor die Beine seines Vaters in der Speicherklappe erschienen und sich auf der obersten Treppenstufe niederließen. Er sah schon die Ohrfeige kommen, obwohl ihn doch gar keine Schuld traf. Er blieb oben auf der Treppe, während im Wohnzimmer ein Streit ausbrach. Dann sprang sein Vater wieder die Treppe hoch und kletterte in den Speicher, worauf sich das ganze Spiel wiederholte. Schließlich verlor Sam die Lust und gab die Botschaften nicht mehr weiter, und während die Flüche seines Vaters immer lauter wurden, fand er sich plötzlich vor dem Haus wieder.

Er stöberte Clive auf, der vor Mr. Morris' Werkstatt herumlungerte. Mr. Morris befand sich im Zustand höchster Erregung und schmiß alle möglichen Dinge in eine Kiste. Er warf den Müll weg, der sich unter seinen Erfindungen angesammelt hatte, und wies Clive seine Mißerfolge vor, bevor er sie mit unnötiger Wucht in die Mülltonne feuerte.

»... Zeitverschwendung, Clive, die reinste Zeitverschwendung.« Sam gesellte sich zu Clive am Eingang der Werkstatt, während ein gitarrenförmiges Objekt im Müll landete. Morris riß ein weiteres Gerät vom Regal. In seinem Verhalten lag etwas Theatralisches, so als erwarte er, jemand werde hinzutreten und ihn stoppen. »Der Mechanische Butler. Noch ein Fehlschlag. Ein Gerät, das Telefonanrufe beantworten kann. Hat keinen Menschen interessiert.« Krach. Sie wurden Zeugen der Zerstörung eines funktionstüchtigen Tonbandgeräts, als der Mechanische Butler in die Kiste gefeuert wurde. Sam spähte in die Kiste. Was immer das Gerät in seinem kurzen Leben gewesen sein mochte – nun war es unmöglich, es noch zu reparieren.

»Oh, hier ist ein gutes Teil: Der Alptraum-Abfangjäger. Den hab' ich für Terry gemacht.« Morris brachte einen elektrischen Wecker zum Vorschein, von dem eine Menge Drähte herabhingen. Sam bemerkte einen kleinen weißen Speichelfleck auf Morris' Kinn. »Er hatte Alpträume, nachdem dieser Hecht seine Zehen abgebissen hat. Hat sie immer noch. Also hab' ich das hier erfunden. Seht ihr das? Das ist ein Wärmesensor – spürt Hitze auf. Wenn du einen Alptraum hast, fängst du an, heftig zu atmen, deshalb setzt du das hier auf …« Er befestigte eine Krokodilklemme auf Clives Nasenbein.

»Au«, machte Clive.

»Und wenn du anfängst, heftig durch die Nase zu atmen, betätigt der Sensor einen Schalter, der den Wecker schellen läßt. Und du wachst auf und hast keinen Alptraum mehr. Ganz einfach, was?«

»Und funktioniert es?« wollte Clive wissen.

»Hast doch keinen Alptraum mehr gehabt mit dem Ding, oder?« rief Mr. Morris zu Terry hinüber.

Terry stand ein wenig entfernt von den anderen unter den Apfelbäumen und schlug mit einem Kricketschläger die letzten faulenden Bramley-Äpfel über die Hecke. »Nö.«

»Nö«, wiederholte Morris bitter. »Konntest gar nicht schlafen mit all diesen Drähten auf der Nase, das war's doch.« Er entfernte die Klemme von Clives Nase und schmiß das Gerät in die Kiste.

Der Fehlschlag des Alptraum-Abfangjägers schien Morris sehr traurig zu machen; er preßte die Lippen zusammen und hatte den Jungen anscheinend nichts mehr zu sagen. Eine unfertige Arbeit nach der anderen wurde in die Kiste geschleudert. Seine Bewegungen wurden immer fahriger, so daß Clive und Sam sich schließlich verdrückten und zu Terry gesellten. Die Äpfel, die er mit seinem Kricketschläger getroffen hatte, erfüllten den Garten mit dem stechenden Geruch von Most und dem Verfallsgeruch des Herbstes.

»Was macht euer Fernseher?« wollte Terry wissen.

»Wir können einfach kein gutes Bild kriegen«, erwiderte Sam und rollte Terry einen Apfel zu.

»Warum denn nicht?«

»Weil wir in einer ›Depression‹ wohnen.«

Unter dem Apfelbaum stand ein wackliger, verrottender Tisch, auf dem sich goldene Blätter und faulende Äpfel häuften. Ein Marmeladenglas war von Morris als Wespenfalle aufgestellt worden. Er hatte kleine Löcher in den Deckel gebohrt, und acht oder neun Wespen krochen im Glas herum. Sam neigte sich so nah er es wagte über das Glas – es vibrierte geradezu von der Wut der Insekten, die einen Weg nach draußen suchten. Ihre wütende Energie schien das Glas sprengen zu wollen.

Nach einer Weile tauchte Morris' großes Gesicht neben Sams auf. Der Junge roch Tabak und Alkohol im Atem des Mannes. Obwohl Morris selbst die Falle aufgestellt hatte, tat er nun so, als sehe er sie zum ersten Mal.

»Siehst du«, sagte er ganz ruhig, »sie können zwar rein, aber sie finden nicht mehr raus.«

Der starre Blick des Mannes machte Sam beklommen. Er verdrückte sich. Morris bedeckte die Augen mit der Hand, und Sam sah, daß seine Schultern zuckten. Dann sahen es auch die anderen. Einen Augenblick später ging Morris in seine Werkstatt zurück und sperrte die Tür ab. Schließlich schlug Terry vor zu gehen. Während sie darauf warteten, daß er seinen Mantel aus dem Wohnwagen holte, warf Sam einen Blick durch die staubigen Fenster der Werkstatt. Morris saß mit dem Rücken zur Tür an seinem Arbeitstisch; er hielt mit den Händen die Tischplatte umklammert und schien an die Wand zu starren. Doch als er genauer hinsah, entdeckte Sam eine vertraute Gestalt, die Morris etwas ins Ohr flüsterte; ein Wesen, kaum über vier Fuß groß, züngelte mit seiner rosa Zunge an Morris' Ohr, vor und zurück, vor und zurück.

»Hey«, sagte Terry leise. »Laßt uns gehen.«

Sie setzten sich an den Teich, an dem Terry seine beiden Zehen verloren hatte. Die Jungen pflegten viele Stunden dort zu verbringen, angeblich, um nach dem Hecht Ausschau zu halten, doch sie bekamen ihn nie zu Gesicht. Terry hatte ein kleines Taschenmesser bei sich, das er in der Werkstatt seines Vaters geklaut hatte. Wann immer er am Teich saß, klappte er es auf und zu, doch geschah dies eher aus nervöser Angewohnheit als mit der festen Absicht, das Tier zu töten, sollte es sich wirklich einmal zeigen. Nach einer Weile ging Clive nach Hause. Sam blieb bei Terry sitzen; er wußte, sein Freund wollte nicht gern in den Wohnwagen zurück. Heute erschien sein Spiel mit dem Taschenmesser noch aufgeregter als sonst.

»Glaubst du, er ist immer noch da?« wollte Sam wissen.

Terry starrte ins Wasser. Leuchtende grüne Tupfen aus Entengrütze schwammen auf dem dunklen Spiegel des Wassers. »Der wird jedes Jahr größer und fetter.«

Sam sah die Spiegelung von Terrys Gesicht. Und plötzlich erschien in der Tiefe neben Terrys Antlitz ein anderes – vertraut und gefürchtet. Es zwinkerte ihm zu, die rosa Zunge schnellte vor und zurück. Da kam die Erinnerung. Sam sprang auf.

»Was ist denn?« rief Terry.

»Heut' abend«, keuchte Sam.

»Was ist heut' abend?« Terry klappte das Messer zu und erhob sich ebenfalls.

»Fernsehen. Wir ha'm doch jetzt Fernsehen.«

»Hast du mir schon erzählt.«

»Du mußt mitkommen und Fernsehen gucken. Heute noch.«

Terry grinste. »Toll.«

»Du mußt aber dableiben! Du mußt bei uns bleiben. Du kannst in meinem Zimmer schlafen.«

Terry war verwirrt, aber auch geschmeichelt. »Mum wird mich aber nicht lassen.«

»Wird sie doch. Sie muß. Meine Mum wird's ihr sagen.« Sam rannte bereits davon.

Terry warf noch einen schnellen Blick in das dunkle Wasser des Teichs. Dann rannte auch er, um Sam einzuholen.

»Er wohnt doch direkt nebenan«, sagte Connie, als Sam sie fragte, ob Terry über Nacht bleiben könne. »Warum denn nur?«

»Fernsehen!« war alles, was Sam vorbringen konnte.

»Na, dann kann er ja mitgucken und dann nach Hause gehn.«

»Nein, er muß bleiben. Ist ja der erste Fernseh-Abend!«

Connie blickte ihren Jungen an. Er hatte feuchte Augen, ballte die Fäuste. Er war sonst nicht so schwierig, sie konnte gar nicht verstehen, warum er jetzt so hartnäckig war. Terry hielt sich im Hintergrund, er wußte, wann er sich aus einem Streit heraushalten mußte. Connie blickte ihn an, und eine Welle von Mitleid für den Nachbarsjungen überrollte sie; gerade an diesem Nachmittag hatte sie Apfel-Pies gebacken, Kuchen mit Zuckerguß verziert. Vielleicht war es wirklich ein besonderer Tag. »Ich hör' mal, was Mrs. Morris dazu zu sagen hat.«

Nev hatte die Antenne nun leidlich ausgerichtet. An diesem Samstag abend starrten er, Connie, Sam und Terry mit ehrfürchtigem und fast heiligem Schweigen auf den Bildschirm. Durch einen mäßigen Schneesturm und verfolgt von einem Geisterschatten präsentierte sich eine der ersten Folgen von der TV-Serie ›Doctor Who und die Daleks‹. Ihr Erstaunen über das Gesehene war so groß, daß die beiden Jungen davon überzeugt waren, die Welt draußen müsse sich nun völlig verändert haben. Sie waren auch baß erstaunt, daß Sams Mutter den Mut besaß, sich auf den weiten Weg zu Terrys Wohnwagen zu machen, um mit Mrs. Morris über Terrys Übernachtung zu sprechen. Als sie mit seinem Schlafanzug und seiner Zahnbürste zurückkehrte, grinsten die Jungen sich fröhlich an und stießen sich insgeheim in die Rippen.

»Ist ja vielleicht besser so«, hörte Sam seine Mutter zu Nev sagen. Die Jungen durften aufbleiben, um eine Spielshow zu gucken und dann noch die Hälfte eines unverständlichen Dramas, bevor sie ins Bett geschickt wurden. Endlich lagen sie Fuß an Kopf in Sams Bett, und das Licht wurde ausgemacht. Aus dem Wohnzimmer drangen gedämpfte Stimmen und Filmmelodien in das Schlafzimmer der Jungen. Es war ein ungewohntes, aber gemütliches Geräusch.

Sam erwachte um ein Uhr in der Nacht. Das Fenster stand offen, und im Zimmer war es kalt. Er hob den Kopf vom Kissen. Zuerst glaubte er, ein Dalek sei ins Zimmer gekommen, ein Wesen aus glänzendem Metall, das tödliche Strahlen aussenden konnte. Gegen den Schlaf blinzelnd, sah er, daß es der Zahn-Elf war. Irgendwo draußen in der Nacht, nicht besonders weit entfernt, vernahm er zweimal einen sehr lauten Knall. Er blickte dem Elfen gerade in die Augen.

Der Elf schien irgendwie kleiner geworden zu sein; sein kohlrabenschwarzes Haar war feucht und strähnig, und sein Gesicht hatte die fahle Farbe schmutzigen Elfenbeins. Er zitterte und umschlang sich mit den Armen. Dann gab es einen dritten Knall.

Langsam nickte der Elf Sam zu. Er schien zu weinen. Dann verschwand er.

»Terry! Terry!«

Terry wachte auf. Seine Wimpern zuckten. »Ist aber kalt hier.«

Sam schloß das Fenster. »Hast du ihn gesehen?«

»Wen?«

»Er war hier!« Sam hatte den Elfen noch nie vor Terry und Clive erwähnt. Er war sehr aufgeregt, daß die Kreatur nun einmal in der Gegenwart von Terry aufgetaucht war. Und wenn Terry ihn nicht gesehen *hatte*, bedeutete das nicht, daß er ihn nicht sehen *konnte*.

Sie hörten, wie jemand aufstand; der laute Knall hatte auch Sams Vater geweckt. Nev steckte den Kopf zur Tür herein. »Schlaft weiter, Jungs.«

»Ich hab' aber einen Knall gehört.«

»Ein Auto hatte 'ne Fehlzündung. Schlaft wieder ein.«

Am Morgen, als die Jungen am Frühstückstisch saßen, kam Nev herein und rief nach Connie. Er warf einen raschen Blick auf Terry, als Connie die Treppe heruntergeeilt kam. Sein Vater hatte einen Ausdruck in den Augen, der Sam angst machte. Nev scheuchte Connie ins Wohnzimmer und schloß die Tür.

Als sie wieder herauskamen, sagte Nev: »Zieh deinen Mantel an, Terry; ich bring' dich jetzt zu deiner Tante Dot.«

»Warum?«

Nev rang nach Worten. Er sah gräßlich aus. »Weil's im Augenblick das Beste ist.«

Sam ging ans Fenster. Ein Polizeiauto hatte in der Toreinfahrt zu dem Cottage geparkt, hinter dem der Wohnwagen der Morris' stand. Dann erschien ein Krankenwagen und verschwand im Hof. Danach folgte ein zweites Polizeiauto.

Connie holte Terrys Mantel und half dem Jungen beim Zuknöpfen. Ihre Lippen waren fest zusammengepreßt. Sam sah, wie ihre Finger beim Knöpfen zitterten. Sie umarmte Terry, dann nahm Nev ihn bei der Hand und führte ihn aus dem Haus.

»O Gott«, sagte Connie, als sie weg waren. »O mein Gott.« Nun weinte sie. Heute fiele die Sonntagsschule aus, teilte sie Sam mit. Sie umarmte ihn und befahl ihm dann mit ungewöhnlicher Strenge, daß er sein Zimmer aufräumen solle.

9.
Der Alptraum-Abfangjäger

Es dauerte drei Wochen, bis Sam sich in die Nähe des Wohnwagens wagte. Er pirschte sich von hinten heran, durch den Streifen Ödland, so daß der alte Mann aus dem Cottage ihn nicht sehen konnte. Er hatte keine Angst vor dem Alten, einem freundlichen, gehbehinderten Achtzigjährigen, mit dem er schon oft ein paar Worte gewechselt hatte – nein, er hatte Angst davor, ein ›Leichenfresser‹ zu werden.

In den ersten Wochen hatten viele Leichenfresser um den Wohnwagen herumgeschnüffelt: scharfgesichtige Zeitungsfotografen; nervöse Reporter, die an die Tür von Sams Haus geklopft hatten; herumlungernde Schaulustige. Sam wußte, daß sie Leichenfresser waren, weil sein Vater sie so genannt hatte. Sie sahen zwar wie ganz gewöhnliche Menschen aus, aber er wußte, daß diese Leichenfresser unter ihrer menschlichen Maske grauen Schleim aus Ohren und Nasen absonderten. Er wollte kein Leichenfresser sein, doch der Wohnwagen zog ihn unwiderstehlich an.

Er rief nach ihm.

Terry war weggezaubert worden – von seiner Tante Dot zu einer anderen Tante in Cromer an der Ostküste –, und er war seither nicht zurückgekehrt. Daraufhin hatte es eine Diskussion bei den Southalls gegeben, ob man nun das Richtige für den Jungen getan habe.

»Es ist nicht richtig«, erklärte Connie. »Der Junge hätte hier sein sollen.«

»Was soll denn dabei rauskommen«, hatte Nev widersprochen. »Warum soll er denn noch mehr durchmachen? Der arme kleine Kerl hat schon genug ausgestanden.«

»Er hätte hier sein sollen, um es durchzustehen. Sie war seine Mutter, und er war sein Vater, was immer auch passiert ist. Er hätte beim Begräbnis sein müssen, um es ganz durchzustehen, bis zum bitteren Ende. Jetzt wird es für alle Zeit auf ihm lasten.«

»Ich weiß es nicht, Liebling. Ich weiß es nicht.«

Connie schniefte. Sie wußte es.

Die Vorhänge des Wohnwagens waren zugezogen. Sam kletterte auf die Anhängerkupplung und spähte durch einen Spalt in einem Vorhang, und er sah, daß man das Innere des Wohnwagens aufgeräumt und saubergemacht hatte. Alle Oberflächen waren abgewischt. Er sprang von der Kupplung herunter. Im Hof lagen noch viele Dinge herum, die den Morris' gehört hatten: Terrys Fahrrad; sein Kricketschläger, gegen einen Apfelbaum gelehnt, um den herum faulende Äpfel lagen; die Wespenfalle, deren Opfer zu vertrockneten Mumien geschrumpft waren.

Die Tür zu Morris' Werkstatt war mit einem schweren Vorhängeschloß versiegelt. Zwischen der Garagenwand und der angrenzenden Gartenhecke war ein dreißig Zentimeter breiter Spalt. Sam quetschte sich hinein und arbeitete sich zu dem mit Spinnweben verhangenen Fenster vor. Terry hatte ihm einmal gezeigt, daß man das ganze Fenster nach außen aufstoßen konnte. Das wollte er jetzt ausprobieren. Er spähte durchs Fenster und sah, daß sich in der Werkstatt nichts verändert hatte seit jenem Nachmittag, als er dort gewesen war, und bevor Morris die Tat verübt hatte. Man müßte die Werkstatt einmal aufräumen, doch vermutlich wußte niemand, was mit dem Zeugs geschehen sollte, das Morris hier angehäuft hatte. Sam stieß das Fenster auf und kletterte hinein.

Morris' männlicher Geruch erfüllte die Werkstatt: Tabakdünste, Whisky oder Bier, Haaröl und ein undefinierbarer Geruch wie in der Männerumkleide im Schwimmbad, den Sam stets mit Morris' Begeisterung verbunden hatte, wenn dessen Gehirn auf Hochtouren arbeitete; dieser Geruch war immer da, wenn Morris aufgeregt war, wie eine Warnung, daß die Mine bald explodieren könne. Dieser besondere Geruch hing nun im Raum.

Mit klopfendem Herzen blieb Sam im Dunkel stehen. Die Werkstatt vibrierte immer noch unter dem Schrecken des Geschehenen. Er sollte nicht hier sein. Aber es hatte ihn in die Werkstatt gezogen, weil er dem Nachhall der Ereignisse lauschen wollte. Da der Wohnwagen abgeschlossen war, hatte es sich angeboten, in die Garage zu gehen. Durch die Blätter vor dem Fenster warfen die Sonnenstrahlen ein Lichtmuster auf den Fußboden und auf Morris' Arbeitstisch. Eine kleine rote Milbe kroch langsam über Sams Hand. Das Blut pulsierte in seinen Adern. Dann ließ sein Herzklopfen etwas nach, und er konnte wieder atmen.

Regungslos wie ein Wasserspeier stand er im Dunkel, nahm die Stille in sich auf, bis er spürte, daß die Werkstatt ihm sein Eindringen vergeben hatte. Niemand hatte ihm gesagt, was geschehen war, oder wie oder warum es geschehen mußte, doch er hatte sich genügend Mosaiksteinchen zusammengesucht, um ein Bild der Geschehnisse zu konstruieren. Es war auch leicht, Morris' Geist aus dem Duft nach Haaröl und Tabak auferstehen zu lassen, bis der Mann leibhaftig vor Sam saß – in die Arbeit an seinem Tisch vergraben, winzige Entfernungen mit einem besonderen Lineal ausmessend und dabei unverständliche Worte murmelnd.

Das Mosaik zerbrach.

Irgendwie hatte sich das Licht verändert: Der Tag war nun Nacht, die Sonne ein Sichelmond, der in einem schiefen Winkel am Himmel hing – und Sam wußte, daß sein Körper ein paar Häuser weiter weg lag, im Tiefschlaf, sein Bett mit Terry teilend, und daß die Zeit aus den Fugen war.

»Es wird nicht gehen, es wird nicht gehen«, flüsterte Morris, während er erschöpft sein Lineal beiseite legte. Er schob den Stuhl zurück, stand auf und wandte sich vom Tisch ab. Einen Augenblick schien es, als sähe er Sam, der ihn anstarrte. Während er sich mit einer künstlichen Hand durch die Haare fuhr, sah er genau durch den Jungen hindurch.

Dann war Morris verschwunden, und es war wieder Tag; die Sonne schickte ihre Strahlen durchs Fenster, überflutete den Tisch mit Licht. Sam kam näher und berührte den Drehstuhl, auf dem kurz vorher noch Morris' Geist gesessen hatte. Alles war noch an seinem Platz, so wie es der ordnungsliebende Erfinder an seinem letzten Abend zurückgelassen hatte: Schalen voller Kugelschreiber und scharfgespitzter Bleistifte, Töpfe mit Pinseln, Messern und Scheren.

Die Kiste, in die Morris seine mißglückten Erfindungen geworfen hatte, quoll über. Sam räumte ein paar Holzblöcke und Rollen beiseite, verschob eine Reihe schmieriger, ineinandergreifender Zahnräder und fand das Tonband, das Gerät, das Morris den Mechanischen Butler getauft hatte. Instinktiv wollte er das Tonband stehlen; es war eine viel zu gute Erfindung, um sie irgendeinem nachlässigen Menschen zu überlassen, der irgendwann damit beauftragt würde, Morris' Schuppen aufzuräumen. Sam erwog, das Gerät an sich zu nehmen, doch er wußte nicht, wie er es vor seinen Eltern verstecken sollte. Sie würden es finden und ihn zwingen, es zurückzugeben. Da sah er den Alptraum-Abfangjäger, jenen bescheidenen elektrischen Wecker, aus dem die Kabel heraushingen. Der war klein genug, um im Schlafzimmer versteckt zu werden, glaubte Sam, und niemand, der ihn fand, würde ihn für wertvoll halten. Er griff in die Kiste nach dem Wecker. Die lose hängenden Kabel blieben tief im Müll der Kiste hängen. Er zog von neuem, doch die Kabel saßen fest.

Sam steckte seinen ganzen Arm in die hohe Kiste und schob seine Finger Zoll um Zoll am Kabel entlang; er suchte die Krokodilklemme, die, wie er wußte, am äußersten Ende des Kabels befestigt war. Da rutschte er aus und fühlte, wie seine Hand zwischen den schweren Metallgegenständen verdreht wurde. Das Kabel schlang sich um seinen Handrücken. Er zerrte die Hand heraus und spürte einen stechenden Schmerz, als das Kabel in seine Haut schnitt.

Wieder zog er. Seine Brille rutschte, und er griff mit der freien Hand danach, legte den dünnen Metallbügel wieder ums Ohr. Dann zog er erneut mit einem Ruck, keuchend. Und hing fest. Er konnte nicht um Hilfe rufen. Für einen Augenblick wurde ihm übel. Er verfiel in Panik. Er konnte seine Hand nicht losreißen.

In der Kiste bewegte sich etwas; die Gegenstände vibrierten und wurden beiseite gedrängt. Etwas Schwarzes, ekelhaft Warmes und Haariges streifte seine Hand, fuhr seinen Arm entlang. Er zog nun mit aller Kraft, krümmte sich vor Schmerz, trat mit Gewalt gegen die Kiste. Es nützte nichts. Das schwarze, pelzige Ding kroch weiter an seinem Arm hoch.

In der Bewegung schien sich das schwarze Ding aus den Gegenständen in der Kiste zu formen: schwarze lose Drähte wurden zu Haar; Zahnräder zu einem Gesicht. Holzscheite, Karton und Metall klebten an der Gestalt, als sie sich schüttelnd von den anderen Objekten aus der Kiste befreite – und spuckend und fauchend erschien der Zahn-Elf, in der Hand das Kabel haltend, in dem Sams Handgelenk gefangen war.

»Hör auf zu treten! Hör auf mit dem verdammten Zerren!«

Der Zahn-Elf kletterte aus der Kiste, wobei sich seine Arme und Beine aus Teilen eines Tonbands und Metallkuben und Rohren formten, aus Rollen und Zahnrädern und Kartonschnipseln, bis endlich die Kreatur in ihrer bekannten furchterregenden Gestalt vor dem Jungen stand. Ihr Gesicht war schmutzig, schmierig, wütend. Sie schüttelte sich und brüllte, als leide sie Schmerzen.

»Du tust mir weh«, flüsterte Sam.

»Weh? Weh?« Der Elf zog das Kabel enger, zog den Jungen näher heran, stieß ihm sein Gesicht entgegen, packte Sam bei den Haaren. »Willst du wissen, was mich ankotzt?«

Sam bekam den Atemstrom des Elfs genau ins Gesicht. Es roch süßlich und faulig wie die Äpfel im Gras, wie altes Heu, Kohl, Abflüsse.

»Hörst du mich, Brillenschlange? Siehst du diese verdammte Brille? Läßt dich richtig blöde aussehn, Junge. Häßlich und blöde, 'ne Mißgeburt. Halb Junge, halb Frosch. Willst du wissen, was mich an dir so ankotzt? Daß du IMMER SACHEN ANGUCKEN MUSST. Immer guckst du dir Sachen an, die DICH NIX ANGEHN! Wirst du das wohl mal lassen? Wirst du wohl mal aufhören, Sachen anzugucken, die dich nix angehn? Du kleine Brillenschlange?«

Sam zuckte vor Schmerz zusammen. Der Elf riß ihm fast die Haare aus. Der Geruch seines Atems brachte ihn einer Ohnmacht nahe. Endlich ließ der Elf das Kabel los und versetzte Sam einen Stoß, der ihn krachend gegen die Garagenwand taumeln ließ. Dann spuckte er ihn an. Ein dicker Schleimklumpen hing Sam von der Seite des Kopfes herab.

»Hast du gehört, was ich sage? Hör auf, dir alles

anzugucken, du kleiner Scheißer. Hast du verstanden?«

Sam konnte kaum die Lippen bewegen. »Ja. Ja.«

Der Zahn-Elf stolperte gegen den Tisch und lehnte sich an die Wand, als sei er erschöpft. Er begrub den Kopf in seinen Händen. »Ich muß nachdenken«, murmelte er. »Ich muß über all das nachdenken.«

Sam hielt immer noch den Alptraum-Abfangjäger in der Hand, Drähte und Krokodilklemme baumelten zu seinen Füßen. Er wollte nur noch fliehen. Der Zahn-Elf schien in Gedanken versunken. Sam startete einen Fluchtversuch: er stieß das Fenster auf und wollte ein Bein aufs Fensterbrett schwingen.

»Nicht so schnell!« brüllte der Elf. Blitzschnell sprang er auf und packte Sam am Fuß. Sam schrie und trat um sich. Er steckte halb drinnen und halb draußen. Er trat mit dem Bein aus und erwischte den Elfen am Kinn, doch der Tritt war nicht so stark gewesen, daß der Elf seinen Griff gelockert hätte. Sam krallte sich in die Haare seines Gegners und riß mit aller Kraft. Der Elf fluchte und ließ das Bein gerade lang genug los, daß er Sam bei der Hand packen konnte. Während des Kampfes schwang das Fenster gegen die Wand und die Scheibe zerbrach, wobei die Hälfte der Splitter in die Garage fiel.

»Das wird dich an mich erinnern«, drohte der Elf, bog Sams Arm zu der zerbrochenen Scheibe und zog ihn an der messerscharfen Kante entlang. Tief grub sich das gezackte Glas ins Fleisch. Sam schrie auf und fiel rücklings aus der Garage. Immer noch schreiend und den Alptraum-Abfangjäger umklammernd, rannte er nach Hause, während die abscheulichen Flüche des Zahn-Elfen ihm noch in den Ohren gellten.

10.
Vandalen

»Wie lange dauert das denn?« wollte Terry wissen.

»Wie lang ist ein Stück Kordel?« fragte Clive zurück. Es war eine smarte Antwort, die er von einem der Lehrer in seiner neuen Schule gehört hatte.

»Es tut schon 'n bißchen weh«, klagte Sam.

»Mach einfach weiter«, meinte Clive tröstend.

Der Teich war zur Hälfte aufgefüllt und das umliegende Land mit dem Bulldozer planiert worden, um Platz für ein Fußballfeld zu schaffen. Die ›Jungen-denen-man-in-den-Kopf-schauen-muß‹ saßen auf dem frisch aufgeschütteten, matschigen Ufer des Teichs und grämten sich, ohne genau zu wissen, warum. Ein gelber JCB-Bagger mit Raupenketten steckte in gefährlicher Schräglage in dem feuchten Lehm. Er sah aus, als sei er von einer Bombe getroffen worden. Daneben stand ein Kipper, ebenfalls verlassen, weil es Samstag nachmittag war.

Ein paar kleine Barsche und Schleien trieben auf der schaumigen Oberfläche des Teichs umher. Wie immer hatte man sich gefragt, wo der Hecht wohl geblieben sei. Man war sich einig, daß er noch immer genug Wasser zum Schwimmen habe und daß immer noch genügend Zeit blieb, ihn zu fangen. Doch die schönsten Bäume waren gefällt, Büsche mit der Wurzel ausgerissen worden, und ein geschütztes, verstecktes Stück Ufer war einfach in den See gefallen. Terry, der trotz des Verlustes seiner beiden Zehen ein eifriger Fußballspieler war, fand die Veränderung der Landschaft zwar bedauerlich, doch notwendig – nun konnte man endlich richtig Fußball spielen, und außerdem bedeutete der niedrige Wasserstand des Teichs einen Schlag für den räuberischen Hecht. Für Sam und Clive aber, die spürten, daß etwas unwiderruflich verlorengegangen war, bedeutete es eine unverzeihliche Schändung.

Seit der schrecklichen Tragödie der Familie Morris waren zwei Jahre vergangen – zwei Jahre auch, seit Sam den Schnitt mit der Glasscheibe erhalten hatte. Die Narbe war geblieben. Als er an jenem Tag stark blutend nach Hause gekommen war, hatte man ihn sofort ins Krankenhaus geschafft, zu Tetanusspritzen und einer peinlichen Befragung. Heulend platzte Sam mit der ganzen Geschichte über den Zahn-Elfen heraus, von der ersten Begegnung bis zu jenem gewalttätigen Kampf, der mit dem verletzten Arm endete. Connie war zutiefst erschrocken und beriet mit den Ärzten – Sam konnte es hören –, daß man dem Jungen ›mal in den Kopf schauen‹ müsse.

Connie war ehrlich besorgt, und nach drei Monaten, als Sam noch immer auf seiner ungeheuerlichen Geschichte bestand, hatte sie ihn zu ihrem Hausarzt geschleift, der Sam daraufhin zu einem Spezialisten schickte. Seltsamerweise hatte Sam den Zahn-Elfen während dieser Zeit kein einziges Mal mehr gesehen, außer an seinem Geburtstag, als das Wesen plötzlich nackt auf seiner Bettkante gesessen und ihn gewarnt hatte, er solle nun keinem mehr etwas verraten.

»Wenn du so 'nem Seelenklempner von uns erzählst, stecken wir noch tiefer in der Scheiße als vorher. Das wird auch nix nützen.« Der Elf verströmte einen süßen, unangenehmen Geruch nach Pilzen. Sam konnte seinen Blick nicht von dem steifen Penis abwenden. Aus einem Busch dunkler Locken hervorstehend, sah er krankhaft weiß aus, die Venen wie Marmoradern hervortretend. Sam war wie hypnotisiert – er wollte das Ding berühren, und doch ekelte ihn das scheußliche Organ.

Der Elf bemerkte plötzlich Sams Interesse, und er

warf sich in die Brust; fuhr sich mit der Hand durch die dunklen Locken, legte den Kopf auf die Seite und kniff die Augen zusammen. »Willste ihn mal anfassen?«

»Nein.«

Der Elf fuhr sich mit der feuchten, heidelbeerfarbenen Zunge über die Lippen und lächelte herausfordernd. »Mach schon. Du weißt doch, daß du's willst.«

Sam blickte wieder auf den marmorierten Schwanz. In grellem Kontrast zu dem weißen Stamm war die Spitze von tiefpurpurner Farbe, die Haut schien kurz vor dem Platzen.

»Willst du ihn mal küssen?«

»Nein.«

»Nur mal lecken. Einmal schön lecken.«

»Nein.«

»Mach schon. Laß ihn hochgehn.«

»Nein.«

»Weißt nicht, wozu er da is', was?« höhnte der Elf. »Machst dir bald in die Hosen vor Angst, wie?«

Sam blickte dem Elf gerade ins Gesicht. Ein paar Augenblicke starrten sie sich an ohne zu blinzeln. Endlich seufzte der Elf, und Sam spürte, daß der gefährliche Augenblick vorüber war. Der Elf verschränkte die Arme, und die monströse Erektion begann zu erschlaffen. »Hör gut zu, was ich dir zu sagen habe. Es geht um den Seelenklempner. Sieh zu, wie du da rauskommst, oder es wird alles nur noch schlimmer werden. Ich warne dich.«

»Du hast mich in den Arm geschnitten.«

»Was mir auch sehr leid tut. Die Dinge sind außer Kontrolle geraten, und du hattest nichts an diesem Ort verloren. Aber diese Seelenklempner werden dich zeichnen – viel schlimmer als dieser kleine Kratzer an deinem Arm. Glaub mir. Ich hab' dich bisher noch nie belogen.«

Das erotische Element der Begegnung verschweigend, hatte Sam dieses Gespräch Wort für Wort dem ›Spezialisten‹ mitgeteilt, einem imposanten, aber herzlichen Schotten mit buttergelbem Haar und nikotinverfärbten Fingerspitzen. Diesen Augenblick wählte der Elf, um kurz vor dem Fenster zu erscheinen und bestürzt den Kopf zu schütteln. Sam erwog, es sei weiser, nichts von dieser Erscheinung zu erzählen.

Nun starrte er trübe in den Teich. »Wie lange, hast du gesagt, soll das dauern?«

Terry saß zu seiner Rechten; der Muskel seiner rechten Wange zuckte ein bißchen, während er eifrig am Werke war. Clive saß links von Sam, die Augen geschlossen und mit einem konzentrierten Ausdruck. »So lang es eben dauert«, erwiderte er.

Terry war nach dem schrecklichen Ereignis sechs Wochen bei Verwandten an der Ostküste gewesen und von dort seltsam gedämpft und mit einer leicht veränderten Aussprache zurückgekehrt. Irgendeine tiefgreifende Veränderung war in dem Jungen vorgegangen, die Sam und Clive zwar spürten, aber nicht benennen konnten. Oft, wenn sie lachten, schien es, als ›igle‹ Terry sich ein; dies wurde begleitet von einem seltsamen, schüchternen Flattern der Augenlider und schließlich einem heftigen Zusammenziehen der Brauen, als leide er unter kurzen, aber intensiven Migräneanfällen. Das flüchtige Auftreten dieser ›kleinen Krankheit‹ ließ seine Kameraden verlegen beiseite sehen; obschon sie die Gründe ahnten, war jedwede Diskussion über Ursache und Auswirkungen verboten – sogar für Jungen in diesem Alter, die sonst ohne Gnade jede Schwäche eines anderen angegriffen hätten, um selbst an Stärke zu gewinnen. Niemand hatte Clive und Sam je gesagt, daß das Ereignis um Terrys Familie ein Tabu-Thema war – sie respektierten, daß über dieses Thema nicht gesprochen wurde, wie den Grundsatz, daß man einem Freund nicht die Augen aussticht oder die Eingeweide aus dem Bauch reißt.

Terry sollte nun anscheinend für immer bei Tante Dot und Kusine Linda wohnen, und auch darüber verloren die anderen beiden Jungen nie ein Wort. Inzwischen hatte Terry von seinem Aufenthalt an der Ostküste einen neuen Sack voller Alpträume mitgebracht. Die alten schlimmen Träume waren durch neue ersetzt worden, und diese waren so schlimm, daß sie die Krise des Jungen beschleunigten; Nacht für Nacht wachte er schreiend auf, und niemand konnte den zu Tode Erschrockenen trösten, bis auch er zu seinem Hausarzt gebracht wurde, der ihn seinerseits sofort zu einem ›Spezialisten‹ schickte. Auch Terry mußte sich nun in den Kopf schauen lassen, und die Jungen waren hocherfreut, als sie herausfanden, daß ihre Köpfe von demselben Herrn im Aranpullover und mit den nikotingelben Fingern begutachtet wurden.

Und dann mußte Clive sich in den Kopf schauen lassen, jedoch aus anderen Gründen und von einem anderen Spezialisten. Clives Fähigkeit als ›begabtes Kind‹ führten mehr und mehr zu Störungen des geordneten Unterrichts. Die Lehrer waren nicht eben begeistert davon, ständig korrigiert zu werden oder ihre Ausführungen hinterfragt zu sehen. Clive wurde geprüft, untersucht, befragt und noch einmal untersucht. Der Lohn für seine überragende Intelligenz bestand darin, daß man ihn von seinen engsten Freunden trennte und in eine ›besondere‹ Schule brachte, die, wie es hieß, von ›Spezialisten‹ geleitet wurde. Clive war derjenige, der für sich und seine Freunde den neuen Gruppennamen erfunden hatte. Sowohl Tante Dot als auch Sams Mutter hatten den beiden Jungen verschämt geraten, nichts über ihren Kontakt mit den Psychologen verlauten zu lassen. Clive jedoch hatte daraus ein Ehren-Abzeichen gemacht. »Jeder von uns hat sich in den Kopf schauen lassen. Also sind wir die ›Jungen-denen-man-in-den-Kopf-schauen-muß‹.«

Und dabei blieb es.

»Idioten! Das sind alles nur Irre und Idioten!« hatte Clive nach der ersten Woche in der Epstein-Stiftung für Begabte Kinder protestiert. Er war ehrlich geschockt – wenn es das war, was man unter ›begabt‹ verstand, so war ihm sogleich klar geworden, daß damit weder Ehre noch Stolz verbunden sein konnten. »Irre und Idioten! Jeder da trägt 'ne Brille – 'tschuldige, Sam, nicht wie deine –, ich meine, sie haben dicken Brillengläser wie so 'n Boden von 'ner Limoflasche, und manche haben braune Gläser drin – und dann haben sie alle so lange Finger, ich hab' gesehen, daß sie alle Finger haben, die bald zwanzig Zentimeter lang sind. Und dann ist da dieser Typ namens Frank, der ist zehn und hat 'nen Bart, ehrlich.«

Besagter Frank hatte Clive über das Wichsen aufgeklärt, und Clive hatte die Information unverzüglich an die anderen ›Jungen-denen-man-in-den-Kopf-schauen-muß‹ weitergegeben, als Geschenk aus der Schule für Begabte Kinder.

»Meiner tut aber schon 'n bißchen weh«, klagte Sam.

»Meiner auch«, fiel Terry ein. Der Muskel seiner rechten Wange zuckte, als sei er auf geheimnisvolle Weise mit dem Schwanz verbunden, den er mit Eifer bearbeitete. Clive pumpte derweil an dem seinen herum, während sein Geist sich auf einer Art Astralreise befand.

»Und er sieht jetzt so lilarot aus.«

»Meiner mehr rosabraun.«

Ohne von seiner Tätigkeit abzulassen, öffnete Clive die Augen und erklärte: »Frank meint, wenn man's nur lange genug macht, kommt dieser weiße Samen und spritzt 'n Meter hoch in die Luft, und das bringt dich beinah um und ...«

»Wenn's dich umbringt, was soll dann das Ganze?« fragte Terry vernünftig.

»So mein' ich das nicht, es bringt dich nicht wirklich *um*, aber es macht dich auf eine Weise fertig, die ganz toll ist, sagt Frank.«

»Ich weiß nicht, dieser Frank ... Hört sich an wie ein...«

Er hielt plötzlich inne; hinter ihnen im Gras war ein Rascheln zu vernehmen. »Was macht ihr denn da?« fragte eine Mädchenstimme. Die Jungen kippten nach vorn, wälzten sich auf dem Boden am Ufer des Teichs und verstauten alles wieder in den Hosen, die sie so schnell wie möglich zur Taille hochzogen.

Es war Lanky Linda oder besser gesagt, Moody Linda, denn nun, mit fast vierzehn Jahren, entwickelte sie zwar weibliche Rundungen, neigte ihre Stimmung aber immer mehr der launischen Seite zu. Terry hielt die anderen über ihre Launen auf dem laufenden und versäumte auch nicht, ihre neueste Büstenhaltergröße und ihren Verbrauch an Damenbinden bekanntzugeben.

Linda war ein Teenager geworden. Es war ein Wort, das von den Erwachsenen mit besonderer Betonung ausgesprochen wurde. Man hörte Unmut, Erschöpfung und einen Anflug von Mißbilligung heraus. Ein *Teenager.* Etwas geschah mit dir, wenn du zum *Teenager* wurdest. Du schlepptest dieses Wort wie einen Buckel auf dem Rücken; es war ein Zeichen der Schande. »Jetzt, wo sie ein Teenager ist«, pflegten die Erwachsenen zu sagen, und es klang wie ›jetzt, wo sie ein Vampir ist‹ oder ›jetzt, wo sie ein Werwolf ist‹.

Die weißen Handschuhe waren ausrangiert worden;

Linda trug nun Miniröcke und Lacklederschuhe, hautfarbene Nylonstrümpfe und Gürtel mit überdimensionalen Schnallen. Ihr glattes schwarzes Haar war zu einer Kurzhaarfrisur im Jean-Shrimpton-Stil geschnitten, über die ihr Vater in Tränen ausgebrochen war. Terry verriet den anderen, daß es auch schon Boyfriends gab, die sie umschwirrten. Namen wurden genannt, und die Vorstellung, wie Linda mit diesen Typen herumknutschte, brachte die drei Jungen zu der Frage, ob sie nun kichern oder kotzen sollten. Und nun stand Linda vor ihnen – ihr Gesicht eine erstaunliche wächserne Maske aus zuviel Make-up, die Lider marineblau, die Lippen in glänzendem Kirschpink – und verlangte zu wissen, was sie da trieben.

»Was macht ihr denn da?« Die Frage war in einer Weise gestellt, die ihre Antwort schon in sich trug – der Tonfall besagt, daß der Fragende die Antwort schon genau weiß und sie lieber nicht wüßte, doch er fühlt sich getrieben, irgend etwas zu sagen, um der Situation die Peinlichkeit zu nehmen. Lindas Hund Titch, ein Whipppet-Mischling, stand neben ihr, den Kopf auf die Seite gelegt, als ob auch er auf die vernünftige Antwort einer vernünftigen Frage warte.

»Wir pinkeln«, sagte Clive rasch und kam unbeholfen auf die Beine.

»Im Sitzen?« Einen schrecklichen Augenblick lang schien es, als wolle Linda eine Diskussion anfangen. Sam stand auf und tat so, als interessiere ihn nichts mehr als das Hochdruckventil an einem Reifen des Kippers. Clive und Terry wandten sich mit brennenden Wangen ab. Zm Glück wechselte Linda das Thema – sie wandte sich an Terry. »Dad will, daß du nach Hause kommst und ein paar Ladungen Sand mit der Schubkarre fährst.«

Terrys Onkel Charlie errichtete einen Anbau an seinem Haus, vor allem, um Terry ein eigenes Zimmer zu geben, da er zur Zeit noch ein Zimmer mit Lindas beiden jüngeren Brüdern teilte. »Ich komm' in einer Minute.« Er konnte seiner Kusine nicht in die Augen sehen.

Linda ließ ihren Blick über das planierte Feld und den kleiner gewordenen Teich schweifen. »Eine Schande«, sagte sie. »Eine Schande, daß sie das gemacht haben.« Dann drehte sie sich um und ging den Weg zurück, den sie gekommen war.

Die Jungen schwiegen eine Zeitlang. Clive kicherte. Sam, der am Reifenventil des Kippers herumfummelte, schnaubte. Dann schoß aus dem geöffneten Ventil eine mächtige Preßluftwolke und sprühte weißen Schaum in Sams Gesicht. Die anderen beiden schrien und lachten vor Vergnügen. Clive hob einen Stein auf und warf ihn in das Fenster der Fahrerkabine. Auf der Scheibe breitete sich ein Netz haarfeiner Bruchlinien aus. Terry entdeckte eine alte Zeitung in der Kabine. Er stopfte sie unter den Fahrersitz, zog eine Schachtel Streichhölzer aus der Tasche und zündete das Papier an.

»Laß uns Terry mit dem Sand helfen«, schlug Clive vor.

Sie sprinteten nach Hause.

11.

Im Sattel

Nach der Aufnahmeprüfung für die höhere Schule richteten sie ihre Zerstörungswut auf das Reitgelände und ließen die Umkleideräume des Fußballclubs in Frieden. Im Laufe der letzten beiden Jahre hatten sie in regelmäßigen Abständen die Fenster des Fußballclubs eingeworfen, Löcher in die Türen gebohrt, wiederholt Hausfriedensbruch begangen, um an den Wänden hängende Pin-ups von nackten Mädchen zu bekritzeln, und die Leitungen der Duschen zerstört.

Vielleicht war es die Aufnahmeprüfung, die sie dazu brachte, ihre vandalistischen Neigungen einem neuen Objekt zuzuwenden. Sam und Terry hatten die Prüfung gemeinsam abgelegt. »Wenn du bestehst, kommst du aufs Thomas-von-Aquin-Gymnasium«, hatte Terry gefolgert, »das eine beschissene Fußballmannschaft hat. Wenn du durchfällst, kommst du auf die Redstone-Realschule – die hat in der letzten Spielzeit die A-, B- und C-Liga abgeräumt.«

Sam saß vor folgender Aufgabe: *Beschreibe den letzten Urlaub mit deiner Familie.* Bevor er sich an die Antwort machte, warf er einen Seitenblick auf seinen Freund. Terry hatte den Füller niedergelegt, und seine Lieder flatterten wild. Sam bestand die Prüfung, Terry versagte. Clive, der diese Prüfung schon mit sieben im Überflug absolviert hatte, mußte sie nicht wiederholen. Er sollte in der Schule der Epstein-Stiftung bleiben.

»Mit den Wirren und Irren«, murrte er und starrte grimmig auf den Teich. Sie saßen mit dem Rücken zum Fußballfeld. Der Fußballclub hielt eine lange Stange bereit, um den Ball, wenn nötig, aus dem Teich herauszufischen.

»Das wär's dann also«, schloß Terry. »Ich bin blöd, also muß ich auf die Redstone. Du bist schlau, also bleibst du in der Epstein, und Sam is' ...«

»Mittelmäßig«, setzte Clive fort, »und deshalb geht er aufs Gymnasium.«

»Verpiß dich, Epstein-Eierkopf«, sagte Sam.

»Verpiß dich selber.«

»Verpiß dich selber.«

»Soll'n wir nicht den Fußballclub in Ruhe lassen«, schaltete Terry sich in das fröhliche Geplänkel ein, »und die Reithalle mal ein bißchen aufmischen?«

»Warum?«

Nachdenklich rieb Terry sich das Kinn. Nun, da feststand, daß er auf die Redstone-Realschule sollte, war ihm klargeworden, daß einer oder zwei der älteren Jungen im Fußballteam von Redstone spielten und daß er eines Tages zu ihnen gehören könnte. »Fußball ist für die einfachen Leute, Reiten für die blöden Snobs. Wir spielen Fußball.«

»Ich spiel' keinen Scheißfußball«, entgegnete Clive. »Ihr beide spielt Scheißfußball, aber ich nicht.«

»Nein«, stimmte Terry zu. »Du spielst dreidimensionales Schach und komponierst dabei klassische Musik mit den Typen von 'nem anderen Planeten. Du blöder Eierkopf.«

»Verpiß dich.«

»Verpiß dich selber.«

»Verpiß dich selber.«

»Jetzt reicht's«, meinte Sam. »Wir gehen jetzt zur Reithalle.«

»Also sind eure Gründe politisch«, urteilte Clive.

»Verpiß dich.«

»Verpiß dich selber.«

»Du bist überstimmt«, sagte Terry. »Es ist entschieden.«

»Wer sagt denn, daß wir 'ne demokratische Entscheidung treffen. Schon mal was von Intellokratie gehört?«

»???«

»Regierung der Superhirne«, erklärte Clive. »Ich hab' drei Stimmen. Sam zwei. Und Terry, weil er auf 'ne Klippschule kommt, bloß eine.«

»Schon mal von Schlag-aufs-Maul-Okratie gehört?«

»Verpiß dich.«

»Verpiß dich selber.«

»Verpiß dich selber.«

Doch die Macht ihrer kleinen Gruppe, die wahre Macht, lag in den Händen desjenigen, der am häufigsten und mit Nachdruck ›Verpiß dich‹ sagen konnte. Clive, dem es völlig egal war, ob sie den Fußballclub oder die Reithalle in Schutt und Asche legten, unterwarf sich bereitwillig der neuen politischen Linie.

Zwischen windgepeitschten Wolken blitzte hie und da ein Sonnenstrahl auf. Die Reitbahn war nur zwei Felder weiter. Sie krochen unter dem Stacheldrahtzaun hindurch, der die Felder abteilte, und liefen zwischen den purpurweiß und schwarzweiß gestrichenen Stangen hindurch, aus denen die Hindernisse aufgebaut wurden. Als sie an den morschen Holztoiletten vorbeikamen, hielten sie an und spähten durch die Astlöcher, die, wie es hieß, groß genug waren, um Frauen beim Pinkeln zuzuschauen, falls sich die Gelegenheit bot. Dahinter lag die langgestreckte, aus Holz erbaute Reithalle mit einem stählernen, teekesselförmigen Anbau an der Rückseite, der als Lager diente. Die Reithalle grenzte an ein sumpfiges Waldstück voller rußschwarzer Stämme – ein undurchdringliches Wäldchen, aus dem ein Duft nach Pilzen und verrottetem Laub in den Himmel stieg.

»Und Hals- und Beinbruch für Abigail«, schrie Clive, als sie an dem leeren Richterhäuschen vorbeigingen und an der Seite der Reithalle entlangschlichen.

Hineinzukommen war leicht; Terry, der auf Sams Schultern stand, schlug eine Fensterscheibe ein und griff in die Lücke, um ein kleineres, waagerecht zu öffnendes Fenster aufzustoßen. Nachdem er hineingekrabbelt war, öffnete er ein größeres Fenster an der Seitenwand der Reithalle und ließ die beiden anderen herein. Sie hatten sich einmal eine Skala von eins bis fünf ausgedacht und wollten eben mit ein wenig Vandalismus der Stufe zwei anfangen, als sie einen Landrover hörten, der durch das offene Tor des Reitgeländes schoß. Der Motor heulte auf, während das Gefährt durch den Matsch raste und über das Gras vor der Halle holperte.

Die Jungen erstarrten; dann regten sie sich wieder, und es gab ein wildes Huschen und Rennen, als sie sich unter den bemalten Hindernisstangen und falschen Mauersteinen am Ende des Raums versteckten. Sie zwängten sich in Löcher, die nur Ratten gefunden hätten. Der Staub hatte sich noch nicht gelegt, als heftig an der Tür gerüttelt wurde, die durch ein Vorhängeschloß gesichert war. Der schwere Riegel fuhr zurück, und sie hörten eine tiefe Männerstimme. Von seinem Platz aus konnte Sam nur ein Paar matschverkrusteter grüner Gummistiefel und Knie in Cordhosen erkennen, gefolgt von einem Paar schlanker Beine in Jodhpurs und Reitstiefeletten. Ein Bündel Stöcke, die mit Tuchwimpeln umwunden waren, krachte zu Boden. Die beiden Beinpaare gingen hinaus, kamen aber fast sofort wieder zurück. Dann ging ein Stapel Plastikreifen klappernd zu Boden. Sams Brille hatte sich gelockert, hing nur noch an einem Ohr.

»Hallo«, sagte die Männerstimme. »Was geht hier vor? Ist schon klar. Die haben das Klappfenster aufgebrochen.«

»Sind sie reingekommen«, fragte eine Mädchenstimme.

»Guck dir das mal an! Diese kleinen Mistkerle! Wenn ich die kriege. Ich mach' Hackfleisch aus ihnen! Das schwör' ich! Hackfleisch!«

Sie hörten, wie das große Fenster mit einem Knall zugeschlagen wurde. Dann marschierten die schweren Gummistiefel hinaus, und eine Männerstimme rief das Mädchen. Die schlanken Beine in den Reitstiefeln folgten den Gummistiefeln, doch dann kamen sie zurück, und die Jodhpurs knieten auf dem Boden, während ein Haufen numerierter Armbinden mit Kordeln daran auf den Boden rutschte. Ein Mädchen, das nicht viel älter sein konnte als Sam, hob die Armbinden auf und schichtete sie zu einem ordentlichen Stapel. Das Mädchen trug einen sackartigen Wollpullover, der an den Ellbogen durchgescheuert war. Ihr langes dunkles Haar hatte sie hinten am Kopf zusammengebunden. Sie blickte auf, und ihre schieferblauen Augen trafen Sams Blick.

Sam hatte sich hinter Hindernisstangen geklemmt, die mit weißen und schwarzen Kringeln bemalt waren. Er wußte, daß sie nur seine Augen sehen konnte. Wenn er blinzelte, würde sie erkennen, was sie da sah, und genauso würde es ihm ergehen, wenn er die Augen schloß. Er versuchte, sich schwarz und weiß zu machen, auf magische Weise die Maske eines Dachses über sein Gesicht zu ziehen, sich als ein Stück bemalten Holzes zu fühlen. Der Zahn-Elf, dessen war er sicher, hätte solch einen Zauber vollbringen können. Immer noch auf den Knien fuhr das Mädchen fort ihn anzustarren. In ihren Augen sah Sam Verwirrung und Wiedererkennen. Er spürte ein Insekt, eine Waldlaus vielleicht oder eine Spinne, in seinen Kragen kriechen und seinen Rücken herunterkrabbeln.

Der Fahrer des Landrovers drückte auf die Hupe. Das Mädchen sprang auf die Beine und rannte hinaus.

Der Riegel schnappte ein, und man hörte das Klappern des Vorhängeschlosses. Dann fuhr der Landrover davon, das Motorgeräusch wurde allmählich leiser.

»Könnte 'ne Falle sein«, warnte Sam die anderen mit gesenkter Stimme.

Fünf Minuten vergingen: mit angehaltenem Atem, mit Herzklopfen und von Insekten gequält. Dann schoß Sam aus seinem Versteck hervor, nieste Staub aus, schmiß Hindernisstangen um und zerrte sich das Hemd vom Leibe.

»Das war knapp«, meinte Terry, als er aus seinem Stapel auftauchte, das Gesicht pechbeschmiert.

»Zu knapp«, fügte Clive hinzu und stieg aus einer Kiste. Sam drehte sich immer noch um sich selbst und versuchte, seinen bloßen Rücken zu erwischen. »Wenigstens haben sie uns nicht gesehen.« Am nächsten Tag kehrten sie zum Schauplatz ihrer Beinahe-Untat zurück, um sich über die Reiterspiele lustig zu machen. Auf dem Weg mußten sie an der Sonntagsschule vorbei. In genau diesem Augenblick trat Mr. Phillips aus dem Tor und sah äußerst zufrieden aus. »Hallo! Euch hab' ich ja lange nicht gesehen!« Die Jungen grinsten und mieden seinen Blick. Doch jeder von ihnen fühlte Mr. Phillips' Blick im Nacken, als sie weiter die Straße entlanggingen.

Es war ein trockener, stürmischer Tag, und der Regen am frühen Morgen hatte die fünfzig oder sechzig Ponybesitzer nicht abgeschreckt, deren Pferdetransporter nun wie Planwagen aus dem Wilden Westen um die Reitbahn aufgebaut waren. Irgendein Wettkampf wurde soeben ausgetragen, in dem die bewimpelten Stöcke eine Rolle spielten, die Sam am Tag zuvor auf den Boden hatte fallen sehen.

Die meisten der Reiter waren entweder jünger als die drei Jungen oder schon Teenager. Terry machte sich einen Spaß daraus, von Grüppchen zu Grüppchen zu gehen und nach einer imaginären Abigail zu fragen.

»Entschuldige, hast du Abigail gesehen?« Sehr höflich.

»Nein«, lautete dann die übliche Antwort, begleitet von einem leisen Argwohn und einem ungeduldigen Zerren am Zügel. »Abigail wer?«

»Na, wenn du Abigail siehst, kannst du ihr dann sagen, daß sie auf keinen Fall die Klos da drüben benutzen soll?«

»STEH!« wurden die unruhigen Ponys angebrüllt. »Steh! Warum denn nicht?«

»Ist bloß, weil da 'n paar Jungs unterwegs sind und durch die Astlöcher glotzen, wenn jemand aufs Klo geht. Ich meine, sie soll's bloß wissen, ich mein', es ist ja nicht gerade nett, und deshalb wär' ich dir dankbar, wenn du's ihr sagst. Und danke schön auch.«

Die Mädchen warfen dann einen raschen Blick auf die Toiletten und dann wieder auf Terry, während er davonging, und er konnte spüren – nein, er *wußte* –, wie die Mädchen jetzt überlegten, wann sie zum letzten Mal auf der Toilette gewesen waren und wann sie voraussichtlich wieder mußten. Obwohl dieses Spielchen für Sam und Clive rasch seinen Reiz verlor, konnte Terry es mit Begeisterung den ganzen Nachmittag über spielen.

Sie holten sich Limonade am Erfrischungsstand in der Reithalle. »Da ist ja ein Fenster kaputt«, bemerkte Clive zu der Dame, die die Getränke ausgab.

»Vandalen«, sagte sie nur, die Kasse öffnend.

»Ich wünschte, ich würd' sie kriegen«, sagte ein Mann mit rotem Gesicht, Schlägermütze und grünen Gummistiefeln. Die dunklen Adern auf seinen Wangen schienen kurz vor dem Platzen. »Ich mach' Hackfleisch aus ihnen.«

»Es ist so sinnlos, diese Gewalt«, stimmte Clive zu, sich auf die andere Seite stellend.

»Die müssen ja krank sein«, fügte Sam hinzu.

Sie schlürften ihre Limo und schauten ohne großes Interesse den Spielen zu. Die Stimme des unsichtbaren Kommentators wünschte Hals- und Beinbruch für Lucinda mit Shandy. Terry ging auf die Toilette. Während er pinkelte, sah er hoch und erspähte ein Auge, das ihn durch ein Astloch beobachtete. Das Auge verschwand, und gleich darauf erschien ein anderes.

Als er herauskam, standen da zwei Mädchen in Jodhpurs, die Reitkappen in der Hand, und kicherten.

»Ihr seid ja verdreht«, grollte er.

Er fand die beiden anderen neben einem Übungshindernis herumlungern, wo sie darauf lauerten, daß ein Reiter vom Pferd fiel. In regelmäßigen Abständen galoppierten Ponys heran und setzten über die Strohballen. Terry wollte gerade von den kichernden Mädchen erzählen, als er schwere Huftritte hinter sich hörte. »Aus dem Weg!« schrie ein Reiter. Die Jungen spritzten auseinander, als ein Pferd, das ungefähr doppelt so groß war wie die übrigen Ponys, zwischen ihnen hindurch galoppierte und mindestens einen Meter höher als nötig über das Hindernis sprang. Der Reiter zügelte sein Pferd, ritt einen Zirkel und kam langsam im Schritt auf sie zu.

Es war ein Mädchen. Sie trug cremefarbene Jodhpurs und ein Sportsakko aus Tweed. Das lange dunkle Haar war in ein Netz unter der Reitkappe gestopft. Ihre Wangen waren gerötet, die Augen blitzten wütend.

»Hätt'st uns umbringen können!« schrie Clive.

»Dann stellt euch nicht in die Mitte vom Platz, ihr Dummköpfe!«

Das Pferd überragte die Jungen; die Reiterin saß sechs Fuß über ihnen, rutschte im Sattel herum und versuchte, das aufgeregte Tier im Zaum zu halten. Sam erkannte das Mädchen wieder, das ihm in seinem Versteck in der Reithalle in die Augen gesehen hatte. Instinktiv nahm er die Brille ab und setzte sie wieder auf. »Du sollst bloß aufpassen, wo du hinreitest.«

»Bleibt ruhig da stehn, wenn ihr unbedingt wollt, daß man euch in Grund und Boden stampft.« Sie hieb dem Pferd die Absätze ihrer glänzenden Stiefel in die Flanken, und die Jungen mußten ein zweites Mal beiseite springen, um ihr Platz zu machen.

»Hexe«, rief einer ihr nach, aber sie galoppierte schon davon.

»Blöde Kuh!«

»Schlampe!«

»Miststück!« Dann waren sie still und blickten ihr nach, wie sie im Turniergeviert verschwand.

»Sie ist sagenhaft«, stieß Sam hervor.

»Ja«, stimmte Terry zu, immer noch voller Ehrfurcht.

»Ja«, sagte auch Clive, voller Zweifel.

12.
Pistole

»Wie lange bist du nun schon bei mir in Behandlung?« Skelton überflog die Akte, die er in der Hand hielt.

Sam zuckte die Achseln. Er war sich nicht sicher, ob es nun drei oder schon vier Jahre waren. Terry hatte nach einem Jahr bei Skelton aufgehört, als seine Alpträume nachließen. Sam jedoch hatte einen Rat von Clive angenommen.

Er hatte auch nie etwas dagegen gehabt, daß man ihm in den Kopf schauen mußte. Immerhin bedeutete es – nachdem man eine Stunde lang sinnlose Fragen beantwortet und dumme Bildchen für den Psychologen gemalt hatte –, daß man ein paar Stunden von der Schule befreit war. Als Terry ›geheilt‹ war und dadurch seinen Feriengutschein verloren hatte, riet Clive Sam, wie er sich für alle Zeiten einen schulfreien Tag sichern konnte. »Wenn er dich das nächste Mal fragt, malst du ihm ein Bild von deinem Grabstein.«

Und genau das hatte Sam getan. Nachdem er ihm wie gewohnt die üblichen langweiligen und unergründlichen Fragen über seine Mutter und seinen Vater gestellt hatte, gab Skelton ihm einen Bleistift und ein großes Blatt Zeichenpapier und wies ihn an, eine Szene ›mit Wasser‹ zu malen. Hastig hatte Sam einen von Bäumen umgebenen Teich gekritzelt und darunter in bildschönen Linien einen Grabstein mit einem Keltenkreuz gemalt, üppig mit Moos bewachsen und von Efeu überwuchert. Sein Name war auf dem Stein eingraviert.

Samuel Southall
Er ruhe in Frieden
Zu Tode gequält von einem Zahn-Elfen

Zur Sicherheit hatte er noch eine Fledermaus dazugemalt, die auf den Grabstein zuschwebte, und einen Schädel, von einem Dolch durchbohrt, der neben dem Grabhügel lag. Skelton hatte das Blatt genommen und sorgfältig studiert. »Gut«, hatte er mit beängstigend ruhiger Stimme gesagt, »sehr, sehr gut.« Dann begann er wie wild in seinen Notizen zu kritzeln, während Sam stumm dasaß und mit seinen Daumen spielte. Die Stundenzahl war zuerst erhöht, dann jedoch auf eine Stunde alle zwölf Wochen herabgesetzt worden – und dies während der letzten drei Jahre. Als Skelton daher jetzt in der Akte blätterte und ihn fragte, wie lange er schon zu ihm komme, überlegte Sam, ob es wohl an der Zeit sei, ein neues Bild zu malen.

Nachdem er die Akte auf seinen großen, glänzenden Eichenschreibtisch gelegt hatte, kam Skelton hinter dem Tisch hervor und ließ sich schwer in den Sessel neben Sam fallen. Er schlug die Beine übereinander und faltete die Hände unter dem Kinn, wie zum Gebet. Er strömte schalen Tabakgeruch aus. »Und – sehen wir den Zahn-Elfen immer noch?«

Sam krächzte eine Antwort. Er mußte sie wiederholen. »Ja.«

»Wie oft?« Ein Schulterzucken war die Antwort. Der Schotte schob den Unterkiefer vor und entblößte gelbliche, wie Steine wirkende Zähne. Sie schienen kaum Platz in seinem Mund zu haben. »Oft, manchmal oder selten?«

»Manchmal.«

»Und erzählt er dir immer noch, daß du mir nichts von ihm verraten darfst?«

»Ja.«

»Immer?«

»Ja.«

Skelton warf den Kopf heftig auf die Seite und schloß

die Augen, als lausche er irgendeiner weit entfernten Musik. Plötzlich fuhr er hoch. »Was?«

»Ich hab' nichts gesagt«, verteidigte sich Sam und schob die Brille auf seinem Nasenrücken höher.

»Äh – natürlich. Ich glaube, es ist an der Zeit, daß wir diesem Zahn-Elfen bye-bye sagen, meinst du nicht auch?« Sam zuckte die Achseln. Skelton zuckte gleichfalls die Achseln. »Ja, Lebewohl dem Spiritus dentata, wie mich deucht, geh mit Gott und gute Reise, bon voyage, acht auf den Weg, aber mach dich bloß auf, und tschüß. Was sagst du dazu? Hmmm?«

Sam starrte auf seine Schnürsenkel.

Skelton griff hinter sich und zog einen Bleistift aus dem Behälter, der auf dem Tisch stand. Er hielt ihn hoch, damit Sam ihn sehen konnte. »Schau dir das an, Jungchen.« Der Bleistift war sehr scharf gespitzt. Skelton hielt den Stift empor und schwenkte ihn, als wolle er gleich einen Zaubertrick vorführen. Plötzlich brach er ihn in zwei saubere Teile. Blickte Sam tief in die Augen.

Sam erwiderte den Blick und versuchte, genauso tiefsinnig zu schauen. Es war ein teurer Bleistift gewesen.

»Hast du das gesehen?« sagte der Therapeut. »So einfach.« Er beugte sich vor und nahm einen neuen Bleistift aus dem Behälter. »Kannst du das auch?« Er bot dem Jungen den Bleistift dar, als sei er das heilige Schwert Excalibur.

Sam brach den Bleistift entzwei und gab ihn zurück.

Skelton nahm den zerbrochenen Bleistift entgegen. »Ja, ja, ja, und nun lebe wohl, Zahn-Elf. Findest du nicht auch? Wir haben jetzt genug von ihm. Dir stehen wichtige Veränderungen bevor, Sam – Dinge, über die du jetzt noch nichts weißt. Die Hormone, zum Beispiel. Kein Platz mehr für diesen Zahn-Elfen. Wir müssen jetzt Raum für anderes schaffen. Was denn anderes, hör' ich dich fragen. Nun, Mädchen, Bier und Kegeln. Verstehst du?«

Sam nickte kurz. Skelton legte die zerbrochenen Bleistifte auf seinen Schreibtisch.

»Stell dir mal vor, ich gäbe dir aus freien Stücken eine Pistole. Hier ist sie. Nimm sie.« Der Psychologe hielt ihm die leere Hand hin. »Komm schon, Junge, nimm sie, hab keine Angst. Sie wird dir schon nicht in der Hand losgehen. Nimm sie doch!«

Sam streckte die Hand aus, und Skelton schlug ein – mit wütendem Schlag traf seine lederharte Handfläche die des Jungen. »Gut. Spürst du ihr Gewicht? Und jetzt ziele, na los! NEIN! NICHT AUF MICH! So ist es besser, ziel nach da drüben. Das Ding ist mit einer Silberkugel geladen, die du brauchen wirst, um mit so einem Zahn-Elf und ähnlichen Gestalten, fertig zu werden. So, jetzt weißt du also, was du zu tun hast, wenn dieser elende Zahn-Elf das nächste Mal erscheint. Das weißt du doch, nicht wahr?«

»Was?«

Skelton zielte mit einer imaginären Waffe auf die Tür und feuerte in die Runde. »Du killst ihn, Jungchen, du killst ihn.«

Sam blickte zur Tür und dann wieder zu Skelton.

Skelton blies den Rauch vom Lauf seiner imaginären Pistole und zeigte Sam ein böses, verschwörerisches Grinsen.

Da Clive ihnen am Teich die Kunst des Masturbierens gezeigt hatte, entwickelte Sam im Laufe der Zeit eine einfache Methode, es im eigenen Bett zu tun. Seine Einbildungskraft, so entdeckte er, war ihm eine beträchtliche Hilfe und Ermutigung. Weibliche Freiwillige waren zahlreich. Schauspielerinnen konnten mit Leichtigkeit überzeugt werden, von der Leinwand herabzusteigen, und ihre Begeisterung war so stark wie die einiger hübscher Lehrerinnen der Thomas-von-Aquin-Schule. In der Tat gab es auch einige ältere Mädchen im Umkreis der Schule, die genauso fügsam waren. Ab und an gestattete er es auch den Mädchen seines Alters, ihm zu Diensten zu sein, indem er vor einer kleinen aufgeregten Gruppe von ihresgleichen auf einem Tisch stand und zu ihrer Freude und Erbauung onanierte; sie wiederum waren starr vor Ehrfurcht und Vergnügen und spornten einander an, doch einmal das Objekt ihrer Begeisterung anzufassen. Während der Aufführung diese Phantasien konnte er dieses befriedigende Pochen erreichen, von dem Clive früher gesprochen hatte. Doch es war ein ödes, trockenes Pochen und in keinster Weise der Quell, so wie Clive es genannt hatte. Dann, eines Nachts, erschien *es*.

Sam schlief. Er träumte, er verstecke sich im Lager der Reithalle. Die Tore der Reithalle waren von einer Bombe weggefegt worden, und das Mädchen in Jodhpurs und Reitstiefeln suchte ihn. Vor der Reithalle graste ein riesiges weißes Pferd. Hinter dem Pferd konnte er Wald und den Teich erkennen, der in gelbem Licht erglänzte. Die Welt sah völlig fremd aus. Das Mädchen entdeckte ihn durch einen Ritz zwischen den gekreuzten Stangen, und ihre Blicke trafen sich. Sie schlug die Hand vor den Mund, kroch langsam rückwärts und streckte die Hand nach den Zügeln des grasenden Pferdes aus. Als sie aufgesessen war, hieb sie dem Tier die Fersen in die Flanken. Zuerst wehrte es sich, bis sie es schließlich in den Lagerraum gezwungen hatte. Plötzlich sprang das Pferd, die Vorderbeine ausgestreckt. Wie durch ein Wunder kam es durch den wenige Zoll breiten Spalt in sein Versteck gesprungen.

Und nun war er wach, im Bett; doch das Pferd war durchs offene Fenster in sein Schlafzimmer gesprungen. Die Reiterin brachte das Tier zum Stehen, glitt aus dem Sattel und deutete ein paar Tanzschritte an, um ihre schlanken Beine in den engen Reithosen zur Geltung zu bringen. Sie nahm die Reitkappe ab und schüttelte ihr langes dunkles Haar wie einen Pferdeschweif. Erst da wurde Sam bewußt, daß er mit der Hand seinen geschwollenen Schwanz umklammerte. Ein Feuer versengte ihm die Eingeweide, und er spürte ein träges Kitzeln in den Hoden. Etwas Verhängnisvolles würde nun geschehen.

»Es ist nur ein Traum«, sagte er zu sich selbst.

Dann wachte er auf, und Mädchen und Pferd waren verschwunden. Durch das Fenster wehte kühle Nachtluft. Jemand beobachtete ihn vom Fußende des Bettes: nach langer Abwesenheit war der Zahn-Elf wiedergekehrt.

Sam war erstaunt, wie sehr sich der Elf verändert hatte. Die Kleidung war fast die gleiche; senffarben und grün gestreifte Hosen und schwere Stiefel. Aber das Gesicht war vollkommen verwandelt – nicht mehr so grob; die Züge feiner, die Augen sanfter. Und als der Elf ihn anlächelte, erschienen die Zähne, obgleich noch immer spitz und scharf, weißer und kleiner. Der Elf war gewachsen und hatte doch an Gewicht verloren – er zeigte nun eine adrette, geschmeidige Figur, außer an Hüften und Po, wo er beträchtlich zugenommen hatte. Und obwohl er gar nicht genau hinschaute, gewahrte Sam die beiden unverwechselbaren Wölbungen unter dem schwarzen hautengen Umhang.

»Du bist ja ein …«

Unter den langen Wimpern zwinkerte der Elf ihm zu. »Ich bin ein was?«

»Ich meine, du bist … aber ich dachte immer, du wärst ein …«

»Red jetzt vernünftig oder red gar nicht.« Das Wesen hatte die Stimme erhoben, doch war es eher ein Schnurren als ein Knurren. »Du bist ein Mädchen!«

Das Lächeln verschwand aus dem Gesicht der Elfenfee. »Ich schwör's, eines Tages werd' ich dich noch umbringen für das, was du so von dir gibst.«

»Aber ich hab' immer geglaubt …«

»Stop! Sag jetzt nichts mehr!«

»Es ist doch nur, weil …«

Dieses Mal trat die Fee an sein Bett und legte ihm die Hand auf den Mund. »Du kannst so verletzend sein, Sam. So verletzend.« Sie setzte sich auf die Bettkante und schlug die Beine übereinander. Ihre Nylonstrümpfe knisterten, als ein Bein das andere rieb. Sam roch einen neuen Duft an ihren Fingerspitzen. Es war ein Duft, den er mit feuchter Erde im Frühling verband, mit wilden Glockenblumen; doch da war noch ein anderer, kaum zu deutender Geruch – ein Geruch nach Meer.

Die Zahn-Fee nahm die Hand von seinem Mund und blickte ihn aufmerksam an, mit dunklen, leicht zusammengekniffenen Augen. Rasch schob sie ihren Umhang auseinander und legte ihre vollen Brüste frei. Sam blickte auf die dunklen Knospen ihrer Brustwarzen und die umgebenden Höfe von der Farbe eines Blutergusses. Die Frage bedurfte nun keiner Erörterung mehr. Eine Brust war ein wenig kleiner als die andere. Der seltsame, unbekannte Duft strömte von ihrem Leib. Sein Atem ging kurz. So nah war ihm die Zahn-Fee noch nie gekommen, und er fühlte sich zugleich angezogen und abgestoßen von ihrer Körperlichkeit. Sie war auf bizarre Weise schön.

»Du besitzt etwas, das ich haben will«, sagte sie.

Sein Mund wurde trocken.

»Ja«, betonte sie. »Etwas, das Skelton dir gegeben hat. Ich kann dir nicht sagen, wie wichtig es ist, daß du es mir gibst.«

»Skelton?« Er entsann sich der imaginären Pistole.

»Der alte Bastard hat ja keine Ahnung. Glaub mir, ich weiß alles, was ihr euch so erzählt. Ich muß es haben, Sam. Ich muß es haben.« Sie bettelte fast. »Gib es mir.«

»Du bist zu gefährlich.«

»Alles, was ich dir je angetan habe, hab' ich nicht gewollt, Sam. Es gelingt nur manchmal nicht richtig, was man will.«

»Ich hab' es doch dar nicht. Skelton hat mir doch nur eine eingebildete ...«

»Du versteckst es unter der Bettdecke, Sam.«

»Tu ich nicht.«

»Laß mich nachsehen.«

Sam wurde starr vor Angst, als sie langsam die Decke wegzog. Sie beugte sich näher, um im Dunkeln sehen zu können, und der geheimnisvolle neue Duft brach über ihn herein wie eine sanfte Welle – süßlicher Moschus, ein Geruch nach den Gezeiten des Meeres, nach Sumpf und Pilzen, in Honig getaucht; ein schwindlig machender Duft von Verderbtheit und Erleuchtung. Er glaubte ohnmächtig zu werden.

»Mein Gott«, sagte sie mit einem Blick auf den geschwollenen Penis, den seine Hand immer noch umklammerte. »Mein Gott. So ist nun die Zeit gekommen.«

Sam wand sich vor Angst und Verlegenheit, doch sein Schwanz reagierte auf die Bedrohung ihrer Nähe damit, daß er noch mehr wuchs. Er konnte ihren Atem auf seinem Gesicht spüren. Immer noch fasziniert seinen Schwanz betrachtend, streckte sie den kleinen Finger danach aus. Sam versuchte, sich vor dem langen, gefeilten und polierten Fingernagel zurückzuziehen. Sein Atem ging kürzer und immer kürzer, bis die Berührung zwischen ihrem Fingernagel und seinem Schwanz unausweichlich schien.

Hatte sie ihn berührt? Hatte der ausgestreckte Fingernagel ihn berührt? Er hatte es nie erfahren. Der Augenblick wurde von einem dröhnenden Donnerschlag seines Herzens ausgelöscht. Irgendein besonders feines Band zwischen Gehirn und Leib war zerrissen und eröffnete eine innere Schleuse, aus der sich eine Flüssigkeit ergoß wie ein Lavastrom aus einem unterirdischen See – ein Strahl aus seinem gemarterten Penis, den er immer noch in der Faust quetschte. Der Ausbruch schleuderte die Zahn-Fee geradewegs aus dem Fenster, wobei Glas und Rahmen zu Bruch gingen. Dann gab es einen langen, quälenden Augenblick der Leere, bevor sich ein würziger Wind erhob, der die Leere füllte, den Fensterrahmen und das Glas Stück für Stück wieder zusammensetzte, wie in einem rückwärtslaufenden Film.

Sam lag im Dunkeln und spürte in seiner Hand das heiße Stechen seines ersten Samens. Langsam begann er wieder zu atmen. Er hob die Hand zu dem bleistiftdünnen Strich aus Mondlicht, das durch einen Spalt im Vorhang fiel. Es leuchtete schwach silbern. Sanft blies er auf seine Hand, um die Finger zu kühlen.

13.
Falsche Anklage

»Ich war's nicht!« beteuerte Sam. Er war den Tränen nahe. »Wir haben nichts getan.«

»Wenn ich glauben müßte, daß du es warst ...« Nev Southall legte die Hand bedeutungsvoll an seinen Nietengürtel. Das übliche Samstagsfrühstück mit Schinken, Eiern und Blutwurst war verdorben: fettiger Geruch kalt gewordener Schinkenstreifen hing in der Luft.

»Daß die Polizei vor der Tür steht!« Connies Stimme klang schrill.

»Wir waren's nicht!« wiederholte Sam zum neunten oder zehnten Male.

Die gleiche Szene spielte sich bei Terry zu Hause ab. Moody Linda wusch das Geschirr ab, während ihre Eltern den adoptierten Vetter einem strengen Verhör unterzogen.

»Ich schwöre, wir waren's nicht«, beteuerte Terry, die Augen in aller Unschuld tellerweit aufgerissen. »Ich schwör's.«

»Ich würd' dich durch die verdammte Wand schmeißen, wenn du's getan hättest.« Onkel Charlie meinte es ernst.

»Ich war's aber nicht! Wir haben nichts getan!«

Moody Linda, die von Tag zu Tag hübscher wurde, wandte sich vom Spülstein ab und überraschte Terry mit den Worten: »Es können gar nicht Terry, Clive und Sam gewesen sein, weil alle drei an dem Nachmittag hier bei mir waren.«

Terrys Tante Dot drehte sich um und blickte sie erstaunt an. »Und warum hast du das nicht eher gesagt? Warum hast du's nicht den Polizisten gesagt, als sie hier waren?«

Das Schauspiel schien sich nun im Hause der Rogers zu wiederholen; Betty öffnete soeben zwei großen Zivilbeamten, die aussahen, als wollten sie zu einer Dart-Meisterschaft antreten, die Tür. »Morgen«, sagte der eine fröhlich, er hielt Milch und Zeitung in der Hand.

Eric hatte die gestrige Ausgabe der *Sporting Life* vor sich auf dem Frühstückstisch ausgebreitet, nun ließ er den Kugelschreiber sinken, mit dem er die Fußball-Ergebnisse unterstrichen hatte.

Die beiden Beamten nahmen Platz, als Betty sie dazu aufforderte, lehnten jedoch eine Tasse Tee ab. »Haben gerade einen bei Mr. und Mrs. Southall gekriegt. 'n tolles Gebräu, was, Jim?«

»Tolles Gebräu.«

Fünf Minuten später pflanzte Eric sich am Fuß der Treppe auf und brüllte nach Clive: »Zieh dich an und komm runter, SOFORT!«

Clive erschien mit strubbeligen Haaren und rieb sich die Augen. Er warf einen Blick auf die beiden Fremden, die ihn anstarrten, und schaute dann fragend seinen Vater an.

»Du kleiner Scheißkerl!« Eric tat, als wolle er ihn ohrfeigen.

Clive duckte sich. »Was? Was?«

Betty, die erkannte, daß ihr Mann seinen Sohn zuerst hängen und dann anklagen würde, trat dazwischen. »Wo warst du Sonntag nachmittag? Was hast du getrieben?«

»Hab' bloß rumgehangen«, protestierte Clive.

»Rumgehangen? Rumgehangen?« Manche von Clives Halbstarken-Ausdrücken konnten Eric auf die Palme bringen, und dieser gehörte ganz gewiß dazu. »Ich will nichts hören von deinem Scheiß-Rumhängen! Ich will wissen, wo du warst, mit wem du zusammen warst, und was du getan hast. Und ich will jetzt eine Antwort hören!«

Clive warf einen verstohlenen Blick auf die beiden Beamten. Sie schwiegen. Beide saßen bequem zurückgelehnt da, die Köpfe leicht zur Seite geneigt und blickten ihn unter hochgezogenen Augenbrauen an, bereit, jedes Wort von ihm sofort in Zweifel zu ziehen. Er versuchte sich zu erinnern. »Ich war mit Sam und Terry zusammen.«

»Und?«

»Wir haben bloß ...« Er wollte schon wieder ›rumhängen‹ sagen, besann sich aber eines Besseren. »Wir waren erst hier. Dann bei Terry. Ich weiß nicht mehr genau ... es hat geregnet.«

»Seid ihr zur Reithalle gegangen?«

»Nein, am letzten Sonntag nicht. Da war ja kein Reiterfest.«

»Nein«, stimmte Eric zu. »Und irgendwelche kleinen Mistkerle haben die Reithütte zu Klump gehauen, stimmt's? Gehaust wie die Vandalen. Die ganze Ausrüstung kaputtgemacht. Die Hindernisse angekokelt. Das Geschirr im Restaurant zerschmissen und jedes einzelne Fenster eingeworfen. Sechsundzwanzig Fenster.«

»Achtundzwanzig«, berichtigte einer der Beamten.

»Das war'n wir nicht!« schrie Clive.

»Man hat euch GESEHEN!« Eric stach mit dem Finger gefährlich nahe an Clives Auge. »Man hat eure Namen der Polizei angegeben!«

»Wer? Wer hat unsere Namen angegeben? Wir waren's aber nicht! Ehrlich!«

Und so wiederholte sich die Szene, die zuerst in Sams, dann in Terrys Heim gespielt wurde, in gleicher Weise bei Clive und seinen Eltern. Die Polizisten sagten gar nichts, sondern überließen das Verhör ganz den Eltern. Ob die Jungen tatsächlich in flagranti bei der Tat gesehen worden waren oder ob in der Untersuchung des Falles irgendwo ihre Namen aufgetaucht waren, wurde von den Polizisten nicht klargestellt. Vielleicht hatten sie keine echten Beweise, sondern wollten den Jungen nur Angst einjagen, damit sie ihnen mehr Informationen lieferten. Was auch immer ihre Strategie sein mochte, sie blieben ruhige Zuschauer und verdrückten sich dann einfach im geeigneten Augenblick, während die Jungen noch eine weitere Stunde auf dem elterlichen Grill schmoren durften.

»Was mich so fertigmacht«, sagte Terry später am Tag, als die drei auf dem Weg zum Teich waren, »ist, daß ich nach 'ner Weile wirklich dachte, wir hätten's getan.«

»Ich auch.«

»Ich auch.«

Nach einem längeren Schweigen fragte Sam: »Aber wir waren's doch nicht, oder?«

Terry und Clive stoppten abrupt und starrten ihn an. »Sei nicht so dämlich. Was meinst du denn damit?«

»Natürlich haben wir's nicht getan. Außer du warst es, allein.«

»Nein«, sagte Sam. »Was ich meine, ist: Gibt's 'ne Möglichkeit, daß wir's getan haben könnten, ohne es zu wissen?«

Terry setzte sich wieder in Bewegung, empört. »Jemand sollte ihm mal in den Kopf schauen.«

»Ja«, stimmte Clive bei. »Das sollte mal einer tun.«

»Also wer war's denn nun?« wollte Sam wissen.

»'ne gute Frage.«

»Sollen wir mal 'rüber zur Reithalle geh'n und es 'rausfinden?« schlug Clive vor.

»Das wär' ja das Allerblödeste«, stieß Terry hervor.

»Genau das meinen sie doch, wenn sie sagen, jemand kehrt zum Schauplatz des Verbrechens zurück.«

»Aber das tun wir doch gar nicht!« verteidigte sich Clive. »Das ist es doch. Wir waren's nicht! Also wie können wir zum Schauplatz des Verbrechens zurückkehren, wenn wir doch gar nicht da waren!«

»Ich weiß das. Und du weißt es. Wir drei wissen es. Aber *die* denken doch, daß wir's waren. Also wird es für *sie* so aussehen, als kehrten wir zum Schauplatz des Verbrechens zurück.«

»Aber genau darum geht's doch! Wenn du genauso denkst, spielst du ihr Spiel mit. Sie wollen ja, daß wir dort nicht mehr hingehen, weil sie wissen, daß wir nicht zum Schauplatz des Verbrechens zurückkehren. Das ist wie ein doppelter Bluff. Der noch in 'nem anderen Doppel-Bluff drinsteckt.«

»Ach, verpiß dich doch«, sagte Terry.

»Du hast überhaupt nichts kapiert, was?« Clive war puterrot im Gesicht. »Wir haben's zwar nicht getan, hätten es aber gewesen sein können. Es geht nur darum, wer entscheidet, was wirklich passiert. Oder passiert ist. Auch wenn etwas ganz anderes passiert ist.«

»Ach, verpiß dich.«

»Verpiß dich selber.«

»Nein, du verpiß dich.«

»Warum verpißt ihr euch nicht gleich beide«, warf Sam ein.

»Was mich interessieren würde«, überlegte Terry, »wer hat unsere Namen an die Bullen weitergegeben?«

Ein Reiter, schick angezogen in weißen Jodhpurs, Tweedsakko und Reitkappe, näherte sich auf einer gescheckten Stute. Das Pferd trottete daher, die Reiterin trug die Nase hoch in der Luft. Die Jungen erkannten das Mädchen vom Reiterfest. Sam kannte es auch von dem Tag her, als sie sich in der Halle versteckt hatten; und es war das Mädchen aus seinem Traum. Sie sahen ihr nach, wie sie die Straße überquerte. Sie beugte sich aus dem Sattel herab, um ein Gattertor aufzuschwingen, und galoppierte über eine Blumenwiese auf den Wald zu.

»Mich auch«, sagte Sam.

14.
Neulinge

Connie, Betty und Terrys Tante Dot steckten die Köpfe zusammen, wie sie es auch ein paar Jahre zuvor wegen der Sonntagsschule getan hatten, und diskutierten über eine Idee. Um genau zu sein: es war Moody Linda, die einen hilfreichen Vorschlag machte, als Tante Dot ihr im Vertrauen erzählte, wie traurig sie über Terrys angebliche Vergehen war. Obwohl der Verdacht wegen der Zerstörungen auf dem Reitgelände nie bewiesen wurde, war es doch peinlich genug, die örtliche Polizei im Hause auftauchen zu sehen.

»Unser Terry kommt auf die schiefe Bahn. Wo soll das noch enden?«

Moody Linda stand in ihrem Schlafzimmer vor dem Spiegel und band sich eine makellose weiße Kordel um. Der königsblaue Rock und die Bluse waren gestärkt und so tadellos gebügelt, daß ihr Gildenführerin-Abzeichen und die Streifen kaum noch nötig waren, um ihre Autorität zu beweisen. »Pfadfinder«, sagte sie nur und rückte das Barett zurecht, daß es leicht schräg auf dem Kopf saß.

Dot legte die Hände zusammen. »Daran hab' ich gar nicht gedacht. Mittwochs trefft ihr euch doch immer, nicht? Und du wirst da sein und auf sie aufpassen.«

Linda schloß die Augen und schauderte bei dem Gedanken daran, was sie sich nun wieder aufgebürdet hatte; als ganzer Stolz der *Coventry Forty-Fifths*, als Fahnenträgerin bei den Paraden hatte Linda in den drei Jahren, seit sie Gildenführerin war, einen schwindelerregenden Aufstieg geschafft. Es war ihr ureigenes, wohlgeordnetes Leben: fern von den Querelen und Wirrnissen der Heimatfront; eine sorgfältig reglementierte Welt, wo sorgfältig gebügelte Uniformen und schneeweiße Trillerpfeifen-Kordeln Respekt, Loyalität und Bewunderung heischten.

Es gab nur einen winzigen Wermutstropfen im Freudenbecher eines tollen Abends, den sie in der schwesterlichen Gemeinschaft der *Forty-Fifths* verbrachte, und das war das kindische Benehmen der *Coventry Thirty-Ninth Boy Scouts,* die ihre Versammlungen am gleichen Abend und in der gleichen Schule abhielten, und die es sehr witzig fanden, den halben Abend lang an die Tür oder an die Scheiben zu klopfen und dann schnell wegzurennen, so daß niemand da war, wenn man an die Tür ging; und die, wenn man versuchte, sie gar nicht zu beachten, zu krasseren Methoden griffen, um Aufmerksamkeit zu erregen, wie zum Beispiel ihre Hosen herunterzulassen und ihre Hinterteile gegen die Fenster zu pressen. Während Linda ihr Barett zurechtschob, wurde ihr bewußt, daß sie vermutlich soeben Terry, Sam und Clive in die Riege ihrer Peiniger aufgenommen hatte.

»Nein«, sagte sie daher und rückte die silberne Trillerpfeife zurecht, »wenn ich es mir genauer überlege – ich glaube nicht, daß es ihnen besonders gefallen wird.«

»Ich weiß nicht«, entgegnete Dot. »Ich glaube, sie könnten da viel lernen.«

Und so kam es, daß Moody Linda, eben sechzehn geworden und in makelloser blauer Uniform, wieder sieben Schritte vor drei nun zwölfjährigen Jungs daherlaufen mußte; Jungs in Scout-Uniformen aus zweiter Hand, die Connie in aller Eile in der Nachbarschaft aufgetan hatte. Sams Hose war zu lang; Clives Hose war zu kurz; und Terrys Hemd mochte einst dem dicksten

Boy-Scout in ganz Coventry gehört haben. Man hatte sie nur ein wenig zwingen müssen mitzugehen. Sam insbesondere hatte sich gewehrt, aber nun, als sie sich beeilten, um mit Lindas Tempo mitzuhalten, schritten sie daher wie drei frischgebackene Soldaten nach der Einberufung, die sich freudig ihrem Schicksal ergaben.

Auf dem Schulhof vollführte Linda eine soldatische Rechtswendung und winkte sie lässig in die entgegengesetzte Richtung. Auf der anderen Seite des Schulhofs stand eine kleine Gruppe Scouts vor der Mauer der Turnhalle. Die drei wollten sich vorstellen, doch sie wurden immer langsamer, je näher sie der Mauer kamen; was sie zögern ließ, war der feindselige, verächtliche Blick der fünf oder sechs Scouts, die dort versammelt standen, alle älter als sie, und alle Zigaretten rauchend. Die drei hielten ein paar Meter vor der Gruppe an. Alle schwiegen. Clive kratzte sich am Sockensaum. Terry tat, als binde er sich einen Schnürsenkel zu. Sam verschränkte die Arme – und nahm sie ganz schnell wieder herunter.

»Was, zum Teufel, wollt ihr hier?« fragte der größte der Bande, ein Junge mit kurzgeschorenem Haar und kleinen zusammengekniffenen Schweinsäuglein. Seine riesigen, fetten Beine drohten die Nähte seiner Khaki-Hose zum Platzen zu bringen. Die graurosafarbene Haut seiner Schenkel sah aufgescheuert und wund aus. Sam verlagerte sein Gewicht von einem Bein auf das andere.

»Ja, was, zum Teufel, wollt ihr hier?« fragte nun ein dünner Junge mit erschreckend schlechten Zähnen, der seine Zigarette mit dem Absatz austrat.

»Verpißt euch«, sagte der erste.

»Ja, verpißt euch«, tönte sein Leutnant.

Terry, Sam und Clive taten wie befohlen: voller Angst drehten sie sich um und machten sich auf einen qualvoll langsamen Rückweg über den Schulhof. Immer noch mit dem Gefühl, daß sich sechs Augenpaare in ihre Rücken bohrten, war es ein langer, langer Weg.

Nervös standen sie ungefähr fünf Minuten am Tor herum und waren schon fast soweit, diese ungastliche Stätte zu verlassen, als ein Mann in Scout-Uniform auf seinem Rad durchs Tor sauste. Mit quietschenden Bremsen kam er zum Stehen. »Seid ihr die Neuen? Die drei Neuen?«

Die Frage gab ihnen ein Refugium gleich einer Insel. Sie schwammen auf sie zu, scharten sich um das Fahrrad. Der Mann schwang sein dichtbehaartes Bein über die Stange und schob das Rad über den Hof. Die Jungen folgten ihm bis vor die Turnhalle, doch die zigarettenrauchenden Scouts waren verschwunden. Der Mann trug einen dünnen Schnurrbart – eine ›Zahnbürste‹ –, war von blühendem Aussehen und lächelte auf eine Art, als fletsche er die Zähne. Er stellte sich als Skip vor. Er plauderte freundlich mit den Jungen und lernte sogleich ihre Namen.

Nachdem Skip das Rad durch einen Hintereingang in die Schule geschoben hatte, führte er sie einen Korridor hinunter und öffnete die Tür eines Klassenzimmers, in dem fast dreißig Scouts mit Kistenauspacken beschäftigt waren. Er schob sein Rad in das Zimmer und lehnte es gegen den staubigen Kreidekasten der Tafel. Dann wandte er sich um und drückte Clive seinen riesigen Zeigefinger mitten auf die Stirn. »Falke«, flüsterte er mit geheimnisvollem Nachdruck. Langsam zog er den Finger zurück – der einen weißen Abdruck auf Clives geröteter Braue hinterlassen hatte –, um ihn nun auf Sam zuschnellen zu lassen. »Adler.« Terry war der letzte, der gezeichnet wurde: »Zwergfalke.«

Skip zeigte wieder sein zähnefletschendes Grinsen,

dann schubste er zuerst Sam, dann Clive und schließlich Terry in verschiedene Ecken des Raums, wo kleine Grüppchen der Scouts damit beschäftigt waren, einen zerbeulten Koffer auszupacken, den Inhalt durchzusehen und alles wieder an seinem ursprünglichen Platz zu verstauen. Das Ganze wirkte wie ein Ritual. Sams Gruppe ließ ihre Arbeit liegen und blickte ihn mit einer Mischung aus Mitleid und Verachtung an. Plötzlich sah sich Sam dem kräftigen, kurzhaarigen, fetten Jungen vom Schulhof gegenüber.

»Was willst du?«

»Adler«, stotterte Sam. »Adler.«

Die Lippen des Jungen kräuselten sich verächtlich. »Scheiß drauf.«

Skip schlenderte herbei. »Zeig ihm jetzt die Leinen, Tooley. Sei eine gute Mutter.«

Das höhnische Lächeln des Jungen verschwand. Mit fast schon beängstigendem Eifer sprang er auf und entbot seinem Anführer und dann Sam ein gewinnendes Lächeln. »Ich bin Tooley. Adler PL. Bestes Fähnlein in der Schar. Willkommen an Bord.«

»So ist's recht«, meinte Skip und fletschte die Zähne, bevor er davoneilte, um ähnliche Szenen in den anderen Gruppen zu entschärfen.

Nachdem er gegangen war, stießen sie Sam auf einen Stuhl und gaben ihm ein kurzes Stück Leine zu halten. Dann nahmen sie eine Dreiviertelstunde lang keine Notiz mehr von ihm. Als die Ausrüstung wieder in der Kiste verstaut war, riß einer ihm die Leine aus der Hand und legte sie zuoberst in die Kiste. Skip kam herbei und inspizierte die Kiste, die ausgepackt, überprüft und wieder eingepackt worden war.

»Alles in Ordnung?«

»Ja, Skip.«

Der zweite Teil des Abends war Spielen gewidmet.

Skip stand mit einer Trillerpfeife auf einem Stuhl und rief ›Hafen‹, ›Steuerbord‹, ›Stillgestanden‹ oder ›Rührt euch‹ und noch ein oder zwei andere Befehle. Sam, Clive und Terry versuchten es den anderen nachzumachen, aber da sie die Regeln nicht wirklich begriffen, dauerte es nicht lange, und sie waren vom Spiel ausgeschlossen. Sie standen zwanzig Minuten müßig herum, bis der Sieger ausgerufen wurde; daraufhin wurde das Spiel wiederholt, und wieder waren sie die ersten Ausgeschiedenen.

Der dritte Teil des Abends war der sogenannten ›Gruppenarbeit‹ gewidmet, bei der sich die einzelnen Fähnlein untereinander mischen durften, während Skip und sein Assistent eifrig damit beschäftigt waren, einzelne Mitglieder in obskuren Fertigkeiten zu prüfen. Plötzlich wurde Sam grob gegen die Wand gedrückt und, als sei er leicht wie eine Feder, von Tooley hochgehoben. Sein Freund Lance, der Junge mit den ekelhaften Zähnen, stand Schmiere und paßte auf, daß Skip sie nicht erwischte. »Diese beiden andern Neuen – Freunde von dir?«

»Ja.«

Tooley ließ ihn herunter und tat, als bürste er ihm Staub vom Hemd. »Adler polieren Zwergfalken, Falken und Eulen die Fresse, stimmt's nicht, Lance?«

»Jawoll. Und zwar mit Schmackes.«

»Du wirst bei deinen Freunden anfangen.«

»Was?«

Tooley streckte ihm sein häßliches Gesicht entgegen. Er roch nach Tabak. »Sag nie ›was‹, klar? Niemals. Ja, Tooley. Nein, Tooley. Aber nie dieses blöde ›was‹. Klar?«

»Ja, Tooley.«

»Wie heißt er? Dein Kumpel mit den abstehenden Ohren.«

»Clive.«

»Stimmt. Du gibst ihm eins aufs Maul, bevor der Abend um ist, klar?«

»Nein!«

»Wie du willst. Wenn du's nicht tust, zieh'n wir dir die Hose runter, und mein Freund Lance wird dich in den Arsch ficken, was, Lance?«

»Klar.«

»Denk dran: bevor der Abend um ist.« Tooley beendete seine fürsorglichen Ermahnungen, und ohne weiteres Aufsehen nahmen er und Lance wieder an der ›Gruppenarbeit‹ teil. Sam blickte zu Terry, der auf einem Stuhl saß und ein wenig blaß wirkte, und zu Clive, der beim Erlernen eines Knotens einen ganz glücklichen Eindruck machte. Lance blickte auf und schenkte Sam ein prächtiges Lächeln voller grüner und schwarzer Zähne.

Sam fühlte sich schwach. Skip kam zu ihm. »Alles in Ordnung?«

»Ja«, sagte Sam kläglich. »Ja.«

»So ist's recht. Zuerst kommt dir alles noch ein bißchen fremd vor, aber du wirst dich schon dran gewöhnen.«

Die verabredete Zeit rückte rasch näher. Sam fühlte, wie er immer benommener wurde, da Tooley alle paar Minuten hinter ihm auftauchte und auf seine Armbanduhr klopfte und Lance ihn ab und zu mit einem wunderschönen Lächeln voller fauler Zähne beglückte. Als Skip die Klasse für einen Augenblick verließ, erkannte Sam alle Anzeichen einer gut eingefädelten Ablenkung. Mit geballten Fäusten schritt er quer durch den Raum auf Clive zu. Er sah Terry winken, doch er wollte sich nicht beirren lassen. Clive wandte ihm den Rücken zu. Er klopfte Clive auf die Schulter, doch bevor er seine Absicht ausführen konnte, traf ihn eine kleine

Faust. Stechender Schmerz an der Seite des Mundes. Terry stand hinter ihm, die Faust noch erhoben. Sofort sah Clive auf und verpaßte Terry einen harten Hieb, und zwar nicht als Rache für den, den Sam erhalten hatte – und im selben Augenblick landete Sam einen gezielten Treffer gegen Clives Nase.

Da kam Skip in die Klasse zurück und sah alle seine Scouts eifrig beschäftigt – nur die drei Neulinge nicht, die ein wenig benommen mitten im Raum lagen. »Alles in Ordnung, Jungs? So ist's recht, geht zu euren Fähnlein zurück. Zeit für den Fahnenappell.«

Sam, Terry und Clive begaben sich in die hintere Reihe ihrer jeweiligen Fähnlein und hielten sich die schmerzenden Köpfe, während vorn der Union Jack aufgerollt wurde. Sie salutierten vor der Flagge wie die anderen. Alle Scouts sangen begeistert das Pfadfindergesetz: »Ich schwöre bei meiner Ehre, daß ich meinem Gott, meiner Königin und meinem Lande nach Kräften dienen und alle Zeit dem Gesetz der Pfadfinder gehorchen will.«

Dann war alles vorüber, und Moody Linda wartete draußen, in ihrer makellosen blauen Uniform. Ein leichtes Erröten färbte ihre Wangen, wie es die kleinen Freuden mit sich bringen, die ein erfolgreicher Abend der Führerschaft für ein Mädchen bedeuten kann.

»Bis nächste Woche, Jungs«, rief Skip, während er mit einer überaus schwungvollen Geste die Lichter im Klassenzimmer ausknipste. »Bis nächste Woche.«

15.
Feldübung

In der folgenden Woche gingen sie wieder zu den Scouts, doch nur, weil eine ›Feldübung‹ organisiert wurde, um ›den Rest des Altweibersommers zu nutzen‹. Was die Einschüchterung durch Typen wie Tooley und seine Anhänger betraf, versicherte ihnen jeder, daß es sich nur um eine Initiation gehandelt habe.

»Sie wollten bloß sehen, aus welchem Stoff ihr gemacht seid«, sagte Eric zu Clive.

»Sie wollten euch bloß ärgern«, versicherte Nev.

»Es war so eine Art Test, und ihr habt ihn bestanden«, erklärte Terrys Onkel Charlie.

Und so nahmen sie an der Feldübung teil, die in Wistman's Wood stattfinden sollte. Die Order lautete, daß man sich am Anfang des Pfades, der in den Wald führte, einfinden sollte, und nicht an der Schule, wo man sich sonst traf. Terry, Sam und Clive zogen ihre schlechtsitzenden Uniformen an und nahmen den Weg, der am Teich und am Reitplatz vorbeiführte. Es war ein warmer Septembernachmittag, und die bronzene Scheibe der Sonne stand schon niedrig. Wolken und Mücken tanzten in dem gelben Licht; Tausende winziger geflügelter Wesen, die ein Ganzes bildeten. Als sie sich dem Wald näherten, kam ein Reiter zwischen den Bäumen hervor. Es war das Mädchen vom Reiterfest. Als sie auf gleicher Höhe mit den Jungen war, zügelte sie ihr Pferd und hielt an. Das Pferd schien auf der Stelle treten zu wollen. Auch die Jungen hielten an.

Die Augen des Mädchens waren von der Reitkappe beschattet. Mit einer Art hochmütiger Belustigung sah sie auf sie herab. »Boy-Scouts«, sagte sie, mit zynischer

Betonung auf ›boy‹. Aus ihrer Stimme sprach sowohl Verachtung als auch Belustigung. »*Boy*-Scouts.« Dann plötzlich gab sie dem Pferd die Sporen und galoppierte davon. Die drei starrten ihr blöde nach; keiner sagte etwas.

»Nun kommt schon«, meinte Clive schließlich. »Laßt uns die andern suchen.«

Die Übung sollte bei Tageslicht anfangen und bis in die Nacht andauern, wurde ihnen mitgeteilt. Dann werde man ein Lagerfeuer anzünden. Eine Kommandozentrale wurde eingerichtet und die Farben verteilt. Ein paar Scouts in den ungewohnten grünen Hemden der *Coventry Forty-Eighth* gesellten sich zu ihnen, und dann wurden alle anwesenden Jungen in drei Gruppen unterteilt. Jede Gruppe erhielt ein ›Ehrenzeichen‹ in Form einer farbigen Fahne, die auf einen Baum gepflanzt werden mußte. Jede Gruppe sollte nun mit List und Tücke versuchen, alle drei Fahnen zu ergattern.

»Mit List und Tücke«, wiederholte Skip mehrere Male, er sang es geradezu.

Sam folgte seinem Fähnlein Adler und drei Mitgliedern der *Forty-Eighths,* die das Glück gehabt hatten, in seine Mannschaft gewählt zu werden. So setzte sich das ›Blaue Team‹ in Richtung Wald in Bewegung. Fünf Minuten später hielt Tooley die Truppe an und wandte sich an ein Mitglied der *Forty-Eighths.* »Wir brauchen einen Lockvogel«, behauptete er.

Der junge Scout wurde zu Boden geworfen und und geknebelt. Sie banden ihm die Hände hinter dem Rücken zusammen und fesselten die Beine in Höhe der Knöchel. Seine beiden Kameraden schienen protestieren zu wollen, doch ein Blick auf Tooley ließ sie davon Abstand nehmen. Die blaue Fahne wurde zur Hälfte in die Brusttasche des Jungen gestopft, ein Seil über einen

Ast geworfen, und dann wurde er an den Füßen hochgezogen, um endlich kopfunter fast zweieinhalb Meter über dem Boden zu hängen. Dann befestigten sie das Seil an einem Baumstumpf. Die blaue Fahne hing einladend aus der Tasche.

»Jetzt verstecken wir uns«, befahl Tooley.

Die Jungen verbargen sich hinter umgestürzten faulenden Baumstämmen und dichten Büschen. Tooley kauerte neben Sam. Einen Augenblick später mußte Sam sich räuspern, und Tooley bestrafte ihn mit einer brennenden Ohrfeige. Tooley fletschte die Zähne. Sie warteten eine Zeitlang. Sam spürte, wie sein Bein einen Krampf bekam, doch er wagte sich nicht zu rühren, aus Angst, von seinem Fähnleinführer noch eine Ohrfeige zu beziehen. So hockte er mit schmerzverzerrtem Gesicht in seinem Versteck.

Schließlich flog eine Taube durch das Geäst der Bäume, eine gestörte Amsel schimpfte empört. Tooley wirkte gespannt wie eine Feder. Zwei junge Scouts erschienen, schlichen vorsichtig den Weg entlang. Sam erkannte in ihnen Falken seines eigenen Fähnleins. Erschrocken hielten sie an, als sie den geknebelten Scout kopfunter an dem Seil hängen sahen. Nervös blickten sie um sich, bevor sie sich näher wagten.

Offenbar hatte man sie als Späher ausgeschickt, und sie sollten nur Bericht erstatten; denn nun flüsterten sie miteinander, als suchten sie zu einer Entscheidung zu kommen. Einer von ihnen schien etwas begriffen zu haben: die blaue Fahne gehörte zweifelsohne ihnen, wenn sie nur drankamen. Vorsichtig pirschten sie näher. Einer der beiden sprang nach der Fahne, konnte sie aber nicht erreichen. Sie war nur wenige Zoll von seinen Fingern entfernt. Wieder blickten sie sich um. Doch nicht eher, als bis der eine auf die Schultern des anderen geklettert war und nach der Fahne griff, gab

Tooley mit einem unmenschlichen Schrei das Signal zum Angriff und brach aus dem Dickicht hervor. Er brachte die beiden mit einem Rugby-Griff zu Fall. Es gab ein kurzes Handgemenge auf dem Boden, bevor die beiden Jungen von Tooleys Gefolgschaft überwältigt waren. Sie wurden unverzüglich geknebelt. Der eine wurde nackt ausgezogen, an den Knöcheln gefesselt und kopfunter neben den ›Lockvogel‹ gehängt.

»Hast du den Stift mitgebracht?« fragte Tooley, atemlos nach den Anstrengungen.

»Hier ist er.« Lance holte einen dicken blauen Filzstift aus der Tasche. Der unglückliche Scout wurde auf Augenhöhe heruntergelassen, damit Tooley ihm ein großes T auf jede Hinterbacke malen konnte. Dann zeichnete er noch einen waagerechten Pfeil durch jedes T. Lance lächelte Sam schmallippig an. »Tooleys Zeichen«, sagte er höflich erklärend.

»Laßt uns hier verschwinden«, befahl Tooley.

Sie zerrten den zweiten Scout auf die Beine und stießen ihn den Weg entlang. Einer rettete die blaue Fahne.

»Was ist mit unserem Freund?« protestierte einer der *Forty-Eighths.*

Tooley blickte zu dem Lockvogel hoch, der immer noch am Ende des Seils zuckte. »Ja«, sagte er großzügig, »laßt ihn herunter.«

»Die Regeln sagen aber, daß wir die Fahne für die Dauer des Spiels immer am gleichen Baum lassen sollen.«

Tooley packte den Jungen der *Forty-Eighths* am Kragen.»Ich bin Tooley. Ich mach' die verdammten Regeln hier. Nun holt ihn runter und laßt uns verschwinden.«

Hinter einer umgestürzten Birke kauernd, im schwächer werdenden Licht der Abenddämmerung sah Sam die nächsten beiden Opfer. Der zweite gefangene Scout hatte die Augen verbunden und hing von einem Baum, die blaue Fahne am Gürtel hängend. Die drei Jungen des Fähnleins *Forty-Eight* hatten sich einige Minuten zuvor verdrückt, und der Scout, der den Lockvogel hatte spielen müssen, war immer noch seltsam still, von der erlittenen Tortur benommen. Sam biß sich in die Fingerknöchel, als er sah, wer einer der beiden Scouts war, die sich nun heranschlichen: es war Clive.

Sam erlebte einen schrecklichen Augenblick: er konnte seinen Freund vor der Gefahr warnen, oder er konnte still sitzenbleiben und ihn seinem Schicksal überlassen. Er wußte, wenn er den Hinterhalt preisgab, mußte er noch Schlimmeres von Tooley, Lance und ihren dämonischen Spießgesellen erleiden. Sam hatte das dumpfe Gefühl, daß er das nächste Opfer am Seil sein würde, wenn es seiner Gruppe nicht gelang, mehr Opfer gefangenzunehmen.

Er verhielt sich ruhig.

Zwei Minuten später waren Clive und sein Freund zu Boden gerungen und geknebelt. Sam hielt sich zurück, weil er hoffte, sein Freund werde ihn so nicht als Angreifer erkennen können. Mit widerlicher Begeisterung rissen die anderen Adler Clive die Uniform vom Leib. Während das Handgemenge andauerte, zog Sam sich langsam zurück und entkam seiner Mannschaft; er fand den Pfad und rannte schnell davon.

Dämmerung senkte sich wie Ruß auf die Zweige der Bäume. Sam hielt an und lehnte sich gegen einen Baum, um wieder zu Atem zu kommen. Der Wald lag in düsterem Zwielicht, und Sam spürte einen Klumpen Übelkeit im Magen. Die Bäume schienen ihn einzuschließen. Eine Hand tippte ihm von hinten auf den Kragen. »Willst du abhauen?«

»Terry! Mensch, bin ich froh, daß du da bist! Bin ich froh, daß du da bist!«

»Mir reicht's«, sagte Terry. »Hier passieren zu viele komische Sachen.«

»Als ob ich's nicht wüßte. Hör mal, sie haben eben Clive erwischt und hängen ihn an 'nen Baum. Ich konnte ihm nicht helfen.«

»Wie viele war'n es?«

»Zu viele. Wenn sie einen von uns kriegen, werden sie mit uns das gleiche machen.«

»Mich kriegen sie nicht«, erklärte Terry trotzig. Er hielt seine Faust hoch; sie umklammerte ein Schweizer Armeemesser. Die größte Klinge war aufgeklappt.

Sam konnte es von Terrys Augen ablesen, daß er es ernst meinte. Er fragte sich, wie es Terry während der Feldübung ergangen sein mochte. »Wir könnten ihn losbinden, wenn die anderen weg sind. Die lassen einen da mit nackten Eiern hängen, mit 'ner Botschaft auf'm Hintern. Aber wir könnten ihn losbinden, wenn wir warten, bis sie weg sind.«

Sam führte Terry zu dem Platz, wo Clive überwältigt worden war. Sie waren voller Angst, auf einen Zweig zu treten und sich so zu verraten. Terry erzählte Sam, daß er im Handbuch der Scouts etwas über eine Technik gelesen hatte, wie man beim Gehen die Füße abrollen mußte. Sie hörten Tooley Befehle brüllen, Lance hysterisch kichern und konnten das Geschehen hinter einem dichten Stechpalmenbusch beobachten.

Clive lag nackt, auf dem Boden ausgestreckt, das Gesicht nach unten, rot vor Anstrengung nach dem nutzlosen Kampf. Tooleys Zeichen war auf seinen nackten Hintern geschmiert worden. Den anderen Scout hatte man geknebelt, ihm ein Tuch vor die

Augen gebunden und ihn in den Schwitzkasten genommen.

»Wo ist denn dieser verdammte kleine Pimpf mit der Brille?« hörte Sam Tooley schreien. »Hat einer gesehen, wie er abgehauen ist? Wie heißt er denn noch mal, der blöde Glotzfrosch?«

Sam hatte offenbar einen solchen Eindruck bei den Adlern hinterlassen, daß sich niemand an seinen Namen erinnern konnte. Tooley schickte zwei Adler auf die Suche nach Sam mit dem Befehl, ›ihn auf 'ner Stange zurückzubringen‹. Sam tastete nach seiner Brille, nahm sie ab und wischte sie an seinem Khaki-Hemd sauber.

»Mach dir keine Sorgen«, sagte Terry. Er hielt immer noch sein Schweizer Armeemesser umklammert.

»Geht zu der Lichtung an der Senke«, befahl Tooley den anderen. »Ich kümmer' mich hier drum und bin in einer Minute wieder bei euch.«

»Ich warte mit dir«, kicherte Lance.

Tooley gab Lance eine heftige Ohrfeige. »Tu verdammt noch mal, was ich dir gesagt hab'!«

»Schlag mich nicht! Du hast mich doch noch nie geschlagen! Schlag mich doch nicht!«

»Dann tu, was ich dir gesagt hab'!«

Lance eilte hinter den anderen her, die ihren Gefangenen mitgenommen hatten. So blieben nur Clive, Tooley und der zweite Lockvogel mit den verbundenen Augen da, der während der ganzen Ereignisse hilflos am Seil gebaumelt hatte. Tooley blickte seinen Fähnlein-Kameraden nach, die zwischen den Bäumen verschwanden. Als sie außer Sicht waren, baute er sich hinter Clive auf und blickte auf sein hilfloses Opfer herunter. Er riß das Barett vom Kopf und wischte sich den Schweiß von der Stirn. Seine Brust hob und senkte sich, und er schwitzte heftig. Er spuckte in das trockene

Laub, bevor er das Barett wieder aufsetzte. Nach einem kurzen Blick in die Runde ließ er seine Shorts herab.

»O nein«, flüsterte Sam, als Tooleys schwellender Schwanz aus der Hose sprang. »O nein.«

»Was macht er denn da?« fragte Terry. »Er will ... o nein, das kann er doch nicht tun.« Terry blickte Sam an, und Sam nickte. »Wir müssen ihn daran hindern«, sagte Terry.

»Wie denn?«

»Gott! Was macht er denn da?« Tooley hatte sich hinter Clive ins Gras gekniet. »Hör mal, du greifst ihn jetzt an, und während er mit dir kämpft, werd' ich den Scheißkerl mit dem Messer ...«

»Das kannst du nicht!«

»Paß nur auf. Nun mach schon. Auf ihn, Sam! Geh los auf den fetten Schweinehund.«

»Er wird mich umbringen! Er wird mich plattmachen!«

»Du mußt es tun!«

»Ich hab' zuviel Angst, Terry! Zuviel Angst!«

Tooley drückte Clives Beine auseinander.

»Das reicht«, entschied Terry. »Ich greif' ihn an. Du nimmst das Messer. Entweder du oder ich, Sam. Wir können Clive nicht im Stich lassen! Das können wir nicht! Also, wie jetzt? Du oder ich?«

Sam blickte mit Entsetzen auf das Armeemesser und dann auf Tooleys schaukelnden erigierten Penis. Er streckte seine Hand aus, zog sie wieder zurück.

»Scheiße«, sagte Terry. Er drückte Sam das Messer in die Hand, kam taumelnd auf die Beine und rannte schreiend auf Tooley los. Aufgeschreckt kam Tooley halb hoch, stützte sich auf ein Knie. Terry versuchte Tooley am Hals zu packen, doch er wurde abgeschüttelt wie ein lästiges Insekt. Der große Junge kam stolpernd auf die Beine und schickte den Kleineren mit einem Schlag seiner fleischigen Faust zu Boden. Dort lag er, bewußtlos.

Sam war wie gelähmt. Seine Beinmuskeln waren zu Pudding geworden. Dann schien die Zeit stillzustehen; in seinen Ohren war ein Dröhnen, und das Licht im Wald wurde dunkelrot, und er wollte auf Tooley zustürzen, Terrys mißglückten Angriff wiederholen.

Doch Sam sollte es nicht schaffen: er wurde umgerissen von etwas, das hinter ihm aufsprang wie ein Sturmwind. Inmitten toter Blätter liegend blickte er auf und sah ein riesiges weißes Pferd über ihn springen. Der Reiter war niemand anderes als die Zahn-Fee, den Mund zu einem grauenhaften, schrillen Schrei verzerrt. Die teuflischen Spitzen ihrer Zähne glänzten blutrot. Sie deutete auf Sam und kreischte unverständliche Worte. Das Pferd wieherte, bäumte sich auf und ließ seine schweren Hufe auf den Kopf des überraschten Tooley fallen. Er ging sofort zu Boden. Das Pferd bäumte sich wieder auf, das Gewicht der Hufeisen traf seine Brust, und in einer Raserei hub das Tier an zu stampfen. Die Zahn-Fee spie etwas aus und hieb dem Pferd die Absätze in die Flanken, lenkte es zwischen den Bäumen hindurch und duckte sich unter einem Ast, während das Pferd davongaloppierte.

Es gab einen Augenblick der Schwärze. Sam spürte, wie das Blut durch seine Adern jagte. Das rote Licht leuchtete wieder auf, um dann zu verschwinden. Die Welt verschwamm ihm vor den Augen. Dann wurde er klar im Kopf und sah Tooley ausgestreckt auf dem Boden liegen – ein zerschmettertes, blutiges Bündel. Clive schrie hinter dem Knebel. Terry war aufgesprungen und schüttelte den Kopf im Versuch, wieder klar zu sehen.

»Jesus!« sagte er nur. »Jesus!« Er nahm Sam das Messer ab. Die Klinge war in Blut gebadet. Tooleys Blut auf dem Messer leuchtete düster im Zwielicht des Waldes.

Terry rannte zu Clive und schnitt die Seile durch, mit denen er angepflockt war. Clive kam taumelnd auf die Füße, riß sich den Knebel herunter. Als er Tooley ausgestreckt daliegen sah, raste er auf ihn zu und trat den Wehrlosen ins Gesicht. Wieder und wieder. Dann ließ er endlich von ihm ab.

Terry brachte Clives Uniform. Clive zog sie rasch über. Dann kniete er nieder und stieß Tooley mit einem Stock an. Der regte sich nicht. Clive rollte ihn auf den Rücken. Tooleys Brustkorb war mit unzähligen kleinen Wunden übersät, und das Khaki-Hemd war schwarz vor Blut. Clive beugte sich über den Brustkorb, lauschte auf den Herzschlag, dann auf ein Anzeichen, daß Tooley noch atmete. Nichts. »Was hast du getan?« sagte Terry gepreßt.

»Nichts«, flüsterte Sam.

»Ich geb' dir keine Schuld. Clive, Tooley wollte dich ficken. Niemand kann Sam die Schuld geben.«

»Bist du sicher, daß er ...«

»Schau doch selbst«, sagte Terry, und nun kniete Sam sich nieder, lauschte auf einen Herzschlag, einen Atemzug, irgendein Lebenszeichen.

Die drei Jungen standen stumm und starrten einander an, während die Dunkelheit sich auf ihre Schultern senkte wie ein düsterer Umhang. Dann beugte sich Sam wieder hinab, mit vorquellenden Augen, und versuchte, die Wunden zu untersuchen. Die Wunden wiesen halbmondförmige Ränder auf. »Pferdehufe. Das waren Pferdehufe.«

»Was redest du da?«

»Das wird keiner glauben«, meinte Clive.

»Das spielt keine Rolle«, entgegnete Sam. »Es waren Hufe.«

»Du stehst unter Schock«, stellte Clive fest. Er blickte Terry an. »Er steht unter Schock.«

»Hier ist deine Brille«, sagte Terry. »Sie ist runtergefallen.« Die Gläser waren zerbrochen.

Sie waren verwirrt, fassungslos; und nun empfanden sie Ehrfurcht vor Sam. Clive holte sie in die Wirklichkeit zurück. »Nimm ein Bein«, sagte er schließlich.

Sie schleppten Tooley tiefer ins Unterholz. Terry fand eine hohle Eiche. Tooley war furchtbar schwer. Schwitzend, zitternd und mit zusammengebissenen Zähnen schafften sie es, Tooley hochzuheben und ihn in den Hohlraum fallen zu lassen. Inzwischen waren seine Lippen grau verfärbt. Sie häuften Blätter über die Leiche und schichteten Zweige um den verrotteten Baumstumpf auf.

Dann mußten sie zurück, das Messer suchen. Terry fand es schließlich, säuberte es, klappte es zusammen und verstaute es in seiner Tasche. Sie gruben die Pflöcke aus und streuten Blätter, um die Spuren des Kampfes zu verwischen. Erst als sie aufbrechen wollten, hörten sie einen erstickten Schrei über ihren Köpfen.

Über ihnen pendelte schweigend der Lockvogel; er war die ganze Zeit dagewesen, mit verbundenen Augen und einem Knebel im Mund. Clive wollte ihn hängen lassen, doch Terry ließ es nicht zu. Vorsichtig ließen sie den Jungen herunter, schnitten schweigend die Seile durch, die seine Beine banden. Seine Hände ließen sie hinter dem Rücken gefesselt, doch bevor sie gingen, nahmen sie ihm den Knebel aus dem Mund, so daß er um Hilfe rufen konnte.

Dann verließen sie den Wald – es war stockdunkel geworden. Sie gingen Richtung Norden zum Waldrand. Auf ihrem Weg mußten sie einmal zur Seite springen, damit sie nicht von einer anderen Gruppe Scouts gesehen wurden, die mit einer Kerze im Glas den Pfad entlanghasteten. Jeder der Scouts hatte ein Band um den Ärmel gebunden. Eine neue Feldübung hatte begonnen.

Die drei brachen aus dem Wald hervor und rannten über ein frischgepflügtes Feld. Endlich erreichten sie die Reitbahn. Als sie schließlich am Teich ankamen, waren sie vollends außer Atem.

»Schmeiß das Messer weg«, riet Clive.

Terry zog das Schweizer Armeemesser aus der Tasche. Traurig blickte er es an.

»Schmeiß es weg«, wiederholte Clive. Sam hatte seit dem Geschehnis keinen Laut von sich gegeben.

Terry warf das Messer in die Mitte des Teichs. Das schwarze Wasser gluckste und schien das Messer zu schlucken. »Das ist das letzte Mal, daß ich zu den Scouts gegangen bin«, sagte er.

»Nein. Wir müssen nächste Woche hingehen. Als ob alles ganz normal weiterläuft.« Clive war schon damit beschäftigt, die Konsequenzen zu durchdenken.

Sie gingen nach Hause. Connie und Nev saßen vor dem Fernseher, als Sam heimkam. Sie machten ihm die Hölle heiß, weil seine Brillengläser zerbrochen waren.

16.
Verzehrender Traum

In der Nacht träumte Sam. Sie kam zu ihm, schön und schrecklich, die Lippen in der Farbe der faulenden Damaszenerpflaume, das Antlitz bleich, die schwarzen Trauben ihrer Brustwarzen und die kelchförmigen Brüste durch ihr Mieder schimmernd. Ihre gestreiften Hosen waren im Schritt aufgerissen und enthüllten feste Schenkel, nackte weiße Haut und ein dichtes herbstliches Gestrüpp lockigen Schamhaars, aus dem ein Duft von Erde und nassen Hecken strömte, von Feuer und Nachtschatten. Sie schwang ein geschmeidiges Bein über ihn, saß rittlings auf ihm, hochaufgerichtet, schwebte über ihm, ließ ihn warten, ihr teuflisch-zärtlicher Blick nagelte ihn fest, das Mondlicht in ihren Augen versetzte ihn in Schrecken, *ah-ah,* und er wußte, daß es nichts mehr ausmachte, ob sie Traum oder Wirklichkeit war, denn sie hatte sich jenseits der Grenzen seines Zimmers gezeigt, im Zwielicht des Waldes, in der Düsternis, die Messerreiterin, die Rettende, die Beschützende, auf einem wildblickenden Roß, *ah-ah,* und als der Mond sein rotes Licht vor seinem Fenster ausbreitete, spiegelte sich sein roter Schein auf ihrem Antlitz, und ihre gebogenen, verdrehten Fingernägel, jahrelang in Wildheit gewachsen, kitzelten seine Knabenbrust, eine Klinge, eine Drohung, ein Versprechen, aber er wußte, sie konnte jederzeit in sein Fleisch greifen und sich einen Teil nehmen, was sie wollte, mußte sich dazu nicht einmal auf ihn herabsenken, konnte über ihm schweben, an seinen Eingeweiden reißen, während er emporstrebte, versuchte, zu ihrem offenen Schoß zu gelangen, bis er spürte, daß der Vulkan ausbrach, im Fluß, im Strom, Rubin zu Silber, Kadmium zu

Quecksilber, Blut zu geschmolzenem Silber, ein fremder Duft nach Alchimie, der Duft ihres zitternden körperlosen Leibes, fleischlose Göttlichkeit eines Dämons, der ihn verschlang, sich von ihm nährte, ihn aussaugte, ausbluten ließ, bis er wußte, daß er nie von ihr frei sein würde, niemals von ihr frei sein wollte, daß er der Zahn-Fee angetraut war, und nun, da sie das Gefängnis seines Zimmers verlassen hatte und sich in den Wäldern zeigte, würde sie wiederkommen, immer wieder und wieder.

17.

Gewitterstimmung

Sam verbrachte sein erstes Halbjahr am Thomas-von-Aquin-Gymnasium in einem Dämmerzustand. Falls Connie und Nev bemerkten, daß ihr Sohn in sich gekehrt war, so schrieben sie es der neuen Schule zu. Natürlich konnten sie nicht erraten, daß ihr zwölfjähriger Sohn unter einer Schuld litt, die einem Mord ersten Grades gleichkam.

Die drei Freunde hatten sich seit dem Vorfall nicht nur von Wistman's Wood, sondern auch von der Reitbahn und dem Fußballfeld und dem Teich ferngehalten. Sam wußte, es konnte nur eine Frage der Zeit sein, bis Tooleys Leiche gefunden wurde und ihr Verbrechen ans Tageslicht kam. Jeden Tag, wenn er vor seinem Haus aus dem Schulbus stieg, erwartete er, ein Polizeiauto am Vorgarten parken zu sehen und die beiden großen Zivilbeamten Tee trinkend in der Küche anzutreffen. Jeden Abend blätterte er vor den Hausaufgaben im *Coventry Evening Telegraph* und suchte nach einem Bericht über eine verwesende Leiche, die im Wistman's Wood gefunden worden war. Daß Wochen, ja Monate vergingen, ohne daß ein solcher Bericht erschien, machte seine Schuld nicht erträglicher; nur das endgültige Klopfen an der Tür schien immer unausweichlicher zu sein.

Immer um drei oder vier Uhr morgens erwartete Sam dieses Klopfen. Er wachte schweißgebadet auf, nur um den schmiedeeisernen Klopfer schwer auf die Haustür fallen zu hören. Hellwach lag er im Dunkeln und wartete darauf, daß seine Eltern sich rührten oder daß ein zweites Klopfen erfolgte und durch das schlafende Haus hallte; doch seine Eltern schliefen, und ein zweites Klopfen erfolgte nie. Unterdessen litten seine Leistungen in der Schule.

Terry und Sam waren in der Woche nach dem Mord an Tooley wieder zu den Scouts gegangen, bleich zwar und nervös, doch angetrieben von Clive, der sie förmlich auf ihre Story gedrillt hatte. Und in Gesellschaft der beiden anderen wurde es Sam möglich, tatsächlich an die Version zu glauben, die sie immer wieder durchgekaut hatten. Nur wenn er allein war, nahm die Wahrheit über das Geschehen ihre ursprüngliche Gestalt an und quälte ihn von neuem.

Beim ersten Scout-Treffen nach der Feldübung hatte Clive Sam angewiesen, sich in aller Unschuld nach Tooleys Verbleib zu erkundigen. Als Sam es nicht vermochte, war Clive selbst in die Ecke der Adler im Klassenzimmer marschiert und hatte die Frage gestellt.

»Er war noch nich' da«, gab Lance verdrossen Auskunft. »Warum willste das denn wissen?«

Auf eine Weise, die auf Sam großen Eindruck machte, ließ Clive seine Augen voller naiver Schwärmerei aufblitzen. »Ich soll ihm noch 'ne Zigarette geben.«

»Gib sie mir. Ich geb' sie weiter.«

Clive zog eine zerdrückte Kippe aus der Hemdtasche und reichte sie Lance.

»Jetzt verpiß dich.«

Später dann nahm Sam seinen Mut zusammen und stellte selbst die Frage – von einem getreuen Mitglied des Fähnleins Adler gestellt, mochte sie auch nicht weiter ungewöhnlich erscheinen. »Hat sich wahrscheinlich nach London abgesetzt«, meinte Lance, dem als stellvertretender Fähnleinführer der Kamm schwoll. Sam erfuhr von Lance, daß Tooley bei seinem Großvater wohnte. Der alte Mann litt an der Alzheimerschen Krankheit. Der Großvater hatte gesagt, Tooley sei nach

London gefahren, doch seine Aussage hatte den entschiedenen Nachteil, daß er sich zuweilen gar nicht mehr an Tooleys Namen oder an Tooley selbst erinnern konnte. Lance jedoch erschien die Geschichte wahr, da Tooley oft geprahlt hatte, er werde eines Tages auf einen Zug aufspringen, bis zur Euston Station fahren und sich einen Job als Schlagzeuger in einer Rock 'n' Roll Band suchen. »Er wollte mich mitnehmen«, fügte Lance traurig hinzu.

Die Wochen vergingen, und die Jungen gingen getreulich zu den Scouts. Nur Linda argwöhnte, daß etwas Unerfreuliches geschehen war. Hin- und Rückweg zu den Versammlungen war nun ein mühseliger Marsch, den sie meist schweigend hinter sich brachten. Linda in ihrer gestärkten, makellosen Bluse versuchte sie durch kleine Bemerkungen aufzuheitern und fragte, was sie dann am Abend gelernt hätten; doch sie stieß auf eine Mauer. Sie wunderte sich über das hartnäckige Schweigen der drei; es schien ihr, als hätten sie keine Freude mehr an den Treffen der Scouts, gingen nur hin aus irgendeinem verdrießlichen und unerklärlichen Grund. Sie konnte nicht erraten – mochte sie auch noch so viele Witze über Eseltreiber reißen oder sie fragen, wie man einen Weberknoten machte –, was ihnen auf den Herzen lag.

Lance wurde bald seines Amtes enthoben, und zwei andere Jungen aus dem Fähnlein wurden Anführer und Stellvertreter. Neue Jungen kamen hinzu, und Sam stellte fest, daß er in der Hackordnung aufgestiegen war. Dann kam der Abend der feierlichen Aufnahme; die drei Freunde wurden zusammen aufgenommen, nachdem sie alle Prüfungen der Neulinge wie Beobachtung, Knotenknüpfen und Feueranzünden bestanden hatten. Sie bekamen ihre Abzeichen ausgehändigt, sie schworen einen Eid auf die Fahne des Königreichs und wurden vom Rest des Fähnleins willkommen geheißen.

»Das war's«, sagte Clive auf dem Nachhauseweg. »Noch zwei Abende.«

»Wie?«

»Ich hab' gehört, wie Skip einem der Scouts klagte, daß die meisten Jungs nach der Aufnahme nicht mehr kommen. Zwei Abende noch, und es ist soweit – dann haben wir's geschafft.«

»Wovon redet ihr da?« wollte Linda wissen, die auf sie gewartet hatte.

»Scouts«, sagte Terry schnell. »Wir redeten nur darüber, daß diese Treffen echt Spaß machen.«

Die Weihnachtsferien rückten näher. Sam wartete in der Schlange der Schulkinder auf den Bus, der ihn nach Hause bringen sollte. Wie üblich achtete er nicht auf seine Umgebung, auf die brüllenden und tobenden Kinder. Er fragte sich, ob heute abend die beiden Polizisten in der Küche sitzen und ihre zweite Tasse Tee trinken würden, wenn er zur Tür hereinkam; und er sann darüber nach, warum die Zahn-Fee ihn seit der außergewöhnlichen Nacht, in der Tooley ums Leben gekommen war, nicht mehr besucht hatte. Plötzlich erhielt er von hinten einen Stoß.

Seine Brille rutschte herunter; zum Glück konnte er sie eben noch auffangen. »O Verzeihung«, sagte eine sarkastische, weibliche Stimme überlaut in sein Ohr. Als er seine Brille wieder aufgesetzt hatte, konnte er nur noch ein Mädchen erkennen, das sich seinen Weg zum Ende der Schlange bahnte. Als sie das Schwanzende erreichte, drehte sie sich um und ließ ihm unter ihren braunen Ponyfransen einen Blick zukommen.

Es war das Mädchen vom Reiterfest. In ihrer Schuluniform sah sie anders aus, jünger. Ihr Haar, nun nicht zum Pferdeschwanz gebunden, fiel in Wellen über die Schultern, und der Pony über den dunklen Brauen war in einer geraden Linie geschnitten. Der Saum ihres grauen Faltenrocks endete unvorschriftsmäßig ein paar Zoll über dem Knie, und als sie die Jacke beiseite schob und lässig eine schlanke Hand auf die Hüfte stützte, zeigte sie ein Bein, das ein wenig zu dünn war für die schwarzen Strümpfe. Der Ausdruck ihres Gesichts war weder feindselig noch freundlich.

Sam wandte den Blick ab. Instinktiv befühlte er seine Ohren, die heiß geworden waren. Er wußte, daß er vor Verlegenheit rot angelaufen war. Es war eine Erleichterung, als endlich der Bus ankam, und er in der Menge verschwinden konnte, die sich in den Bus drängte. Er setzte sich und grübelte, was sie hier nur verloren hatte; er kannte die Gesichter aller Kinder, die den Bus nahmen, doch ihres gehörte nicht dazu.

Als sie eingestiegen war, stand sie unschlüssig auf dem Gang herum. Einen schrecklichen Augenblick lang glaubte Sam, sie werde sich neben ihn setzen. Statt dessen neigte sie den Kopf zu ihm herunter, brachte ihr Gesicht nahe an seines. Sie hatte hohe Wangenknochen und tiefliegende, blaßblaue Augen. Ihr langes Haar streifte leicht seinen Arm, während sie ihm etwas ins Ohr flüsterte: »Ich hab' dich gesehen – an dem Tag.« Dann ging sie weiter, den Gang entlang.

Das Mädchen stieg eine Haltestelle vor Sam aus, fast eine Viertelmeile von seinem Haus entfernt. Sam wollte nicht, doch er mußte ihr hinterherstarren, als der Bus anfuhr. Aber sie kehrte ihm den Rücken zu, und die Schultasche über die Schulter geworfen strebte sie in die entgegengesetzte Richtung.

Skeltons Weihnachtsdekoration beschränkte sich auf ein schlaffes grünglitzerndes Band, das in einem locker geschlungenen Knoten an der Wand hinter seinem Kopf befestigt war. Eine einzige Weihnachts-Grußkarte zierte seinen Schreibtisch. Er rauchte Pfeife und starrte gedankenverloren aus dem Fenster, als Sam den Raum betrat.

»Setz dich, mein Junge, setz dich.«

Skelton hatte die Angewohnheit, auf dem Mundstück seiner Pfeife herumzukauen und dabei die Zähne zu fletschen. An manchen Tagen trug er einen Tweed-Anzug – dann wieder trug er einen sackartigen, schmutzigweißen Aran-Pullover. Heute schien er leutselig gestimmt, da er den Pullover trug. Seine Wangen waren gedunsen und rötlich, sein Hals hatte die Farbe eines gekochten Hummers. Er schwankte ein wenig, als er seinen Platz am Fenster verließ, um sich auf der Kante des großen, polierten Schreibtisches niederzulassen, die Beine locker pendeln ließ und ein Stück dichtbehaartes Bein zwischen Nylonsocken und Cordhose entblößte.

»Nägelbeißer und Bettnässer«, sagte er um den Pfeifenstiel herum.

Sam blickte auf.

»Nägelbeißer und Bettnässer? Wozu gehörst du?«

Sam blickte zu Boden.

»So kommt es mir immer vor, Junge. Die einen werden Wald-und-Wiesen-Psychopathen; die anderen Dichter, möge Gott uns beistehen. Hast du kürzlich ins Bett gemacht? Jemand ins Gesicht gebissen?«

»Nein.«

»Nein? Er sagt nein. Ob ich ihm das glaube? Aber ja. Warum nicht. Bisher hat er mich noch nie angelogen.« Skelton winkte mit der Pfeife einem unsichtbaren Publikum zu. Die Geste war so überzeugend, daß Sam sich umdrehen und nachschauen mußte, ob wirklich niemand im Zimmer war. »Nun, da haben wir zum Beispiel diesen jungen Burschen namens Timmy Turtle – ist nicht sein richtiger Name, du brauchst es deiner Ma also gar nicht zu erzählen –, der war erst gestern hier. Steh mal auf und guck dir den Sessel an, auf dem du sitzt. Steh auf.« Sam tat, wie ihm geheißen. Ein großer Fleck zierte das Polster. »Keine Angst, ist schon wieder trocken. Besagter Timmy Turtle ist vierzehn Jahre alt und macht immer noch jede Nacht ins Bett. Und gerade, wie ich mit ihm darüber rede in einem netten, friedlichen Gespräch, macht er sich wieder in die Hose. Auf meinem Sessel.«

Skelton krampfte seine Kiefer um die Pfeife. Seine Zähne schlugen gegen den Stiel, und er paffte nachdenklich vor sich hin. Dann riß er die Pfeife aus dem Mund und fuhr fort: »Und dann haben wir Mickey, den Mampfer. Er hat seine Mutter gebissen – hat keinen Vater, du verstehst –, dann seine Schwester, seinen Bruder, seine Tante, seine Kinderschwester, seine Lehrerin. Und weil ich ihm nicht erlaubte, aus mir auch einen Happen rauszubeißen, hat er sich an mein Tischbein gemacht.« Er zeigte mit dem Pfeifenstiel nach unten. Sam konnte deutlich ein paar Spuren erkennen, wo das Furnier des Tisches bis zum darunterliegenden Holz durchgebissen war.

»So, mein Junge, warum erzähl' ich dir das alles? Weil ich denke, wenn ein Junge kein Beißer ist und kein Bettnässer, und wenn er in keine der Unterkategorien paßt, die ich mir im Laufe der Jahre aufgestellt habe, warum in Gottes Namen kommt er dann zu mir?« Skelton beugte sich vor und sah Sam direkt in die Augen. Er strömte einen süßlich fauligen Geruch nach Whisky und Tabak aus. Seine Augen waren blutunterlaufen. Dunkelrote Äderchen verästelten sich an seiner Nase. »Kannst du mir darauf eine Antwort geben?«

»Nein.«

»Nein«, sagt er. »Siehst du, da haben wir zum einen Mickey, den Mampfer. Nun, so sicher, wie Gott die kleinen grünen Äpfel erschaffen hat, wird Mickey eines Tages eine große Zukunft als mordender Verrückter vor sich haben. Und ich kann nichts tun, um das zu ändern. Es steht bereits so geschrieben. Und Timmy Turtle wird ein wimmernder Verseschmied, was für mich noch viel schlimmer ist. Ich würd' alle schniefenden Poeten mit den Killern zusammen einsperren, wenn's nach mir ginge. Aber da haben wir wieder das alte Problem – ich kann nichts dran ändern. So, mein Junge, wenn ich also weiß, welches Problem die beiden haben und daran schon nichts ändern kann, was soll ich dann erst mit einem wie dir machen, dessen Problem ich noch nicht einmal kenne?«

»Ich weiß nicht«, sagte Sam hilfreich.

Skelton griff hinter sich und nahm eine Akte zur Hand. Er blätterte sie durch, lustlos fast. »Hast du diesen Elf-Kumpel noch mal gesehen?«

»Nein.«

»Hmmm. Was ist mit Freundinnen?«

»Wie bitte?«

»Mädchen. Irgendwelche Mädchen auf der Bildfläche? Irgendwo?«

Sam zuckte die Achseln.

»Girls«, sagte Skelton. Er sprach es ›Girruls‹ aus, während er heftig auf sein Pfeifenmundstück biß. »Siehst du, ich glaube, all deine Probleme sind gelöst, wenn diese bösen kleinen Mädels ins Spiel kommen.« Er blickte Sam lange und gerade in die Augen, bis Sam den Blick abwenden mußte.

Die Spannung löste sich durch Skeltons Sekretärin, die ein Tablett mit Tee und Plätzchen hereinbrachte. »Haben wir noch ein Ingwerplätzchen für den Jungen, Mrs.

Marsh? Immerhin haben wir Weihnachten, und Sam und ich haben uns gerade mal ganz offen ausgesprochen. Über die wichtigen Dinge des Lebens, stimmt's, Sam?«

Mrs. Marsh stellte das Tablett ab und blickte Sam an, als habe man ihn beim Äpfelklauen erwischt. Sam wurde rot.

»Danke, Mrs. Marsh, danke.« Nachdem die Sekretärin das Zimmer verlassen hatte, faßte Skelton zusammen: »Also keine Mädchen, wie? Du könntest mal ins Auge fassen, einen Schritt in diese Richtung zu tun. Ich geb' dir mal 'nen guten Rat, Junge: Der, der zögert, ist immer der Dumme.«

»Ich will gestehen«, sagte Sam.

»Eh? Was? Was gestehen?«

»Ich will einen Mord gestehen.«

»Was? Bist du jetzt zum Mörder geworden?« Skelton schenkte sich Tee ein und reichte Sam eine Tasse. Dann griff er in die Schreibtischschublade, und im Zurückziehen glitt die Hand über seine Tasse. Sam hörte ein leises Gluckern.

»Ja.«

»Warte mal, mein Junge. Mißversteh mich nicht. Bloß weil du keine Leute beißt oder nicht ins Bett machst, bist du noch lange kein minderwertiger Mensch. Bei mir kriegst du keine zehn Punkte und einen Goldstern, weil du plötzlich ein Mörder sein willst.«

»Nein. Ich hab' jemand umgebracht.«

Skelton kicherte. »Ich bin dir auf der Spur, Sonny-Jim. Du glaubst doch nicht, daß du mich mit diesem Keltenkreuz und der Fledermaus über dem Grab reingelegt hättest, oder? Wir nennen das ›Aufmerksamkeit erregen wollen‹. Aber du siehst ja nun, daß ich wußte, daß du wußtest, daß ich Bescheid weiß. Der Grund, warum ich dich immer noch kommen ließ, war der, daß ich wissen wollte, warum du so eifrig *vorgibst*, gestört zu sein. Er ruhe in Frieden, in der Tat. Das ist ein katholischer Spruch, und du bist auch nicht katholischer als ich!«

»Aber es ist wahr. Ich habe jemanden getötet.«

Der Psychologe verschränkte die Arme vor der Brust und kaute auf seiner Pfeife. »Na gut. Dann laß mal hören.«

Sam spürte plötzlich, daß ein Gewicht auf ihm lastete. Der Raum wurde ein wenig dunkler. Die Uhr auf dem Kamin tickte lauter. Er konzentrierte sich auf die entblößte, behaarte Stelle von Skeltons Bein über den Nylonsocken und dachte an Tooley, der unter Blättern begraben in einer hohlen Eiche im Wald lag. Heute war er mit dem festen Entschluß gekommen, Skelton davon zu erzählen. Aber nun, als er das haarige Fleisch betrachtete und das mahlende Geräusch am Pfeifenstiel hörte, schien die Idee nicht mehr überzeugend.

Er blickte zum Fenster hoch, halb erwartend, halb hoffend, die Zahn-Fee dort zu erblicken, die ihm einen Wink geben könnte, aber da war keine Hilfe zu erwarten. Die Zahn-Fee, die ihm schon einige Male durchs Fenster zugeschaut hatte, zeigte sich nicht. »Sie haben mir die Pistole gegeben«, sagte Sam plötzlich.

»Was? Ich hab' dir was gegeben?«

»Eine Pistole. Sie haben sie mir letztes Mal gegeben.«

Skelton wurde plötzlich des Spiels müde. »Junge, ich habe dir niemals im Leben eine Pistole gegeben. Was in Gottes Namen quasselst du denn da?«

»Letztes Mal, als ich hier war!« beharrte Sam empört.

Skelton, von Sams Ausbruch erschreckt, kratzte sich am Kopf. »Du meinst ...« Er blies den Rauch von einem imaginären Pistolenknauf.

»Ja!«

»A-ha! Und es hat gewirkt, Menschenskind! Du hast ihn erschossen?«

»Sie.«

»Sie?«

»Er wurde eine Sie.«

»A-ha! A-ha! Und nun ist sie tot? Von einer Silberkugel erledigt?«

Sam schüttelte den Kopf. »Sie kam zurück. Schrecklicher als je zuvor.«

Skelton wirkte geschlagen. Er blickte auf die Uhr und rief mit dem Summer nach seiner Sekretärin. »Mrs. Marsh! Mrs. Marsh! Machen Sie einen neuen Termin für diesen Jungen aus. Er ist cleverer, als wir dachten.« Dann wandte er sich wieder Sam zu. »Ich hatte gehofft, dich jetzt für alle Zeiten entlassen zu können. Aber hör gut zu, Junge. Ich bin dir auf der Spur. Hörst du? Skelton ist dir auf der Spur.«

Die Tür öffnete sich, und Mrs. Marsh stand wartend vor der Schwelle, wie sie es immer tat, bevor Sam ging. Sie blickte ihn immer noch an, als habe er etwas verbrochen, für das er Verzeihung erlangen mußte.

»Und ich wünsch' dir ein schönes Weihnachtsfest«, rief Skelton ihm hinterher. Sam drehte sich um, gerade noch rechtzeitig, um Skelton auf seine Pfeife beißen und mit der Hand in die Schreibtischschublade fahren zu sehen.

Mrs. Marsh schloß die Tür hinter ihm.

18.
Der Duft des Weibes

Es war der letzte Schultag vor den Weihnachtsferien. Sam stand in der Schlange an der Bushaltestelle und wartete darauf, daß das Mädchen kam und ihm mit der Schultasche einen Stoß versetzen würde. Letzte Woche hatte sie ihn jeden Tag von hinten angestoßen und dabei in seinen Ohr gezischt ›Ich hab' dich gesehen‹, bevor sie einen Platz weiter hinten im Bus einnahm. Heute wartete er nur darauf – er wollte sich wehren.

Sam hatte nicht vor, einen Kampf anzuzetteln; die ›Stöße‹ waren eher vorsichtig gewesen, aber irgendwie fühlte er sich durch das Mädchen eingeschüchtert. Soweit er wußte, war sie eine Klasse über ihm, und jedesmal, wenn sie ihn anstieß und jene vier Worte flüsterte, fühlte er eher Unbehagen als Furcht. Und was ihn beunruhigte, waren weder die Worte noch die Art, wie sie ihn anklagend anschaute – es war der Duft, den sie verströmte.

In dem langen Haar haftete immer ein Hauch von Shampoo-Duft; doch darunter verborgen war noch ein anderer Geruch, der in nichts an die Blumendüfte erinnerte, die seine Mutter oder jetzt auch Linda zu benutzen pflegten. Vielleicht war es eher ein Geruch nach süßem Joghurt, entschied er. Dann wieder dachte er, nein, er ähnelt eher salzigem Tang; nein, gar nicht, er ist wie Hefe-Extrakt; nein, nein, nein, es war zum Verrücktwerden, daß er den Geruch nicht identifizieren konnte, doch was immer es auch war, es besaß die außerordentliche Macht, ihn zu fesseln, seine Muskeln anzuspannen und seinen Körper erstarren zu lassen. Und deshalb, weil er immer für einen Augenblick wie gelähmt war in ihrer Nähe, konnte er niemals schnell reagieren, und er blieb mit dem Gefühl zurück, einen Narren aus sich gemacht zu haben. Doch heute war er gewappnet.

Sie kam nicht. Am Tag zuvor war er auch bereit gewesen, aber als er nur für einen Augenblick in seiner Wachsamkeit nachgelassen hatte, war auch schon der Stoß von hinten erfolgt. Doch heute schien sie nicht da zu sein. Sam wurde ruhiger. Der Bus hielt, er kletterte hinein und setzte sich. Als der Bus eben anfahren wollte, sprang das Mädchen auf und setzte sich auf den Platz neben Sam.

Jeder Nerv war zum Zerreißen gespannt, jeder Muskel gestrafft. Einen Augenblick lang verschlug es ihm den Atem. Er wußte, es war lächerlich, doch er fühlte sich einer undefinierbaren Gefahr ausgesetzt. Das Mädchen hielt den Blick abgewandt und fummelte am Verschluß ihrer Schultasche herum, nachdem es den Fahrausweis eingesteckt hatte. Das Haar aus den Augen pustend, wandte es sich ihm zu. »Wo ist denn deine kurze Hose?«

Seine Ohren brannten. »Und wo sind die schicke Reithose und die niedliche Haarspange?«

»Bist du aber empfindlich.«

Ihr wilder Duft machte ihn verrückt. Er ließ sein Blut in den Schläfen pochen. Er ertappte sich dabei, wie er sich am Arm kratzte. Ihr Rock war über die Schenkel hochgerutscht. Er haßte ihre Nähe; er wäre am liebsten aufgesprungen und über sie hinweggeklettert. Er fühlte sich in der Falle. »Ehrlich gesagt – ich geh' nicht mehr hin.«

»Zu den Scouts? War wohl zu aufregend, was?«

»Kann sein.«

Sie schwiegen eine Weile. Sie fing an, sich mit den Händen durchs Haar zu fahren, immer eine nach der anderen. Ein Duft strömte aus den Haaren. Sie blickte in den Schoß und sagte sehr leise: »Ich hab' dich gesehen.« Ihre Zungenspitze berührte die Oberlippe. »In der Halle. Als du dich versteckt hast.«

Er wartete eine Weile, bevor er antwortete. Wenigstens schien sie ihn nicht im Wald gesehen zu haben. »Ich war's aber nicht.«

Nun blickte sie ihn an. Ihre hellen, schiefergrauen Augen schauten ohne zu blinzeln. »Aber ich hab' dich gesehen.«

»Ich weiß. Aber ich war's nicht. Warum fährst du jetzt immer mit diesem Bus?«

»Entschuldige mal – du bist nicht der einzige, der mit dem Bus fahren darf.«

»Ich hab' nur gedacht …«

»Na, dann tu's nicht.«

Schweigen. Sie starrten vor sich hin. Der Bus fuhr holpernd die Landstraße entlang.

»Wirst du es petzen?« fragte Sam.

»Was petzen?«

»Daß du mich gesehen hast. In der Reithalle.«

»Du hast doch gesagt, daß du's nicht warst.«

»Hab' ich ja auch nicht. Also wirst du?«

»Ich weiß nicht. Es hängt davon ab.«

»Wovon ab?«

»Von dir. Alles hängt von dir ab.« Sie erhob sich, schwang die Tasche über die Schulter und klingelte, damit der Bus hielt. Als sie ausgestiegen war, warf sie keinen Blick zurück auf Sam, der sie angespannt durch das Fenster beobachtete.

Nachdem sie nicht mehr zu den Scouts mußten, gingen die ›Jungen-denen-man-in-den-Kopf-schauen-mußte‹ allen fürchterlich auf die Nerven. »Ich weiß nicht, was mit euch los ist«, klagte Eric Rogers. »Ihr hockt herum und blast Trübsal, ihr geht gar nicht mehr raus. Was ist denn nur los mit euch?«

»Teures Geld für gute Scout-Uniformen zum Fenster rausgeworfen«, ärgerte sich Connie Southall. »Und ihr hattet euch so gut gemacht. Ich versteh' euch einfach nicht.«

»Was ist mit euch Jungs passiert?« sagte Onkel Charlie mit seiner nervtötenden Fröhlichkeit. »Ich hab' euch noch nie so bedrückt gesehen. Terry ist wie 'n verregnetes Wochenende; Sam macht 'n Gesicht so lang wie der Regenmantel vom Gasmann; und Clive sieht aus wie Cleethorpes Esel am Bankfeiertag. Was seid ihr doch für 'n launischer Haufen! Irgendwas passiert? Jemand gestorben?«

»Laß sie in Ruhe«, riet Linda, die nun sicher war, daß bei den Scouts etwas vorgefallen sein mußte. »Das geht vorüber.« Linda war nicht mehr Moody Linda. Von Tag zu Tag blühte sie mehr auf zu einer prächtigen, besonderen Blume. Sie hatte ihre Launen abgelegt; tatsächlich konnte man sagen, daß sie die Stafette der Trübsal an die Jungen weitergegeben hatte. Auch sie bereitete sich nun darauf vor, ihrer Gildenschar den Rücken zu kehren. Sie war sechzehn, und Gerüchte über Boyfriends standen wie Nebel im Raum. Irgendwie hatte sie sich nun zum Verteidiger der drei Jungen aufgeschwungen, die ihr ihr ganzes Leben lang eine Last gewesen waren. »Es ist bloß eine Phase, die sie durchmachen müssen.«

Es war Samstag morgen. Onkel Charlie bot den dreien an, sie mit zur Highfield Road zu nehmen, um *Coventry City* gegen die *Wolverhampton Wanderers* spielen zu sehen, doch nur Terry konnte dafür etwas Begeisterung aufbringen. Als sich Tante Dot zu ihnen gesellte, um Terry beim Aufräumen seines Zimmers zu helfen, schlichen Sam und Clive davon.

Vor dem Haus sagte Sam: »Was sollen wir jetzt machen?«

»Ich gehe nach Haus«, sagte Clive verdrießlich.

»So ist's recht«, höhnte Sam, »geh nur und spiel mit deinem Chemiebaukasten.«

»Verpiß dich.«

»Verpiß dich selber.«

»Nein, du verpiß dich.«

Clive ging heimwärts und ließ Sam einsam Trübsal blasen. Da er nicht nach Hause wollte, schlurfte er mutlos den Weg entlang. Vor kurzem war der Teich eingezäunt worden, nachdem der Redstone-Fußballclub auf einen Schlag das ganze Grundstück gekauft hatte. Die goldenen, nach Kiefern duftenden Balken des Zauns waren schon zu schmutzigem Gelb verblichen. Das war ein weiteres Sakrileg, eine Absperrung des Gebietes, auf dem sie einen Teil ihrer Kindheit verbracht hatten. Gemeinsam hatten die drei versucht, einen Teil des Zauns flachzulegen, hatten dann aber vor der soliden Bauweise kapitulieren müssen.

Als Sam näherkam, sah er jemanden auf dem Zaun sitzen. Jäh hielt er inne. Die Zahn-Fee saß dort, die Füße in den tieferen Balken verhakt, die Hände locker zwischen den Beinen pendelnd. Sam spürte eine Klaue in der Tiefe seines Magens, nagende Furcht in den Eingeweiden. Dieser Angstanfall, wann immer die Fee auftauchte, war ihm nun vertraut, doch er versiegelte ihm den Mund, drückte ihm das Herz zusammen. Jede Begegnung schien schlimmer als die vorhergehende und ließ ihn nur noch mehr Angst vor den künftigen empfinden.

Er wollte sich schon zurückziehen, umkehren, als eine winzige Bewegung der Gestalt auf dem Zaun ihn nach Luft schnappen ließ. Er hatte sich geirrt. Es war gar nicht die Zahn-Fee. Es war das Mädchen, das Mädchen aus dem Schulbus. Es blickte ihn an. Wie konnte er sich so irren?

Sie sah ihn zögern. Nun mußte er weitergehen. Sie sollte nicht denken, daß ihr bloßer Anblick genügte, um ihn in die Flucht zu schlagen. Er kam langsam näher und mied ihren Blick, doch er wußte, daß sie ihn anstarrte. Als er an ihr vorbeiging, blickte er auf und nickte schüchtern zum Gruß. Kühl nickte sie zurück. Erst als er ein paar Meter weitergegangen war, rief sie ihm nach: »Wo gehst du hin?«

Er hielt an und drehte sich um. Er wußte nichts zu sagen. Er versuchte, sich eine schlaue Erwiderung auszudenken, doch ihm fiel keine ein.

»Weißt du's nicht? Weißt du nicht einmal, wo du hingehst? Das kommt mir aber dumm vor!« Er zuckte die Achseln. »Komm her!« befahl sie.

Fast willenlos gehorchte er. Als er an den Zaun kam, neigte sie den Kopf zur Seite und blinzelte ihn durch das lange Haar an. Sie trug Jeans und Baseballschuhe und eine Lederjacke mit Fransen an den Armen. »Willst du mir nicht sagen, wohin du wolltest?«

»Ich hab' nicht vor, in der Reithalle Scheiß zu machen, wenn du das meinst.«

»Das hab' ich nicht gemeint.«

»Ich hab's nicht getan. Ich war's nicht.«

»Ich weiß, daß du's nicht warst. Willst du 'ne Fluppe?« Sie hielt ihm eine Packung Craven A hin, auf der eine schwarze Katze abgebildet war. Sam, der schon ein paarmal versuchsweise mit Clive und Terry geraucht hatte und wußte, daß er Zigaretten nicht ausstehen konnte, griff plötzlich zu und ließ sich Feuer geben. Er kletterte neben sie auf den Zaun und nahm die brennende Zigarette zwischen die Lippen.

»Du hast gar keinen Lungenzug gemacht. So hat es ja keinen Sinn.« Sie schien fast die Zigarette zurückhaben zu wollen. Nur um es ihm zu zeigen, sog sie mit Hingabe an ihrer eigenen, hielt den Rauch in der Lunge, ließ den Kopf in den Nacken fallen und blies den Rauch senkrecht nach oben. Sam nahm einen neuen Zug und inhalierte soviel, wie er nur konnte.

Da kam ein Auto, und instinktiv hielten sie die Zigaretten hinter dem Rücken. Das Mädchen sprang vom Zaun. »Laß uns runter zum Teich gehen. Da kann man uns von der Straße nicht sehen.«

Sam zeigte ihr das winzige, geschützte Ufer, wohin er und die anderen die Rückbank eines verschrotteten Morris Minor geschleppt hatten. Der Lederbezug war zerschlissen, und an vielen Stellen waren die Federn durch die Polsterung gesprungen.

»Hier trifft sich also eure Bande.«

»Welche Bande?«

»Ich wußte, daß das Teil hier war«, sagte sie und ließ sich auf die Sitzbank fallen.

Er setzte sich neben sie. Es war alles so seltsam; er atmete den gleichen geheimnisvollen Duft ein, der ihn zuvor so verwirrt hatte. Er saß dicht neben ihr, und doch war der winzige Raum zwischen ihnen gleichsam geladen wie ein elektrischer Zaun. Die Umgebung schien ebenfalls verwandelt. Es war ein frostiger Nachmittag, viel zu kalt für jeden außer für Teenager, die nicht wußten, wohin mit sich. Die Sonne stand als blasse gelbe Scheibe am Himmel, sandte ihre schwachen Strahlen durch die Bäume und über das kalte grüne Wasser des Teichs. Schweigend saßen sie und rauchten, und wer immer dieses Mädchen auch sein mochte – Sam war zugleich erstarrt vor Furcht und überglücklich, mit ihr hier zu sitzen.

»Alice«, sagte sie schließlich. »Ich heiße Alice.«

»Sam.«

»Ich weiß.«

»Woher weißt du?«

»Ich weiß es eben.«

Sie rauchten ihre Zigaretten bis zum Filter. Im Teich gurgelte und plätscherte es. »Da ist ein Riesenhecht im Teich. Ein Monster.«

»Hast du ihn gesehen?«

»Kennst du meinen Freund Terry? Als er noch klein war, da kam dieser Hecht nach oben geschossen und hat ihm zwei Zehen abgebissen. Deshalb humpelt er.«

»Ja. Hab' ich gesehen.«

»Wir versuchen schon seit Jahren, diesen Hecht zu fangen. Er ist einfach zu schlau.«

»Woher willst du wissen, daß er immer noch da ist?« Er starrte sie an. Er hatte sie nicht richtig gesehen beim ersten Mal, das wurde ihm nun klar: Alices Augen strahlten das Blaugrau vom Schiefer eines nassen und besonnten Daches nach einem Regenguß aus. »Er ist da. Und ich weiß, wenn er nicht mehr da ist.«

»Was habt ihr gemacht an dem Tag, wo ich dich gesehen habe?« wollte sie wissen.

»Wir hatten gerade vor, alles zu Kleinholz zu schlagen. Aber dann seid ihr mit dem Landrover gekommen, das hat uns dran gehindert. Wir waren's nicht.«

»Ich weiß das. Ich hab' es dir schon gesagt.«

»Woher kannst du das wissen?«

»Weil *ich* es war.«

»Du? Du warst das?« Bestätigend nickte sie ihm zu. »Scheißdreck! Und wir hatten deswegen die Polizei am Hals!«

»Ich weiß. Ich hab' sie ja auf euch gehetzt.«

»Ach nein! Wegen dir mußten wir zu den Scheiß-Scouts gehn. Und weil wir zu den Scouts mußten, ist ...«

»Was?«

Sam nahm die Brille ab und blickte sie lange an.

Plötzlich sah er in ihr die Ursache für die lange Kette der Ereignisse, doch jedes Glied dieser Kette war schon zuviel für ihn, und er fühlte sich matt. »Nichts. Ist nicht wichtig.«

»Was hast du da mit den Scouts gesagt?«

»Hör mal, warum hast du uns die Polizei auf den Hals gehetzt?«

»Um von mir abzulenken, Dummkopf.«

»Und warum hast du's getan? Ich meine, du bist doch eine aus dem Verein der ›Ritterlichen Reithosen‹.«

»Ich hatte meine Gründe.«

Plötzlich wurde Sam argwöhnisch. Er kniff die Augen zusammen. »Wie kommt's, daß du jetzt immer in unsern Bus einsteigst?«

»Mum und Dad haben sich getrennt. Ich bin mit Mum hier in die Nähe gezogen. Wir wohnen hinter dem Wäldchen da.«

»Ach ja? Zeig mir doch mal deine Zähne.«

»Was?«

»Tu's einfach.«

Sie ließ eine Reihe hübscher weißer Perlen aufblitzen. »Und was sollte das?«

»Nur 'ne Probe.«

»Du bist ja verrückt«, stellte sie fest. »Total verrückt. Noch 'ne Schwarze Katze?«

Sam nahm die zweite Zigarette an. Er mochte die Art, wie Alice ihr langes Haar hinter das Ohr strich, wenn sie eine Zigarette anzündete. Er mochte den rosigen Hauch auf ihren hohen Wangenknochen. Er mochte es, wie sie ein Streichholz so sanft an der rauhen Seite der Schachtel strich, als könne es nie Feuer fangen, und es tat es doch.

»Du starrst die Leute ganz schön an«, sagte Alice und blies Rauch aus.

»Die Leute sind eben seltsam.« Er konnte nicht

sagen, was er fühlte: daß sie ihn bezauberte, daß er ein wenig näher rücken wollte, nahe genug, um diesen verwirrenden Duft wieder zu riechen, der an warme, sonnengesättigte Haut erinnerte, aber daß er sich ihr nur zu nähern wagte, indem er sie ansah, sie erforschte, als sei sie ein Rätsel und die Antwort stünde irgendwo auf ihr verzeichnet.

Sie schien seine Gedanken zu lesen. »Laß uns die Jacken tauschen«, sagte sie plötzlich. »Komm schon, laß uns tauschen.« Sie riß sich die Lederjacke vom Leib und wartete darauf, daß er ihr seine blaue Denimjacke gab. Jeder hielt dem anderen die Zigarette, während sie anprobierten, und er schaffte es, die Zigaretten zu vertauschen, so daß er nun den Geschmack ihrer Lippen am Filter schmecken konnte. Falls sie es bemerkte, sagte sie nichts dazu. Mit der Lederjacke hatte er alles, was er haben wollte: in das Jackenfutter war ihr verrückt machender Duft eingezogen. Auch wenn er immer noch nicht sagen konnte, was für ein Geruch es war, so wußte er doch, daß er mit ihm das machte, was eine Hundepfeife bei einem Hund vermag.

Plötzlich stand Alice auf. »Bist du morgen wieder draußen?«

»Klar.«

»Hier. Morgen. Um eins.«

»Warte. Ich bring' dich noch ein Stück.«

»Nein. Ich nehm' den anderen Weg. Bis dann!«

Sie war schon weg, bevor Sam sich hochgerappelt hatte. Es war empfindlich kalt geworden, und der Himmel wurde dunkler. Der Teich, der noch Augenblicke zuvor ein besonderer Ort gewesen war, wirkte nun kalt und verlassen, als könne er die Dunkelheit in seine unheimlichen Tiefen ziehen. Sam zog den Reißverschluß der Jacke hoch und war damit beschäftigt, den nach Alice riechenden Kragen hochzuschlagen, als ihm bewußt wurde, daß ihn jemand von der anderen Seite des Teichs beobachtete. Hoch aufgerichtet im Zwielicht, halb verborgen zwischen Büschen und Bäumen, einen Fuß im Wasser, den anderen auf dem lehmigen Ufer, stand die Zahn-Fee da, die Schultern gekrümmt, die Arme locker verschränkt. Sie trug das leuchtend scharlachrote Halstuch der *Coventry Thirty-Ninth.* Sam spürte eine Welle gehässiger, giftiger Entrüstung von ihr herüberrollen. Die Zahn-Fee blickte ihm in die Augen, dann spuckte sie in den Teich. Sam zog seinen Kopf tiefer in Alices Kragen zurück und lief davon.

»Wo ist denn deine gute Jacke?« wollte Connie wissen, als er heimkam. Es war das erste Mal, daß sie das Stück ›gut‹ nannte.

»Hab' sie getauscht.«

»Was?«

»Nur für einen Tag.«

Connie warf einen raschen Blick auf die Fransen, die von den abgetragenen Ärmeln herabbaumelten. »Na ja«, meinte sie. »Mir gefällt sie nicht besonders.«

19.

Die Redstone Moodys

In der Nacht erwachte Sam, weil eine Hand über seinem Mund lag. Die Kälte, die vom Leib der Zahn-Fee ausging, strich über seine Haut wie eine ansteckende Krankheit. Die Fee war nackt. Ihre Kleider lagen in einem unordentlichen Haufen auf dem Boden. Sie war blau vor Kälte, auf ihrer Haut glitzerte Rauhreif. Als sie begriff, daß er nicht schreien würde, lockerte sie den Griff auf seinem Mund, fing aber an, die Kurve seiner Lippen mit ihren Fingern nachzuzeichnen. Ihre Finger waren lang und elegant geformt, elfenbeinfarben; doch die spitzzulaufenden Fingernägel waren schmutzig und rochen übel, Erde klebte an ihnen oder Dreck, über dessen Herkunft er sich lieber keine Gedanken machte. Er wünschte, sie würde seinen Mund in Ruhe lassen. Als hätte sie seine Gedanken erraten, drückte sie ihm nun die Finger in den Mund, schien langsam und zärtlich seine Zähne zu zählen, die Verletzlichkeit des Zahnfleischs zu prüfen.

»Ich weiß, was du getan hast«, hauchte sie. »Im Wald. Ich weiß, was du getan hast.«

»Du warst es«, versuchte Sam trotz des Fingers in seinem Mund zu flüstern. »Du hast es getan.«

Sie zog die Finger zurück und kniff ihn heftig in die Wange. »O nein. Ich hätte es nicht tun können ohne dich. Wir waren Partner. Und merk dir eins: Wenn du mich hängenläßt, laß ich dich auch hängen. Ich könnte vielleicht jemandem erzählen, was du dem armen Scout angetan hast.«

Sie glitt zwischen die Laken und schmiegte ihre kalte Haut an seine. Die kalte Lust ihres kalten Körpers brannte auf seiner Haut. Sie kniff ihn immer noch in die

Wange, hockte sich über ihn, drückte ihm die andere Hand auf die Brust und ihre Lippen zu einem intensiven Kuß auf die seinen. Er spürte ihre spitzen Zähne. Dann erforschte ihre Zunge seinen Mund, sie war schlüpfrig wie ein lebendiger Fisch. Sie zog sich von ihm zurück und gab sein Gesicht frei. »Halte dich von ihr fern. Sie taugt nichts.«

»Wer?« fragte Sam. »Alice?«

»Sie taugt nichts.«

»Du sagst, daß keiner was taugt. Du hast gesagt, Skelton taugt nichts. Immer sagst du so was.«

»Sie wird dir weh tun, Sam, glaub mir. Bin ich dir nicht genug?« Sie streichelte mit der Hand über seinen Bauch, bewegte sie auf seinen Schwanz zu.

»Du bist nicht wirklich.«

Die Zahn-Fee fuhr hoch und holte zu einem Schlag aus. Er konnte noch das Gesicht abwenden, doch war er nicht schnell genug – ihre Fingernägel rissen einen dünnen Hautstreifen von seiner Wange.

Sie war schon aus dem Bett gesprungen, zog sich hastig an, außer sich vor Wut. »Ich weiß, was du getan hast! Ich weiß es! Ich könnte dich jederzeit verraten!«

Sam betastete vorsichtig die verletzte Stelle an seiner Wange.

»Ich werde dir was da lassen«, zischte sie. »Etwas, das du deinem Seelenklempner zeigen kannst.«

Dann sprang sie aus dem Fenster.

Am nächsten Morgen erwachte Sam früh, zog sich eilig an und schlüpfte mit Alices Lederjacke aus dem Haus, bevor seine Eltern aufwachten. Er wollte nicht gefragt werden, wie er zu dem langen Kratzer an der Wange gekommen war. Er wollte auch keine weiteren Kommentare über die Jacke hören.

Über Nacht hatte es Frost gegeben; Gras, Bäume und Straßenpflaster waren mit einer Reifschicht überzogen. Am Himmel stand eine bleiche Sonne, die schon Löcher in das glitzernde Spitzenmuster getaut hatte. Sam war in der Nacht von schwer faßbaren Träumen heimgesucht worden, in denen das Schlafzimmerfenster auf- und zugefallen war, immer wieder; und wenn es offen war, hörte er eine furchteinflößende Stimme, die aus wechselnder, nicht faßbarer Entfernung nach ihm rief. Ein Nachhall der Träume klebte an ihm wie Luftschlangen von einer Party, die ihm nicht bekommen war. Er grub die Hände in die Jackentaschen und starrte – mit der Aussicht, daß er noch Stunden allein verbringen mußte – trübsinnig in die frostige Luft.

Die Taschen von Alices Lederjacke waren voll von Abfall. Er fand Tabakkrümel, verschrumpelte Pferde-Leckerli, ein zerrissenes Kinobillet und einen zerknitterten Fetzen Goldfolie, auf dem – nachdem er ihn glattgestrichen hatte – in Kursivschrift das Wort *Gossamer* zu lesen war. Er ließ alles auf den Boden fallen, während er in der anderen Tasche herumwühlte; hier fand er ein paar Papierfetzen von einem Brief. Es waren zu wenige und zu kleine Fetzen, um einen ganzen Brief zu ergeben, doch ein paar Worte konnte er noch entziffern. Er steckte die Reste zurück in die Tasche und machte sich auf den Weg zum Zeitungshändler in Bridgewood, anderthalb Meilen entfernt.

Er mußte unbedingt Zigaretten kaufen, damit er Alice lässig eine anbieten konnte, als tue er so was jeden Tag. Es gab natürlich einen Laden, der näher lag, doch das kleine Vergehen, sich Zigaretten zu kaufen, würde in jedem Fall seiner Mutter zu Ohren kommen. Eltern, und besonders Mütter, so hatte Terry einmal festgestellt, neigten dazu, heisere Schreie von sich zu geben, wenn ein Heranwachsender mal etwas anderes tat, als mit verschränkten Armen mäuschenstill dazusitzen. Wenn man zum Beispiel abgewetzte oder ungeputzte Schuhe trug, verdiente man den ›Leisen Schrei‹. Von jemand anderem die Jacke leihen, löste den ›Mittellauten Schrei‹ aus. In einer Reithalle Vandalen zu spielen, verdiente schon den ›Urlauten Schrei‹. Mit zwölf zu rauchen ebenfalls. Für den brutalen Mord an einem Scout-Freund reichte die Skala gar nicht mehr aus.

So fand sich Sam wartend hinter einer nach Parfüm duftenden jungen Frau wieder, die ebenfalls Zigaretten erstand. Als sie sich von der Theke abwandte, stieß sie versehentlich gegen den Jungen und ließ, als sie ihn erkannte, die soeben gekauften Zigaretten fallen. »Sam!«

Einen Augenblick erkannte er sie nicht. Sie hatte sich das Haar hochgesteckt und trug ein offenherziges Minikleid. Zwischen den Brüsten baumelte ein Anhänger, und ihre Beine zierten schenkelhohe Stiefel, die die Aufmerksamkeit auf ein entzückendes Stück Bein zwischen Stiefelrand und Rocksaum lenkten. »Linda!«

»Du hast mich nicht gesehen!« zischte sie.

»Solltest du heute nicht die Parade anführen?«

Linda wurde rot. »Versprich mir, daß du mich nicht gesehen hast!« wiederholte sie. »Schwör's!« Ohne eine Antwort abzuwarten, fegte sie aus dem Laden und stieg in einen schwarzen Austin Mini, der auf sie gewartet hatte. Sam spähte durch die Pappmaché-Dekoration im Schaufenster. Er konnte das Gesicht des Fahrers nicht erkennen, aber er sah Lindas Uniform sauber gefaltet auf dem Rücksitz des Wagens liegen.

»Zwanzig Craven A mit Filter«, sagte Sam zu dem Inhaber, nachdem das Auto in einer dicken Auspuffwolke verschwunden war.

»Für deinen Dad, was?«

»Ja. Und eine Schachtel Streichhölzer.«

Was hatte Linda vor? Sam hatte viel Zeit, darüber nachzudenken, während er die anderthalb Meilen nach Redstone zurückwanderte. Sollte sie heute morgen nicht die Commonwealth-Parade anführen, die ihren Höhepunkt in einer Messe in der Kathedrale von Coventry fand? Er dachte daran, wie Linda mit den weißen Handschuhen sie zur Schule geleitet hatte und dann in die Kirche, mit ihren weißen Handschuhen, und dann zu den Scouts, immer noch mit ihren weißen Handschuhen, und er hoffte, daß sie wußte, was sie tat.

Auf dem Rückweg mußte er an der St.-Pauls-Kirche vorbei. Die Gläubigen kamen eben aus der Messe. Er sah Mr. Phillips, seinen ehemaligen Sonntagsschullehrer, der gerade dem letzten aus der Menge die Hand schüttelte. Dann zog sich Phillips in die Kirche zurück und schloß das Portal hinter sich. Sam erinnerte sich an seinen Traum und mußte sofort an Tooleys Leiche denken, wie sie in der hohlen Eiche eingeklemmt war und verweste. Jedes Mal, wenn er an die Leiche dachte, stellte er sich Krähen vor, die ihr die Augen aushackten, oder Füchse, die sich über ihre fleischigen Schenkel hermachten. Unversehens fand er sich innerhalb des Tores wieder.

»Sam! Wie geht's dir? Hab' dich ja gar nicht erkannt in dem Wildwest-Look!« Es war Phillips, der von der anderen Seite der Kirche gekommen war. Sam merkte, daß er auf die Fransenjacke anspielte.

»Hallo, Mr. Phillips.«

»Hast du jemanden gesucht?«

»Ja. Nein. Ich meine …«

Phillips wartete geduldig. »Ich glaube ja nicht, daß du mich gesucht hast, stimmt's?«

»Nein. Ich …«

Phillips lächelte, dann runzelte er verwirrt die Stirn. Er wollte Sam die Befangenheit nehmen. »Ja, und wie geht's deinen wilden Freunden? Terry und Clive? Was treiben die so?«

»Es tut mir leid, was damals passiert ist.«

»Wie bitte? Wann denn?«

»Deshalb bin ich gekommen. Wegen damals. Wir haben uns einfach dämlich benommen. Richtig dumm. Kindisch.«

Phillips zwinkerte, ohne sich etwas dabei zu denken. »Wann meinst du denn bloß?«

»Wir haben nur Scheiß gebaut. Es ging nicht gegen Sie.«

»Ich versteh dich nicht ganz, Sam.«

»Mr. Phillips, stimmt es, daß Sie wie ein Arzt sind, und was man Ihnen erzählt, werden Sie nicht weitersagen, also zum Beispiel der Polizei oder den Eltern oder wem auch immer? Stimmt das? Ich hab' mal gehört, daß Sie nicht weitererzählen dürfen, was man Ihnen gesagt hat.«

»Du meinst die Beichte? Ja, nur die Sache ist so, Sam – ich bin Laienpriester. Weißt du, was das bedeutet?«

»Ach?«

»Aber, nun ja ... wenn es etwas gibt, das du mir sagen oder über das du vertraulich reden willst, bleibt es natürlich unter uns. Hast du dich vielleicht – gekratzt?«

Sam nahm die Brille von der Nase und wandte sich ab. Er wollte Phillips nicht die Tränen in seinen Augen sehen lassen.

»Aber hör mal«, lachte Phillips und legte ihm sanft die Hand auf die Schulter. »Was kann denn schon so schlimm sein? Ich muß es erst dann weitergeben, wenn du mir einen Mord gestehen willst! Also Kopf hoch, Sam.«

»Nein. Ich bin nur gekommen, weil ich mich für

damals entschuldigen wollte. Ich muß jetzt gehn. Hab' eine Verabredung.«

»Eine Verabredung! Hört sich ja wichtig an!«

»Nicht so sehr. Bye.«

Sam spürte, daß Phillips ihm den ganzen Weg bis zum Tor hinterhersah. Nachdem er einen ganzen Teil des Weges marschiert war, warf er einen Blick über die Schulter. Phillips blickte besorgt drein.

Der Teich schien der einzige Ort zu sein, wo er vor Verwicklungen mit Eltern, Sonntagsschullehrern und Kusinen von Freunden sicher war; also ging er dorthin, leider viel zu früh für die Verabredung mit Alice. Er setzte sich auf den ramponierten Autositz, rauchte – oder hielt besser gesagt ab und zu eine angezündete Zigarette an die Lippen, statt wirklich zu rauchen, denn er konnte die Dinger immer noch nicht ausstehen – und versuchte, die winzigen Bruchstücke des Briefes, den er in Alices Tasche gefunden hatte, zusammenzusetzen.

Auf einem Fetzen las er die Worte *du hast nie gesagt*, dann auf einem anderen *Erinnerungen, die ich habe* und dann *dich zu lieben wird nicht* und dann *nicht verheiratet* und dann *ficken* – ja, es hieß wirklich *ficken* – und schließlich *die ganze Nacht geweint*. Es gab noch andere Worte und halbe Worte, aus denen man keinen Satz oder Sinn herauslesen konnte. Er versuchte, alle Stücke wie bei einem Puzzle zusammenzulegen, doch der größte Teil des Briefes fehlte – wer immer ihn zerrissen hatte, hatte ganze Arbeit geleistet.

Sam warf die Brieffetzen in den Teich. Sie fielen herab wie winzige Blätter, trieben auf der Oberfläche, ohne unterzugehen. Er durchwühlte von neuem die Taschen und suchte nach weiteren Informationen über Alice. Doch alles, was er fand, war ein Kamm in der Innentasche. Ein paar Haare steckten darin. Er löste sie und drehte die langen, feinen Strähnen um ein Streichholz. Während er das Streichholz in die Tasche seiner Jeans steckte, nahm er aus dem Augenwinkel eine blitzartige Bewegung im Wasser wahr. Es gab ein Gluckern und einen kurzen Schimmer aus Grün und Gold, als ein großer Fisch an die Oberfläche kam und die Fetzen des Briefes von der Wasseroberfläche schnappte.

Dann war er verschwunden.

Sam kroch ans Wasser und spähte in die schwarze Kälte, doch er sah nur die Schemen der Wasserpflanzen und darunter dunkle Leere. Zwei kühle, weiche Hände kamen von hinten, bedeckten seine Augen, und er roch am Duft, daß es Alice war. Viel zu schnell wurden die Hände wieder zurückgezogen.

»Der Hecht. Ich hab' ihn grad gesehen.«

»Das glaub' ich nicht!«

O doch, wollte er sagen, er hat eben die Reste von deinem Liebesbrief gefressen. Sie hatte den Kopf ein wenig scheu zur Seite geneigt, doch ihre Augen blitzten spottlustig. Alices Augen wechselten unmerklich die Farbe, mochte es an der Tageszeit, der Himmelsfarbe oder der glänzenden Widerspiegelung des Wassers liegen. Sie trug seine Denimjacke und einen meterlangen, vielfarbigen Schal. Sie ließ sich auf den alten Autositz fallen. »Ich wär' fast nicht gekommen. Mein Pferd lahmt, und ich konnte heute morgen nicht reiten. Hey, hast du dich gekratzt? Dann hab' ich aber gedacht, du würdest nicht mehr mit mir reden im Schulbus, wenn ich heute nicht komme.«

»Das hätte mir nichts gemacht«, erwiderte Sam. »Ich wär' sowieso hergekommen.« Er klappte die Zigarettenschachtel auf und bot ihr eine an.

Sie saßen am Teich, rauchten und spielten ›Kennst du den‹, wobei Alice alle Leute benannte, die sie auf der Schule kannte, und Sam die wenigen, die er zu kennen vorgab. Sam fühlte nicht, wie die Zeit verrann. Auch wenn Alices Gegenwart ihn nervös machte und seine Nerven bei jeder Frage und jeder Antwort zuckten, war er in ihrer Gesellschaft so froh, wie er es sich nie hätte vorstellen können.

Plötzlich raschelte es unter den Bäumen, und Clive und Terry brachen aus den Büschen hervor. Sie blieben stocksteif stehen, als sie Alice bei Sam sitzen sahen. Terry zwinkerte blöde, versuchte ein halbes Grinsen. Er blickte auf die Zigaretten. Clive hatte am Tag zuvor einen strengen Haarschnitt verpaßt bekommen, Ohren und Hals waren rot vor Kälte. Er machte große Augen, als er Alice sah – doch die schlug nur die Beine übereinander und nahm mit kühler Miene einen Zug aus ihrer Zigarette. Clive sah aus, als fühle er sich in eine Falle gelockt, könne aber nicht genau sagen, womit. Er nahm einen Stein und warf ihn unnötig heftig in den Teich.

»Wo ist denn dein Pony?« wollte Terry wissen.

»Es ist kein Pony. Es ist ein Pferd.«

»Du siehst aus wie 'n Saftarsch in der Jacke«, bemerkte Clive zu Sam.

»Verpiß dich«, gab Sam zurück. »Verpiß dich selber, Narbengesicht.«

»Nein, du verpiß dich.«

»Ist es das, was ihr in eurer kleinen Bande unter Witz versteht?« fragte Alice.

Die drei Jungen starrten sie verblüfft an. »Wir sind keine kleine Bande«, sagte Clive schließlich.

»Eine kleine Bande von Scouts.«

»Ist mit deinem Pony-Club auch nicht anders. Lauter Deborahs und Abigails.«

»Und Jemimas«, fügte Terry hinzu.

»Sie weiß«, warf Sam ein, »wer das mit der Reithalle war.«

»Wer denn?« fragte Terry.

Alice blickte Sam mit zusammengekniffenen Augen

an. »Ich WEISS ES. Aber ich SAG'S nicht. Gib mal 'ne Runde, Sam.« Sam zog die Zigaretten aus der Tasche und ließ lässig die Packung herumgehen. »Also – wie nennt ihr nun eure kleine Bande?«

»Wir sind die ›Jungen-denen-man-in-den-Kopf-schauen-muß‹«, erklärte Terry.

»Nein«, unterbrach ihn Sam hastig. »Das war einmal.«

»Oder die *Moodys*, die Trübsalblaser«, meinte Terry. »So nennt uns mein Onkel Charlie jetzt: die Moodys.«

»Das paßt«, sagte Alice. »Die *Redstone Moodys*.«

Sam wollte schon protestieren, als Clive ein mitleidsloses Lachen hören ließ. »Ja. Das sind wir. Die Redstone Moodys.« Dann schmiß er wieder einen Stein in den See, doch nicht so heftig wie vorher.

»Was muß man tun, um in den Club aufgenommen zu werden? Shorts tragen? Einen Weberknoten machen?«

»Sich nackt ausziehen und in den Teich springen«, erklärte Terry. »Um ein vollwertiges Mitglied zu werden.«

Alice stand auf und tat, als wolle sie die Jacke ausziehen. »Na, dann los. Wir machen's zusammen.«

Terry sah nicht begeistert aus.

»Du mußt meinen Dicken lutschen«, sagte Clive.

»Klar. Ich lutsch' deinen Dicken, während du's bei Sam machst.«

»Ha!« lachte Terry und zeigte mit dem Finger auf Clive. »Ha!«

»Alles nur Gerede«, meinte Alice. »Ihr könnt ja nur quatschen. Ich könnte alles tun, was ihr tut. Aber das ist es ja gerade – ihr tut überhaupt nichts.«

»Du mußt ja gar nix tun«, sagte Sam sauer. »Du mußt bloß völlig verdreht sein.«

»Schön.« Sie zog die Denimjacke aus und warf sie

Sam zu. »Gib mir mein Lederteil zurück. Ich muß gehn.«

Widerwillig gab Sam Alice die Jacke zurück. Sie streifte sie über, bahnte sich einen Weg durch die Büsche und war verschwunden. Sie hinterließ eine seltsame Stille, eine nervenzerreißende Stille ähnlich der, die auf das Werfen eines Steins in den Teich folgt.

»Wie heißt sie überhaupt?« erkundigte sich Terry nach einer Weile.

»Alice«, antwortete Sam.

20.
Tiefsinnig

Am nächsten Morgen, dem ersten Ferientag, lag Sam im Bett und schaute in ein Wörterbuch.

> *Gossamer*: Leichte, dünne Substanz; Netze kleiner Spinnenarten, die im Wind oder über Gras wehen; ein Spinnfaden dieser Art; fadenscheinig, dürftig; zarte Gaze.

Er hörte, wie unten an die Haustür geklopft wurde. Einen Augenblick später kam seine Mutter ins Schlafzimmer: »Terry ist da.«

Sam zog sich an, ging ins Bad, drückte sich ein nasses Handtuch aufs Gesicht und begab sich, immer noch schläfrig blinzelnd, nach unten. Terry stand im Flur, in Handschuhen und Schal, und hatte den linken Fuß einwärts gekehrt. »Du wirst es nicht glauben«, flüsterte er. Er zappelte nervös herum, während Sam seine Cornflakes aß.

»Was gibt's denn?« fragte Sam, als sie draußen waren.

»Sieh doch selbst.«

Terry schlug den Weg zu Clives Haus ein. Nach zweihundert Yards kamen sie zu einem hohen, weißgestrichenen Palisadenzaun. Sam blieb stocksteif stehen. In roten, breiten, drei Fuß hohen Lettern stand dort zu lesen:

Redstone Moodys

»Wer?« fragte er nur.

»Das ist noch nicht alles. Komm.« Am Häuschen der Bushaltestelle, ein Stück die Straße herunter, fanden sich die gleichen Worte: REDSTONE MOODYS. Dann ein Stück weiter, an der weißgestrichenen Wand der Ortskneipe *The Gate Hangs Well.* Und an der Backsteinwand unter dem Schaufenster des Zeitungshändlers. Und auf einem weiteren Gartenzaun. Und damit nicht genug – das große Schild der örtlichen Bücherei war mit den Worten SIE BETRETEN JETZT DAS FREIE REDSTONE übermalt worden.

»Jesus!«

»Und das ist noch lange nicht alles«, warnte Terry.

Noch die nächste halbe Meile war mit Graffiti geschmückt. Der Künstler, oder besser gesagt der Urheber, hatte sich offenbar irgendwann gelangweilt und ein paar Veränderungen in die Sprüche eingebracht. Der Süßwarenladen von Royle hatte als besondere Zielscheibe gedient – hier hatte er TIEFSINNIG und FEINSINNIG gekleckst. Die Slogans wechselten einander in immer gleicher Folge ab, und so hatte der Übeltäter, als er nicht mehr genügend Mauern und Fenster fand, sogar den Bürgersteig bemalt. Auch die Kirche war mit einem TIEFSINNIG beschmiert.

»Warum«, heulte Sam, »warum glaub' ich denn bloß, daß sie uns das anhängen werden?«

»Onkel Charlie hat es heut' morgen gesehen. Er hat mich darüber ausgefragt, aber dann meinte er, daß selbst wir nicht blöd genug wären, um so was vor der eigenen Haustür zu tun.«

»Ich hielte es für besser, wenn wir uns gar nicht auf der Straße zeigen.«

»Warum denn? Du hast es doch nicht getan. Oder doch?«

»Natürlich nicht.«

»Bist du ganz sicher?«

Sam sah Terry scharf an. »Glaubst du etwa, ich hätte es getan?«

»Nein, wahrscheinlich nicht.«

»Glaubst du, daß es Clive war?«

»Nein.«

Sie konnten Clive nicht fragen, weil er nicht zu Hause war. An diesem Tag, das wußten sie, hatte er eine besondere Prüfung. Obwohl er noch nicht einmal dreizehn war, legte er eine Prüfung ab, die für eine höhere Altersstufe bestimmt war.

»Vielleicht hast du recht«, meinte Terry. »Wir sollten nicht auf der Straße sein. Sie glauben sonst, daß wir es waren.«

»Ich will aber nicht nach Hause.«

»Na schön, dann gehen wir zu mir.«

Aber als sie in Terrys Heim anlangten, wurde dort schon ein Strafgericht abgehalten, und dieses Mal waren die Jungen nicht die Zielscheibe elterlicher Wut. Im Wohnzimmer saß Linda, in Tränen aufgelöst. Charlie und Dot standen vor ihr und sahen zugleich gekränkt, wütend und verwirrt aus. Die oberste Schar-Führerin hatte angerufen und gesagt, wie enttäuscht sie war, daß Linda nicht gekommen sei, um die Parade anzuführen, und daß alle sie vermißt hätten; ob denn alles in Ordnung sei? Dot und Charlie, die gesehen hatten, wie Linda tags zuvor das Haus in ihrer Uniform verließ und wie sie am Abend in der gleichen Uniform das Haus wieder betrat, wußten nicht, was sie sagen sollten.

Dann war alles herausgekommen.

Linda hatte ihren Kopf unter dem Kissen vergraben. Sie schluchzte bitterlich. Charlie schrie wie ein Verrückter. »Du kannst keinen Freund haben, wenn du studieren willst!« polterte er. »Das kannst du nicht!« Linda bereitete sich in diesem Jahr auf die Abschlußprüfung der Sekundarstufe vor. Allgemein hatte man angenommen, sie werde das Abitur machen.

»Wir wissen überhaupt nichts von diesem Freund!« Tante Dots Stimme war zu schrillem Kreischen verzerrt. »Gar nichts!«

»Ich hab' die Pfadfinderinnen satt!« schrie Linda durch Kissen und Tränen. »So satt!«

»Du kannst nicht eine Studierte sein wollen und dich dann mit Jungs rumtreiben!« bellte Charlie. Es war seltsam, wie er das Wort ›studiert‹ benutzte, als bedeute das Ablegen der Abiturprüfung, daß man eine Art Eid schwören mußte. »Das kannst du nicht machen!«

»Und nie hast du was über diesen Freund gesagt! Wir wissen einfach nichts über ihn!« Dot wandte sich an Sam und Terry, die die Szene vom Korridor aus beobachtet hatten. Ihre Augen quollen hervor wie die eines verängstigten Pferdes. »Wißt ihr was über diesen Freund?«

»Nein«, sagten sie gleichzeitig.

»Und wer hat die Standarte getragen?« wollte Dot wissen. »Auf der Parade, wer hat da die Standarte getragen?«

Keiner schien zu wissen, ob der Streit nun um die Pfadfinderinnen ging, um die Frage, ob Linda einen Freund haben dürfe, um fleißiges Lernen oder darum, wer die Fahne getragen hatte. Linda fegte die Kissen beiseite und rannte aus dem Zimmer, wobei sie Terry und Sam mit der Schulter anrempelte. Sie stapfte nach oben und schlug die Schlafzimmertür hinter sich zu. Charlie rannte noch die halbe Treppe hinter ihr her. »Das kannst du nicht! Das kannst du nicht machen!« Mit wildblickenden Augen und geblähten Nasenflügeln kam er die Treppe wieder herunter und streckte einen zitternden Finger nach den Jungen aus. »Du kannst nicht eine Studierte sein wollen und dich dann mit Jungs rumtreiben!«

»Wir wollen gar keine Jungs«, gab Terry zurück.

Dann mußte er rasch einen Schritt zurückspringen, um Onkel Charlies Ohrfeige auszuweichen.

Charlie stürmte ins Wohnzimmer, schnappte sich die Zeitung und ließ sich schwer in einen Sessel plumpsen. Die Zeitung schien in seinen Händen Feuer zu fangen.

»Wißt ihr irgendwas über diesen Freund?« fragte Dot wieder. »Wißt ihr was?«

»Natürlich hab' ich's nicht getan«, sagte Alice. »Wofür hältst du mich?«

»Du hast zugegeben, daß du damals in der Reithalle alles kaputtgemacht hast«, hielt Sam ihr vor.

»Ich hatte meine Gründe. Du hast mir erzählt, daß ihr dasselbe in der Fußballumkleide gemacht habt, stimmt's? Ist das etwa ein Beweis dafür, daß ihr überall ›Redstone Moodys‹ hingeschmiert habt? Außerdem, warum sollte ich so was tun? Ich gehör' ja nicht zu eurer Bande.«

»Gehörst du wohl.«

»Wer sagt das?«

»Ich sag' das.«

Alice schüttelte den Kopf. Die Unterhaltung fand statt, drei Tage nachdem man die Graffiti entdeckt hatte. Sowohl Sam als auch Terry hatten wieder Besuch von der Polizei bekommen – diesmal von dem Streifenpolizisten des Ortes, Sykes. Auch Clive war mit einem Besuch beehrt worden. Sykes war mit dem Rad gekommen und hatte wissen wollen, was Sam zu der Sache zu sagen hatte.

»Kennst du ein Mädchen namens Alice?« hatte er gefragt.

»Ja.«

»Hat sie vielleicht etwas damit zu tun?«

»Nein.«

Nev Southall, der grimmig mit verschränkten Armen dasaß, hatte sich eingeschaltet: »Das kann doch wohl kaum ein *Mädchen* getan haben.«

»Kaum«, bestätigte Sykes, indem er das Notizbuch wieder einsteckte, in das er fast nichts geschrieben hatte. »Doch Sams Freund Clive meint, es müsse diese Alice gewesen sein.«

»Clive hat das gesagt?« entrüstete sich Sam.

»O ja. Aber das war, nachdem wir die Farbe gefunden hatten.«

»Welche Farbe?«

»Wir fanden eine Dose mit roter Farbe hinten im Garten der Rogers'.« Das war es also; sie hatten Clive am Wickel. Kluger Polizist. Clive wurde offiziell verwarnt, doch nicht beschuldigt. Sykes sagte ihm, er habe Glück, daß er nicht vors Jugendgericht gezerrt und dann nach Borstal geschickt würde. Er sagte ihm auch, warum er ihm nicht persönlich eine ordentliche Abreibung erteilte, denn diesen Job hatte Eric Rogers schon erledigt, wie man aus dem blauen Fleck auf Clives Wange schließen konnte. Sam hatte Alice nichts davon erzählt, wie Clive versuchte, ihr die Schuld zuzuschieben, doch er wunderte sich, daß Clive – der superschlaue Clive – so unglaublich dumm gewesen sein sollte und die Farbdose in seinem eigenen Garten versteckt hatte. Er war sicher, daß Clive so etwas nicht passieren konnte. Aber Alice glaubte er auch.

»Schwöre, daß du's nicht warst.«

»Was!« rief Alice. »Na schön! Ich schwöre bei allem, was mir heilig ist! Ich schwöre bei allem, was du willst! Bist du jetzt zufrieden?«

Sie saßen am Teich und teilten sich eine Zigarette. Auf dem Wasser hatte sich eine dünne Eisschicht gebildet. Sie waren sich einig, daß es zum Herumsitzen zu kalt sei, und machten sich auf den Weg zu ihrem jeweiligen Zuhause. Es war das letzte Mal, daß Sam Alice vor den Weihnachtsferien sehen sollte; sie mußte mit ihrer Mutter zu Verwandten fahren.

»Bis dann«, sagte Sam.

»Klar.« Alice schüttelte ihre lange Mähne aus den Augen. Sam fiel auf, daß ihre Augen an den Rändern ein wenig rot waren. »Bis dann.«

Er sah ihr nach, wie sie über das gefrorene Feld davonging, die Hände tief in den Taschen ihrer Lederjacke vergraben.

21.

Weihnachtsabend

»Irgendeiner hat sie dahin gestellt«, sagte Clive bitter. Der Bluterguß auf seiner Wange war pflaumenrot geworden.

»Zugenäht wie 'n Bückling«, meinte Terry – ein Spruch, den er im Fernsehen gehört hatte.

»Aber wer sollte so was tun?« fragte Sam. »Wer sollte absichtlich diesen Farbtopf bei euch in den Garten stellen?«

»Tja«, meinte Clive. »Wer?«

Sie standen im Wartehäuschen der Haltestelle und warteten auf den Bus, der in die Stadt fuhr. Das Wort TIEFSINNIG, das auf die Wand des Häuschens gesprüht war, half ihnen auch nicht weiter. Keiner hatte sich darum gekümmert, das Graffito zu entfernen, und es sollte in der Tat noch weitere achtzehn Monate dort bleiben. Clive war entrüstet darüber, daß weder die Polizei noch die Behörden – gar nicht zu reden von der Gemeindeverwaltung oder den Bürgern selbst – irgendeine Anstrengung unternommen hatten, den Spruch zu entfernen. Er hatte fast das Gefühl, er müsse ihn selbst wegwischen oder übermalen, sagte er.

»Warum denn?« wollte Terry wissen.

»Weil jeder denkt, daß ich es war«, giftete Clive. »Und jedesmal, wenn einer dran vorbeiläuft, wird er an mich erinnert.«

»Und warum machst du ihn dann nicht weg?« fragte Sam.

»Na toll! Wenn ich ihn wegmache, wäre das doch ein *Eingeständnis*, daß ich's war, oder etwa nicht? Es spielt gar keine Rolle, ob ich den Spruch wegmache oder nicht: ich bin sowieso untendurch.«

»Du könntest es doch den Leuten erklären«, schlug Sam vor.

»Na klar«, erwiderte Clive sarkastisch. »Ich könnte jedem ein Briefchen unter der Tür durchschieben, in dem steht, daß ich es zwar nicht war, aber wegen meiner Ergebenheit für meine Nachbarn alles wieder in Ordnung bringe. Superidee!«

Sam rückte die Brille auf der Nase zurecht. Terry sagte: »Da kommt unser Bus.«

Als sie nach zwanzigminütiger Fahrt in der Stadt angelangt waren, hatte jeder genug von der Gesellschaft der beiden anderen. Terry wollte zu einem Kaufhaus, wo ein Fußballer der Coventry-Mannschaft die neue Sportabteilung eröffnen sollte. Nur der Form halber forderte er die beiden anderen auf, mitzukommen.

»Ich würd' lieber zugucken, wie Rotze gefriert« meinte Clive.

»Davon hast du in letzter Zeit sowieso zuviel!« schrie Terry im Gehen über die Schulter zurück.

Clive hatte einen ganz besonderen Termin: ein russischer Schachgroßmeister sollte die Stadt besuchen, simultan gegen vierundzwanzig Herausforderer spielen, und Clive hatte die Ehre, einer der Spieler zu sein. So blieb Sam sich selbst überlassen. Er stand mitten im Stadtzentrum bei der Lady-Godiva-Uhr und fragte sich, was er jetzt tun sollte. Er war mit der ausdrücklichen Anweisung in die Stadt geschickt worden, langweilige Weihnachtseinkäufe zu erledigen. Es war bitterkalt. Überall wirbelten winzige Eisflöckchen herum, die sich nicht zu richtigen Schneeflocken zusammenballen wollten.

Zur Mittagsstunde begann die Uhr über seinem Kopf zu schlagen. Die mechanische Lady Godiva schwirrte gefährlich schwankend hervor, doch der dritte Stundenschlag klang hohl, und die Lady kam zu einem unerwarteten Halt. Sam blickte hoch. Die emaillierte Haut der Godiva schien in der kalten Luft wie aufgescheuert. Peeping Tom hatte eben erst seine Nase zwischen den halboffenen Fensterläden hindurchgesteckt. Der Mechanismus, der entweder unter Frost oder Maschinenschaden litt, gab noch einige nutzlose Stundenschläge von sich, bevor auch er den Geist aufgab. Sam blickte sich um. Hinter ihm hatte sich keine Menschenmenge versammelt. Die Leute hasteten vorüber, vermummt in dicke Wintermäntel, die Gesichter verzerrt vor Ärger über all das Geld, das man Weihnachten zum Fenster rauswerfen mußte. Niemand schien sich über die Fehlfunktion der Lady Godiva oder des Peeping Tom, ja nicht einmal über die defekte Stadtuhr aufzuregen. Die Leute hasteten einfach weiter, mit erschreckender Gleichgültigkeit.

Sam war baß erstaunt. Warum kam denn niemand und reparierte die Uhr? Wo blieben die wütenden, trotzigen Coventrianer und forderten die sofortige Erneuerung ihres städtischen Chronometers? Aber so war es nun mal: Wenn etwas schiefging, schauten die Leute einfach nicht hin und machten weiter wie bisher, ohne etwas zu unternehmen. Er war erschrocken über die menschliche Fähigkeit, etwas kaputtgehen zu lassen, ohne an Erneuerung zu denken.

»Es ist doch bloß 'ne Uhr«, sagte eine Stimme in seinem Rücken.

Sam drehte sich um. Auf der Bank unter der Uhr, die Knie bis unters Kinn hochgezogen, saß die Zahn-Fee. Sam spürte, wie seine Eingeweide sich zusammenkrampften, und einen Augenblick lang schrillte es schmerzhaft in seinen Ohren. Die Straße schwankte ein wenig.

»Hast du sie gefragt? Nach dem Teleskop?« Die Fee trug eine Nikolausmütze in Weiß und Rot und hatte sich eine viel zu große Motorradjacke aus Leder zugelegt. In die Jacke vergraben, das Kinn auf die behandschuhte Hand gestützt, mit blaugefrorener Nase saß sie da und blickte zu ihm auf, wartete auf eine Antwort. Ihre gestreiften Leggings hatten am Oberschenkel ein Loch. Weißes Fleisch war durch das Loch zu sehen. Sam warf einen Blick auf die stehengebliebene Uhr, kniff die Augen zusammen und sah dann wieder zu ihr. Sie war immer noch da.

»Nun?«

Die Zahn-Fee war eines Nachts mit einer Bitte erschienen: Sie wollte, daß Sam seine Eltern zu Weihnachten um ein Teleskop bat. Sie drohte nicht – sie wies nur darauf hin, daß sie ihn einst im Wald unterstützt hatte. Dafür, so sagte sie, sei Sam ihr etwas schuldig, und dieses Etwas sollte ein Teleskop sein. Falls das Teleskop jedoch nicht eintraf, so werde sie wohl ein großes Aufsehen erregen müssen, um Sams Verbrechen an die Öffentlichkeit zu bringen.

Sie fröstelte. »Mir ist furchtbar kalt. Können wir nicht irgendwo reingehen?«

Sam ignorierte sie und wanderte eilenden Schrittes auf die Fußgängerzone mit den Geschäften zu. Sie folgte ihm auf den Fersen. »Hast du gefragt? Wegen dem Teleskop? Ja?«

Sam schaute sich nicht um.

»Denn wenn du's nicht getan hast, weißt du ja, was dir blüht. Ich werde jedem von deinem dreckigen kleinen Geheimnis im Wald erzählen. Am Weihnachtsabend. Schlag Mitternacht. Ich werd's deiner Familie erzählen. Das wird 'n feines Weihnachtsgeschenk!«

Sam bog scharf links in ein Kaufhaus ab, in dem die Luft warm und stickig war. »Hier ist's schon besser«, meinte die Fee.

»Mum, Dad, Tante Madge, Onkel Bill, Tante Mary,

Tante Bettie.« Sam leierte seine Einkaufsliste herunter wie einen Vers oder ein Gebet, um seine Furcht nicht zu zeigen. Hastig wählte er ein Geschenk auf der Ladentheke, zahlte und eilte weiter, nahm den Aufzug ins nächste Stockwerk. Sorgfältig mied er die Etage, auf der Teleskope aufgestellt waren. Connie hatte für ihn schon nach den Preisen gefragt, und sie waren unerschwinglich. Sam war sich klar darüber, daß die Mittel seiner Eltern begrenzt waren. Er sah keine Möglichkeit, sie noch ein zweites Mal um solch ein Geschenk zu bitten.

»Ich könnte dir bei der Auswahl der Geschenke helfen«, sagte die Zahn-Fee, die nun rennen mußte, um Schritt zu halten. »Ich hab' total viele Ideen.«

»Dad, Tante Madge, Onkel Bill ...«

»Guck dir das an! Weißt du, da könnte ich alles kurz und klein schlagen, wenn ich so was sehe! Guck dir das bloß mal an!« Sie war stehengeblieben und zeigte wütend auf eine Ecke der Abteilung. Dort stand ein riesiger Weihnachtsbaum, voller glänzender Lichter, schimmerndem Flitter und goldener Ketten. An seiner Spitze befand sich eine Barbiepuppe als Weihnachtsfee in weißer Krinoline, die einen mechanischen, bestirnten Zauberstab huldvoll über die Köpfe der Einkaufenden schwenkte. Die Barbie-Fee schien der Grund für den Ausbruch der Zahn-Fee zu sein.

Sie war krebsrot im Gesicht, speiend vor Wut. »Ich könnte rüber rennen und das ganze Ding runterreißen. Das könnte ich! Ich könnte das ganze Ding runterreißen!« Sie stieß einen korkenzieherartig gedrehten Fingernagel in Richtung des Baums. Sam sah, daß ihre Finger mit roten Flecken übersät waren.

»Die rote Farbe!« keuchte er.

»Was?« Erstaunt blickte die Zahn-Fee ihre Hände an. »Meine Hände sind bloß kalt.«

»Warum mußt du mein Leben kaputtmachen?« zischte Sam. »Warum? Warum?«

Eine ältere Dame mit Einkaufstaschen blieb stehen und starrte ihn mit offenem Mund an. Er raste davon und legte eine Entfernung zwischen sich und die Fee.

»Wo willst du hin?« rief sie ihm nach. »Die Teleskope sind im nächsten Stock.«

»Tante Mary, Tante Bettie, Mum, Dad, Tante Madge ...«

»Warte nur, du kleiner Scheißer! Wart's nur ab!« Sie röhrte durch das ganze Kaufhaus. »Schlag Mitternacht am Weihnachtsabend! Da werde ich's allen sagen! Ich werde ihnen alles erzählen.«

Der Wettermann hatte weiße Weihnachten vorausgesagt, doch die Zahn-Fee weckte Sam mitten in der Nacht, nur um ihm zu sagen, daß der Wettermann irrte, und bis zum Weihnachtsabend hatte es immer noch nicht geschneit. Im Haus häuften sich weihnachtliche Leckereien: Mandarinen, Paranüsse, Dosen voller Likörpralinen in glänzender Folie und Schachteln mit Datteln, die bis Ende Februar nicht angerührt wurden. Am Vorderfenster war ein Plastikbaum aufgestellt und geschmückt worden.

»Wie traurig sie aussieht!« Zweifelnd blickte Connie auf ihre Weihnachtsfee hinab. Die Hälfte des blonden Kunsthaars hing in losen Büscheln vom Kopf herab, das weiße Kleid war vergilbt und die Flügel im Karton zerdrückt worden. »Vielleicht sollten wir dir ein neues Kleid besorgen«, sagte sie und streichelte die Puppe zärtlich.

»Sprich doch nicht mit ihr«, sagte Sam angewidert.

»Wir müssen doch mit unserer Fee reden, stimmt's nicht, Fee? Sie ist das ganze Jahr in ihrer engen Kiste gewesen, also möchte sie sich jetzt auch mal unterhalten, nicht wahr, Fee?«

»Können wir nicht statt dessen einen Stern aufstecken?«

»Ach Sam! Wir können unsere Fee doch nicht einfach wegschmeißen. Du warst doch schon auf dem Baum, als ich ein kleines Mädchen war, stimmt's nicht, Liebes?«

»Hör auf mit ihr zu reden!«

Was Connie nur um so mehr ermutigte, die widerliche Komödie fortzusetzen, bei der sie die Fee wie eine Kasperlepuppe hielt. Sie verlieh dem Ding eine quiekende, schmeichlerische Stimme, die Sam mit den Zähnen knirschen ließ. Von seinem Vorsatz, dem Ding Gewalt anzutun, wurde er nur durch das Pochen des gußeisernen Türklopfers an der Haustür abgebracht. Ein Aschengeschmack erfüllte seinen Mund, als er an die Drohung der Zahn-Fee dachte, sein Verbrechen an diesem Abend zu enthüllen.

Zu Weihnachten kam eine ganze Reihe Besucher, und manche von ihnen wurden herzlicher empfangen als andere. Es kamen dicke, parfümumwehte Tanten in geblümten Kleidern, die rote Lippenstiftspuren auf Sams errötenden Wangen hinterließen; und andere, dürre, hefegesichtige Tanten in Katalog-Kleidern, die lieber auf dem harten Stuhl sitzen wollten, danke schön. Sie kamen mit dicken oder dünnen Onkeln, die oft, aber nicht immer, das genaue Gegenteil ihrer ›besseren‹ Ehehälften waren. Die dicken Onkel pflegten ihre Westen aufzuknöpfen und ihre Meinungen lautstark im ganzen Zimmer kundzutun. Die Dünnen hatten meist nichts zu sagen, schauten dafür aber um so häufiger auf die Uhr.

Diesmal waren es Connies Schwester Bettie und ihr Mann Harold, die mit einer Ladung Geschenke und einer leichten Alkoholfahne erschienen. Bettie nahm gern einen Tee mit Sandwiches und Pickles; Onkel Harold hingegen, ein Mann mit spiegelnder Glatze, die rosa leuchtete wie der Flitter an Connies Weihnachtsbaum, zog einen Whisky vor. Sam wurde ein hübsch verpacktes Geschenk ausgehändigt. »Nicht vor dem ersten Feiertag öffnen!« kreischte Bettie und las damit vor, was sie wie jedes Jahr auf die Vorderseite geschrieben hatte. Man tauschte Küsse aus. Obwohl Tante Bettie eine seiner Lieblingstanten war, fiel es Sam schwer, mit dem Abwischen des feuchten Kusses zu warten, bis sie gegangen war.

Er versuchte, sich in sein Zimmer zu verdrücken. Der Versuch schlug fehl, und er wurde wieder herunterzitiert, wo man seine Schulleistungen, seine Schuhgröße und seine Kragengröße zum Gesprächsthema erkoren hatte. Sam war ein Hauptthema des Besuchs: Zwar mochten die Erwachsenen über andere Dinge reden, über weitere Verwandte klatschen – oder Harold machte von Zeit zu Zeit eine für Sam unverständliche Bemerkung, die die ganze Gesellschaft in Heiterkeit versetzte; doch dann wandte sich die Aufmerksamkeit wieder Sam zu.

Und mit jeder Minute, mit der Mitternacht näher rückte, blähte sich der lederne Fußball von Angst, den Sam im Magen beherbergte, ein wenig weiter auf. Er wußte, die Zahn-Fee konnte jeden Augenblick mit ihrer Vorstellung beginnen; er wußte auch, daß sie nur auf die Gelegenheit wartete, ihn vor aller Welt bloßzustellen.

Die Erwachsenen sprachen gerade über die Graffiti. Nun waren sie in eine Flaute geraten und starrten Sam nur an, bis Bettie das Schweigen brach, indem sie über die degenerierte Jugend der Nation jammerte. »Jeder, der sich die Haare bis über die Ohren wachsen läßt«, meinte sie, auf die neueste Mode anspielend, »sollte ins Kittchen geworfen werden.«

»Du hast doch Haare bis über die Ohren«, stellte Harold fest, zwinkerte den anderen zu und erntete allgemeines Gelächter, außer von Sam.

Spielerisch gab Bettie ihm einen Klaps aufs Bein. »Ich meine doch ›jeder Mann‹. Wenn diese Jungs so rumlaufen und aussehen wie die Mädchen!«

Sam war nahe daran, in die Kategorie aufgenommen zu werden. »Ja«, stimmte Harold zu. »Du weißt nicht, ob du sie lieben oder hassen sollst.«

Noch mehr Gelächter. Wieder starrten sie Sam an, als überlegten sie, ob man ihn lieben oder hassen solle. »Geht er immer noch zu diesem Menschen?« fragte Bettie.

Bettie war die Tante, der Connie anvertraut hatte, daß ihr Sohn gelegentlich einen Psychologen aufsuchen mußte; im Familienjargon war der Psychologe ›dieser Mensch‹ genannt worden. Für Sam jedoch klang es so, als sprächen sie das Wort mit besonderer Betonung aus, die alles viel schlimmer erscheinen ließ als das wirkliche Wort, welches sie vermieden.

»Welcher Mensch?« wollte Harold wissen. Bettie warf ihm einen Blick zu. »Ach, der Mensch«, beeilte er sich zu sagen. »Reine Zeitverschwendung. Sam muß nicht zu so 'nem Menschen gehen.«

»Lauf mal nach oben und hol deine Geschenke für Tante Bettie und Onkel Harold«, sagte Connie.

Sam wußte, daß seine Mutter nun Tante Bettie das Neueste von diesem *Menschen* erzählen würde, doch er war dankbar für die Gelegenheit, sich zurückziehen zu können. Deshalb dauerte es eine ganze Weile, bis er mit den Geschenken wieder herunterkam; Tante und Onkel zogen sich bereits die Mäntel an.

»Fröhliche Weihnachten, fröhliche Weihnachten.

Geht ihr zur Mitternachts-Messe?« wollte Tante Bettie wissen.

»Ja«, sagte Connie.

»Nein«, sagte Sam.

Bettie riß ihn in ihre Arme und überschüttete ihn mit Küssen. »Oh, du MUSST zur Messe gehn! Versprich mir, daß du zur Mitternachts-Messe gehst, mein Liebling!« Bettie hatte einen Hang zum Religiösen: Sie gehörte zu den Leuten, die keine Zeile aus der Bibel mehr wissen, zum Erntedankfest jedoch die Kirche schmücken und dann vor Freude weinen, weil alle es so gelungen finden. Sie küßte ihn wieder. »Ich laß dich nicht los, bis du mir nicht sagst, daß du mit deiner Mutter gehst. Ich werd' dir so lange Küßchen geben, bis du's versprichst.«

Es war ihr purer Ernst. »Da gibt's nur einen Ausweg«, lachte Harold.

Dann fiel Sam plötzlich ein, daß die Kirche vielleicht der sicherste Ort war, wenn es Mitternacht schlug. Dort wäre er geschützt. Die Zahn-Fee würde nichts machen, während die Gemeinde die Mitternachts-Messe feierte. Nicht in einer Kirche, die voller Menschen war. Nicht an einem Ort, an dem gesungen, gebetet, gepredigt wurde, einem Ort voller Kerzen und Lichter. Das würde die Zahn-Fee nicht wagen. Sie konnte dort gar nichts ausrichten. Vielleicht würde sie sogar in die Hölle verbannt.

»Vielleicht«, sagte Sam, und dann: »Ja, ja, na schön.«

Wie gewöhnlich lehnte Nev es ab, sie zur Messe zu begleiten. Er lag auf dem Sofa und guckte Fernsehen, ein Glas bernsteingelben Bieres vor sich, und knackte mit einem silbernen Gerät fleißig Paranüsse, während sie sich zum Kirchgang rüsteten. Nev gab freudig zu, daß ihm Connies religiöse Ader abging. Sam glaubte sogar eine Spur Ironie in seines Vaters Stimme wahrzunehmen. »Viel Spaß auch«, sagte Nev und knackte vernehmlich eine neue Nuß.

Die Mitternachts-Messe begann um elf Uhr dreißig, und es war bitterkalt, als Sam und Connie zur Kirche gingen. Eine schwere Schicht aus Eis hatte sich über die Welt gebreitet; sie umhüllte die Autos, die am Straßenrand geparkt waren, erstreckte sich über die Straße, die Bordsteine, die Gartenzäune und über die Hecken. Es war eine schwarze mondlose Nacht, in der jeder Laut im Frost erstickte und die Straßenlaternen nur wenig Licht spendeten, das sich schwach auf dem vereisten Pflaster spiegelte. Wenige Wagen waren vor der Kirche vorgefahren. Die Leute schwätzten ein wenig miteinander am Tor, bevor sie hineingingen. Aus den Fenstern blitzte gelbes Licht als einzige Farbe in der silbernen Dunkelheit des Winterabends. Mr. Phillips, der sowohl Sonntagsschullehrer als auch Helfer des Vikars während der Messe war, begrüßte jeden herzlich. Er schien ehrlich erfreut, Sam zu sehen. Eine unverkennbare Atmosphäre von Vorahnung verdichtete sich über der Gemeinde, als erwarte man, daß etwas Besonderes geschehen werde.

Sie hatten eben ihre Plätze eingenommen, als die Orgel mit einem tiefen, hallenden Ton zu spielen begann. Man hörte Kniegelenke knacken, als alle sich erhoben zum ersten Lied: *Hark The Herald Angels Sing*. Connie, die wie wild in ihrem Gesangbuch blätterte, um die entsprechende Seite zu finden, sang mit hoher, zitternder Stimme. Sam dagegen öffnete und schloß den Mund in annähernd richtiger Reihenfolge der Worte.

Die Messe wurde gehalten von Reverend Peter Evington; er strahlte in seinem Ornat, lispelte ein wenig, und sein Kahlkopf blitzte unter den Deckenlampen. Nach ein paar Worten der Predigt stand die Gemeinde wieder auf, diesmal für *O Come All Ye Faithful*. Als die erste Strophe zur Hälfte gesungen war, blickte Sam, der ein Klopfen vernommen hatte, zum Oberlicht, das sich genau über ihm befand.

Ein bleiernes Gewicht drückte ihm das Herz zusammen. Tu's nicht, dachte er. Nicht hier. Nicht heute abend. Denn dort oben lag die Zahn-Fee, hatte eine Wange flach gegen das Oberlicht gepreßt, während die rußschwarzen Locken ihr über das Gesicht fielen. Ihr Mund stand offen, und die spitzen Zähne spiegelten das Licht der Kirche wider. Gleichzeitig trommelte sie mit ihren außergewöhnlichen Korkenzieher-Nägeln auf die Scheibe. Sam sah, wie ein oder zwei Leute vor ihm während des Gesangs die Hälse reckten, um zu sehen, woher das Klopfen kam. Sam versteckte sein hochrotes Gesicht im Gesangbuch.

Der Gesang erreichte seinen Höhepunkt und übertönte das Geräusch vom Dach. Bevor die nächste Strophe angestimmt wurde, war es ganz verstummt. Er blickte nach oben. Die Zahn-Fee war verschwunden. Sie war weg. Gott sei Dank, dachte er. Gott sei Dank!

Doch im Verlauf der nächsten Strophe ertönte ein lautes, eindrucksvolles Hämmern, diesmal aber nicht von oben, sondern von einem der unteren Fenster, keine sechs Fuß von Sam entfernt. Da war sie wieder, hämmerte gegen das Fenster, schnitt ihm Gesichter. Und schlimmer noch, sie war von anderen, ihr ähnlichen Kreaturen umgeben. Hinter ihrer Schulter konnte Sam zwei oder drei andere rußschwarze Gestalten erkennen, die sie lachenden Auges und mit gefletschten Zähnen anfeuerten, auffordernd in die Menge wiesen und ihr langes schwarzes Haar in den Nacken warfen. Eine lehnte sich über die Zahn-Fee und hämmerte mit aller Kraft, so daß ihre Knöchel weiß wurden, auf die Scheibe.

Ein paar Gemeindemitglieder hörten auf zu singen und ließen die Gesangbücher sinken, schauten sich um, woher die Störung rühren mochte. Sam wußte nicht, ob sie sehen konnten, was er sah. Vielleicht wußten sie nur nicht, wohin sie schauen mußten; doch die Bestürzung der aufgestörten Gläubigen drang in das Lied wie ein Geisterschiff in einen ruhigen Hafen. Der Gesang erstarb in der ganzen Kirche, während das Klopfen anhielt. Nun suchten alle mit den Augen das Dach ab und wollten die Quelle des Lärms ausfindig machen. Die Orgel verstummte.

Das Hämmern auf der Scheibe wurde immer lauter. Die Gemeinde war totenstill. Von allen Anwesenden schien nur Sam sehen zu können, wer für die Störung verantwortlich war.

Dann begann die Orgel wieder zu spielen, und eine einzelne Stimme in der ersten Reihe nahm beherzt den Gesang auf, worauf die anderen mit neuem Mut einfielen. Mit vereintem Willen und mächtiger Lungenkraft, so schien es, gelang es der Gemeinde, des Aufruhrs Herr zu werden, denn als die letzte Zeile des Liedes gesungen war, hatte das Klopfen aufgehört. Alle standen lange Zeit schweigend da – horchend, angespannt –, und dann, auf das Zeichen hin, setzten sich alle geräuschvoll auf die Bänke; es klang wie Blätterrascheln im Wind.

Einer hustete, dann der nächste, bis Reverend Peter Evington, dessen Unterkiefer ein wenig herabgesackt und dessen Gesichtsfarbe von der Anstrengung des Singens rosig angehaucht war, mit der Predigt begann. Sam blickte auf die Uhr. Es war ungefähr eine Minute vor zwölf. Wenn auch die Kirche meist nicht den genauen Zeitpunkt der Mitternacht und damit das Erscheinen des Heiligen Geistes auf der Erde einhielt, so bemächtigte sich seiner nun ein Gefühl drohender Gefahr – denn er kannte eine, die auf der Zeit bestehen würde. In seinen Eingeweiden wühlte eine Krokodilklaue.

Sam schaute prüfend auf die Fenster. Die Kobolde waren verschwunden, von der Kälte verbannt. Auf den Scheiben hatte sich eine Eisschicht gebildet. Die Luft über der Kirche schien bösartig wie der Atem eines Eisriesen. Auch die Worte des Vikars boten wenig Trost: seine gebildete Sprache stach grell von den heimischen Lauten der Gemeinde ab; seine Predigt erschien taub, von Wiederholung ausgehöhlt; und sein erschöpfter, leiernder Tonfall ließ den Zauber der mitternächtlichen Feier erstarren. Sam verlor das Interesse an der Predigt, doch dann schreckte er hoch, als wiederum ein Hämmern erklang, diesmal am Kirchenportal.

Das war kein Klopfen mehr, sondern ein weithin hallendes, gewaltiges Donnern an der schweren Eichentür. Sam warf einen raschen Blick auf seine Mutter; sie sah erschrockener aus, als er es je für möglich gehalten hätte. Auch die anderen Gemeindemitglieder blickten erschrocken. Furcht lag in der Luft.

Reverend Peter Evington stoppte mitten im Satz. Mr. Phillips und ein anderer Mann mit einem grimmigen Gesicht stürmten zur Tür und liefen nach draußen. Ein paar Minuten später kamen sie zurück, und der Mann mit dem grimmigen Gesicht schloß die Tür fest hinter sich, während Mr. Phillips nach vorn ging und dem Vikar ein paar Worte ins Ohr flüsterte. Er hustete einmal kurz in die Hand, dann nahm er seine Stellung neben dem Reverend wieder ein.

»Wir glauben, daß es sich um Kinder handelt«, sagte Evington gelassen, »die vielleicht von einer anderen Kirche sind und versuchen, die Messe zu stören.«

Sam rang sich ein Lächeln ab, um seine Mutter zu

beruhigen. Connie hielt ihren Mantelkragen fest und blickte nervös um sich. Evington setzte seine Predigt fort, doch da erscholl wieder das donnernde Hämmern, diesmal noch lauter. Die Wände der Kirche erzitterten. Am Ende seiner Kraft, gab Evington dem Organisten ein Zeichen. Die Gemeinde erhob sich und sang *Hosiannah In Excelsis*, in voller Lautstärke und mit leichter Hysterie. Doch das Donnern am Kirchenportal ließ nicht nach. Es hallte durch die Kirche wie ein gedämpfter Kanon, untermalte die Strophen des Liedes mit einem tiefen, schicksalhaften, langsamen Takt. Mr. Phillips und einige andere Männer gingen wieder vor die Tür, während die Sänger ihre Anstrengungen verdoppelten. Und auch, als sie kopfschüttelnd wieder hereinkamen, hielt das Hämmern an.

Sam spürte in seinem Herzen, daß er es beenden könnte. Er mußte nur zum Altar gehen, sich hinstellen und beichten. An seinen Händen klebte Blut. Er mußte demütig den Kopf senken und der Gemeinde beichten, daß er einen anderen Jungen im Wald ermordet hatte. Er würde ihnen sagen, wo es geschehen war. Dann wäre alles vorbei: Die Zahn-Fee konnte nicht länger ihre schreckliche Macht über ihn ausüben, und sie und ihre Gefährten würden mit diesem schrecklichen Donnern aufhören.

Er mußte es tun. Jetzt. Er mußte das Gesangbuch hinlegen und zum Altar gehen. Er schaute in das vor Furcht erstarrte Gesicht seiner Mutter. Angespannt sang sie das Lied der Gemeinde mit. Als er in den Mittelgang trat, blickte sie von ihrem Gesangbuch auf. Irgend etwas an seiner todernsten Miene bewirkte, daß sie sofort zu singen aufhörte und blaß wurde. Sie streckte die Hand aus und nahm ihn am Arm.

»Das Teleskop ...«, brachte er krächzend hervor. »Hast du es gekriegt?«

Immer noch erschrocken und verwirrt über das Verhalten ihres Sohnes brachte Connie ein mühsames Nicken zustande. Dann zog sie ihn neben sich auf die Kirchenbank und stimmte mit verzweifeltem Mut wieder in den Gesang ein. Sam fühlte sich einer Ohnmacht nahe. Er steckte seine Nase ins Gesangbuch und bewegte die Lippen wie die anderen, versuchte sich im Gesang zu verlieren, seine schwache Stimme wie dünnen Rauch zu den Dachsparren aufsteigen zu lassen.

Das Donnern wurde schwächer und schwächer. Dann hörte es auf.

Die Störung wiederholte sich nicht, und der Rest der Messe verlief friedlich. Am Ende schüttelten sich alle die Hände und wünschten einander Frohe Weihnachten. Einer nach dem anderen verließen sie die Kirche, und Reverend Evington schüttelte jedem die Hand, wobei er mit seiner Linken den Unterarm packte, und zwar so kräftig, daß Sam aufstöhnte. Niemand sagte etwas zu dem Geschehen. Es war, als gäben sie lieber vor, daß nichts Ungewöhnliches passiert sei. Doch Sam wußte, daß die Welt aus den Fugen war: Er hörte Panik, unterdrückte Hysterie aus den Stimmen der Gläubigen, bevor sie sich auf den Heimweg machten.

»So«, sagte seine Mutter, als sie das Kirchentor hinter sich gelassen hatten. Schweigend wanderten sie heim.

»Wie war's denn?« fragte Nev Southall schläfrig. Eine Schüssel voller Paranuß-Schalen stand vor ihm auf dem Tisch, und im Raum hing Bierdunst.

»Kindereien«, sagte Connie düster. »Dumme Spielchen.«

22.
Boxing Day

Nachdem der gräßliche Weihnachtstag vorüber war, blieb ein Geschenk ungeöffnet, das mit den anderen verpackten Schachteln und Päckchen unter dem Weihnachtsbaum gelegen hatte. Es war in ungewöhnliches Papier verpackt: blaßgrün mit gelben Streifen, und das Erstaunliche war, daß man gar keine Stellen erkennen konnte, an denen das Papier gefaltet worden war. Sams Geschenke hingegen sahen trotz größter Bemühungen immer verlottert aus: an Ecken und Kanten knautschte die Verpackung, und er verwendete so viel Tesafilm, daß man für gewöhnlich eine Schere benötigte, um das Paket aufzumachen. Doch das Geschenkpapier dieses speziellen Pakets – einer rechteckigen Schachtel – sah so aus, als sei es weder gefaltet noch geklebt worden.

Auf jeden Fall war es für Sam – sein Name stand ja auf dem Papier, doch jeder Buchstabe war in Form eines kleinen Kreuzes geschrieben. Es war etwas an dem Paket, was ihn sofort unruhig machte, deshalb brachte er es nach oben und versteckte es unter seinem Bett. Dann kam er wieder herunter, um an der Zeremonie des Auspackens teilzunehmen, und von diesem Zeitpunkt an begann alles schiefzugehen.

»Was hat er denn damit gemacht?« wollte Clive wissen. Er zeichnete gerade mit Terrys neuem Spirographen auf ein Stück Karton; das Ding war ein tolles Spielzeug – man konnte damit unglaublich schöne Spiralen malen.

»Er hat sie eine Weile aufgehabt, als wär's ein Riesenwitz«, erzählte Sam verdrossen, »aber nach zehn Minuten meinte er, er würd' mächtig schwitzen.« Sie saßen in Terrys Zimmer auf dem Boden; Charlie und Dot waren die einzigen unter den Eltern, die das erlaubten, wenn es an einem bitterkalten Tag wie diesem kaum möglich war, sich auf der Straße herumzutreiben. Dot und Charlie saßen unten im Wohnzimmer und schauten sich einen Film im Fernsehen an, zusammen mit Linda und ihrem Freund Derek, der erstaunlicherweise schon zwanzig war, vier Jahre älter als Linda. Dot und Charlie hatten ihre Wut überwunden und beschlossen, es sei besser, Derek in ihrem Heim willkommen zu heißen, wo sie ein Auge auf das Paar haben konnte, statt die beiden in seinem Mini herumfahren und des Nachts auf dunklen Feldwegen stehen zu wissen. Clive und Sam hatten sich diesen Derek ganz genau angesehen, als sie zu Terry kamen; er war groß und ging mit krummem Rücken, trug lange Koteletten und war mit einer großen Nase und einem extravaganten Geschmack für Kleidung gesegnet. Er nannte sich einen *Mod;* Charlie nannte ihn einen Dandy. Als sie später darüber sprachen, was Linda wohl an ihm finden mochte, war es Terry, der betonte, daß er immerhin ›einen Mini hatte‹. Nun saß Derek im Wohnzimmer und hielt unbehaglich Händchen mit Linda, starrte auf den Fernseher, hatte die Beine in den Jeans übereinandergeschlagen und trug immer noch den Papierhut, den er aus einem Weihnachts-Knallbonbon gezogen hatte.

»Also hast du deinem Dad«, neckte Clive, »zu Weihnachten eine Beatles-Perücke aus Kunsthaar geschenkt?«

»Das stimmt: man schwitzt wirklich unter den Dingern«, warf Terry ein. »Ich hab' auch schon mal eine aufgehabt.«

»Die Sache ist nur ...«, fing Sam an.

»Und deiner Mutter 'ne Schnurrbarttasse? Toll.«

»Ich weiß einfach nicht, wie die Sachen verwechselt werden konnten.«

»Aber«, warf Terry ein, »mit wessen Geschenken sind sie denn verwechselt worden?«

»Was?«

»Wenn du meinst, daß sie verwechselt worden sind, dann müssen sie ja wohl mit irgendwelchen Sachen verwechselt worden sein, die du jemand anderem schenken wolltest.«

»Nein«, antwortete Sam unglücklich. »So war's nicht – es war einfach nicht das, was ich gekauft hatte. Ich weiß noch, daß ich Badeöl für Mum geholt hab' und Nylonsocken für Dad. Und dann muß irgend jemand die Sachen mit dieser Perücke und der Barttasse vertauscht haben.«

»Hat deine Mum 'nen Schnurrbart«, fragte Clive.

»Ach, verpiß dich.«

»Verpiß dich selber.«

»Also, wer hat sie nun vertauscht?« fragte Terry vernünftig.

Sam konnte das Bild seiner Mutter nicht loswerden: Connie hatte die Barttasse ausgepackt und ihren Sohn mit einer Mischung aus Verblüffung und Betrübnis angeschaut – sie wollte lachen, war aber zu bestürzt. Dieses Bild würde ihm sein Leben lang im Gedächtnis bleiben. Auch Nev war angesichts seines Geschenks einen Augenblick lang sprachlos gewesen, hatte dann aber versucht, die Situation zu retten, indem er die glänzende schwarze Perücke über den Kopf gezogen und nuschelnd *Love, love me do* gesungen hatte.

Wie lange diese Szene noch gedauert hätte, wäre kaum zu sagen gewesen, doch in diesem Augenblick schauten Tante Madge und Onkel Bill herein, die auf dem Weg zum Weihnachtsessen bei der Familie ihrer Tochter waren. Erst als sie wieder gehen wollten, wandte sich Madge, eine achtundsechzigjährige Dame, die nicht besonders gut zu Fuß war, an Sam und dankte ihm für das ›sinnige‹ Geschenk, das sie am Morgen ausgepackt hatte.

»Was war es denn?« fragte Connie scharf.

Madge erwiderte, sie habe zwar nie Gitarre gespielt und auch nie ein Instrument besessen, aber es gäbe für alles ein erstes Mal, und das Buch werde bestimmt eines Tages ganz praktisch sein. »Wie hieß es denn noch gleich?« Madge mußte sich oft an Bill wenden, um sich an Dinge zu erinnern.

»›Burt Weedon zeigt dir, wie man an einem Tag Gitarre spielen lernt‹«, erinnerte sich Bill genau an den Titel des Buchs. Bill, der als Royal-Air-Force-Pilot im Krieg abgeschossen worden war, bedankte sich ebenfalls bei Sam für sein Weihnachtsgeschenk. »Ein Scout-Halstuch mit Abzeichen. Farben der *Coventry-Thirty-Ninth,* wenn ich nicht irre.« Dies sagte er ohne zu blinzeln und ohne die Stimme zu heben.

Es stellte sich heraus, daß Bill und Madge zuvor bei Tante Bettie und Onkel Harold gewesen waren, die ihre Geschenke von Sam schon am Weihnachtsabend bekommen hatten. Onkel Harold, der Kahlkopf, hatte ein Haarnetz gekriegt und Bettie eine Hundepfeife. Wenigstens dies, so stimmten alle überein, wäre ein nützliches Geschenk, nur gab es da ein Problem: Bettie hatte keinen Hund.

Als sie sich verabschiedeten, nahm Onkel Bill Sam beiseite und drückte ihm heimlich das Halstuch in die Hand. »Ich bin ein bißchen zu alt für die Scouts, Sam, aber trotzdem danke schön«, flüsterte er. Verdutzt starrte Sam auf das Halstuch in seiner Hand und stopfte es schnell in die Tasche.

Nachdem Bill und Madge gegangen waren, schauten Connie und Nev ihren Sohn scharf an; Sam konnte sich nur wehren, indem er ihnen zublinzelte. Dann nahm Nev die Perücke ab. »Da juckt mir ja der Kopf«, sagte er. »Laßt uns jetzt bald essen.«

Sam verzog sich nach oben, um das Halstuch zu untersuchen. Sein eigenes Halstuch – das er nie mehr trug – lag liebevoll gewaschen und gebügelt im Schrank, doch dieses Tuch war schmutzig und schweißverklebt. Die Goldprägung auf dem Lederabzeichen war abgenutzt. Kein Zweifel – es war Tooleys Halstuch. Es roch nach ihm.

Eine Warnung der Zahn-Fee. Eine Erinnerung.

Er trug das Tuch nach draußen. Während Nev den Truthahn zerlegte und Connie die Sauce bereitete, tränkte er das Tuch mit Paraffin und verbrannte es in der hintersten Ecke des Gartens. Das verkohlte Abzeichen warf er in die Mülltonne.

Sam selbst hatte mehr Glück mit seinen Weihnachtsgeschenken gehabt. Connie und Nev hatten ihm tatsächlich ein ansehnliches Teleskop gekauft, das er in seinem Schlafzimmer aufgestellt und auf den Mars gerichtet hatte. Terry seinerseits hatte neue Fußballschuhe und einen kompletten Dress des *Coventry City FC* bekommen; im Augenblick trug er das Trikot. Clive war nun Besitzer eines Chemiebaukastens, der so groß war, daß er draußen im Schuppen aufgestellt werden mußte, den Eric Rogers schon die Stink-Box nannte. Clive war immer noch ein wenig aufgeblasen nach dem Duell mit dem russischen Großmeister, bei dem er fast ein Patt erzwungen hätte. Der Großmeister, der im Simultanspiel während der ersten halben Stunde die meisten Spieler geschlagen hatte – er ging rasch von Tisch zu Tisch und führte seine Figuren fast ohne nachzudenken –, hatte Clive gratuliert und ihm etwas Wichtiges gesagt.

»Er sagte«, berichtete Clive den anderen, »daß man seine Gegner nicht unterschätzen soll, aber auch nicht überschätzen.«

»Was hat er denn damit gemeint?« fragte Terry.

»Er meint«, antwortete Sam, »daß Clive versucht, der Oberschlaue zu sein.«

Clive hörte auf, mit dem Spirographen zu spielen. »Siehst du diese Schickse noch in den Ferien?«

»Was?« fragte Sam.

»Diese Schickse. Siehst du sie noch?«

»Meinst du Alice?«

»Das ist doch der Name von der Schickse, oder?«

»Sie ist keine Schickse.«

»Sie ist schon ganz in Ordnung«, warf Terry ein. »Ich find' sie auch ganz nett.«

»Ich hab' sie nicht gesehn. Sie ist nicht da.«

»Sie ist 'ne Schickse«, sagte Clive wieder, garstig, »'ne Schlampe.«

»Ist sie nicht«, sagte Sam.

»'ne *Ziege*. 'ne *Schlampe*. 'ne *falsche Katze*.«

»Hör jetzt auf!«

»Warum?«

»Hör einfach auf damit!«

»Kommt mit«, sagte Terry, dem die Wendung des Gesprächs nicht gefiel. »Laßt uns nach unten gehen und Derek 'n bißchen das Leben schwermachen.«

23.

Ende des Purple Thistle Club

Die grimmige Kälte der Weihnachtstage brachte Schnee am Sylvesterabend. Sanft fiel er vor Sams Fenster; zuerst in kleinen Kringeln und Spiralen, die vom Wind durcheinandergewirbelt wurden, später in großen, weichen Flocken. Sam verbrachte den größten Teil des Morgens auf dem Bett liegend und sah dem Schnee zu. Ab und zu schaute er auf das verpackte Geschenk, fuhr mit den Fingern über das gelbgrüne Einschlagpapier, suchte nach einer Naht, einer umgeschlagenen Kante, um es aufmachen zu können, ohne das Papier zu beschädigen. Dann schaute er wieder nach draußen in das Gestöber und die aufgetürmten Wolken, die noch mehr Schnee versprachen.

»Jede neue Schneeflocke wird von einer Zahn-Fee geritten«, flüsterte eine grausame Stimme, tief in ihm.

Am frühen Nachmittag hatte der Wind den Schnee zu eindrucksvollen Verwehungen angehäuft. Dann hörte das Schneetreiben auf. Sam versteckte das Geschenk unter seinem Bett und zog sich warme Kleidung an; er knotete einen Schal um den Hals, zog den Mantel über und verließ das Haus.

Connie rief ihn zurück. »Wo willst du hin?«

»Raus.«

»In den Schuhen gehst du mir nicht aus dem Haus!«

Er war froh, daß niemand ihn mit den dicken Gummistiefeln sehen konnte. Die Stiefel quietschten im Schnee, als er den Feldweg entlangtrottete. Ansonsten hörte er keinen Laut. Der Schnee betäubte die Erde, dämpfte alle Geräusche und nahm der Welt die Farbe – auf diese Weise schien alles einfach zu werden. Er spürte ein Hochgefühl, ohne daß es etwas gab, was ihn erregte; er war mutig, ohne ein Ziel zu haben.

Der gefrorene Teich war von einer trügerischen Schneeschicht bedeckt. Er dachte an den Hecht, der nun darunter gefangen war, und versuchte vergebens, mit dem Stiefelabsatz ein Loch ins Eis zu schlagen. Hinter dem Feld sah er den dichten, dunklen Wald. Es war lange her, seit er zuletzt im Wald gewesen war.

Am Saum des Waldes stolperten seine Füße über die schneebedeckten Dornenranken abgestorbener Brombeerbüsche, über Adlerfarn und verschimmeltes Laub. Die Erde unter dem Schnee war feucht und braun, von Nässe durchtränkt wie ein Kuchen unter einer Marzipanschicht. Als er den Ring der äußeren Bäume durchbrochen hatte, fand er den Wald erstarrt: nichts regte sich, und jeder Laut jenseits des Waldes wurde von der dicken Schneedecke auf den Bäumen geschluckt. Der Wald war betäubt. Es war ein Augenblick geronnener Zeit, ein Traum verzückten Stillstands, eine Phase der Schöpfung, in der die Bäume ungeduldig darauf warteten, endlich Farbe, Klang und Form anzunehmen.

Sam kam sich vor wie ein Eindringling, dem ein kurzer Blick auf eine magische Welt gestattet war. Er stolperte durch den Wald wie ein Träumender, versuchte, den Wegen zu folgen, die er kannte; verlor sie und fand sie wieder. In der Tiefe des Waldes brannte das Feuer, das er suchte. Kein Feuer mit roter Flamme, knisternd und rauchend, sondern eines, das stiller brannte, mit unsichtbaren Flammen, ohne Hitze: das Feuer von etwas, das sich im Zustand langsamer Verwesung befand.

Dann fand er es: einen hohlen Baumstumpf, hinter Büschen versteckt, und zum Teil mit Brombeerranken und abgebrochenen Zweigen bedeckt, als habe irgend jemand einen Haufen Altholz gesammelt und den Stumpf darunter versteckt …

Er schnappte nach Luft, und sein Ausatmen klang wie ein leises Bellen, denn zuerst hatte es so ausgesehen, als seien dort wirklich orangerote Flammen, die drei Fuß hoch aus dem Stumpf emporzüngelten, sich vor dem weißen Schnee wiegten. Dann erkannte er, daß es kein Feuer war, sondern das leuchtende Winterfell eines Fuchses, der auf dem Rande des Baumstumpfes balancierte und seine Schnauze hineintauchte, während er gemächlich auf etwas herumkaute.

Der Fuchs hörte Sams keuchendes Bellen und blickte ihn über die Schulter mit verschwörerischen gelben Augen an. Er wirkte kaum erschrocken. Dann sprang er von dem Baum herunter und lief geschmeidig durch den Schnee, verschwand im Unterholz.

Sam blickte auf den hohlen Baumstumpf. Sein Herz hämmerte. Hatte der Fuchs das entdeckt, was er am meisten fürchtete? Er schwankte zwischen dem Wunsch, sich dem Stumpf zu nähern oder davonzurennen: er wußte, daß er sehen mußte, was der Fuchs entdeckt hatte, und doch konnte er sich nicht dazu durchringen, nachzusehen.

»Hey! Was machst du denn da?«

Er fuhr herum. Es war Alice. Sie trug ihre Lederjacke und Wildleder-Handschuhe und einen langen Schal, der unzählige Male um ihren Hals geschlungen war. Ihre Nase sah blau und verfroren aus. Sam hatte ein Gefühl, als müsse er gleich würgen.

»Wer hätte gedacht, daß wir uns hier treffen?«

»Wer hätte das gedacht«, gab Sam zurück.

»Bist du in Ordnung? Du siehst so merkwürdig aus.«

Sie war in ihre Jacke vergraben. Rot schimmerten ihre Wangen, und die blauen Augen spiegelten glänzende Eisbröckchen wider. Sam sah, daß sie Baseballschuhe trug, und alles, was ihm zu sagen einfiel, war: »Dünne Treter, was?«

»Ach ja?«

»Ich kann nicht glauben, daß du mit Turnschuhen im Schnee herumläufst.«

»Aha. Und ich kann nicht glauben, daß du Gummistiefel anhast.«

Sam hatte immer noch das Gefühl, als müsse er sich gleich heftig übergeben. »Hast du Zigaretten?«

»Aber klar!«

Das Gefühl der Übelkeit schwand. »Dann komm. Laß uns zum Teich zurückgehen.«

Sam war erleichtert, aus dem Wald herauszukommen. Sie wanderten Seite an Seite und erzählten sich, was sie während der Weihnachtstage getan hatten, wo sie gewesen waren und welche Geschenke sie bekommen hatten. Als sie zum Teich kamen, fanden sie den Autositz unter einer dichten Schneedecke begraben. Sie machten sich nicht die Mühe, ihn abzuwischen, sondern setzten sich hin und steckten Zigaretten an.

»Was hast du denn da im Wald gemacht?« wollte Alice wissen.

»Bin spazierengegangen«, erwiderte Sam.

»Ich auch. Manchmal ist mir so danach. Einfach spazierengehen. Allein. Meistens allein.«

»Tut mir leid.« Er stieß eine dicke blaue Rauchwolke aus.

»Das ist toll: endlich kannst du richtig rauchen. Als ich dich kennengelernt hab', wußtest du nicht mal, wie man richtig zieht. Außerdem war es nicht gegen dich gerichtet – ich bin froh, daß ich *dich* im Wald getroffen habe. Ich meine, wenn man einfach so im Wald spazierengeht, allein, und nicht weiß, wen man trifft ... Könnte ja irgendwer sein. Oder irgendwas. Aber ich bin froh, daß ich dich getroffen habe.«

»Wann bist du zurückgekommen?«

»Gestern. Wir sollten eigentlich bis Neujahr bleiben, aber Mum hatte Streit mit meinem Onkel. Also bin ich wieder da.«

»Worüber haben sie sich denn gestritten?«

Alice zuckte ärgerlich die Schultern, blies Rauch aus und stand auf. »Irgendwas übers Kochen. Es ist zu kalt, um rumzusitzen«, meinte sie und stampfte mit den Füßen. »Was machst du heute abend?«

»Nichts.«

»Es ist Sylvester.«

»Ach ja?«

»Gehn deine Eltern denn aus?«

Sam wußte, daß Nev und Connie Sylvester im *Working Men's Social Club* feiern würden. Jedes Jahr, solange er zurückdenken konnte, waren sie eine halbe Stunde nach Mitternacht leicht angesäuselt nach Hause gekommen, mit Polizeimützen oder Piraten-Dreispitzen aus Pappe, und Nev war durchs Haus getobt mit einem Stückchen Kohle und einem Penny, der er vor sich hertrug. »Kann sein.«

»Ich könnte ja vorbeikommen.« Diese Vorstellung verblüffte Sam so sehr, daß er nur dasitzen und sie anstarren konnte. Sie warf ihre Kippe weg, die im Schnee zischte. »Aber nur, wenn du willst.«

»Natürlich. Ist schon okay.«

»Ich bring' 'ne Flasche Woodpecker mit.«

»Klasse.«

»Bis später dann.«

Der Himmel war nun nicht mehr türkis, sondern malvenfarben, als Alice sich auf den Heimweg machte. Sam trottete durch den Schnee und war gleichzeitig ängstlich und aufgeregt. Zu Hause streifte er seine Stiefel ab und begab sich sofort nach oben in sein Zimmer, wo er sich aufs Bett legte, um sich wieder zu beruhigen.

Ein wenig später griff er unter das Bett und holte das Geschenk hervor, drehte es unter dem gleißenden gelben Licht der Nachttischlampe hin und her.

Alice kommt, sagte seine innere Stimme wieder und wieder, *Alice kommt*.

An diesem Nachmittag gab es schon früher Tee. Connie eilte geschäftig hin und her und versuchte, mit allem früh fertig zu werden, damit sie ›noch hinkamen und einen Platz kriegten‹. Sie warf Nev vor, daß er zu lange im Bad brauche, und Nev kreidete ihr an, daß sie zu lange vor dem Spiegel saß. Sam muckste sich nicht, während seine Eltern das Haus mit einer wahren Hysterie der Vorbereitung erfüllten. Endlich erschien Connie in einer rosa Wolke von Parfüm und Haarspray. Nevs Haut war ungewöhnlich stark geschrubbt, sie glänzte förmlich.

»Mach dir ein Sandwich«, rief Connie Sam zu, entdeckte eine Laufmasche in ihrem Strumpf und raste wieder nach oben, um ein anderes Paar anzuziehen. »Wir kriegen nie mehr einen Platz. Du kannst dir im Fernsehen den *Purple Thistle Club* ansehn, wenn du willst. Wird dir gefallen.«

»Hol dir 'n Glas Ingwerwein«, rief Nev aus dem Flur, wo er vor dem Spiegel ein letztes Mal seine Pomade überprüfte, »während du dir den *Purple Thistle Club* ansiehst.«

»Clive oder Terry kommen vielleicht vorbei«, sagte Sam leichthin.

Nev kam wieder aus dem Flur herein und hob mahnend seinen riesigen, blankgeschrubbten Zeigefinger. »Keinen Unsinn«, sagte er und wiederholte es noch einmal, um allen Möglichkeiten vorzubeugen. »Und das heißt auch: keinen Unsinn.«

»Vielleicht kommen sie auch gar nicht«, meinte Sam unschuldig. »Vielleicht aber doch.«

»Nun mach schon«, sagte Connie und öffnete die Haustür. »Oder wir kriegen keinen Platz mehr.«

Die Tür schloß sich hinter ihnen. Sam kratzte sich am Kopf. Er schaltete den Fernseher an und schaltete ihn wieder aus. Er häufte ein paar Kissen aufs Sofa. Dann holte er zwei hohe Gläser, stellte sie bereit und setzte sich hin, mit sehr geradem Rücken, die Hände auf den Knien, und wartete.

Nach einer halben Stunde begann er sich befangen zu fühlen; er ging nach oben ins Bad, nahm sich Nevs Rasierwasser und besprengte sich großzügig mit der scheußlichen, stechend riechenden Flüssigkeit. Danach zog er das Hemd aus und wusch sich die Achselhöhlen. Da klingelte es.

Er knöpfte das Hemd zu und rannte zum Vorderfenster; draußen standen Clive und Terry und schauten erwartungsvoll auf die Tür. Sam verhielt sich mucksmäuschenstill. Terry beugte sich vor und klingelte ein zweites Mal. Sam warf einen Blick auf die Uhr. Es war halb neun.

Sam hatte sich mit keinem der beiden verabredet, doch er hatte schon vermutet, daß sie auftauchen würden. Er zog sich durch das Schlafzimmer zurück und wartete schweigend am oberen Ende der Treppe, mit angehaltenem Atem. Der Briefkastenschlitz flog auf, und Sam hörte Terry seinen Namen rufen. Er hörte, wie sie im Weggehen darüber redeten, wo er hingegangen sein mochte. Er betete, daß sie nicht Alice begegneten, falls sie auf dem Weg war.

Um halb zehn war ihm klar, daß sie nicht mehr kommen würde. Er schenkte sich ein Glas Ingwerwein ein, schaltete den Fernseher an und fühlte sich mutterseelenallein. Auf der Mattscheibe moderierte Hogmanay den *Purple Thistle Club* – eine Sendung, die sich noch bis Mitternacht hinziehen würde. Man hatte einen Strohballen ins Studio geschafft, wahrscheinlich um dem Abend einen schottisch-rustikalen Anstrich zu geben. Lustlos betrachtete Sam, wie ein ausgewachsener Mann im Kilt den Hanswurst spielte, als er ein leises Klopfen am Fenster vernahm. Er zog die Vorhänge zurück. Da war Alice, umrahmt von Schnee und der Kälte des Winters.

»Ich wäre fast nicht gekommen«, sagte sie und reichte ihm die Flasche Woodpecker.

»Soll ich deinen Mantel nehmen?«

»Nein. Erst wollte Mum ausgehen. Dann wieder nicht. Und dann doch. Und dann wieder nicht. Dann rief jemand an und bettelte, sie solle doch mitkommen, und darauf hatte sie nur gewartet, also zog sie endlich los. Ich wollte erst anrufen und es dir sagen.«

»Wir haben kein Telefon. Ist sie auch zum Fest des *Social Club* gegangen?«

»Du machst wohl Witze.« Sie ließ sich aufs Sofa fallen und warf ihr langes Haar zurück. »Sie würde sich lieber umbringen, als dahin zu gehen. Sag mal, du guckst dir doch nicht etwa *das da* an?«

Sie schalteten den *Purple Thistle Club* ab, und Alice zeigte Sam, wie er den Piratensender *Radio Caroline* im Rundfunk finden konnte. Sie saß auf der Sofakante, die Arme zwischen den Knien pendelnd, und sah aus, als könne sie jeden Augenblick aufstehen und gehen. Sam brachte die Gläser, doch sie winkte ab. »Schmeckt viel besser aus der Flasche«, meinte sie und demonstrierte es mit einem kräftigen Schluck, bevor sie den Apfelwein an ihn weiterreichte.

Nach einer Weile machte sie es sich auf dem Sofa bequem, behielt ihn aber im Auge. Sie hatte die Angewohnheit, den Kopf zur Seite zu neigen. Dann löste sie den Pferdeschwanz, und ihr langes braunes Haar fiel ihr über das Gesicht; hinter diesem Vorhang beobachtete sie ihn mit funkelnden blaßblauen Augen. »Willste 'ne Kippe?«

»Nee. Meine Eltern rauchen nicht. Sie würden's riechen, wenn sie wiederkommen und völligen Terror machen.«

»Wir können ja rausgehen.«

Sie gingen in den Garten hinter dem Haus und stecken die Zigaretten an. Vom Himmel waren alle Wolken verschwunden, und der Schnee strahlte blauweiß im Licht eines fast vollen Mondes. Es war kalt. Sam spürte die eisige Luft in seinen Lungen. Sie standen im Schnee und rauchten.

Als sie wieder hereinkamen, zog Alice die Jacke aus und nahm sich den Apfelwein. Ihre Lippen lösten sich mit einem Schmatzen vom Flaschenhals. Im Radio kamen die Kinks mit *Waterloo Sunset*. »Gefällt mir irrsinnig gut«, meinte sie.

»Ja«, stimmte Sam zu. Er hatte das Lied noch nie gehört.

»Du bist 'n bißchen langsam, stimmt's?«

»Was meinst du damit?«

»Mach dir nichts draus. Du bist eben langsam. Aber trotzdem in Ordnung. Nur einfach langsam.«

Sam erzählte Alice von dem ungeöffneten Geschenk.

»Und du weißt nicht, von wem es ist?«

»Nein.«

»Na, dann mach's doch auf.«

Sam holte das Päckchen aus seinem Zimmer. Er setzte sich neben sie aufs Sofa und zeigte ihr, daß das Papier scheinbar keine Kniffe und Falten hatte. »Das muß nichts heißen. Es gibt 'ne Maschine, in einem Laden in der Stadt, die kann das. Ist gar nichts Besonderes dabei.«

Sam war enttäuscht. »Das hab' ich nicht gewußt.« Er konnte ihr Haar riechen, ihre Haut. Joghurt. Salz. Hefe. Dieser Geruch, ihre Nähe ließ ihm die Hände zittern. »Willst du's nicht aufmachen?«

»Ich weiß nicht, ich ...«

»Soll ich's aufmachen?«

»Nein. Ich mach's.« Er fummelte an dem Papier herum, und schließlich riß er es entzwei. Zum Vorschein kam eine ramponierte Pappschachtel. Er öffnete sie, und der Inhalt rutschte in seine Hand.

»Sieht wie 'ne Bombe aus«, meinte Alice.

»Nein«, erwiderte Sam und starrte den Apparat an. »Das ist keine Bombe – das ist ein Alptraum-Abfangjäger.«

Sam versuchte ihr zu erklären, was der Apparat bewirken sollte; er klemmte sich sogar zur Demonstration den Sensor auf die Nase. Doch er konnte ihr nicht erklären, wer ihn gefunden und verpackt und unter den Weihnachtsbaum gelegt hatte.

»Verdreht«, lachte Alice. »So 'n bißchen wie du – verdreht. Gib mal den Wein rüber.«

Während der Discjockey von *Radio Caroline* munter daherschwatzte, erfuhr Sam ein wenig mehr über Alice und ihre Mutter. Diese war laut Alice Alkoholikerin, hatte einst als Revuegirl im Hippodrome Theatre gearbeitet und war schuld daran, daß Alices Vater sie verlassen hatte. Der war Fernmeldetechniker und reiste manchmal sogar in Länder wie Saudi-Arabien. Es hörte sich alles sehr exotisch an und gleichzeitig sehr erbärmlich. Seit der Scheidung ihrer Eltern war das Geld knapp geworden, und nun lief Alice Gefahr, das Reiten ganz aufgeben zu müssen. Ihre Mutter konnte sich das Pferd nicht länger leisten. »Darum hab' ich damals den Scheiß in der Reithalle gemacht. Ich war so wütend, daß ich 'ne Weile fast verrückt geworden bin. Aber jetzt ist es wieder in Ordnung; ich reite die Pferde von anderen Leuten. Das ist auch nicht so schlimm.«

Als sie den Apfelwein ausgetrunken hatten, leerten sie auch noch die Flasche Ingwerwein. Danach hatte Sam einen Schluckauf.

»Ich weiß, wie man den heilen kann«, sagte Alice.

»Ich werd' mich bestimmt nicht auf 'n Kopf stellen.«

»Nein. Das meine ich nicht. Soll ich's dir zeigen?«

»Klar.«

»Halt still. Fertig?«

»Ja.«

Sie streckte den Arm aus und drückte ihm die Hand fest auf den Schritt. Sofort stoppte der Schluckauf. Er starrte ihr in die Augen. Ihre Miene war gleichmütig, unbeteiligt. Plötzlich wurde der DJ von *Radio Caroline* geradezu überschwenglich und kündigte den Countdown auf Mitternacht an. Alice sprang vom Sofa auf. »Ich muß nach Hause, bevor Mum kommt, sonst macht sie mir die Hölle heiß.« Sie warf ihre Jacke über, und Sam begleitete sie zur Tür. Als sie sie öffnete, blies ein eisiger Wind ins Haus.

»Jetzt ist das neue Jahr reingekommen«, sagte Sam.

Sie drehte sich um zu ihm und packte ihn an den Kragenaufschlägen, legte den Kopf auf die Seite. »Krieg ich einen Neujahrskuß?« Und ohne zu warten, drückte sie ihren Mund auf seinen. Sam spürte ein Prickeln auf den Lippen. Dann schob sie, nur eine Sekunde lang, sanft ihre Zunge in seinen Mund. Im nächsten Augenblick war sie verschwunden, eilte den verschneiten Weg entlang.

»Frohes neues Jahr«, sagte Sam zu ihrem verschwindenden Schatten.

24.
Ad Astra

»Hast du keine Angst, sie anzuschauen? Nicht ein kleines bißchen?«

»Nein«, erwiderte Sam, der versuchte, die Linse einzustellen.

»Ich hätt' ja Angst. Du schaust die Medusa an, und sie verwandelt dich zu Stein. Außerdem bist du viel zu weit unten. Du mußt mehr in Richtung Zenit fahren.«

Sam schaute mit zusammengekniffenen Augen durch das Okular und veränderte den Winkel des Teleskops zum Sternenbild des Perseus; er suchte Algol, den ›Dämonenstern‹.

»Du bist immer noch nicht dran. Die Eklipse wird stattfinden, bevor du das Sternenbild im Visier hast.«

»Woher willst du das wissen?«

»Weil die Sterne meine Schwestern und Brüder sind.«

»Nein, ich meine, woher willst du das wissen, wenn du da hinten sitzt?«

Die Zahn-Fee saß mit untergeschlagenen Beinen auf Sams Bett und zupfte an dem Loch in ihren gestreiften Leggings, das immer größer wurde. Ihre schweren Stiefel hatten auf der sauberen Bettdecke einen Abdruck von der Nässe des Februars und verfaulter Blätter hinterlassen. »Ich hab's dir doch schon gesagt: ich habe eine Karte der Sterne auf der Innenseite meiner Haut eingebrannt.« Sie krabbelte aus dem Bett und gesellte sich zu ihm ans Fenster, schob ihn sanft beiseite. Ohne durch das Okular zu schauen, hob sie das Teleskop um einen weiteren Grad.

Während er wieder hindurchschaute, spürte Sam, wie sie ihm zärtlich den Arm auf die Schulter legte. »Ist er das?«

»Das ist er. Hab Geduld. Es wird jeden Augenblick soweit sein.«

Sam wartete geduldig. Endlich bewegte sich Algol, der Doppelstern, der den Kopf der Medusa bildete, in die Eklipse und verlosch zu einem schwachen Licht. Es war, als sende ihm der Himmel ein Zeichen. »Wow!« machte Sam.

»Sie ist gefährlich, Sam.«

»Das ist doch nur eine Sage!«

»Ich rede nicht von Algol. Ich rede von Alice.«

»Alice?« Sam wandte sich vom Teleskop ab und starrte die Zahn-Fee erstaunt an. In ihren Augen schimmerte das Licht der Sterne. »Magst du sie nicht?«

Seit Alice ihn vor ein paar Wochen geküßt hatte, war Sam viele Male von der Fee besucht worden, und zwar unweigerlich dann, wenn er in seinem stillen Zimmer durch das Teleskop schaute. Bei diesen Besuchen schien sie genau in seiner Stimmung zu sein; wenn er entspannt war mit ihr, so konnte sie es auch mit ihm sein, stellte er fest. Auch wenn er immer noch Angst vor ihrem willkürlichen und unberechenbaren Charakter hatte, lernte er immer besser, sie nicht unnötig zu provozieren, da sie zu überraschender Zuneigung, ja Zärtlichkeit fähig war.

»Das hab' ich nicht gesagt. Ich meine nicht, daß ich sie nicht leiden kann. Es gibt sogar vieles an ihr, was ich leiden mag. Aber sie ist gefährlich, und genau darum geht es.«

»*Du* bist gefährlich! Was war denn das für 'ne Nummer, die du Weihnachten abgezogen hast?«

»Das hast du mir immer noch nicht verziehen, was? Dein Onkel hat also 'n Haarnetz gekriegt, na und?«

»Ich red' nicht von den Geschenken. Ich red' davon, was in der Kirche passiert ist.«

Unerwartet blickte die Fee traurig. »Du hast ja keine

Ahnung, wie einsam es zu Weihnachten ist.« Hastig wechselte sie das Thema. »Jetzt komm. Richte das Teleskop mal auf den Horizont im Süden. Da glänzt Sirius.«

Ihre Augen waren zum Nachthimmel gerichtet, doch ihr neuerwachtes Interesse an den Sternen war nur vorgetäuscht; sie grämte sich über etwas, über das sie niemals sprechen konnte, und Sam war überrascht, daß es ihm das Herz drückte. Er schaute wieder durch das Teleskop.

»Sirius ist griechisch. Es bedeutet: der Scheinende oder der Verbrennende. Ich hab' es dir nie erzählt: Das ist mein Sternenname – Sirius.« Als sie ihren Sternennamen aussprach, vermeinte Sam den Stern, violett, golden und purpurn aufleuchten zu sehen. Sie seufzte. »Es gibt zuviel Licht. Dieses ganze unnatürliche elektrische Licht, das von euren Städten ausgeht, verschmutzt den Himmel der Nacht. Ihr leidet. Ihr alle leidet, ohne es zu wissen.«

»Warum?«

»Weil ihr die Sterne verloren habt.«

Sam fühlte sich von der Zahn-Fee eingeschüchtert, wenn sie in dieser Stimmung war. Er wandte sich vom Teleskop ab und machte sich Aufzeichnungen in sein Logbuch, das er angelegt hatte, seit er das Teleskop benutzte. Er blickte auf seine Armbanduhr und fügte seinen Notizen die Uhrzeit hinzu. »Ich hab' wieder einen Termin bei Skelton«, sagte er dann.

»Bei dem Schrumpfkopf? Der ist auch so ein Sternenmörder. Eine gottverdammte Medusa. Dem kommen Schlangen aus dem Kopf. Du kannst sie nicht sehen, ich aber schon.«

»Er ist aber ganz nett. Mum und Dad haben ihm erzählt, wie das mit den Weihnachtsgeschenken war, und da hat er 'nen Extra-Termin gemacht.«

»Also jetzt bin *ich* auch noch daran schuld, was? Das

wollte ich ganz bestimmt nicht. Hör zu: ich fürchte ihn, diesen Mann. Mehr als Alice. Durch diese beiden wird mein Ende kommen.«

»Wirst du denn nicht immer da sein?«

»Nein. Weil du mich nicht willst. Du machst es ihnen sehr leicht.« Sie richtete ihre Augen gen Himmel, und Sam sah, daß sie weinte. Das schwache Licht der Sterne spiegelte sich in heißen Tränen.

Plötzlich war sie auf erschreckende Weise menschlich geworden: ihre Strümpfe hatten Löcher und zogen Fäden, ließen an vielen Stellen das weiße Fleisch der Schenkel durchscheinen, das Leibchen aus Wolle unter ihrem Umhang löste sich auf. Die Stiefel waren abgewetzt. Sam wurde bewußt, daß sie diese Kleidung trug, seit er sie zum ersten Mal gesehen hatte, und daß sie nun langsam zerfiel.

»Ich wollte nicht, daß du traurig bist.«

»Ich sterbe, Sam«, klagte sie. »Ich sterbe.«

»Es tut mir so leid«, versuchte er wieder zu trösten. »Ich wollte dich wirklich nie traurig machen.«

Er streckte die Hand aus, um sie auf ihre Schulter zu legen, doch plötzlich machte sie sich steif und warf den Kopf zurück wie ein Pferd. Hastig wischte sie die Tränen ab, fletschte die spitzen Zähne und fauchte ihn an: »Leck mich! Laß mich in Ruhe!« Und unversehens sprang sie aufs Fensterbrett, warf scheppernd das Teleskop zu Boden. Sam erwischte es mit knapper Not, während sie schon das Fenster öffnete; er konnte ihr nur noch nachschauen, wie sie in die schwarze Nacht hinaussprang. Er lehnte sich hinaus in die klirrend kalte Nachtluft, konnte sie aber nirgendwo entdecken.

Er schlug das Fenster zu. Sein Herz hämmerte. Er suchte unter dem Bett nach der Kiste mit dem Alptraum-Abfangjäger. Er setzte sich den Sensor auf die Nase und atmete hastig ein und aus, bis der Alarm anschlug. Rasch schaltete er den Wecker wieder aus, damit seine Eltern nicht wach wurden.

Dann nahm er die Krokodilklemme von der Nase und ging zum Tisch, auf dem sein astronomisches Logbuch lag. Unter dem Datum hatte er geschrieben: *Algol im Sternbild Perseus 11.45 nachts in Eklipse. Sirius strahlt in allen Farben. Können wir uns vom Verlust der Sterne erholen?* Auch auf seiner Bettdecke war ein schmutziger Schuhabdruck.

Also hatte er nicht geträumt: der Alptraum-Abfangjäger hatte es bewiesen. Es sei denn, er hatte geträumt, daß er den Alptraum-Abfangjäger benutzte. Er zog die Vorhänge zu und ging zu Bett. Bevor er sich zum Schlafen umdrehte, zog er noch einmal den Vorhang beiseite und blickte auf den Nachthimmel.

Am südlichen Horizont ging Sirius unter.

25.
Das Zimmer der Wahrheit

Unterdessen hing der Kuß in der Luft, monatelang, wie ein flüchtiger Geist. Sylvester um Mitternacht gegeben, in einer Art Nirgendzeit zwischen dem alten sterbenden Jahr und dem neuen, noch nicht wirklich begonnenen, gehörte dieser Kuß nicht in die Wirklichkeit, sondern hing wie eingefroren über der Schwelle von Sams Haustür; war weder innen noch außen, war nicht anerkannt, noch nicht aus dem Kokon geschlüpft.

Und sie hatten nie darüber gesprochen. Natürlich erwähnte Sam den Kuß niemals vor Terry oder Clive: Terry hätte nur mit den Brauen gewackelt und Clive verächtlich die Lippen gekräuselt. Fast jeden Tag saß Sam zusammen mit Alice im Schulbus, und sie redeten über dieses und jenes, doch nie über den Kuß. Er war magisch, er war wie Paranüsse und die Datteln und Tischfeuerwerke: er schien keinen Platz in dieser Welt zu haben, sondern nur ein Zeichen einer besonderen Jahresfestlichkeit zu sein.

Und doch war es kein Traum gewesen: Sie *hatte* ihn geküßt. Es *hatte* ihn an der Zunge gekitzelt. Seine Hände *hatten* gezittert. Auch wenn das alles gewesen war – diesen Augenblick konnte ihm keiner nehmen. So lebte Sam in einem geheimnisvollen Zwischenstadium des Geküßt-worden-Seins; und er gewöhnte sich an, jedesmal wenn er Alice sah, mit einer nervösen Bewegung seine Brille auf der Nase höher zu schieben.

Das Bemerkenswerteste aber war, daß einige Menschen seiner Umgebung erraten oder sogar zu wissen schienen, wie es um ihn stand. Connie hatte seit den Ferien die Angewohnheit, ihn scharf zu beobachten. Manchmal drehte er sich um und ertappte sie dabei, wie sie ihn anstarrte, das Gesicht mitleidig verzogen. Dann geschah es eines Abends bei Terry zu Hause, daß Linda etwas sagte, was ihn sogleich rot werden ließ. Das war allerdings nicht Ungewöhnliches: Lindas Schönheit entfaltete sich mehr und mehr. Sie lief sogar im Haus mit rosa angemalten Lippen und verführerisch parfümiert herum; ihre immer kürzer werdenden Röcke ließen schöne, gertenschlanke Beine sehen; und das Bild ihrer vollen Brüste, die sich gegen den weißen Stoff ihrer Bluse drückten, versetzte Sam jedesmal einen Schlag. Er konnte nicht verstehen, wie Terry es aushielt, so nahe mit ihr zusammenzuleben. Jedesmal, wenn er Linda in neuen Kleidern sah, mußte Sam schleunigst nach Hause gehen und sich auf sein Zimmer zurückziehen, um der Aufregung Herr zu werden, indem er selbst Hand anlegte.

»Du siehst irgendwie verändert aus«, hatte Linda bemerkt und ihren zarten, wohlriechenden Finger auf seine flammende Wange gelegt. Sie trug Lackledderstiefel, die bis zu den Oberschenkeln reichten, und einen schwarzen Minirock aus Leder. »Was hast du denn bloß gemacht?«

»Sam sieht jetzt immer so aus, als hätte er 'n Pfund gefunden, aber fünf verloren«, kicherte Terrys Onkel Charlie.

»Das stimmt«, meinte Linda nachdenklich und blickte Sam immer noch forschend an. »Du siehst aus, als hättest du etwas gefunden und es wieder verloren.«

Sam stand auf und schob seine Brille höher. »Ich muß jetzt nach Haus'.«

»Frag sie mal, ob sie 'nen Freund für Terry weiß«, sagte Linda. Wütend fuhr Sam herum. »War 'n Scherz«, fügte sie hinzu.

Doch Skelton war am schlimmsten, und er sah am meisten.

Seine nächste Sitzung bei Skelton hatte Sam dem Fiasko mit den Weihnachtsgeschenken zu verdanken: Connie hatte sich bei ihrem Hausarzt beklagt, daß Sams Stunden bei dem Psychologen unnütz seien. Der Arzt hatte reagiert, indem er noch eine Extrastunde vereinbarte, eine Maßnahme, die Connie seltsamerweise zufriedenstellte. Auch Skelton schien in der Ferienzeit kleine, aber merkliche Veränderungen durchgemacht zu haben. Er saß hinter seinem Schreibtisch, benetzte die Finger und blätterte in einer Akte, als Sam in das vertraute Büro geführt wurde. Skeltons Gesicht war voller geplatzter rosafarbener Äderchen, und sein flachsblondes Haar hatte er zu einer fettigen Tolle gebürstet. Wenn er sprach, ragten seine gelblichen Zähne weiter vor, als Sam es je bemerkt hatte.

»Tss, tss, tss. Sam, mein Junge, hab' ich dir nicht gesagt, du sollst deinem Onkel kein Haarnetz zu Weihnachten kaufen, hm?«

»Gar nichts haben Sie gesagt«, entgegnete Sam, der plötzlich wieder Mut gefaßt hatte.

Skelton blickte von der Akte auf. »Stimmt genau! Gar nichts hab' ich dir gesagt. War das denn unfair von mir, mein Junge? Dich nicht zu warnen, meine ich. Dir nicht zu sagen, daß du kein Haarnetz für den Kahlkopf deines Onkels kaufen sollst?«

»Nein.«

»Genau. Genau. Und was soll dann der ganze Unsinn mit Hundepfeifen und Beatles-Perücken?«

»Es war nicht meine Schuld. Irgend jemand hat es vertauscht. Die Geschenke, meine ich. Ich hab' Socken gekauft und Badesalz und all das übliche Zeugs. Und dann ist es vertauscht worden.«

»Ach so! Ich verstehe! Ein Scherz also. Und wer hat nun deiner geschätzten Meinung nach die Sachen vertauscht?«

Sam zuckte die Achseln. »Wahrscheinlich derselbe, der mir den Abfangjäger geschenkt hat.«

»Den Abfangjäger?«

»Ja. Den Alptraum-Abfangjäger.«

Skelton schob die Akte beiseite und faltete die Hände. »Erzähl mir mal von diesem Alptraum-Abfangjäger.«

Also erzählte Sam ihm ausführlich, wie er den Apparat zum ersten Mal gesehen hatte, bei Chris Morris, Terrys Vater, der sich und seine Frau und die Babys erschossen hatte, weil Wespen im Marmeladenglas gewesen waren; und wie Sam in den Schuppen eingebrochen war und den Alptraum-Abfangjäger gestohlen hatte an jenem Tag, als die Zahn-Fee seinen Arm mit der Glasscherbe verletzt hatte; und wie er eine Zeitlang den Alptraum-Abfangjäger benutzt hatte, wenn die Fee erschien, denn er wollte prüfen, ob er nur träumte; doch die Versuche gingen fehl – und das war der Beweis dafür, daß die Zahn-Fee kein Traum war.

Nachdem Sam geendet hatte, blickte Skelton ihm fest in die Augen, stieß den Unterkiefer vor und bleckte die Zähne. »Kann ich den Apparat mal sehen?«

»Nein.«

»Aha! Dann ist er also so etwas wie die Zahn-Fee? Nur du kannst ihn sehen?«

»Nein. Ich will nicht, daß Sie ihn sehen.«

»Warum nicht?«

»Ich will ihn eines Tages patentieren lassen und ihn verkaufen. Er könnte mir Geld einbringen. Und deshalb will ich nicht, daß jeder Tom, Dick oder Harry ihn zu sehen kriegt.«

Skelton riß die Augen weit auf. Dann grinste er in sich hinein. »Es gibt gar keinen verdammten Alptraum-Abfangjäger, Jungchen.«

»Doch, den gibt es.«

»Gib es zu.«

»Aber doch.«

»Gib zu, daß so ein Ding nicht existiert.«

»Doch. Es ist nicht wie mit der Zahn-Fee.«

»Ah! Also gibst du endlich zu, daß diese Zahn-Fee gar nicht existiert.«

»Das hab' ich nicht gesagt. Ich weiß, was Sie dachten, das ich denke. Die Zahn-Fee gibt's wirklich, aber nur ich kann sie sehen. Den Alptraum-Abfangjäger aber kann jeder sehen.«

Skelton erhob sich aus seinem Sessel. »Junge, irgendwie hast du dich verändert. Wenn ich nur wüßte, was es ist?«

Er strich in einem Halbkreis hinter Sams Sessel herum. Sam fühlte, wie sein Hals brennend rot wurde. Skelton beugte sein rotes Gesicht über Sams Schulter und schien an seinem Hals zu schnuppern. Sam roch eine Fahne aus Whisky und Pfeifentabak.

Plötzlich zuckten Skeltons Nasenlöcher. »Hmmmm.« Er gab einen tiefen, summenden Ton von sich. »Hmmm! Das ist es! Das ist es! Ich hätt's wissen müssen! Da ist ein Mädel! Gib's zu, kleiner Mann, da ist ein Mädel im Spiel! Ich kann es riechen, das Mädel!«

Sam schwieg.

Skelton zog sein Gesicht zurück. »Ti-hi-hi! Ein Mädel! Ti-hi-hi! Hab' ich nicht recht? Sei doch nicht so schüchtern, kleiner Sam, es gibt niemanden, den das mehr freut als mich. Ich finde es nicht im geringsten schädlich. Hörst du! Nicht im geringsten! Im Gegenteil – mit vereinten Kräften können wir, ich und dieses hübsche Mädel, deinen Problemen ein Ende bereiten. Wir können diese Zahn-Fee aus dem Feld schlagen! Kannst du mir denn auch mal ihren Namen sagen?«

Sam schwieg.

»Bitte! Ach bitte, bitte.«

»Alice.«

»Alice! Einen Toast auf Alice! Das schreit nach einer Feier!« Skelton marschierte zur Tür seines Büros, riß sie auf und rief seiner Sekretärin zu: »Jetzt bitte keine Störung, Mrs. Marsh, kümmern Sie sich drum!« Nachdem er die Tür geschlossen hatte, begab er sich an seine Schreibtischschublade und fischte eine halbleere Flasche Whisky und zwei schmierige Gläser heraus. »Für dich nur einen klitzekleinen Schluck, aber dies ist ein wichtiger Moment, eine Angelegenheit von Mann zu Mann.« Er schenkte zwei Gläser ein und gab Sam das Glas mit der kleineren Menge. »Auf alle Mädels, von diesem ersten bis zum allerletzten, auf all die hübschen, lieben Mädels, die uns Jungens vor unsren eigenen Daumenschrauben retten. Trink, mein Junge, trink!«

Sam tat es Skelton gleich und stürzte das Glas in einem einzigen Zug hinunter. Die bernsteingelbe Flüssigkeit brannte ihm in der Kehle und preßte eine Träne hervor, aber er wollte sich dem alten Psychologen als würdig erweisen, wie ein Erwachsener behandelt zu werden.

»Siehst du all diese Bücher?« Skelton schwenkte das leere Glas zu den Psychologiezeitschriften und Lehrbüchern der Psychoanalyse, die in Regalen an der Wand standen. »Unter ihnen ist keines, das dir einen besseren Dienst erweisen kann als ein tolles Mädel, zumindest jetzt. Ich meine nicht, daß das für alle Fälle zutrifft, die mir hier vorkommen, aber in deinem Fall trifft das zu.

Also, weißt du nun, wozu er da ist? Hmmm? Du hast bestimmt schon begriffen, daß er nicht dazu da ist, um Whisky zu quirlen, was? Oder um 'n Kuchenstück auszumessen? Also, mein Rat an dich lautet: Schnapp dir diese hübsche Alice! So war doch ihr Name? ... diese hübsche Alice, und steck ihn rein, mit ihrer Erlaubnis natürlich, so oft, wie du darfst. Weißt du übrigens, was ein Johnny ist?«

Sam runzelte die Stirn.

»Was? Dreizehn Jahre alt und weiß nicht, was ein Johnny ist? Hier. Schau ihn dir an.« Skelton kramte in der Schublade herum und fischte eine kleine, in Folie verschweißte Packung heraus. Er hielt sie Sam unter die Nase. Dann legte er sie auf den Schreibtisch. Sam konnte auf der Folie das Wort *Gossamer* erkennen.

»So, mein Junge, den hier darf ich dir aber nicht geben. Ich würd's ja tun, aber wenn deine Mummy das rauskriegt, hätte ich die reinste Hölle am Hals und würd' aus der Innung ausgestoßen ohne Gnade. Und warum? Weil du erst dreizehn bist. Nun weiß ich aber, und du weißt es auch, daß du bereit bist. Das ist die Wahrheit. Ich werde dafür bezahlt, die Wahrheit herauszufinden. Das ist mein Job. Nur das Problem ist – wenn ich die Wahrheit herausgefunden habe, bin ich verpflichtet, sie keinem weiterzuerzählen. Denn die, die außerhalb dieses Zimmers sind, wollen sie gar nicht hören. Aber hier ist das Zimmer der Wahrheit, und deshalb erzähl' ich dir das alles. Das Zimmer der Wahrheit.

Ich sag' dir, wo du so ein Ding finden kannst. Wart mal einen Augenblick, ihr seid doch wohl keine Katholiken, ihr Southalls?« Skelton schnappte sich die Akte und blätterte hastig in den Seiten. »Nein. Gute alte Anglikaner. Gute Leute. Nun, du könntest sie beim Apotheker kaufen, aber wenn du reingehst, kommst du ja doch nur mit 'ner Flasche Hustensaft wieder raus, also solltest du's besser so machen: Du wartest, bis deine Eltern nicht zu Hause sind, gehst in ihr Schlafzimmer und fährst mit der Hand zwischen Matratze und Bettgestell, irgendwo in der Nähe des Kopfkissens. Klar? Und da findest du sie, todsicher.«

»Woher wissen Sie das?«

»Hast du irgendwelche Geschwister?«

»Nein.«

»Dann wirst du sie finden. Nimm bloß eins – es gibt sie meistens in Dreierpackungen, Gott weiß warum, als ging es darum, daß dreimaliges Bespringen pro Nacht den sportlichen Durchschnitt der Nation bedeutet – egal, dein alter Herr wird einfach denken, er hätte sich verzählt. Das wär's. Und jetzt fort mit dir. Und kein Wort zu irgend jemandem, klar? Kein einziges Wort.«

Sam erkannte, daß Skelton während dieser schockierenden Unterweisung plötzlich aufgehört hatte, ihn wie einen kleinen Jungen zu behandeln. Er wußte nicht, ob er geschockt oder dankbar sein sollte. »Ich verstehe.«

»Gut. Nun mach dich davon. Ich muß mir jetzt ein paar furchtbar gescheite Sätze ausdenken, die ich in deine Akte schreiben werde.« Sam war schon aus der Tür, als Skelton ihn noch einmal zurückrief. »Hey. Wenn du es dir anders überlegen solltest mit diesem Apparat, diesem Alptraum-Dings, dann kannst du ihn mir gern einmal zeigen. Das heißt, wenn das Ding wirklich existiert.«

»Es existiert.«

»Na, ich würd' jedenfalls gern mal einen Blick drauf werfen. Und ich verspreche auch, es niemandem zu verraten.«

Sam sagte nichts und zog die Tür sanft hinter sich ins Schloß. Mrs. Marsh blickte hoch, in ihrer Miene das übliche seltsame Lächeln, das leichte Mißbilligung ausdrückte. Sam öffnete den Mund und rülpste ihr eine Whiskyfahne entgegen.

Bei der ersten Gelegenheit tat Sam, was Skelton ihm vorgeschlagen hatte. Er wartete, bis seine Eltern ausgegangen waren, ging in ihr Schlafzimmer, kniete neben dem Bett nieder, steckte beide Hände zwischen Matratze und Bettgestell und fuhr mit ausgebreiteten Fingern nach rechts und nach links. Dann schlossen sich die Finger seiner linken Hand um eine kleine Pappschachtel.

Skelton hatte recht gehabt.

In der Packung war nur noch ein einziges Kondom, in Folie verschweißt. Sam zögerte. Er untersuchte die Packung und las die Gebrauchsanweisung. Er war sich nicht sicher, ob er es wagen sollte, das letzte Kondom zu nehmen. Da schlug die Haustür zu – seine Eltern waren zurückgekommen. Sam stopfte das Kondom wieder in die Packung und schob sie unter die Matratze, bevor er das Zimmer verließ.

Ein paar Tage später fand Sam sich im Wald wieder; er war auf dem Weg zu einem Treffpunkt mit Alice. Seit jenem Tag, an dem er den Fuchs an dem schneebedeckten Baumstumpf hatte fressen sehen, ermutigte Alice ihn immer wieder, sich mit ihr an diesem Ort im Wald zu treffen. Er hatte sich, aus verständlichen Gründen, niemals darauf eingelassen. Aber da war sie hartnäckig geworden, hatte ihn sogar gedrängt. Ihm eine Überraschung versprochen. Auf einer Lichtung, wo sie einmal zusammen geraucht hatten, wollten sie sich treffen.

Sobald Sam den Waldrand passiert hatte, spürte er, daß etwas nicht stimmte. Er wollte schon umkehren, war dann aber neugieriger auf das, was Alice ihm zu zeigen hatte, überwand seine Furcht und marschierte weiter. Der Schnee war vollständig geschmolzen, und der frische, kalte Wind hatte die Pfade zwischen Eichen und Birken vom alten Laub reingefegt. Es war Nachmittag. Es begann schon dunkel zu werden, und der

Wald sog bereits die rußige Farbe der nahenden Dunkelheit auf.

Vor sich konnte er Alice am Rande der Lichtung warten sehen. Sie trug ihre Lederjacke, Schal und Handschuhe. Mit dem Rücken lehnte sie an einer Eiche und hatte ein Knie hochgezogen, so daß Absatz und Sohle ihres Schuhs flach gegen die Rinde des Baums gedrückt waren. Als sie ihn bemerkte, zog sie nervös an ihrer Zigarette.

»Hi«, grüßte sie, viel zu laut. »Wie geht's dir denn heute?«

Es war etwas Gestelztes und Unnatürliches an der Art ihrer Frage: als ob sie wirklich eine Antwort erwarte. Sam hielt abrupt an. Alice schien ihm nicht in die Augen blicken zu wollen. Sie warf ihre Ponyfransen zurück und zog wieder an ihrer Zigarette.

»Wie war das mit der Überraschung?« fragte Sam.

»Komm mit. Ich zeig's dir.« Sie drückte ihren Zigarettenstummel an der Baumrinde aus. Sie war rot im Gesicht. Der Himmel über ihr leuchtete fliederfarben – eine Warnung.

Sam trat näher. »Wo ist die Überraschung?«

Zwei schattenhafte Gestalten traten hinter einem Baum hervor. »Hier«, sagte eine von ihnen.

Es war Tooley. Er trug seine Scout-Uniform, sein Komplize ebenfalls. Nur das rote Halstuch fehlte. Sein Gesicht war scheußlich vernarbt; ein feuerroter Halbmond verunstaltete seine Wange, als hätte ein Pferdehuf, frisch glühend aus der Schmiede, dort seinen Abdruck hinterlassen. Seine dunklen Augen glühten voller Haß.

Sam drehte sich blitzschnell herum und rannte geradewegs in die Arme von Lance und einem anderen Jungen. »Nein, das machst du nicht«, sagte Lance. Er ließ sein übliches Lächeln aufblitzen, bei dem er alle seine widerlichen schiefen und schwarzen Zähne zeigte. Sam trat wie ein Wilder um sich, doch Tooley sprang ihn an, packte ihn an den Haaren. Mit Leichtigkeit rangen sie ihn zu Boden.

»Wie ich sehe, hast du meine alte Freundin Alice getroffen«, sagte Tooley.

»Zieht ihn aus«, befahl Alice.

Die vier Scouts zogen ihm die Kleider aus. Alice schaute fast gleichgültig zu, wie sie ihn an einen Baum banden. Als sie fertig waren, kam Alice herbei und untersuchte verächtlich Sams Schwanz, kräuselte die Lippen und schnipste ihn heftig mit dem Finger, bevor sie ihn in Ruhe ließ.

Sie suchte in ihrer Tasche nach einer Packung Zigaretten. Jeder bekam eine, dann gaben sie sich gegenseitig Feuer. Alle zogen wie verrückt an den Zigaretten.

»Macht 'ne schöne rote Spitze«, wies Tooley die anderen an und betrachtete prüfend das glühende Ende seiner Zigarette, worauf er wieder einen heftigen Zug nahm. »Eine schöne rote Spitze.«

Als er begriff, was sie tun wollten, machte Sam sich vor Angst in die Hose. Zugleich näherten sie sich ihm, die erhobenen Zigaretten wie Pfeile in den Händen, die auf sein Gesicht, seine Brust und sein Geschlechtsteil gerichtet waren.

»Wartet«, sagte Alice. Sie nahm die Zigaretten weg und legte ihre andere Hand um seine Hoden. Dann lächelte sie. Ihre Zähne leuchteten silbrig in dem seltsamen, fliederfarbenen Licht; sie waren zu schrecklich scharfen Spitzen gefeilt. Sie öffnete ihren Rachen, bereit zuzubeißen – und als sie biß, hörte Sam weit, weit weg einen Wecker schellen.

Er wachte auf, immer noch hastig atmend. Die Krokodilklemme glitt von seiner Nase, als er sich aufrecht im Bett hinsetzte. Er stellte den Alarm des Alptraum-Abfangjägers ab.

Es war der gleiche erschreckende Traum, den er schon einige Male gehabt hatte, und er wußte, er würde ihn wieder träumen. Dann erkannte er voller Scham, daß er im Schlaf ins Bett gepinkelt hatte. Verzweiflung überkam ihn.

26.

Autopergamene

Sam verbrachte viele Stunden in seinem Zimmer und beobachtete den winterlichen Himmel durch sein Teleskop. Connie glaubte, er verbringe zuviel Zeit damit; sie konnte jedoch nicht sagen, warum sie das Gefühl hatte, es sei nicht gut für ihn. Nev fragte, warum sie ihm denn so ein verdammt teures Teleskop gekauft hätten, wenn sie nicht wollten, daß er es auch benutzte.

Aber sie wußte ja nicht, daß er Gesellschaft hatte.

Wenn er die Sterne beobachtete, war die Zahn-Fee stets bei ihm, still, geduldig, liebevoll. Sie lehnte sich an ihn, den Arm über seine Schulter gelegt oder eine Hand auf sein Bein, es zärtlich mit den langen Fingernägeln streichelnd. Und sie erklärte ihm die Bahn der wandelnden Sterne.

»Castor ist der Weiße, und dort Pollux, der Orangefarbene. Gemini, die Zwillinge, die in Wahrheit gar keine Zwillingssterne sind. Und wenn du ein größeres Teleskop hättest, könntest du erkennen, daß Castor ein wunderschöner Doppelstern ist. Jetzt schwenk mal rüber nach Westen, weil wir uns für eine Weile von Pegasus verabschieden müssen – er verschwindet gleich hinterm Horizont.«

Sam schaute schweigend, voller Ehrfurcht.

»Und Andromeda?«

»Noch drei Nächte, dann wird Andromeda gut zu sehen sein.«

Oft saß Sam nackt am Fenster seines dunklen Zimmers, und während die Sterne ihre Bahnen am Nachthimmel zogen, wanderte ihre Hand aufwärts, kitzelte ihn an den Hoden oder streifte seinen Penis. Und während die Sterne blitzten, füllte sich sein Schwanz mit

Blut, bis auch er sternwärts gerichtet war. Zitternd, das Auge auf das Okular gepreßt, bemächtigte sich seiner ein Bild der Zahn-Fee – nackt. Und sosehr er versuchte, es zu verbannen, es war stark genug, um selbst das Bild der Sterne zu überstrahlen. Er nahm ihren Geruch und aus dem Augenwinkel ein leichtes Zucken ihrer Schenkel wahr; und er wußte, daß sie es auch bemerkte. Und oft stellte er sich vor – gegen seinen Instinkt –, wie er sie langsam auszog, und seine Glieder waren wie gelähmt, wenn er sich vorstellte, was unter den Kleidern sein mochte.

»Willst du mich nackt sehen?« murmelte sie einmal schüchtern.

Er nahm sein Auge vom Teleskop und starrte wortlos vor sich hin. Für sie war das Antwort genug. Er hörte Rascheln, als sie ihre Kleider ablegte, ein Zurückwerfen ihrer Haare, das Knistern der Strümpfe, als sie sie über ihre Schenkel rollte, und schließlich sah er aus den Augenwinkeln, wie sie mit einem kleinen Tanzschritt aus ihrer Unterwäsche stieg. Da blickte er sie an.

Sam war sehr erschrocken – und eingeschüchtert durch ihrer Körperlichkeit, als sie ein wenig das Gewicht verlagerte und dabei ihr Becken leicht in seine Richtung streckte. Der dichte dunkle Busch, der sich scharf gegen das Milchweiß ihrer Haut abzeichnete, war eine Explosion schwarzer Sterne. Die Locken und Wirbel ihrer Schamhaare züngelten wie Flammen aus der fleischlichen Quelle dieses schwarzen Lichtes. Ihre schamlos dargebotene Möse war erschreckend; wunderschön; verzehrend. Er fühlte sich wie geblendet.

Es war, als habe eine dritte Kraft den Raum betreten. Zuerst war nur er da gewesen; und die Zahn-Fee; und dann hatte sie sich ausgezogen und diese gewaltige Macht heraufbeschworen, dieses unersättliche Maul; und nun verstand er mit einem Mal, daß der Eindruck, das Wesen eines Menschen sei in seinem Gesicht, seinen Augen, seinem sprechenden Mund zu suchen, kindisch und vollkommen falsch war; es gab eine rohe dritte Kraft, die einen führte und die einen auf Abwege geleiten konnte. Im Verborgenen, unter der Oberfläche lebte und gedieh unersättliche Begierde. Diese Einsicht klang in ihm gleich einer Glocke, und er fürchtete sich. Die vulgäre Wahrheit lähmte ihn; doch er ahnte auch vage, daß er in Wirklichkeit Angst vor dem Leben selbst hatte.

Bei diesem ersten Mal schloß sie die Finger geschickt um seinen aufgerichteten Schwanz und führte ihn, wie ein Tier an der Kette, zum Bett. Aber dann hielt sie inne, vielleicht um sein Erschrecken zu mildern. »Wer soll ich sein? Ich kann jede sein, nur nicht Alice.«

»Du bist eifersüchtig.«

»Sie will dich mir wegnehmen.«

»Kannst du denn jede sein?«

»Für dich ja.«

»Dann sei Linda.«

»Linda? Du willst, daß ich Linda bin?«

»Ja.«

Und sie war Linda für ihn, legte sich auf sein Bett, nackt, lächelnd, offen. Sie roch, wie Linda roch, und sie sprach mit ihrer Stimme. Er legte sich auf sie und drang in sie ein, und er ejakulierte in dem Moment, als er die Wärme ihrer Schenkel unter sich spürte. Und jedesmal, wenn er gekommen war, war die Zahn-Fee sogleich verschwunden und hinterließ nur den Abdruck ihres Kopfes auf dem Kissen, und auf den Laken glitzerte der Samen der Sterne.

Clive schälte einen Hautfetzen von seiner Fingerkuppe ab. Er hatte die Haut viele Male mit einer Nadel durchbohrt, bis er genug hatte, um ein Stück von der Größe einer halben Briefmarke abzuschälen. Nun mußte er ein wenig Blut herauspressen, um seine Initialen auf den Hautfetzen zu schreiben. Er stach die Nadel in seinen Daumen. Sam und Terry sahen ihm fasziniert und erschreckt zu.

Zu der Zeit, als Clive seine besondere Prüfung ablegen sollte, hatte seine Haut eine schlimme Akne entwickelt. Viele Leute gaben ihm alle möglichen Ratschläge, was er tun solle – daß er sich gründlicher waschen und anders ernähren müsse. Irgend jemand aus seiner Schule hatte sogar gesagt, seine Akne sei darauf zurückzuführen, daß er zuviel masturbiere, doch Clive war so vernünftig, mit Sam und Terry darüber zu sprechen, die beide nicht unter Akne litten und doch offen zugaben, daß sie auch ständig dabei waren.

Trotz seiner vernünftigen Überlegungen über diese spezielle Ursache hegte Clive andere, sehr irrationale Befürchtungen. Zum Beispiel meinte er, seine Akne habe ihre Ursache darin, daß er die Epstein-Schule besuche. »Drei Viertel der Schüler auf der Epstein haben diese fürchterlichen Pickel«, sagte er bitter und schmiß einen Kiesel in den See. »Drei Viertel!«

Am Rand des Teichs lagen Schneereste, und der Himmel war von einem ausgewaschenen Blau. Der Grund des Teichs hatte eine braungrüne Farbe angenommen; ein leichter Wind brachte eine Vorahnung von Frühling.

»Es sind bloß die Hormone«, erklärte Terry.

»Das ist doch nur ein Wort. Du und Sam, ihr habt die Hormone. Nein, es liegt an dieser Scheiß-Schule. Zum Beispiel sind da nur Jungs, und das hilft nicht gerade dagegen. Ihr beide seid auf 'ner gemischten Schule und guckt euch mal an: Ihr habt keine beschissene Akne.«

»Wir haben massig Jungs mit Pickeln auf der Schule!«

Doch Clive hörte nicht auf. »Es geht um das, was du in dir hast, was herauskommen will. Wenn du irgendwas Krankes in dir hast, dann wird es auch rauskommen – das könnt ihr mir glauben.«

»Und deinen Namen mit Blut auf 'nen Hautfetzen schreiben soll deine Pickel wegzaubern?« fragte Sam mitleidlos.

»Man nennt das *Autopergamene*. Schätze, davon habt ihr noch nie was gehört. Es bedeutet ›Pergament aus einem selbst‹.«

Clive war nicht glücklich. Er sollte eine vorgezogene Eignungsprüfung für Oxford ablegen, um zu beweisen, daß er fähig war, sechs Jahre vor allen anderen mit dem Studium zu beginnen. Ein Lehrer an Clives Schule hatte die trockene Bemerkung gemacht, der Hauptvorteil einer Aufnahme in Oxford oder Cambridge bestehe darin, daß sie einem beibrachten, wie man andere Leute verspottete, ohne daß sie es merkten.

»Das tust du doch jetzt schon«, hatte Terry gesagt, als Clive von dieser Bemerkung berichtete. »Dann paßt du doch prima hin.«

Das hatte einen Stachel in Clive hinterlassen. Er war sich auf schmerzliche Weise bewußt, wie sehr er von seinen Freunden getrennt war, auch wenn jeder von ihnen gleichfalls auf eine andere Schule ging. Er fühlte, daß er etwas verloren hatte. Er war verblüfft über die Leichtigkeit, mit der Sam und Terry auf andere Menschen außerhalb ihres Kreises zugingen. Er beneidete sie darum, den Mädchen gegenüber so entspannt zu sein. Und er rätselte darüber, wie sie mit Alice reden konnten, ohne sogleich einen Streit heraufzubeschwören – denn er konnte es nicht.

Clive preßte Blut aus seinem Daumen auf die Spitze

der Nadel und schrieb seine Initialen auf den Hautfetzen. Als er fertig war, begrub er das Autopergamene am Ufer des Teichs. »Ich werde ganz bestimmt alles versuchen«, sagte er.

Eines Morgens wachte Sam auf und sah das Barett eines Scouts mitten auf dem Fußboden liegen. Er fühlte, wie ein Bagger über sein Herz fuhr. Dann hob er das Barett auf, und das Zimmer schwankte bedrohlich.

Es war nicht sein eigenes Barett. Um das zu wissen, brauchte er eigentlich gar nicht auf dem Schrankbrett nachzuschauen, auf dem es lag, zusammen mit dem khakifarbenen Hemd und den Shorts und dem roten Halstuch – all dies lag sauber gefaltet da. Und doch mußte er nachschauen. Außerdem war das Barett, das da unversehens auf dem Boden lag, größer, abgegriffener, und der Lederrand war brüchig und speckig. Es roch penetrant nach Haaröl; nach faulenden Blättern und dem Kompost des Waldes. Es stank unsagbar und überwältigend nach dem toten Scout.

Es war Tooleys Barett.

Sam blickte zum Fenster. Es stand offen. Er erinnerte sich, wie die Zahn-Fee gedroht hatte, eines Tages werde sie etwas bringen, das er ›dem Seelenklempner zeigen könnte‹. Impulsiv nahm er sich vor, das Ding zu verbrennen, wie er es auch mit dem Halstuch getan hatte. Er versteckte das Barett unter seinem Bett, bis er wieder etwas Paraffin aus dem Werkzeugschuppen seines Vaters stehlen konnte. In einer Limonadenflasche trug er den Brennstoff zum Teich. Dort, wo ihn niemand sah, verbrannte er das Barett zu einem verkohlten Klumpen und wischte die Asche ins Wasser.

»Friß«, befahl er dem Hecht.

Mittlerweile verging kein Tag bei der Hin- oder Rückfahrt im Bus, während der Sam Alice nicht in die Augen blickte und einen Hinweis auf eine besondere Nähe suchte. Er wußte, daß sie den Kuß nicht vergessen hatte. Seine Intuition sagte ihm, daß sie wußte, wie sehr er auf ein Zeichen von ihr wartete, und daß sie sogar wußte, welch traurige Zufriedenheit er aus jedem Lächeln zog, das sie ihm schenkte. Seine Intuition sagte ihm auch, daß es sich um ein äußeres Hindernis handelte, das ihre Nähe nicht zuließ.

Eines Freitags, nachmittags auf der Heimfahrt, kam es heraus.

»Was machst du denn am Wochenende?«

Alice gähnte und schaute aus dem Fenster. »Meinen Freund treffen.«

Sam fing sich schnell. »Du hast mir nie gesagt, daß du 'nen Freund hast!«

»Du hast mich nie gefragt.«

Die Neuigkeit war niederschmetternd und demütigend. Sie saßen eine Weile schweigend nebeneinander, bis Sam, um nicht auch noch das letzte Quentchen Würde zu verlieren, betont desinteressiert fragte: »Jemand, den ich kenne?«

»Nein.« Dann, nach einer Weile, rückte sie freiwillig mit ein paar Informationen heraus. »Er arbeitet in London. Ich seh' ihn nur ab und zu. Wenn er mal hier hochfährt.«

Wenn er mal hier hochfährt? dachte Sam. Da saß Alice, vierzehn Jahre alt, knapp ein Jahr älter als er selbst, und hatte einen *richtigen Freund*, der in *London arbeitete* und der einen *Wagen fuhr*. »Wie alt ist er denn, verdammt noch mal?«

»Zweiundzwanzig.«

Sam war empört. Wie konnte sie mit solch einem alten Knacker gehen? Dann erinnerte er sich an die Fetzen des Briefes, die er in der Tasche ihrer Lederjacke gefunden hatte, und an ein zusammengeballtes Stückchen Folie. »Leichte, dünne Substanz?« bemerkte er.

»Was?«

»Netze kleiner Spinnen? Etwas Zartes?«

»Wovon redest du überhaupt?«

»Würde dir nicht gefallen.«

»Du bist ja verrückt. Total verrückt.« Sie klingelte, damit der Bus anhielt. »Willst du mich mal besuchen?«

Alice besuchen? Sam hatte ihr Haus immer nur von außen gesehen. »Wann?«

»Morgen. Komm doch irgendwann am Nachmittag.«

»Ich dachte, da kommt dein Freund.«

»Komm trotzdem.«

So lernte Sam endlich Alices Mutter kennen. Alice war der einzige Mensch, den Sam kannte, der in einem einzeln stehenden Haus mit einer beeindruckenden baumgesäumten, kiesbestreuten Auffahrt lebte. Doch das Haus bedurfte dringend der Renovierung: ein prüfender Blick enthüllte ein reparaturbedürftiges Dach und eine Seitenwand, von der der Putz bröckelte. Als Sam am Haus angelangte, stand ein schicker grüner Jaguar-Sportwagen in der Einfahrt. Der schmiedeeiserne Türklopfer in Form eines Hundekopfes löste nur ein schwaches Geräusch aus, als er ihn benutzte. Alice öffnete ihm.

Sam war schon einige Zeit neugierig auf Alices Mutter gewesen. Ein ehemaliges Revuegirl, war sie nun Schriftstellerin geworden, wie Alice ihm erzählt hatte. Sie verdiente ihr Geld, indem sie Verse für Glückwunschkarten reimte. Sam fühlte sich ein wenig eingeschüchtert bei der Vorstellung, eine Schriftstellerin kennenzulernen. Es war so, als sei man gewarnt, daß man nun einen Menschen mit Buckel oder einen Einäugigen kennenlernen würde.

Doch das Zimmer, in das er geführt wurde, enttäuschte ihn sehr. Er hatte eine offene Zurschaustellung von Bohème in der Klause einer Schriftstellerin erwartet; wenigstens hätte auf dem Kaminaufsatz ein Schädel oder im Korridor ein ägyptischer Sarkophag stehen sollen. Statt dessen gab es quadratmeterweise Chintz, Velourstapete und ein Klavier aus Mahagoni. June Brennan selbst entsprach seinen Erwartungen schon eher, indem sie zwar kräftig Make-up aufgelegt hatte, aber noch immer mit dem Nachtgewand angetan war. Sie lag lässig auf dem Sofa und trank Weißwein aus einem Flötenglas. Ihre bloßen Füße lagen im Schoß eines jungen Mannes.

»Wer ist denn das?« fragte June Brennan, nicht unfreundlich. Der junge Mann schaute zu Sam empor. Er hatte kleine blonde Locken und schien von der Mittelmeersonne gebräunt. Ein humorloses Lächeln umspielte seine Lippen, als Alice sie einander vorstellte.

»Das ist Sam.«

»Wir haben die Ehre, Samuel«, sagte June, ihr Glas hebend. Sie sprach undeutlich. »Normalerweise bringt sie ihre Freunde ja nicht *hierheah*.« Das letzte Wort knallte wie ein Peitschenhieb. Was immer seine Bedeutung war, Sam konnte sie nicht ergründen. Es war zwei Uhr nachmittags, stellte er fest, und Alices Mutter war betrunken. »Nimm Samuel mit nach oben, Alice. Spielt Monopoly oder was immer ihr wollt.«

»Komm«, sagte Alice bedrückt.

Sam hatte noch nie zuvor das Zimmer eines Mädchens gesehen. Terry und er hatten sich zwar einmal in Lindas Boudoir geschlichen, waren aber erwischt und kurzerhand hinausgeworfen worden. Die Wände in Alices Zimmer waren mit bunten Plakaten von Popstars tapeziert: die Animals, die Kinks, die Yardbirds,

The Who und irgendein weißhaariger Typ namens Heinz. Alices Frisierkommode war mit Rosetten von Reiterwettbewerben und kleinen Pokalen geschmückt. Auf dem Boden stand ein kleiner Plattenspieler, mit einer Platte auf dem Teller. Alice setzte die Nadel in die Rille, drehte die Lautstärke auf und schloß die Zimmertür. The Troggs schmetterten »With A Girl Like You«, während sie sich auf dem Boden ausstreckten.

»Mach dir nichts draus. Sie ist immer so.«

»Immer betrunken?«

»Meistens. Deshalb hab' ich dich auch noch nicht eingeladen.«

»Und warum heute?« Alice zuckte die Schultern. Sie wandte sich zur Frisierkommode und begann heftig ihre Haare zu bürsten. »Einen Augenblick lang«, meinte Sam, »hab' ich geglaubt, der Typ da unten wär' dein Freund.«

»Ist er auch.«

»Echt?« platzte es aus Sam heraus. »Sieht aber eher aus wie der Freund deiner Mutter.«

Alices Augen leuchteten kurz im Spiegel auf. Sie ließ die Bürste in den Schoß fallen. »Es ist sehr kompliziert. Sie weiß es nicht.«

Die Platte war zu Ende, und in der Stille hörte Sam die Scharniere seines Geistes knirschen, während er sich die Komplikationen vorstellte. Alice beugte sich hinüber und nahm die Sperre von der Wechslerachse ab, so daß die gleiche Platte immer wieder von neuem abspielen konnte.

I want spend my life
With a girl like you
Ba ba baa bam bam Ba ba bam bam bam.

»Ich spiele immer wieder gerne dieselbe Platte. Das geht ihr auf die Nerven.«

»Warum suchst du dir nicht 'n Freund, der so alt ist wie du?«

»Was denn? Hier etwa? In Redstone sind doch alle völlig hinterm Mond.«

Da mußte er zustimmen. In Redstone gingen die Uhren anders. Er konnte sich auch gut vorstellen, warum er an diesem Nachmittag vorgeführt worden war. »Und weißt du?«

»Weiß ich was?«

»Leichte dünne Substanz. Etwas Zartes.«

»Was??«

»Lohnt sich nicht, die ganze Nacht deswegen zu heulen.«

»Ich kann's nicht ausstehen, wenn du so redest.«

Er wollte ihr erzählen, daß er die Reste des Briefes jemandem vorgelesen hätte – dem jungen Mann unten im Wohnzimmer zum Beispiel. Statt dessen sagte er: »Weißt du, was ein Autopergamene ist?«

»Nein.«

»Hast du 'ne Nadel? Ich zeig's dir.« Die Platte war zu Ende, der Tonarm hob und senkte sich von neuem. Man hörte ein paar Sekunden lang das leere Zischen des Vinyls, dann erklang wieder die Musik.

Alice faßte das Autopergamene mit einer Pinzette und hielt es gegen das Licht; in dünnen Buchstaben standen ihre Initialen ALB mit Blut geschrieben auf dem Hautfetzen. Das war faszinierend, immerhin fünfzehn Sekunden lang. Dann legte sie es vorsichtig auf die Frisierkommode. »Ich mach' uns einen Kaffee.« Sie stand auf und sprang die Treppe hinunter.

Sam nahm eine Streichholzschachtel aus der Tasche

und drückte mit Hilfe der Pinzette die beiden Hautfetzen aneinander. Dann ließ er sie in die Schachtel fallen. Danach öffnete er das Fenster. Er würde Alice sagen, ein plötzlicher Windstoß haben das ›Pergament aus einem selbst‹ davongeweht. Die Zahn-Fee stahl ihm Zähne und seinen Samen. Er würde Alice um Haut und Blut bestehlen. Es fuhr ihm durch den Sinn, daß dieser Zauberakt der Zahn-Fee gar nicht gefallen könnte, dieses lästerliche Autopergamene. Sie könnte wütend werden. Er schauderte.

Alice kam mit zwei Tassen Instantkaffee zurück. »Ich hab' eben etwas in den Nachrichten gehört. Im Fernsehen. Sie haben eine Leiche in Wistman's Wood entdeckt. Hey! Was ist los, Sam? Geht's dir nicht gut?«

27.
Nemesis

Nachdem Sam sich von Alice verabschiedet hatte, ging er direkt zu Clive. Seine Hand zitterte, als er den Türklopfer betätigte. Im Haus brannte kein einziges Licht. Offensichtlich war niemand da. Dennoch klopfte er dreimal laut an der Tür. Schließlich ging er um das Haus herum zum Hintereingang und überlegte verzweifelt, wie er Clive eine Nachricht hinterlassen sollte, um ihn zu warnen. Er lehnte den Kopf gegen die Mauer, drückte sein Gesicht an den rauhen Kieselputz und glaubte, er müsse kotzen. Die Mauer schwankte gefährlich.

Dann blickte er auf. Ein kleines Fenster in Clives Zimmer stand offen. Wenn er auf das Flachdach unter dem Zimmer kletterte, konnte er sich vielleicht durchs Fenster quetschen und Clive eine Nachricht hinterlassen. Er suchte ein paar Ziegelsteine im Garten zusammen und stapelte sie sorgfältig übereinander. So reichte er mit dem Kinn über den Rand des Flachdachs. Da rutschten plötzlich die Steine unter seinen Füßen weg, und sein Kinn knallte auf das Dach. Er fiel auf den Rücken, spie Blut aus und rieb sich das Kinn. Ein Schneidezahn hatte sich gelockert.

Er gab es auf, in Clives Zimmer klettern zu wollen. Um jede Spur seiner Anwesenheit zu verwischen, brachte er die Steine in den Garten zurück, schloß das Tor hinter sich und machte sich auf den Weg zu Terry. Seine Beine schienen ein Eigenleben zu führen, sie bewegten sich in holpernden, linkischen Sprüngen. Ein einsamer Spaziergänger sah ihn mißtrauisch an.

Bei Terry pflegte er den Hintereingang zu benutzen. Tante Dot stand dort in der weit geöffneten Tür und wedelte mit einem Küchentuch Rauch aus dem Haus. Die Friteuse hatte beinahe Feuer gefangen. Dot hatte nicht viel Zeit für ihn: Wußte er nicht, daß Terry zum Fußballspiel gegangen war? Während sie immer noch mit dem Tuch wedelte, trat Sam den Rückzug an.

Vor Angst zitternd, da er eine Polizeischwadron mit Blaulicht erwartete, kam er zu Hause an. Er versuchte, unbemerkt in sein Zimmer zu gelangen, doch in diesem Augenblick kam Connie die Treppe hinunter. Sam stand wie gelähmt da, einen Fuß schon auf der untersten Stufe.

»Da bist du ja«, meinte Connie.

»War'n sie da?«

»Wer?«

»Irgendwer.«

Plötzlich sah Connie, daß er fröstelte. Sie legte ihm die Hand auf die Stirn. »Du hast ja Fieber! Du kochst ja! Jetzt aber schnell die Treppe rauf und ab ins Bett. Was hast du denn den ganzen Tag gemacht?«

Connie brachte Sam dazu, sich hinzulegen. Sie brachte ihm etwas Heißes zu trinken und zwei Aspirin. Er tat so, als sei er eingeschlafen. Connie blieb noch bei ihm sitzen und fühlte ihm wieder die Stirn, bevor sie das Licht ausmachte. Sacht schloß sie die Tür hinter sich und ging hinunter. Sam lag im Dunkeln und zitterte noch eine ganze Weile.

Dann kam die Zahn-Fee.

Und sie hatte sich verändert.

Es begann mit einem funkelnden Licht am Boden, in geringem Abstand von Sams Bett entfernt. Sam erkannte die Zahn-Fee in Miniatur, kaum mehr als einen Fuß messend. Sein fiebriger Kopf drehte sich, während er die funkelnde Vision ansah. Dann erlosch das Licht, und die Gestalt blähte sich auf, wurde zu einem Schatten, der den ganzen verfügbaren Raum erfüllte, mit Kopf und Schultern heftig gegen die Decke stieß. Dies war keine weibliche Gestalt mehr.

Der androgyne Schatten blickte ihn ruhig mit glitzernden, verschlagenen Augen an. Die schwarzen, verfilzten Korkenzieherlocken wippten im Dunkeln. Und da war wieder der altvertraute Geruch, der ranzige Geruch, den der Elf in Sams Kindheit ausgeströmt hatte, ein Geruch nach Feldern und Ställen – und doch anders, chemisch, nach Korrosion, Brand. Die Kleider des Wesens hingen in Fetzen, die gestreiften Leggings waren kaum mehr zu erkennen.

Das Wesen – man konnte es nun nicht mehr als weiblich bezeichnen – kam näher, streckte den riesigen Kopf vor. Im schwächer werdenden Licht glänzten die spitzen Zähne, drohend, raubtierhaft. Sam spürte den giftigen Atem des Wesens in seinem Hals. »Das hättest du nicht tun sollen.«

»Was?

»Autopergamene – diese Geschichte mit Haut und Blut. Hätt'st du nicht tun sollen. Hab' ich mich nicht immer um dich gekümmert?« Der Elf umklammerte die Streichholzschachtel, in der Sam das Autopergamene verwahrte und eine Haarsträhne, die er aus Alices Kamm entwendet hatte. »Oder etwa nicht?«

»Doch.«

»Hab' ich dich nicht immer beschützt?«

»Ja.«

»Ich werd' ihnen sagen, daß du es warst. Hast du das Barett gefunden?«

»Tu's nicht.«

»Dann wirst du bezahlen. Jetzt bin ich an der Reihe.«

»Nein. Bitte.«

»Haut und Blut, Sam. Haut und Blut.«

»Bitte!«

Der Elf streckte seine gräßliche, klauenartige Hand

aus, packte ihn am Hals, an der Luftröhre, und drückte seinen Kopf in die Kissen. Sam trat um sich, und der Elf setzte ein riesiges, schweres Knie auf die Brust des Jungen. Sam bekam keine Luft mehr. Seine Kehle rasselte. Er konnte nicht schreien. Der Elf steckte ihm die dreckigen Finger in den Mund und packte den wackeligen Zahn mit Daumen und Zeigefinger. Eine gleißende Schmerzwelle explodierte in Sams Kopf, als die Zahnwurzel den Nerv berührte. Sam versuchte zu schreien, während der Elf den Zahn gewaltsam hin und her drehte, aber durch die Klammer um seinen Hals brachte er nur ein ersticktes Gurgeln zustande. Wieder und wieder durchfuhren ihn Wellen des Schmerzes, wie elektrische Blitze, geladen mit Ohnmacht.

Dann, mit einem gräßlichen Ruck, gab der Zahn nach und lag in der Hand des Wesens. Eiskalte Luft fuhr in die Lücke. Die Faust des Elfs schloß sich um den blutigen Zahn, dann wurde er in die Streichholzschachtel gesperrt. Sam hörte heulenden Wind und sah den Elfen triumphierend geifern, bevor er das Bewußtsein verlor.

»Kehlkopfentzündung«, sagte der Arzt munter und stopfte das Stethoskop in seine abgewetzte Ledertasche. Sam lag im Bett, die Augen geschlossen, der Arzt sprach mit Connie. »Er hat eine Kehlkopfentzündung. Darum ist sein Hals so gerötet und seine Stimme heiser. Lassen Sie ihn soviel wie möglich trinken. Und machen Sie sich keine Sorgen, wenn er anfängt zu phantasieren. Er ist noch sehr fiebrig, aber die Antibiotika werden das Fieber schon bald senken.« Der Arzt war nicht einmal eine Minute im Haus gewesen, und nun war er schon wieder weg und ließ Connie und Nev stehen, die einander nur anstarrten. »Ich schätze, sie mögen's nicht, wenn man sie am Sonntag rausklingelt«, sagte Connie.

Sam verbrachte den Rest des Tages hilflos schwankend zwischen Schlafen und Wachen. Jedesmal, wenn er wach wurde, fühlte er mit der Zunge nach der frischen Zahnlücke und wartete darauf, daß die Polizei an die Tür klopfte. Er quälte sich mit der Vorstellung, wie er und seine Freunde von den beiden großen Zivilbeamten befragt, vor Gericht gezerrt wurden und endlich in der Jugendstrafanstalt landeten. Nun war es unmöglich, Terry oder Clive zu erreichen, bevor die Polizei eintraf. Es war nur noch eine Frage der Zeit. Er fügte sich in sein Schicksal.

Der Montag verstrich, und nichts geschah. Sam verbrachte den Dienstag im Bett und wartete, wartete auf ein Klopfen an der Tür. Doch es dauerte bis Mittwoch, bis endlich jemand kam. Sam hörte Stimmen im Erdgeschoß, und obwohl er angespannt lauschte, konnte er nicht verstehen, wer da sprach oder worum es ging.

Dann wurde die Zimmertür langsam geöffnet, und es erschienen die Gesichter von Clive und Terry, bleich wie helle Scheiben. Sie sahen furchtbar aus; gaben sich förmlich und unbehaglich. Von Connie begleitet, schoben sie sich ins Zimmer. »Deine Freunde sind hier – sie wollen dich besuchen!« sagte sie. »Ich hab' ihnen gesagt, sie dürften mal ›hallo‹ sagen, obwohl du eigentlich noch zu schwach bist, um Besuch zu bekommen.«

Terrys Augen traten hervor. Clives Augen brannten. Connie stand hinter ihnen, während sie neben dem Bett verlegen von einem Fuß auf den anderen traten. »Wie geht's dir?« fragte Terry.

»Ja«, fiel Clive ein. »Wie geht's dir?«

Verzweifelt versuchte Sam, die dringenden Zeichen und Signale hinter der Maske ihrer starren Blicke zu lesen. Er schaute auf seine Mutter, die immer noch hinter ihnen stand, die Hände in die Hüften gestemmt. Sie machte keine Anstalten, das Zimmer zu verlassen. »Nicht sehr gut.«

»Nicht sehr gut. Siehst auch schlimm aus«, meinte Clive.

»Ach«, sagte Connie. »So schlimm ist es auch wieder nicht. In ein oder zwei Tagen ist er wieder auf den Beinen.«

»Bald bist du übern Berg«, beruhigte ihn Terry. »*Aus dem Wald.*«

»Aus dem Wald«, wiederholte Clive.

Sam zuckte zusammen. »Wir lassen ihn lieber allein«, meinte Connie. »Ihr könnt ja morgen oder übermorgen wiederkommen, nicht wahr, Jungs?«

»Ja«, sagte Clive. »Mit so 'ner Entzündung redet man lieber nicht. Am besten überhaupt nichts sagen.«

»Überhaupt nichts«, fiel Terry ein. »Kein Sterbenswort.«

»Meine Güte! Ihr macht es ja schlimmer, als es ist!« lachte Connie und geleitete sie aus dem Zimmer. »Er ist ja nicht todkrank.«

Sam hörte, wie die Haustür ins Schloß fiel, und lag da und starrte an die Decke. Am besten gar nichts sagen. Aus dem Wald. Die Worte fielen einen dunklen Schacht hinab. Aus dem Wald. Er fühlte sich, als rutsche er auf schwarzer weicher Erde, die unter ihm in den steilen Schacht fiel, in eine Grube, die seltsam vertraut nach faulem Laub und Ästen roch ... bis der Grund der Erde in einer langsamen, stillen Explosion nach außen geworfen wurde und er durch das All fiel, inmitten der Sterne, die ihn neugierig, doch mit kalter Energie betrachteten.

28.
Aus dem Wald

Am Donnerstag ging es Sam besser; er hatte kein hohes Fieber mehr, seine Stimme klang wieder normal, und er konnte sich im Bett aufsetzen. Eine Genesungskarte war abgegeben worden, und Connie hatte sie im verschlossenen Umschlag auf seinen Nachttisch gelegt. Sam wartete, bis seine Mutter wieder hinuntergegangen war, dann riß er den Umschlag auf.

Die Karte war von Terry und Clive. Terry hatte geschrieben ›Mach Dir keine Sorgen‹ und mit Druckbuchstaben unterzeichnet. Clives Nachricht lautete ›Alles kommt wieder in Ordnung‹, und darunter hatte er schwungvoll seinen Namen gemalt. Weitere Glückwünsche kamen von Leuten mit Scherznamen wie Karl Kumpel und Willy Wohlgemut, und die aufmunternden Sprüche lauteten ›Hundertprozentig‹ und ›Glücklich ist der Verschwiegene‹. Sam zuckte zusammen, als er den Geheimcode erkannte. Sein Blick wanderte zu dem fürchterlichen Vers in Kursivschrift am unteren Rand der Karte, und er fragte sich, ob Alices Mutter ihn verfaßt haben mochte.

Am späten Freitagnachmittag kamen seine Freunde wieder zu Besuch. Sam durfte schon aufstehen, und Connie erlaubte es, daß sie sich zu einer Unterhaltung in sein Zimmer zurückzogen. Terry schloß leise die Tür, während Clive das Transistorradio anstellte.

»Was ist passiert?« fragte Sam.

»Sie haben eine Leiche im Wald gefunden«, erklärte Clive.

»Das weiß ich. Ich hab's am Samstag gehört. Ich wollte es euch noch sagen, bevor ich krank wurde.«

»Irgend jemand hat erzählt, daß man dich gesehen

hat, wie du versuchtest, in unser Haus einzubrechen. Einer der Nachbarn.«

»Ich wollte dir eine Nachricht hinterlassen.«

»Na ja, jedenfalls haben Terry und ich erst am Sonntagabend von der Sache gehört. Wir wollten es dir sagen, aber deine Mutter ließ uns nicht zu dir. An dem Tag wollten wir dich warnen, du solltest einfach alles abstreiten. Am besten gar nichts sagen. Wir dachten, wir würden noch verrückt. Und zu der Zeit hatten sie den Toten noch gar nicht identifiziert.«

»Es gab einen Polizeibericht«, schaltete sich Terry ein. »Die Leiche war schon verwest.«

Sam erinnerte sich, wie er durch den verschneiten Wald geschlichen war und den Fuchs gesehen hatte, der auf dem Baumstumpf saß und an etwas kaute.

»Wir hatten es uns schon genau überlegt«, fuhr Clive fort. »Wir haben bei der Feldübung mitgemacht, bis uns langweilig war, und dann sind wir halt nach Hause gegangen. Die einfachsten Erklärungen sind immer die besten, und man sollte sich an sie halten. Dann kam ein neuer Polizeibericht.«

»Die Leiche, die sie gefunden hatten«, erklärte Terry, »hatte schon zehn oder fünfzehn Jahre dort gelegen.«

»Ihr meint, es war nicht ...«

»Nein«, sagte Clive. »Es war nicht *unsere* Leiche.«

Sam hielt sich den Kopf; er dachte an die Folgen. »Wer war es denn?«

»Das wissen sie noch nicht.«

»Gott! Jesus! Da fällt mir ein Stein vom Herzen!« Die anderen nickten. Da dämmerte es Sam. »Aber das bedeutet ja ... es bedeutet, daß ...«

»Unsere Leiche immer noch dort liegt«, vollendete Clive.

»Und darauf wartet, gefunden zu werden.«

»Darüber hab' ich auch nachgedacht. Aber ich

meine, wir sollten einfach so weitermachen, als wär' nichts gewesen und einfach den Mund halten. Selbst wenn sie die Leiche finden, können sie keine Verbindung zu uns feststellen. Uns ist bloß irgendwann bei der Feldübung langweilig geworden, und wir sind heimgegangen. Nur wir drei wissen die Wahrheit.«

Sam blickte auf die Wand.

»Das stimmt doch, oder?« drängte Clive. »Nur wir drei.«

»So ungefähr.«

»So ungefähr? Was soll das nun wieder heißen?«

»Es könnte sein, daß ich Alice etwas gesagt habe.«

»ETWAS GESAGT? Du könntest ihr etwas gesagt haben?«

»Nicht so laut«, zischte Terry.

»Du hast es der dummen Pute ERZÄHLT? Du blöder Idiot, du Waschweib, du Arschgesicht ...«

»Sie hat mir das mit der Leiche gesagt. Ich war so erschrocken, da kam es einfach raus!«

»Du Trottel! Mit dem Hirn einer verdammten Schmeißfliege! Warum sollen wir dich überhaupt schützen! Du warst doch der Täter!«

»Er wollte dir doch helfen, Clive!« protestierte Terry. »Oder hättest du's lieber gehabt, wenn Tooley dich ...«

»Die Maden soll'n dein Scheißhirn fressen! Die Würmer! Du Scheißklumpen im Hundedarm!«

Die Tür flog auf. Connie stand da, fuchsteufelswild. »Was soll das Gebrüll? In meinem ganzen Leben hab' ich noch nicht solche Wörter gehört! Das gibt's in meinem Haus nicht! Hört ihr? In meinem Haus nicht!«

Clive schob sich an Connie vorbei und polterte die Treppe hinunter. Krachend fiel die Haustür ins Schloß.

»Was ist denn los? Was ist bloß in den Jungen gefahren?«

»Er ist aufgeregt«, versuchte Terry zu erklären. »Er

hatte diese Woche eine wichtige Prüfung, und er hat sie vermasselt. Dann sagte Sam was Falsches, und Clive hat sich furchtbar aufgeregt.«

»Das ist keine Entschuldigung!« Connie fuhr herum und eilte wieder nach unten. »Ich werde solche Wörter in meinem Haus nicht dulden!«

Fünf Minuten später konnten sie Connie immer noch vor sich hin schimpfen hören.

»Stimmt das mit Clives Prüfung?« wollte Sam wissen.

»Ja – er mußte doch dieses höllisch schwere Examen für Oxford machen, weißt du nicht mehr? Na ja, und das war an dem Morgen, nachdem wir gehört hatten, daß die Leiche aufgetaucht war. Er ging in die Prüfung und schrieb die ganze Zeit immer nur seinen Namen, nichts anderes, und dann gab er das Blatt so ab.«

»Er hat durchgedreht«, vermutete Sam.

»Er sagte, da war die ganze Zeit so eine Stimme, die ihm was ins Ohr geflüstert hat.«

Sam mußte an die Zahn-Fee denken. *Es breitet sich aus*, dachte er. *Es breitet sich aus.*

»Er sagte«, fuhr Terry fort, »daß da hinter ihm so ein komisches, verwahrlostes Mädel saß mit Zähnen aus Metall, und die hat geflüstert und ihm gesagt, was er schreiben soll.«

»Er wird schon wieder in Ordnung kommen. Wir müssen nur einen kühlen Kopf behalten.«

»Das ist ja gut – die ›Jungen-denen-man-in-den-Kopf-schauen-muß‹ soll'n kühlen Kopf behalten.«

Terry schwang das Teleskop auf dem Dreibein herum. Man konnte es auf Wistman's Wood einstellen, der in einiger Entfernung lag. Er blinzelte in das Okular und versuchte, die Bäume zu erkennen. »Er hat aber trotzdem recht, Sam. Es war ganz schön blöd, Alice davon zu erzählen.«

»Ich weiß. Aber ich denke nicht, daß sie mir geglaubt hat.«

»Hoffen wir's. Wie funktioniert denn das Ding hier?«

»Besonders jetzt, wo sie ja 'ne Leiche gefunden haben. Sie wird jetzt glauben, daß ich nur 'ne Geschichte erfunden hab', um ihr zu imponieren.«

Terry fummelte immer noch an der Schärfeneinstellung herum. »So was machst du, um ihr zu imponieren? Hey! Was ist denn das?« Er richtete das Teleskop auf einen schwarzen Punkt am Waldrand; irgendwo hoch in den Zweigen eines Baumes. Der schwarze Punkt erwies sich als ein Gesicht. Das Gesicht, daß aus einer halben Meile Entfernung direkt ins Teleskop schaute, lächelte. Dann wurde es größer, das Lächeln bösartig. Terry konnte einen Kopf mit rußschwarzen Korkenzieherlocken und einen grinsenden Mund erkennen, aus dem eine Reihe spitzzulaufender Zähne blitzte. Plötzlich blähte sich das Gesicht mächtig auf und kam mit rasender Geschwindigkeit auf das Teleskop zu.

»Paß auf!« Terry warf sich zurück, um dem drohenden Zusammenstoß zu entgehen. Es gab ein leises, splitterndes Geräusch.

»Was war das?« rief Sam.

Terry kauerte sich zusammen und hielt die Hände schützend vors Gesicht. Er wagte erst wieder aufzublicken, als der erwartete Zusammenstoß ausblieb. Nervös blickte er zum anderen Ende des Teleskops. Dort war nichts zu sehen. »Ich hab' etwas gesehen«, keuchte er. »Etwas kam auf mich zu.«

Sam blickte in die Linse. Alles, was er sehen konnte, war eine milchige Wolke. Er drehte an der Schärfeneinstellung, doch die Wolke veränderte sich nicht. Da schwang er das Teleskop herum und schaute sich die vordere Linse an. Ein Netz feiner Bruchlinien überzog das Glas. »Sie ist kaputt«, murmelte er.

»Was war das denn bloß?« sagte Terry ängstlich. »Was war das?«

29.
Alices Party

Unverhofft bekam Sam noch einen Freund, der mit ihm im Schulbus fuhr: Clives Wechsel von der Schule der Epstein Stiftung zur bescheideneren Thomas-von-Aquin-Realschule hatte sich außerordentlich rasch vollzogen. Eric Rogers war sehr energisch geworden; die Epstein-Stiftung, so betonte er, nachdem man ihn über Clives katastrophales Verhalten bei der Prüfung informiert hatte, habe nichts anderes getan, als seinen ganz normalen kleinen Jungen in einen eingebildeten Balg zu verwandeln, der alles besser wußte und dieses in einer überkandidelten Sprache zum Ausdruck brachte.

Er hegte über Clives intellektuelle Fähigkeiten die gleichen bescheidenen Ansichten wie über seine eigenen. »Man kann eben keinen Viertelliter in 'n Schnapsglas kippen«, erzählte er all seinen Bekannten. »Man sieht ja, was dabei herauskommt.« Und auch wenn es Clive nicht besonders gefiel, als Schnapsglas bezeichnet zu werden (ein wenig elitärer Firlefanz war doch noch hängengeblieben), so machte er keine Einwände, als sein Vater forderte, er solle nun auf ›eine normale Schule für normale Jungs‹ gehen. In seinem komplizierten Denken glaubte er sogar, dies könne seine schreckliche Akne kurieren.

Als Clive am ersten Tag in seiner neuen Schule mit einem makellosen schwarzen Blazer erschien, sah Sam sich vor eine schwierige Entscheidung gestellt. Sollte er sich neben seinen alten Freund setzen, dem er so zugetan war, daß es sogar einen Mord einschloß, oder neben die frühreife, verführerisch duftende Alice. Auf dem Hinweg konnte er nichts anderes tun, als sich neben

Clive niederzulassen, auch als er Alice, die ein wenig später einstieg, bei dessen Anblick einen Augenblick zögern sah. Es war, als schlage sein Herz nur halb so stark oder noch schwächer. Aber er glaubte das Problem gelöst zu haben, indem er auf der Rückfahrt neben Alice schlüpfte und es Clive überließ, sich vor beide zu setzen. Während Alice angeregt erzählte, blickte Clive während der ganzen Fahrt mürrisch aus dem Fenster. So blieb es nun Tag für Tag; und nie wurde der Ablauf geändert noch jemals darüber gesprochen.

Die Glockenblumen blühten, als die Polizei sich wieder für Wistman's Wood zu interessieren begann. Sam, Alice und Clive saßen eines Sonntagnachmittags am Teich und genossen die Frühlingsluft. Auf dem Feld hinter ihnen wartete Terry auf seinen Einsatz beim Fußballspiel. Schon längst hatte er seine Altersgenossen im Fußball überrundet und gehörte nun zur Reserve des Redstone Village B-Teams – als jüngster Spieler, der je die Vereinsfarben Bordeaux und Blau tragen durfte. Der Himmel war wolkenlos, und über dem Wasser schwirrten die Eintagsfliegen. Während die Fußballer lautstark ihr Spiel kommentierten, erklärte Alice, was sie erfahren hatte.

»Sie wollen die Wälder noch einmal durchkämmen. Das stand gestern abend im *Telegraph*.«

Die Polizei hatte bei der Identifizierung der fünfzehn Jahre alten Leiche aus dem Wald keine Fortschritte zu verzeichnen. Auch als sie sich an die Bevölkerung wandte, hatte dies keine neuen Informationen gebracht. Nun war eine neue Untersuchung anberaumt worden, in der Hoffnung, daß irgendwelche Beweise zutage gefördert würden.

Sam und Clive starrten ins Wasser. Der stille Teich spiegelte die überhängenden Bäume und die Glockenblumen, die nahe dem Ufer wuchsen; es war, als könne man die oberste Haut des Wassers einfach aufrollen wie ein Wandbild und heimlich mit nach Hause nehmen. Alice beobachtete die beiden scharf. »Macht euch das nervös?«

Keiner gab eine Antwort.

»Na?«

»Warum sollte es uns nervös machen?« fragte Clive.

»Sam hat's mir erzählt.«

»Was erzählt?«

»Du weißt schon was. Und ich weiß, daß er dir erzählt hat, daß er's mir erzählt hat.«

»Was meint sie bloß, Sam?«

»Weiß nich'.«

Eine Pfeife schrillte. Jubelrufe. Ein Tor war gefallen.

»Sie meint das von damals«, erklärte Sam, »als ich sie auf den Arm genommen hab'.«

»Ach das«, meinte Clive. »Manche Leute glauben aber auch alles, was man ihnen erzählt.«

»Ich hab' Sams Gesicht gesehen – damals, an dem Tag. Ich glaub' nicht, daß er nur Spaß gemacht hat.«

»Na klar, Alice.«

»Was immer du sagst, Alice.«

»Ihr müßt sie jetzt wahrscheinlich woandershin schaffen.«

Sam und Clive wandten sich um und starrten sie an. In ihren ernsten, reinen Augen spiegelte der Himmel. Sie stand auf und zündete sich, an den Baumstamm gelehnt, eine Zigarette an, blies den Rauch senkrecht aus.

»Weißt du, was dein Problem ist, Alice?« sagte Sam und tat, als müsse er lachen. »Du kannst nicht zwischen Phantasie und Wirklichkeit unterscheiden. Das ist dein Problem.«

»Ich kann euch helfen«, sagte sie sanft. »Wenn ihr mich laßt.«

Als der Schlußpfiff ertönte, schlenderten sie hinüber

zum Fußballfeld. Die Spieler marschierten zu den Umkleideräumen. Terry schüttelte einem der gegnerischen Spieler die Hand. Clive marschierte voraus. »Habt ihr 'n Tor gemacht?« rief er in Hörweite des Trainers, eines steifen, übergewichtigen Zwerges mit Sportmütze.

»In den letzten zwei Minuten«, rief Terry, während er mit zwei anderen Spielern davontrabte.

»Zwei Minuten«, spie Clive verächtlich. »Das lohnt ja nicht mal die Dusche!«

»Der Junge ist erst dreizehn«, bellte der Trainer zurück. »Und die anderen sind erwachsene Männer.«

»Er kann jeden eurer Spieler mattsetzen! Taktisch ist er absolute Spitze! So einen gibt's in Redstone nicht wieder!« Clive entfernte sich, mit Alice und Sam im Schlepptau. Der Trainer starrte hinter ihnen her, die Lippen vor sprachloser Verachtung gekräuselt.

»Was weißt du schon über Fußball?« grinste Sam.

Clive hielt abrupt an. »Gar nichts. Aber ich glaube an Terry. Ehrlich. Ich glaube an meine Freunde. Ich glaube an Terry. Und an dich, Sam. Und an dich auch, Alice.« Damit stolzierte er zu den Umkleideräumen, um nach Terry Ausschau zu halten. »Sieht so aus, als hättest du eben Beitrittserlaubnis erhalten«, bemerkte Sam.

Alice schien unentschlossen, ob sie Wert auf die Mitgliedschaft legte.

»Wir müssen die Leiche wegbringen, bevor die Polizei sie findet«, sagte Clive.

Terry saß auf dem ledernen Morris-Autositz, den Kopf in den Händen, die Haare immer noch feucht von der Dusche. Sam hockte auf einem niedrigen Ast und trampelte nervös mit den Füßen. Alice war heimgegangen.

»Vielleicht wär's besser«, schlug Sam vor, »wenn wir

nichts anfassen. Nichts sagen. Nichts wissen. Keine Aufmerksamkeit erregen.«

»Es ist nur eine Frage der Zeit, bis sie ihn finden«, sagte Clive. »Dann verhören sie die Scouts. Dann kommen sie auf uns.«

»Und was schlägst du vor?« fragte Terry.

Clive stieß einen tiefen Seufzer aus. »Wir besorgen uns eine Plane. Wickeln sie um die Leiche. Bringen sie hierher. Binden 'n paar Gewicht dran.« Er nahm einen Stein und warf ihn in die Mitte des Teichs. Er versank mit einem lauten Platschen und malte konzentrische Kreise bis zum Ufer. »Ich schätze mal, daß er ganz schön tief ist. Und wir wissen ja, daß da Biester drin sind, die Fleisch fressen. Hechte und so was.«

»Ach Gott, ach Gott!« stöhnte Terry. »Wir machen's in der Nacht«, fuhr Clive fort. »Ganz spät.«

»Das wird nicht gutgehn«, schniefte Sam.

»Können wir denn gar nichts anderes tun?« stöhnte Terry.

»Was denn zum Beispiel? Wir können das Ding doch nicht im Wald begraben. Die Polizeihunde haben das ganz schnell rausgeschnüffelt. Und die einzige andere Möglichkeit, soweit ich es sehe, ist, uns gleich zu stellen.« Diese Vorstellung gefiel keinem. »Also ist das jetzt beschlossen?«

»Und was ist mit Alice?« meinte Sam.

»Auf keinen Fall.«

»Ich bin nicht sicher, ob wir's allein schaffen. Sie könnte uns tragen helfen.«

»Nein.«

»Hat sie euch denn ihre Hilfe angeboten?« fragte Terry.

»Ja. Und sie wäre auch nützlich – in jeder Hinsicht. Zum Beispiel brauchen wir einen, der als Entschuldigung für unsre Alten herhält.«

»Auf gar keinen Fall«, beharrte Clive. »Ich werde das keinen Augenblick lang in Erwägung ziehen.«

»Clive, du bist überstimmt«, sagte Terry. »Heute nacht. Da werden wir's machen.«

Sam erklärte seinen Eltern, daß sowohl Clives wie Terrys Familien ihr Einverständnis gegeben hätten, und wenn sie es ablehnten, werde er wie ein kleines Kind dastehen und seinen Freunden nie wieder in die Augen schauen können. Clive und Terry brachten zu Hause dieselben Argumente vor. Alle drei hinterließen Alices Telefonnummer, da Alices Mutter angeboten hatte, sie werde jeden beruhigen, der dem Unternehmen mit Vorbehalten entgegensah. Nev und Connie hatten jedoch kein Telefon. Terrys Tante Dot und Onkel Charlie hingegen hatten eines – neu installiert –, und da sie ungern telefonierten, mußte Linda es für sie tun. Eine sehr wortgewandte Dame, die sich als Alices Mutter ausgab, überzeugte Linda, daß es im Hause genügend Zimmer gab, so daß die Jungen nach Alices Geburtstagsparty dort übernachten konnten. Linda wurde daraufhin zu Connie und Nev geschickt, um sie zu beruhigen, daß alles in Ordnung sei.

»Trinkt sie etwa?« flüsterte Linda Sam zu. »Sie hörte sich schon halb hinüber an, und das um halb sieben.«

Eric und Betty Rogers waren hartnäckiger, und eine Weile sah es so aus, als müsse Clive zu seinem alten Mittel greifen und um die Mitternachtsstunde aus seinem Schlafzimmerfenster klettern. Doch ein gut eingesetzter Wutanfall, in dem er all sein Mißgeschick auf die Epstein-Stiftung zurückführte und auf die Tatsache, daß er kein bißchen Normalität habe erleben dürfen so wie Sam und Terry, die bei Alice übernachten durften, brachte Clives Eltern zum Einlenken.

»Es ist ja nicht so, daß sie in ihrem Alter schon was anstellen könnten«, argumentierte Betty. Eric, der sich keinen Illusionen darüber hingab, wozu dreizehnjährige Jungen fähig waren, zog es vor, nicht zu antworten. Betty, die den ganzen Tag lang gebacken hatte, malte sorgfältig Alices Namen mit Zuckerguß auf einen Kuchen und bestand darauf, daß Clive ihn zu ›Alices Party‹ mitnahm.

Die Idee stammte von Alice. Nachdem die Jungen mit zu ihr gekommen waren, hatte sie sie in ihr Zimmer geschmuggelt und laute Musik aufgelegt, während ihre Mutter sich schminkte, um sich danach ins Nachtleben zu stürzen. Alice wußte aus Erfahrung, daß June nicht vor zwei oder drei Uhr morgens zurückkehren würde, mit Gin abgefüllt. Und jeder Anruf nach sechs Uhr konnte von Alice angenommen werden, während die echte Stimme im parfümierten Badeschaum einweichte und dazu Vivaldi in Kanonendonner-Lautstärke hörte.

Und so kamen um halb neun drei Jungen zu Alices Haus, jeder mit einem Schlafsack und einer Flasche Woodpecker-Cider. Clive trug dazu mit verlegener Miene den Kuchen mit Zuckerguß, Sam ein Päckchen Zigaretten und Terry ein beunruhigtes, eingefrorenes Lächeln, das seine Bewunderung für Alice ausdrückte, die von Minute zu Minute wuchs.

Sie legten Platten auf. Sie tranken Cider und rauchten. Sie aßen den Kuchen auf.

Um Mitternacht warteten die drei zusammengekauert hinter einem Gatter mit fünf Sprossen; das Gatter gehörte zu einem Zaun, der das an Wistman's Wood angrenzende Feld umgab. Sie hatten eine große Segeltuchplane von einer nahen Baustelle gestohlen, und schon dort hatten die Dinge begonnen schiefzugehen. Während sie die Seile durchtrennten, mit denen das Segeltuch festgezurrt war, hatte sich Clive mit seinem Taschenmesser die Hand verletzt. Dann hatte sich die Plane als so schwer erwiesen, daß sie sie zu zweit schleppen mußten. Sie waren mißmutig und erschöpft, bevor sie auch nur im Wald angelangt waren.

Ein Dreiviertelmond tauchte das Feld und die angrenzende Straße in helles Licht; das paßte ihnen erst recht nicht. Selbst ein paar segelnde Wolken reichten nicht aus, um sein strahlendes Licht zu mindern.

»Was ist, wenn sie nicht kommt?« wollte Clive wissen, der an seiner Wunde lutschte.

»Sie wird schon kommen.«

»Ich hab' mir Gedanken über die andere Leiche gemacht, die sie da im Wald gefunden haben«, fuhr Clive fort. »Die Polizei meinte, sie liege ungefähr seit sieben oder acht Jahren da.«

»Na und?« meinte Terry unbehaglich.

»Na ja, ich hab' mir überlegt, wie alt wir damals waren. Ich schätze, dieser Mensch, wer immer er war, ist so ungefähr um die Zeit ermordet worden, als ... so um den Dreh, wo wir ...«

Er verstummte, als er Terrys Gesicht sah. Dessen Augen waren geschlossen, und die Lider flatterten heftig.

»Hör auf!« zischte Sam. »Hör sofort auf damit!«

Scheinwerfer leuchteten auf der Straße, und sie warfen sich zu Boden, bis das Auto vorbeigefahren war. Ein paar Minuten später hörten sie das Schnauben eines Pferdes, und Alice erschien im Mondlicht; ihre Lederjacke glänzte. Sie führte die gescheckte Stute über den Grasstreifen auf der anderen Straßenseite. Mädchen und Pferd schienen lautlos über das Feld zu gleiten.

Feuchter Nebel stieg aus dem Gras zu ihren Füßen und den Hufen des Pferdes.

»Sie ist gekommen! Sie hat's geschafft!«

Alice hielt am Tor auf der anderen Straßenseite und öffnete den Riegel. Das Pferd warf den Kopf hoch. Sein Atem stieg wie eine silberne Wolke in den Nachthimmel. Plötzlich leuchteten wieder Scheinwerfer auf, rasten auf sie zu. »Zurück!« schrie Sam. »Alle zurück!«

Alice duckte sich, zog das Pferd heftig am Zügel und führte es vom Gatter weg. Die Jungen warfen sich wieder auf den Boden.

Doch das Auto fuhr nicht vorbei, wie sie erwartet hatten. Es wurde langsamer, hielt mitten auf der Straße und fuhr dann in die Einfahrt zum Feld. Die Scheinwerfer leuchteten über das Feld und ließen die Bäume am Rande von Wistman's Wood in scharfem Kontrast hervortreten. Sie hörten, wie die Handbremse angezogen wurde, dann gingen die Scheinwerfer aus, und der Motor erstarb. Der Wagen stand nun auf der anderen Seite der Hecke, keine neun Fuß von ihnen entfernt.

Sie blieben eine Weile abwartend liegen. Schließlich vernahmen sie ein Schluchzen aus dem Wagen, gefolgt von einem tiefen Seufzer.

Clive, das Gesicht seitlich an den Boden gepreßt, stieß einen stummen Fluch aus. Es war ein Liebespärchen. »Die können ja Stunden da stehenbleiben.«

»Hängt davon ab«, flüsterte Terry mit zusammengebissenen Zähnen.

»Wovon?« Sam dachte an Alice, die das Pferd ruhig halten mußte.

»Ob sie nachgibt oder nicht.«

Sie warteten. Aus dem Innern des Wagens erklang ein leiser Protestschrei. Dann wieder Stille. Terry kniete sich hin und machte Anstalten, ins Auto hineinzuspähen. »Sei vorsichtig«, mahnte Clive. Terry krabbelte durch den Straßengraben und steckte seinen Kopf durch die Hecke. Die Scheiben des Wagens waren beschlagen, aber auf dem Beifahrersitz war deutlich eine Frauenbrust im Mondlicht zu erkennen. Der Fahrer neigte seinen Kopf zu der entblößten Brust und nahm eine große aufgerichtete Brustwarze zwischen die Lippen. »Hey!« machte Terry. »Hey!« Plötzlich wurde er starr. »Ich glaub's nicht!« zischte er. Steckte den Kopf tiefer in die verschlungene Hecke. »Es ist Linda! Mit Derek!«

Die beiden anderen krabbelten herbei und steckten auch die Köpfe durch die Hecke. Sogleich hatte Linda sich umgedreht und war nun damit beschäftigt, die beschlagene Scheibe blank zu reiben. Die Jungen krochen ein wenig zurück und versuchten, Zweige vor ihre Gesichter zu ziehen. Sie erstarrten, als Linda ihnen direkt in die Augen zu schauen schien. Die gedämpften Stimmen im Innern des Wagens waren recht gut zu verstehen.

»Ich hab' irgendwas gehört«, sagte Linda. »Dann hab' ich, glaub' ich, drei scheußlich dreckige Fratzen im Gestrüpp gesehen. So wie Dämonen. Es war schrecklich.« Sie versuchte immer noch, die Scheibe klar zu reiben.

»Soll ich mal nachschauen?« fragte Dereks gedämpfte Stimme.

»Nein, bloß nicht.«

»Ist ja gut! Ich steig' mal aus und seh' mich um.«

»Nein! Ich hab' Angst. Laß uns fahren.«

»Ach, komm schon!« Derek versuchte wieder, ihre Brustwarze zu erhaschen.

»Hör auf!« Linda knöpfte sich die Bluse zu. »Ich will weg hier.«

»Scheiße!« Unter Dereks Flüchen sprang der Motor an. Die Scheinwerfer flammten auf, und der Wagen fuhr rückwärts auf die Straße. Die Reifen quietschten, als sie davonrasten und die roten Rücklichter in der Ferne verschwanden.

Alle stießen einen Seufzer der Erleichterung aus. Dann rief Alice von der anderen Straßenseite.

»Jetzt komm, Alice! Die Luft ist rein.«

Alice führte das Pferd zum Tor, aber sie konnte es nicht öffnen. Sam schoß über die Straße, um ihr zu helfen. Das Gatter war mit einer Schnur festgebunden. »Ich hol' Clives Messer.«

»Vergiß es«, gab Alice zurück. »Und geh mir aus dem Weg.«

Obwohl das Pferd keinen Sattel trug, sprang Alice auf seinen Rücken. Sie ließ es ein paar Schritte vom Gatter wegtrotten, wendete dann und galoppierte auf das Tor zu. Sam taumelte beiseite, als das Pferd in die Höhe sprang. Er sah fünf, sechs, sieben Pferde in einem abgehackten und doch einzigen Bild, die eine Brücke vom Absprung bis zur Landung bildeten, eine Vision im glänzenden Licht des Mondes. Es war ein erhabener, kraftvoller Anblick. Alice und das Pferd kamen glatt über das Tor, Alices Haare flogen in einer Welle hinter ihr her. Das Pferd kam nur wenige Schritte hinter dem Gatter zum Stehen. Alice rutschte von seinem Rücken herunter und führte es über die Straße. Clive und Terry hielten das zweite Tor offen.

Schweigend führte Alice das Pferd an den Rand von Wistman's Wood. Die Jungen, die das Segeltuch schleppten, fielen ein wenig zurück. »So«, sagte sie schließlich. »Dann geht mal rein. Und bleibt nicht zu lange. Denkt dran, wir müssen zurücksein, bevor meine Mutter kommt.«

Die Jungen sollten die Leiche bergen und im Segeltuch bis zum Waldrand ziehen. Dann würden sie die Leiche auf den Pferderücken werfen und zum Teich bringen. Dort hatten sie schon Seile und viele Gewichte hingelegt, um das Ding sicher am Grunde des Teichs zu verstauen. Inzwischen warf das Pferd ungeduldig den Kopf und blies Dampfwolken aus den Nüstern. Die Jungen schienen unschlüssig, als warteten sie auf einen Marschbefehl.

»Nun macht schon!« zischte Alice.

Die drei betraten den Wald. Bis zur zweiten oder dritten Baumreihe begleitete sie der Mondschein, der silbern auf den zerbrechlich wirkenden Blütendolden der Glockenblumen funkelte, doch dann wurde er schwächer und gab kaum noch genug Licht, um sich einen Weg zwischen den Bäumen zu bahnen. An dem Abend, an dem sie zum letzten Mal hier gewesen waren, am Abend der Feldübung, war es nur dämmerig gewesen. Sam führte; Clive und Terry folgten dicht auf.

Irgendwo in den Tiefen des Waldes schrie eine Eule. Sam hielt inne, um zu lauschen. Aus der Düsternis der Bäume ragten schlanke silberne Birken gleich Masten auf, schlanke Röhren aus schwachem Licht, die dumpfes blaues Mondlicht in die Tiefen sandten. Der Atem der Bäume war überall zu spüren – eine wachsame, lauernde Präsenz. Sam ging weiter, die anderen folgten.

»Wir gehen falsch«, sagte Clive nach einer Weile.

»Nein.« Sam war sicher, daß er wußte, wo sich der hohle Baumstumpf befand. Er beschleunigte seinen Schritt, er wußte, die anderen würden folgen.

An einer Kreuzung zweier Wege wurde Sam von einem vertrauen Duft überrascht, einem Duft, der so deutlich zu riechen war, daß er das Gleichgewicht verlor und vom Weg herunterstolperte. Unter seinen Füßen flüsterten die Farne.

»Du führst uns den falschen Weg!« versuchte Clive es von neuem. »Wir müssen da rüber!«

»Nein, hier!« beharrte Sam.

»Ich glaube, Clive hat recht«, schaltete Terry sich ein. »Hier kommt mir gar nichts bekannt vor.«

»Das kommt, weil wir in 'ner total falschen Ecke vom Wald sind!« Nun, da Terry mit ihm einer Meinung war, wurde Clive wütend auf Sam. »Hier ist es ganz bestimmt nicht!«

»Woher willst du das wissen? Du hast schließlich gefesselt mit dem Arsch nach oben auf'm Boden gelegen, als es passierte!«

»Hör mal«, sagte Terry vernünftig. »Wenn du kurz davor gewesen wärst, Tooleys dicken, kranken Schwanz in den Arsch geschoben zu kriegen, würd'st du dich doch wahrscheinlich an die Stelle erinnern, oder nicht?«

»Genau darum geht's ja: Hätte ich fast Tooleys dicken, kranken Schwanz in den Arsch gekriegt, dann wär' ich bestimmt nicht auf die Idee gekommen, mir die Stelle nach dem Kompaß zu merken!« gab Sam zurück.

»Ach, scheiß drauf, ihr beiden!« bellte Clive, der nicht an die Gefahr erinnert werden wollte, der er nur knapp entronnen war. »Jetzt geh' ich vor.«

Terry zuckte die Achseln und winkte Sam, ihnen zu folgen. Ungefähr zehn Minuten lang marschierten sie hinter Clive her, und Sam war immer mehr überzeugt, daß sein erster Instinkt richtig gewesen war. Der Schrei der Eule klang nun näher. »Hier muß es irgendwo sein«, murmelte Clive.

Wieder wehte Sam ein Hauch des Geruchs an – etwas war nahe, in der Dunkelheit, etwas Gefährliches. Er blickte auf den Weg zurück. Jeder Baum war in einen Mantel der Schwärze gehüllt, hinter dem sich alles Mögliche verbergen konnte. »Da folgt uns jemand«, sagte er.

Clive und Terry blieben stehen und blickten zurück. Sie horchten angestrengt. »Alice?« fragte Terry. »Alice?«

»Nein, es ist nicht Alice.«

»Bist du sicher?« wollte Clive wissen.

»Ja. Ich glaub' schon. Vielleicht. Ich meine, ich bin sicher, daß es nicht Alice ist.«

»Du willst uns ja nur angst machen«, meinte Terry.

Die Eule schrie, nur ein paar Meter entfernt. Sam sah sie auf einem hohen Zweig sitzen und auf sie herabblicken.

Clive drängte weiter. Sie gelangten zu einer kleinen Lichtung. »Hier ist es«, verkündete er. »Das ist der Baum, an dem der Scout gehangen hat. Mich hatten sie dort drüben festgebunden. Und Tooleys Leiche haben wir in den hohlen Baumstumpf da gestopft.«

Sam war sicher, daß Clive sich irrte. Doch Terry, der die Äste des Baumes begutachtete, nickte zustimmend. Gemeinsam schlurften sie zu dem Baumstumpf, den Clive ihnen bezeichnet hatte. Er war halbvoll mit welken Blättern, verrottenden Zweigen und anderen Überbleibseln des Waldes. Keiner schien bereit, anzufangen. »Also«, meinte Clive. »Los.«

Terry fing an, und die beiden anderen fielen ein. Zuerst langsam, dann mit steigender Panik schleuderten sie die verrottende Masse aus dem Stumpf, bis ihre Fingernägel sich in eine weiche, organische Substanz gruben, die darunter lag.

»Uhh!« machte Terry.

Clive förderte eine Handvoll zutage. Sam auch.

»Das ist bloß Erde«, meinte Sam. »Matschige Blätter. Sonst gar nichts.«

»Sie ist verschleppt worden«, mutmaßte Clive.

»Nein. Es ist nicht die richtige Stelle. Du hast uns zur falschen Stelle gebracht! Guck dir doch den Baum da an! Da könntest du ja nicht mal den magersten Scout dran aufhängen! Und wo sollen Terry und ich uns versteckt haben? Das ist einfach nicht die richtige Stelle, du blöder Idiot!«

Terry kratzte sich am Kopf, blickte sich um. »Sam hat recht«, stimmte er zu.

»Ich kann's nicht glauben! Ich kann's einfach nicht glauben!«

Da war wieder der überwältigende Geruch: Vogelscheiße; regenfeuchte Blätter; Baumflechte; faulendes Heu; Blütenknospen kurz vor der Reife. Sam wußte nun, daß eine andere Macht gegenwärtig war. Seine Nackenhaare sträubten sich. »Mach dir nichts draus, Clive. Wir wurden hierhergeführt. Ausgetrickst.«

»Was meinst du damit?«

Sam blickte nach oben. Die Eule flog von ihrem Zweig auf, Richtung Norden.

Er wußte, sie würden in dieser Nacht nichts finden. Dann nahm er wahr, daß die beiden ihn erstaunt und erschrocken anstarrten.

»Sag ihm, er soll seine Scheißklappe halten«, befahl Clive.

»Ja«, meinte Terry. »Mach sie lieber zu, Sam.«

Schweigend führte Sam sie zu der Stelle, zu der er zuerst hatte gehen wollen – zu der Lichtung, wo er im Winter den Fuchs im Schnee gesehen hatte. Der Platz glich dem anderen: doch der Baum schien eher geeignet, und der ausgehöhlte Stumpf war tiefer und besser bedeckt. Außerdem hatte man noch ausgerissene Büsche und abgebrochene Zweige darüber gehäuft. Nachdem sie – wiederum in Hektik – alles weggeräumt hatten, zeigte sich, daß das Ergebnis sich in nichts von ihrem ersten Versuch unterschied.

Clive ließ sich zu Boden sinken, das Gesicht schwarz vor Schweiß und Dreck. Er weinte vor Enttäuschung.

Dann hörte er unversehens auf und starrte stumm vor sich hin.

Sam half ihm auf die Beine. »Jetzt komm. Alice wird ja noch verrückt vor lauter Warten.«

Entmutigt trotteten sie zum Waldrand. Terry schleppte die nutzlose Plane. Alice kauerte am Boden, mit verschränkten Armen, um sich warm zu halten, und rauchte eine Zigarette bis zum Filter. Sie mußten ihr nichts erklären; der Mißerfolg ihrer Unternehmung war allzu deutlich.

Sie führten das Pferd über das Feld und die Straße. Alice sprang wieder über das Gatter, und sie kletterten durch den Zaun. »Ich seh' euch dann in 'ner Viertelstunde bei mir. Sam, kannst du ohne Sattel reiten? Dann spring auf.«

Doch Sam hörte sie nicht. Über Terrys Schulter, auf dem Gatter sitzend, sah er die Zahn-Fee, die sie aufmerksam beobachtete. Der Mond warf ein geisterhaftes Licht auf das weiße Gesicht. Die Kreatur grinste ihn voll grimmiger Befriedigung an.

»Du willst es nicht zulassen, daß wir sie finden?« murmelte Sam, so leise, daß die anderen, die nur ein paar Meter weiter weg standen, ihn nicht hören konnten. »Das würde dir gar nicht passen, was?«

Terry ließ die Plane fallen und schubste Sam beiseite. »Ich will, wenn Sam keine Lust hat!« Eine Sekunde später saß er hinter Alice auf dem Pferd. Sam fuhr herum. Er sah, wie Terry seine Arme um Alices Taille legte. Alice grub dem Pferd die Absätze in die Flanken, und weg waren sie, galoppierten durch die aufsteigenden Nebel über Felder, die von Mondlicht übergossen waren.

30.
Vorwarnung

»Das ist ja gut«, meinte Alice.

Die drei Jungen und sie studierten die Ankündigung eines Bauvorhabens, die am Tor des Fußballfeldes angeschlagen war; der Redstone Football Club, der das ganze Gelände gekauft hatte, kündigte an, daß der Boden planiert werden solle, um ein zweites Fußballfeld anzulegen. Dazu mußte der halbe Teich zugeschüttet werden.

»Ich meine, wie gut, daß ihr in jener Nacht nichts im Wald gefunden habt. Sie könnten den Teich ausbaggern.«

Mehr als ein Jahr war vergangen seit dem katastrophalen Fehlschlag ihrer Unternehmung, die Leiche des Scouts in Wistman's Wood aufzustöbern, und dies war das erste Mal, daß einer von ihnen es erwähnte. Natürlich hatte es schlaflose Nächte gegeben und Träume von Leichen, die aus verrottenden Blättern bestanden und sich von Waldpfaden erhoben; doch die Polizei hatte ihre angedrohte neue Suchaktion ausgeführt und auch nicht mehr Erfolg gehabt als die Jungen. Nun, da sie auf der hölzernen Tafel von dem Bauvorhaben lasen, kam ihnen die Erkenntnis, welche Folgen es hätte haben können, wären sie in jener Nacht im Wald erfolgreich gewesen. Keiner von ihnen wußte, ob die Auffüllung eines Teichs dazu führte, daß ein Körper wieder an die Oberfläche kam oder ob er für immer verschwunden blieb.

»Und überhaupt« sagte Sam, und diese Worte nahmen ihnen für einen Augenblick die Angst vor dem gähnenden Abgrund, in den sie geblickt hatten, »und überhaupt dürfen sie gar nicht herkommen und den halben Teich zuschütten!«

»Und warum nicht?«

»Weil's *unser* Teich ist! Es war immer unser Teich. Seit wir kleine Kinder waren. Das können die doch nicht machen!«

»Sie können's, und sie werden's.«

»Also, jedenfalls sollte man es ihnen nicht erlauben.« Sam blickte über die Wasserfläche; von Ufer zu Ufer waren es siebzig oder achtzig Yards. »Sie werden 'ne kleine Pfütze draus machen.«

»'nen Spuckefleck«, ergänzte Clive.

»'nen Rotzklumpen«, trumpfte Terry auf.

Das war ein beliebtes Spiel der Redstone Moodys: wenn einer so dumm war, ein weniger geläufiges Wort ihres Vokabulars zu gebrauchen, so bekam er rücksichtslos dessen Steigerung um die Ohren geschlagen.

»Irgend jemand sollte 'ne Bombe basteln und diesen Fußballclub vom Erdboden wegpusten«, sagte Sam.

»Das ist einfach«, gab Clive zurück. »Was für 'ne Art Bombe darf's denn sein?«

»Meinst du das ernst?«

»Ich könnte dir in weniger als 'ner Minute 'nen netten Molotow-Cocktail basteln; für ein etwas kultivierteres Gerät könnte ich schon 'nen ganzen Tag brauchen.« Mit dem Chemiebaukasten, den er im Gartenschuppen verwahrte, konnte er alles herstellen.

»*Kultiviert*«, sagte jemand mit leiser, näselnder Stimme.

»Ja, sag' ich doch, *kultiviert*. Oder ich könnte dir in zehn Minuten eine Rohrbombe basteln.«

Sie wandten sich vom Tor ab und gingen zum Teich. »Echt? Würde die den Fußballclub wegpusten?« wollte Sam wissen.

»Nicht ganz. Aber sie würde ein anständiges Loch in die Tür sprengen.«

Terry kratzte sich am Kopf. Die Fußballmannschaft hatte jetzt Sommerpause, aber er hoffte auf einen festen Platz im Redstone F.C., wenn die neue Saison begann. »Ich finde nicht, daß ihr das tun solltet.«

»Alles, was du brauchst« zwitscherte Clive fröhlich, »sind ein Stück Rohr, ein paar Lumpen, Zucker und Natriumchlorat – Unkraut-Ex würdest du sagen.«

»Mensch.«

»Nein«, beharrte Terry. »Nehmt euch doch die Reithalle vor.«

»Laßt die Finger von der Reithalle«, sagte Alice drohend.

»Hey! Was ist denn hier passiert?« rief Sam, als sie zu ihrem Versteck im Gebüsch am Teich kamen. Die lederne Sitzbank des Morris Minor war aufgeschlitzt worden; ein alter Stuhl lag im Teich; die Plane, die sie als Regenschutz aufgehängt hatten, war heruntergerissen worden; und auf dem Boden hatte man ein paar leere Cider-Flaschen zerschellen lassen.

»Die Kinder aus der Siedlung!« rief Terry.

»Diese kleinen Bastarde!« sagte Alice.

»Ich wünschte, ich würd' sie in die Finger kriegen«, meinte Clive. »Ich würd' Hackfleisch aus ihnen machen.«

»Das ist genial! Verdammt genial!« Skelton saß auf der einen Seite seines großen, glänzenden Mahagoni-Schreibtischs, die plumpen, behaarten Hände auf die Schenkel gepreßt, während Sam sich auf dem Sessel ihm gegenüber lümmelte. Der Psychologe hatte die Ärmel bis zu den Ellbogen aufgerollt. Das Fenster stand offen und ließ die warme Juniluft herein. Zwischen ihnen, mitten auf dem Tisch, stand der Alptraum-Abfangjäger. Sam hatte schließlich Skeltons

Bitte nachgegeben und das Gerät angeschleppt; einmal, weil er ihm beweisen wollte, daß es diesen Apparat tatsächlich gab, und zweitens, weil er von einer Autorität hören wollte, daß das Ding auch einen Wert besaß.

Skeltons Zähne sahen allmählich aus wie eine Reihe verwitterter Wäscheklammern, die man auf der Leine hängengelassen hatte, und er fletschte sie stolz mit einem breiten Grinsen. Er brachte seine Augen nah an den Apparat und studierte genau die einzelnen Teile, als sei das Gerät zu kostbar und zu zerbrechlich, um es zu berühren, und nicht nur ein alter Wecker, durch Drähte mit einem Temperaturfühler und einer Krokodilklemme verbunden. »Und du bist dir sicher, daß er funktioniert?«

»Für normale Alpträume, ja. Für die, die Sie Zahn-Fee-Alpträume nennen würden, nicht.«

Skelton tat den Unterschied mit einem Händewedeln ab. »Weißt du überhaupt, mein Junge, weißt du, wie viele Menschen in diesem Land an schrecklichen Alpträumen leiden, wirklich *leiden?* Ungefähr acht Millionen. Sie haben nicht bloß schlechte Träume, sondern Alpträume, bei denen sie schwitzen, weinen, schreien müssen oder vor Schreck wie gelähmt sind. Menschen, die Angst haben, schlafen zu gehen. Das Ding hier könnte ihnen helfen! Wirklich helfen! Müßte natürlich noch ein bißchen verbessert werden. Und es ist so gottverdammt SIMPEL!«

»Es tut ein bißchen weh an der Nase.«

»Darf ich?« Skelton deutete mit dem Finger auf die Krokodilklemme. Sam zuckte die Achseln. Vorsichtig nahm Skelton die Klemme, öffnete die Feder und ließ sie über seiner Nase einschnappen. »Autsch! Du hast recht!«

»Man muß ein bißchen Watte zwischen Klemme und

Nase schieben. Sonst kann man gar nicht einschlafen und natürlich auch keine Alpträume kriegen.«

»Ich verstehe. Also der Sensor ist hier auf der Klemme, stimmt's? Stimmt. Also dann. Woll'n wir's mal versuchen.« Skelton begann, in rascher Folge durch die Nase ein- und auszuatmen. Ein paar Augenblicke später schrillte der Wecker. Er riß sich die Klemme von der Nase und rief: »Hallelujah!« Stand auf und schritt mit hinter dem Rücken zusammengefalteten Händen um seinen Tisch herum, während er in sich hineinkicherte. »Was wir jetzt brauchen, ist jemand, der uns das Ding entwickelt. Entwickelt und verbessert, he? Entwickeln und verbessern. Ich werd' mich mal mit ein oder zwei Leuten in Verbindung setzen. Wir werden es patentieren lassen.«

»Es wird aber immer noch mir gehören«, sagte Sam störrisch.

Skelton hielt jäh inne. Er beugte sich zu Sam herüber und kam dem Jungen so unangenehm nahe, daß Sam die gelben Ringe um seine Pupillen erkennen konnte. Skelton war gar nicht erfreut. »Hör mal zu, Junge. Ich bin vielleicht ein verdammt schlechter Psychologe. Ich könnte sogar zugeben, daß ich ab und zu einen über den Durst trinke. Was ich aber nicht bin, ist ein gottverdammter Dieb. Also, was bin ich nicht?«

»Ein gottverdammter Dieb.«

Skelton schien zufrieden. Er nickte grimmig und begab sich wieder zu seinem Sessel. Nun grinste er wieder übers ganze Gesicht. »Nein, schließlich ist es *dein* Spielzeug. Wir werden es in deinem Namen patentieren lassen, Sam. Aber ich muß jemanden finden, der sich seiner annimmt und es sicherer und bequemer macht.«

Sie saßen noch eine Weile da und unterhielten sich über den Alptraum-Abfangjäger. Sam erkannte schließlich, daß Skelton nicht das geringste Interesse daran hatte, die Idee zu stehlen; seine Faszination beruhte darauf, daß er nur an die psychologische Hilfe für einige seiner Patienten dachte. Irgendwann steckte Mrs. Marsh den Kopf durch die Tür und erinnerte Skelton daran, daß er die Stunde überzog.

»Menschenskind! Du gehst jetzt besser, mein Junge. Nimm dein Spielzeug diesmal wieder mit. Mach mit Mrs. Marsh einen neuen Termin aus.« Sam war schon halb aus der Tür, als Skelton noch etwas einfiel. »Oh! Also, bevor du gehst, ist auch alles in Ordnung?«

»Inwiefern?«

»Insofern es deine verdammte geistige Gesundheit betrifft.«

»Ich nehm's an.«

»Keine Feen?«

»Seit langer Zeit nicht mehr.«

»Gut. Na dann geh.«

Einige Tage nachdem er sich mit Skelton über die Möglichkeiten des Alptraum-Abfangjägers beraten hatte, kamen Sam und Terry an dem Cottage vorbei, hinter dem Terry früher gelebt hatte. Der Wohnwagen war schon längst abgeschleppt worden, aber vor der Werkstatt in der Garage hing immer noch ein Vorhängeschloß, und es war, soweit Sam sehen konnte, unberührt seit dem Tag, an dem Morris sich selbst, seine Frau und die kleinen Zwillinge erschossen hatte.

»Willst du denn nicht mal reingehn und gucken?« fragte er Terry.

Terry wurde rot und sagte sehr leise: »Gibt's doch nichts zu sehen.«

»Aber es könnten doch irgendwelche Sachen drin sein, die du gebrauchen kannst. Sie gehören doch deinen ...« Terry erwähnte seinen Vater niemals, und so konnte Sam es nicht über seine Lippen bringen. »... ich mein', die Sachen gehören doch dir.«

»Die haben die ganzen Werkzeuge und die Sachen, die noch in Ordnung waren, verkauft, als sie den Wohnwagen verscherbelt haben«, erwiderte Terry. »Onkel Charlie meinte, daß nur noch 'n Haufen Müll und kaputte Sachen drin blieben. Ich mach' mir da keine Gedanken drüber.«

Doch Sam fühlte sich zu der Werkstatt hingezogen, auch wenn ihm sein letzter Besuch dort einen verletzten Handrücken eingebracht hatte – die Narbe erinnerte immer noch daran. An diesem Ort waren Dämonen, die er austreiben, Geister, die er niederringen mußte.

Er wußte, es bestand keine Gefahr, daß ihn der alte Mann, der im Cottage lebte, sehen konnte. An einem warmen Abend quetschte sich Sam an der Seite der Garage entlang und suchte das Fenster, an dessen Scheibe er vor vielen Jahren seinen Arm verletzt hatte. Die zerbrochene Scheibe war nie erneuert worden. Der Fensterrahmen ließ sich immer noch mit Leichtigkeit aufstoßen. Er legte ein Bein über den Rahmen und steckte den Kopf hinein. In der Garage roch es nach warmem Holz und Fäulnis. Sogar die Dunkelheit roch nach Staub. Soweit er sehen konnte, waren die meisten Geräte von Morris entfernt worden, doch ein paar alte markante Dinge existierten immer noch: der Flugzeugpropeller hing an der Decke; in der Ecke stand die ausgeschlachtete Juke-Box zusammen mit den Münzautomaten. Doch Sam hatte Angst hineinzuklettern. Er blieb eine Weile sitzen, halb drinnen und halb draußen, unfähig seine Furcht oder seine Erinnerungen zu bezähmen.

Er schwang sich vom Fenster herunter und schlich mit einem Gefühl der Niederlage von dannen.

Es war der Abend der Sommersonnenwende, und der Gesellschaftsklub von Redstone war Gastgeber der diesjährigen Wahl der Schönheitskönigin. Das Ereignis fand um sieben Uhr abends statt. Als Preis winkten einhundert Pfund und ein Wochenendurlaub für zwei. Die Richter waren der Herausgeber des *Coventry Evening Telegraph* George Crabb, der Torkönig des *Coventry City Football Club* und ein Mitglied der Flugzeugbranche.

Linda nahm am Wettbewerb teil.

Die Mädchen mußten in Tageskleidung, Abendkleidung und Badebekleidung erscheinen. Weil Linda teilnahm, waren Clive, Sam und Alice, Terry und Lindas Freund Derek ins Wohnzimmer zitiert worden, um ein Publikum für Lindas Vorstellung zu bilden. Der Gesellschaftsklub veranstaltete die Wahl in einem schmierigen Schuppen, wo der Gestank sauren Biers einem in der Nase kitzeln konnte. Sam fand, es mache keinen Sinn, an so einem Ort einen Badeanzug vorzuführen, und er sagte es auch.

»Sei nicht albern«, meinte Alice.

»Spielverderber«, sagte Terry.

Nur Derek war mit Sam einer Meinung, doch die Diskussion verstummte, als Linda schüchtern ins Zimmer trat und ihre Tageskleidung vorführte. Sie wirbelte einmal herum. Clive und Terry steckten die Finger in den Mund und stießen Pfiffe aus. Linda wurde rot und lächelte. Tante Dot hatte sie sorgfältig geschminkt, und sie trug außergewöhnlich lange Augenwimpern und einen einfachen Minirock. Auch Sam wurde rot. Linda war atemberaubend – unendlich begehrenswert und unerreichbar für ihn. Sie sah, wie er errötete, und schaute ihm für einen Moment in die Augen, dann blickte sie weg.

Linda ging hinaus und kam in einem himmelblauen Badeanzug und weißen Stöckelschuhen wieder ins

Zimmer. Sam erinnerte sich an die Form von Lindas Brust, die tiefrote Warze, die er im Mondlicht, hinter der Hecke versteckt, in Dereks Wagen erspäht hatte. Sein Blick wanderte zu der sanften Erhebung ihrer Scham unter dem hellblauen Baumwollstoff des knapp sitzenden Badeanzugs. Am Schritt war ein einzelnes Schamhaar zu sehen; er wünschte sich, er könnte es ihr sagen, doch das war natürlich nicht möglich. Sein Schwanz schwoll in der Hose, und er rutschte unbehaglich auf dem Stuhl herum. Schuldbewußt blickte er zu Derek, doch Lindas Freund schien von der Angelegenheit nur verblüfft zu sein.

»Tolle Farbwahl!« grölte Terry. »Da wird George Crabb aber heiß werden!«

Nachdem Linda ihre Abendkleidung vorgeführt hatte, war die Show vorbei. Derek ging hinaus, um seinen Mini auf den Start vorzubereiten, damit er Linda in den Gesellschaftsklub fahren konnte. »Sie ist hinreißend«, sagte Alice. »Atemberaubend.«

»Du solltest auch mitmachen«, schlug Terry vor.

»Ha ha ha. Da hätt' ich keine Chance.«

Sam sah sie scharf an. Auch Alice war schön, doch in anderer Weise; sie war sehr feingliedrig, fast knochig. Doch ihre Schönheit machte neugierig, während Lindas Aussehen beruhigte. »Terry hat recht, weißt du.«

»Nein«, sagte Alice bestimmt. »Linda wird die Königin.«

Und Alice hatte recht. Linda wurde Königin. Die anderen Teilnehmerinnen welkten vor ihr dahin, und Linda wurde zur Sonnwend-Königin gekrönt. Sie wurde mit Schärpe und Krone fotografiert und mit George Crabb, wie er seine dicken Lippen auf ihre Wange drückte.

»George Crabb hat sie gefragt, ob sie mit ihm ausgeht«, berichtete Terry am nächsten Tag, als sie auf die Parade warteten. »Derek war gar nicht glücklich darüber. Gar nicht glücklich!«

»Hat sie zugesagt?« wollte Clive wissen.

»Himmel, nein. Er ist doch bloß ein häßlicher Fußballspieler, dieser George Crabb. Er sah aus, als wollte er in die Tribüne reinrennen, um den Ball noch zu kriegen.«

»Ich wußte, daß sie gewinnen würde«, sagte Alice mit einem Seufzer. »Die Männer würden sterben für eine Frau wie Linda.«

»Und dann kommen die Bezirksausscheidungen, dann die regionalen und schließlich die Landesausscheidung«, sagte Terry. »Die Leute haben gesagt, sie hätte wirklich gute Chancen.«

»Worauf?«

Sams Frage erhielt keine Antwort, da nun der erste Lastwagen erschien, der Richtung Coventry fuhr, langsam im ersten Gang, wie ein Schiff, das sich seinen Weg durch die kleine Menge bahnte, die die Hauptstraße von Redstone säumte. Es war ein großer Tag. Redstone war Gastgeber des Wettbewerbs gewesen, und Redstone hatte die Gewinnerin. Das Mädchen aus der Kleinstadt hatte alle Konkurrentinnen geschlagen. Der Himmel war blau, und alles war heiter. Ein Dutzend Fahrzeuge rumpelte langsam die Straße entlang: Kohlenhändler- und Getränkewagen und Möbelwagen, die von lärmenden Menschen in Phantasiekostümen beschlagnahmt waren; dieser Wagen stellte ein spanisches Thema dar, jener eine Science-fiction-Parodie, und das Thema eines dritten war nicht zu erraten:

»Was soll das denn darstellen?«

»Keine Ahnung. Irgendwas.«

Und der vorletzte Wagen, wunderschön geschmückt

mit riesigen Gladiolensträußen, flatternden Luftschlangen und wehendem Banner und hundert heliumgefüllten himmelbauen Luftballons, trug Linda, die Sommerkönigin der Liebe, auf ihrem Thron, die glücklich allen Menschen zuwinkte. Ihre Krone blitzte in der Sonne, neben ihr standen ihre Zofen, Mädchen, die den zweiten und dritten Platz belegt hatten, und alle winkten, winkten, winkten. Und als sie ihre Eltern – Dot und Charlie – sah, erhob sich Linda von ihrem Thron und ging zum Rand des Lastwagens und rief und winkte und sandte Küsse, während das Publikum sie hochleben ließ und ihr zujubelte.

Sam war es, der inmitten des Winkens und Pfeifens plötzlich innehielt und spürte, wie sein Lächeln verfiel, seine Miene ernst wurde und ein innerer Teil von ihm, der die Furcht empfand, sich zu üblem schwarzem Staub wandelte. »Tu's nicht«, sagte er schwach. »Tu's nicht.«

»Was ist denn?« fragte Alice, als sie sah, was mit ihm los war. Alle anderen blickten auf Linda.

Sam hob langsam den Finger und wies voller Schrecken auf den vorüberziehenden Festzug. Denn dort oben sah er die Zahn-Fee, einen rußschwarzen Schatten, der sich auf dem verlassenen goldenen Thron lümmelte. Nun hatte sie wieder ihre weibliche Gestalt angenommen, doch ihr Antlitz war eine scheußliche Maske, und sie trug eine Krone aus Efeublättern und eine Schärpe aus tausend Zähnen gleich Perlen, in hohler Nachäfferei der Schönheitskönigin, die ahnungslos der jubelnden Menge zuwinkte.

»Ich seh' gar nichts«, meinte Alice.

Doch während Alice sich bemühte, Sams seltsames Verhalten zu begreifen, sah er die Zahn-Fee eine stinkende Hand aus dem Schatten ausstrecken, die Linda an der Schulter treffen sollte, um im nächsten Augenblick ihre makellose Schönheit und ihren Triumph auszulöschen. »Laß sie in Ruhe«, flüsterte er. »Nicht Linda. Laß sie in Ruhe.«

Doch der Zug war schon vorüber. Sam sah ihm voller Schrecken nach, während Alice wiederum Sam voller Bestürzung betrachtete.

31.

Peng-Peng-Jungs

PENG! Sam sah förmlich, wie die schwarzen Druckbuchstaben und ein Ausrufezeichen in der Rauchwolke aufgingen, als die Bombe explodierte. Der Nachhall der Explosion raste über das Fußballfeld und schien erst in den angrenzenden Wäldern zu ersterben. Wie Baumwollbällchen hing für eine Weile grauweißer Rauch in der Luft.

Es war nach sechs Uhr abends, und kein Mensch war zu sehen. Die Fußballmannschaften waren schon längst heimgegangen, und für Liebespärchen, die mit ihren Autos ein verschwiegenes Plätzchen suchten, war es noch zu früh. Tief beeindruckt von Clives Unkraut-Ex-Rohrbombe krochen die anderen hinter den Büschen am Teich hervor und schlenderten zum Tor des Fußballclubs, um den Schaden zu inspizieren.

Clive war der erste. Die Bombe hatte einen stechenden Geruch und eine Schmauchspur auf den Fliesen unter der Tür hinterlassen. Die Tür jedoch hatte keinen Schaden davongetragen außer einem neun Zoll breiten Riß im Holz, ein kleines Stück über der Stelle, wo die Bombe detoniert war.

»Die hat sie ja kaum angekratzt!« meinte Sam.

»Ich dachte«, fügte Alice hinzu, »sie würde die Tür aus ihren Angeln schießen.«

»Hier ist das Gehäuse«, sagte Terry und trat nach einem ausgebrannten Rohrstück, das immer noch qualmte. Terry war sich weiterhin nicht sicher, ob er es gut fand, den Fußballclub zu bombardieren. Die Saison hatte begonnen, und er war übergangen worden, weil der Trainer seinen eigenen Sohn auf den Platz gestellt hatte, der im Grunde Terry gebührt hätte, wie alle meinten. Der Trainer hatte am Ende der letzten Saison in der Dusche Terrys Zehen gezählt und leise Zweifel geäußert – die vorher nie zur Sprache gekommen waren –, ob Terry sein Gleichgewicht halten könne. »Schön«, hatte Clive gesagt, als er von dieser schreienden Ungerechtigkeit hörte, die als Vorwand für Vetternwirtschaft gedient hatte, »wir werfen 'ne Bombe auf den Fußballclub.«

»Genau meine Meinung«, hatte Sam gesagt. »Scheint mir nur gerecht«, hatte Alice hinzugefügt. Terry war sich nicht sicher, ob es richtig war, doch da er sich wirklich grämte, hatte er sich den anderen angeschlossen.

Clive inspizierte das leere Rohrstück. Er fühlte sich ein wenig schuldig, weil sein Sprengkörper kaum Wirkung gezeigt hatte. Die meiste Sprengkraft schien an das Aufreißen des Rohrs verlorengegangen zu sein. »Ich weiß nicht, was ihr erwartet habt«, sagte er. »Es war ja bloß ein ganz dünnes Rohr.«

»Dann bastel doch eine neue«, schlug Sam vor.

»Jeder von uns bastelt eine«, gab Clive zurück. »Und dann sehn wir ja, wer's am besten kann.«

Am nächsten Nachmittag zogen sie sich in den Schuppen hinter Clives Haus zurück. Eric und Betty Rogers hatten sich daran gewöhnt, daß Clive und seine Freunde sich in dem Schuppen einschlossen, wo sie vorgaben, mit dem Chemiebaukasten zu spielen, der in Wahrheit seit über einem Jahr nicht mehr benutzt worden war. Der Schuppen war ein gutes Versteck mit einem elektrischen Heizgerät, wo sie eine Zigarette rauchen konnten, ohne Gefahr zu laufen, gestört zu werden. Clive zeigte den anderen, wie man mit einer Metallsäge einen Explosionspunkt aussägte, wie man das Rohr stopfte und wie man die Enden verschloß. »Das müßt ihr echt vorsichtig machen«, warnte er ernst, »denn wenn ihr zu fest auf die Enden hämmert, kann ein Funke dazu führen, daß euch das Ding unter den Händen in die Luft fliegt.«

Außer Alice, die mit Bombenbasteln nichts zu tun haben wollte, suchten sie sich Rohrstücke, die auf gleiche Länge gesägt wurden. Clive mixte Natriumchlorat mit Zucker und füllte Schießpulver zum Zünden in einen anderen Beutel. Als die Rohrenden zusammengedrückt und verschlossen waren, besaß jeder eine Bombe. Clive schlug vor, sie sollten etwas darauf schreiben, damit jeder seine erkennen könne. Er nahm eine Dose mit weißer Farbe und einen kleinen Pinsel und schrieb TIEFSINNIG auf seine. Dann blickte er Alice an.

Sam schnappte sich den Pinsel und schrieb PENG-PENG-JUNGE auf seine Bombe. »Was soll 'n das sein?« wollten die anderen wissen. Sam zuckte die Achseln. Alice schaute sein Rohr an. »Deins ist aber 'n bißchen dünn«, meinte sie. Plötzlich mußten alle kichern. »Terrys ist das dickste.«

Terry nahm den Pinsel und schrieb ALICE IM DONNERLAND auf sein Rohr. Er blickte zu Alice auf. Sie wurde rot.

Bei Einbruch der Dämmerung gingen sie zum Fußballfeld, und nachdem sie sich überzeugt hatten, daß niemand in der Nähe war, schlichen sie geduckt zu den Umkleideräumen und klemmten ihre Bomben unter der Tür fest. Clive streute gleichlange Zündschnüre aus Schießpulver auf die Erde.

Alice sollte sie anzünden, doch sie lehnte ab, und die Jungen setzten gleichzeitig die Zündschnüre in Brand. Das Pulver brannte träge, mit gelben mottenartigen Flammen. Sie eilten über das Feld, verbargen sich hinter den schützenden Hecken am Teich und warteten. Zwei der Bomben explodierten fast gleichzeitig; es war ein Doppelknall, dessen Echo von den tiefhängenden

Wolken widerzuhallen schien. Nach einer Pause von wenigen Sekunden explodierte die dritte Bombe mit einem anderen Geräusch – einem scharfen, geballten Krachen.

Haltlos kichernd rannten sie über die Wiese, um das Ergebnis zu besichtigen. Dieses Mal war die Tür aus ihren unteren Angeln gesprengt und der andere Teil der Verschalung war weggeflogen. Rauch hing im Zwielicht wie Geisterwesen aus Nebel und Schleim. Clive nickte befriedigt. Er wollte gerade etwas sagen, als ein Auto in der Einfahrt zum Fußballfeld erschien, doch das geschlossene Gatter brachte es zum Anhalten. Die vier tauchten hinter dem Gebäude unter, während die Scheinwerfer des Wagens aufleuchteten. Er fuhr ein Stück zurück und wieder vorwärts, so daß die Scheinwerfer in einen anderen Winkel strahlten; dann wieder schien das Licht genau auf das Gebäude. Die vier verharrten in angstvollem Schweigen; sie drückten sich in den Schutz des Gebäudes, nur wenige Zoll von dem suchenden Licht des Scheinwerfers entfernt.

Nach einigen Minuten fuhr das Auto rückwärts auf die Straße und verschwand. Sie krochen aus ihrem Versteck hervor, seufzten und streckten ihre steifgewordenen Glieder. »Das war knapp«, meinte Clive. Sein Gesicht war mit Kohle oder Ruß verschmiert. Nun begannen wie wieder zu kichern, fast schon hysterisch.

»Laßt uns zu mir gehn und Platten hören«, schlug Alice vor. In Hochstimmung machten sie sich auf den Weg zu Alices Haus. Alle redeten durcheinander. Die Bomben hatten sie überschwenglich gemacht, und sie stolperten, trunken von ihrem Erfolg, über die dunklen Felder. Doch dann wurde Sam, der die Nachhut bildete, plötzlich still.

Er bemerkte, daß Terry seinen linken Arm um Alices Schultern gelegt hatte. Alice machte keine Anstalten, sich ihm zu entziehen, sie schien sich sogar an ihn zu lehnen, während sie durch das hohe Gras stolperten. Terrys Hand auf ihrer Schulter glänzte weiß und bleich in der Finsternis; wie ein fremdes Ding, das nicht zu seinem Arm gehörte, ein Insekt oder ähnliches Geschöpf – eine Made, die ab und zu widerlich zuckte. Sie mußten Stacheldrahtzäune übersteigen und einen kleinen Bach überspringen, um zu Alices Haus zu gelangen, und nach jedem Hindernis landete Terrys Arm wieder auf ihrer Schulter.

In der Dunkelheit, während der heiteren Heimkehr, bemerkte keiner, daß Sam still geworden war.

Eine andere Art Explosion ereignete sich bei Terry zu Haus, und es ging um Linda. Die Dinge hatten sich nach Lindas Erfolg bei dem Wettbewerb so rasch entwickelt, daß Charlie und Dot nicht mehr wußten, wo ihnen der Kopf stand. Sie schlichen wie benommen umher und wußten nicht genau, wie sie mit Lindas Aufregung umgehen sollten. Einerseits war ihnen vollkommen klar, welch ein Kompliment es bedeutete, eine so hübsche und wohlgeratene Tochter aufgezogen zu haben; andererseits spürten sie, daß der einzige Lohn für diesen Erfolg darin bestand, daß ihnen eben diese Tochter – vor der Zeit – weggenommen wurde.

Linda würde ihr Heim verlassen. Linda würde in London leben.

Drei Wochen nach der Stadtausscheidung, die im Gesellschaftsklub von Redstone abgehalten worden war, brachte Linda den Preis der Bezirkskönigin mit nach Hause. Und im August gewann sie die Landesausscheidung. Ihr Foto, das in einigen regionalen und überregionalen Zeitungen erschienen war, zog viele Blicke an. Schönheitskönigin zu sein brachte eine

Menge ›Arbeit‹ mit sich: Linda durfte Bänder durchschneiden und neue Läden eröffnen; bei Wohltätigkeits-Fußballspielen den Anstoß ausführen und in Bars Türme aus Pennys über die Theke schieben. Alle wollten Linda. Linda Linda Linda. Und man zahlte gutes Geld, wenn man sie bekam.

Die amerikanische Firma Chrysler hatte die Humber-Werke aufgekauft und wollte im Herbst ein neues Auto auf den Markt bringen. Man stellte Linda in einem Minirock neben die neue Limousine, während Presse- und Firmenfotografen ihre Objektive auf sie richteten. Das Schicksal wollte es, daß Lindas Vater eben diesen Wagen am Fließband lackiert hatte, bevor es zu den Massenentlassungen gekommen war. Charlie begleitete Linda und sah, welche Aufmerksamkeit ihr zuteil wurde. Er fühlte sich unbehaglich, wie er da, mit Schlips und Kragen angetan, zusammen mit seinem Manager und anderen seiner unmittelbaren Chefs in dem exklusiven Showroom stand, während Kameras blitzten und Männerwitze vor der gleißenden Karosserie der brandneuen Limousine ausgetauscht wurden. Drei Stunden dieser ›Arbeit‹ brachten Linda fast so viel Geld ein, wie Charlie in einem ganzen Monat verdiente. Linda sah die Ironie darin sehr wohl, und sie versuchte, ihren Eltern den Scheck zum Geschenk zu machen, doch diese lehnten ab.

Dann, einige Wochen bevor die Jungen mit ihrem Bombenfeldzug begannen, wurde Linda nach London eingeladen, um ein paar Kleider vorzuführen. Die illustre Agentur von Pippa Hamilton hatte angefragt, ob sie drei Tage bleiben könne, die sie auf Kosten der Agentur in einem Hotel verbringen dürfe. Linda war Feuer und Flamme.

»Das geht alles viel zu schnell«, beschwerte sich Charlie. »Das geht einfach viel zu schnell.«

»Aber es ist doch eine Gelegenheit, Dad!«

»Dein Studium wird drunter leiden!« jammerte Dot.

Linda hatte ihr Abitur gemacht und sollte in einigen Wochen im Lehrerseminar in Derby anfangen. »Aber mit diesem Job könnte ich vielleicht noch andere Arbeit kriegen. Wer weiß das schon?«

»Das ist keine richtige Arbeit«, entgegnete Charlie.

»Aber schau dir den Brief doch mal an, Dad! Für drei Wochen Arbeit wollen sie mir soviel zahlen, wie du in einem halben Jahr verdienst!«

Linda bereute sofort, was sie da gesagt hatte. Sie hatte nicht beleidigen, sondern überzeugen, sich der Unterstützung des Vaters versichern wollen. Doch Charlie sagte kein Wort. Er blickte beiseite, und Dot blickte Linda an, und Linda blickte zu Boden. »Also, ich möchte auf jeden Fall, daß ihr nach London mitkommt, du und Mum.«

Charlies Gesicht hellte sich wieder auf, und er gab nach. »Nein, mein Liebes. Aber fahr ruhig mit deiner Mum nach London. Macht euch 'ne schöne Zeit. Und kommt mir ja nicht ohne einen Haufen Einkaufstüten zurück.« Linda quietschte vor Freude und rannte zum Telefon, um Derek die gute Nachricht mitzuteilen. Charlie ging nach oben ins Schlafzimmer und machte die Tür hinter sich zu. Er legte sich aufs Bett und weinte, zum ersten Mal nach achtzehn Jahren, seit dem Tag, an dem Linda geboren wurde.

Der Ausflug nach London wurde ein voller Erfolg. Linda traf Pippa Hamilton persönlich, und wenn Dot auch fand, Pippa Hamilton sei ein Drachen, so war Linda doch überwältigt. Bald kam ein Brief, in dem Pippa sich voller Begeisterung über die Fotos ausließ und Linda aufforderte, den Vertrag zu unterschreiben. Pippa würde sich höchstpersönlich um ihre Karriere kümmern, hieß es weiter, und wenn Linda einverstanden war, so solle sie keine Zeit verlieren, so bald wie möglich nach London zu ziehen.

»Was ist jetzt mit dem Seminar?« rief Dot.

»Das kann ja wohl ein Jahr warten, nicht wahr, Derek?«

»Ja«, meinte Derek niedergeschlagen. Er wußte, es war vorbei – nutzlos das Geschrei und die Wut und das ganze Gerede, wieviel sie verdienen konnte, und die Absage ans Lehrerseminar in Derby. Linda wurde von London angezogen – sie mußte gehen.

»Nun gräm dich nicht«, sagte die Zahn-Fee. »Ich hab' dir ja gesagt, daß sie dir weh tun würde.«

Sam lag auf seinem Bett und starrte zur Decke. Es war ein warmer Sonntagnachmittag. Die anderen saßen jetzt bestimmt am Teich, rauchten und rissen dumme Witze. Er wollte auch dort sein, bei Alice; aber er konnte es nicht ertragen, ihre knospende Beziehung zu Terry mit anzusehen. Jedesmal, wenn Terrys Hand beiläufig über ihre Kleider wandern durfte, wenn er ihr Haar streichelte oder die bloße Haut ihres Arms, fühlte Sam sich, als schneide man ihm den Bauch auf. Bis jetzt hatte er es geschafft, seine Gefühle zu verbergen – niemand wußte, wie sehr er litt.

Außer der Zahn-Fee.

»Wenigstens weißt du jetzt, wie es ist«, sagte sie. »Jetzt weißt du, was Eifersucht bedeutet.«

»Eifersucht?« gab Sam bitter zurück. »Warum solltest du eifersüchtig sein?«

»Weil du alles bist, was ich habe! Du läßt mich herkommen, und dann willst du eine andere! Ich will nicht kommen: für mich ist es wie ein schlimmer Traum. Und wenn du Linda oder Alice willst statt mich, könnte ich sterben. Ich werd' ganz krank davon. Ich krieg' keine

Luft mehr. Ich muß heulen. Mein Herz blutet für dich. Und mein Leben erlischt. Was erwartest du denn von mir? Du bist doch alles, was ich hier habe!«

Sam konnte sie nicht verstehen, wenn sie ihn in dieser Weise beschimpfte.

Doch sie beruhigte sich wieder. »Kannst du mir verzeihen?« Sie war wieder Frau geworden. Sie saß auf dem Bett, hatte die langen Finger auf sein Bein gelegt. Sie war von neuem Leben erfüllt. Die schwarzen Augen glänzten wie der Panzer eines Käfers; die blasse Haut war rein und makellos. Ihre schweren schwarzen Locken schienen voller Sterne. Ruhig saß sie da und befeuchtete sich die Lippen mit der Zunge, während sie auf seine Antwort wartete.

Plötzlich dämmerte es ihm. »Du benutzt meine Zähne, um dich selbst zu heilen. Stimmt's nicht?« fragte er. »So läuft das doch, oder? Du nimmst etwas von mir, und es hilft dir.«

»Von dir oder von jemand anderem. Es tut mir leid. Ich wollte dir nicht weh tun. Ich habe nun mal verschiedene Seiten – und ich kann sie nicht kontrollieren. Du mußt das verstehen. Das erste Mal, der erste Zahn soll eigentlich ausreichen. Aber du hast mich gesehen – ich weiß immer noch nicht, wie das kam. Du hast mich gesehen, und damit war unser Schicksal besiegelt.« Sie stand auf und richtete das Teleskop auf den Wald. »Ich hab' mich immer um deine Interessen gekümmert, Sam.«

»Du bist ja so verdammt großzügig.« Mit der Zeit gewann er an Mut gegenüber dem Geschöpf. »Ich weiß ja nicht, warum dir daran liegt.«

»Es geht nicht nur in eine Richtung, mußt du wissen. Du denkst vielleicht, ich bin dein Alptraum – du bist aber auch mein Alptraum. Es sind deine Stimmungen, die mich herbringen. Ist es also zuviel verlangt, wenn ich dich bitte, mich zu lieben statt Alice? Ist das zuviel? Da! Jetzt hab' ich's gefunden!«

»Was gefunden?«

»Hör auf, mit deinem Pimmel zu spielen, und komm her!«

Sam stieg vom Bett und schleppte sich zum Teleskop. Während die Zahn-Fee das Instrument ruhig hielt, spähte er durch das Okular. Sie hatte den Fokus auf einen Punkt in Wistman's Wood eingestellt. Doch alles, was er sehen konnte, war ein verwischter Fleck aus Zweigen und einem braunen Schatten im Mittelpunkt der Linse. »Was soll denn da sein?«

»Bleib dran.«

Endlich begannen die Bäume sich scharf abzuzeichnen, und auch der braune Fleck nahm Gestalt an, wobei er die Farbe veränderte. Dann wurde das Bild klar. Sam schaute auf eine seltsame, großstämmige Waldpflanze mit einer purpurfarbenen Trompetenblüte. Die Pflanze sah irgendwie giftig aus. In der düsteren Purpurtrompete wuchs ein dicker, aufrechter Staubfaden, weiß und knollenartig, der sich leicht im Wind bewegte.

»Sehr selten«, bemerkte die Zahn-Fee. »Tatsächlich wachsen diese Süßen nur da, wo 'ne Leiche in der Erde liegt. Sie ernähren sich davon. – Ehrlich!«

Sam starrte angestrengt auf den Fuß der Pflanze: sie wuchs aus einem hohlen Baumstumpf, mitten zwischen Farnen und Zweigen. »Was ist denn das für eine Pflanze?«

»Sie hat viele Namen. Wir nennen sie Aasblume.« Sie kicherte. »Aber ich glaub', ich werd' sie ›Tooleys Rache‹ nennen.«

Sam drängte sich an ihr vorbei und lief zum Bett. Er legte sich hin und dachte an Terrys Arm, der sich um Alice legte, an seine Hand auf ihrer Schulter.

»Gräm dich nicht«, sagte die Zahn-Fee. »Es tut mir weh, wenn du dich grämst.«

In den Wochen vor Lindas Abreise wurde die Bombenkampagne verstärkt. Zielscheibe waren die Umkleideräume des Fußballclubs (eine Bombe hieß STÖPSEL, die andere STINKTIER, warum, war nicht zu erklären), andere Geschosse detonierten unter der Eisenbahnbrücke, im Beschwerdebriefkasten der Reithalle und zweckloserweise auch in einem leeren Ölfaß, das im Teich schwamm.

Sam lauerte argwöhnisch auf Zeichen einer engeren Beziehung zwischen Terry und Alice, doch was er sah, war schwer zu deuten. Die Hand – die gefürchtete Hand seines Freundes – krabbelte gelegentlich um ihre Schulter und lag dort so lange, wie Alice es zuließ. Meistens gab es keinen Zweifel mehr an der besonderen Nähe, die sich zwischen den beiden entwickelte; dann wieder hielt Alice sich bei Sam, ließ einen elfenbeinfarbenen Finger auf seinem Bein ruhen, teilte herausfordernd die Zigarette mit ihm. Es war, als wolle sie ihm sagen, er sei nicht ausgeschlossen oder sie habe ihre Wahl noch nicht getroffen. Nur Clive schien außerhalb dieser komplizierten Beziehung zu stehen – und dann brach auch sein Widerstand zusammen.

Im Versuch, die Schrullen und den Ruch des Snobismus abzulegen, den die Epstein-Stiftung auf ihm hinterlassen hatte, pflegte Clive nun Jeans und Turnschuhe zu tragen und sie alle darin auszustechen. Er tat haarsträubende Dinge, um zu zeigen, wie gemein er war, wie zum Beispiel Rasierklingen an den Zweigen um ihren ›Schuppen‹ anzubringen, damit die Kinder aus der Siedlung es nicht wagten, noch einmal dort einzubrechen. Alice war dagegen, und insgeheim gingen

Terry und sie später um die Bäume herum und entfernten so viele Klingen, wie sie finden konnten. Da Alice eingefleischter Popmusikfan war, konnte es kein Zufall sein, daß Clive ebenso fasziniert und zu einem wahren Experten wurde. Er tauschte Platten mit ihr und ließ Namen fallen wie Syd Barrett und Captain Beefheart, von denen Sam und Terry noch nie gehört hatten. Aber als er dann eines Tages mit einer Rohrbombe ankam und eine Lederjacke mit Fransen trug wie Alice, da wußte Sam, daß es Clive ebenso schlimm erwischt hatte, wenn nicht noch schlimmer.

»Wow! Tolle Jacke!« rief Alice. »Kann ich sie mal anprobieren?«

Und so tauschten Alice und Clive für ein paar Stunden die Jacken. Sam wußte, was das bedeutete; sie hatten ihre Häute getauscht. Auch Clive trug Alices Geruch an sich. Und diese verrücktmachende, duftende Zeitbombe würde nun auf ewig direkt vor seiner Nase detonieren und doch unerreichbar sein.

Clive war ins andere Lager gewechselt; und von diesem Tage an konnte Alice sich aussuchen, an welchen der drei sie sich anschmiegen oder wessen Arm sie nehmen wollte. Sie nannte sie ihre drei ›Beschützer‹ und vergab ihre Gunst in fast gleichen Teilen. Doch wenn es eine besondere Gunst zu gewähren gab, so ging sie an Terry. Im tiefsten Winkel seines wehen Herzens fragte Sam sich, ob Alice Terry das Geheimnis des *Gossamer* gezeigt hatte. Eines Samstagmorgens, als Sam glaubte, eine bestimmte Begebenheit seines Lebens werde sich nicht wiederholen, klingelte es an der Tür. Nev und Connie waren einkaufen gegangen. Sam blickte in zwei seltsam vertraute Gesichter.

»Morgen!« sagte einer der beiden Männer und hob eine Flasche Milch von der Türschwelle auf. »Sind deine Eltern da?«

Die beiden waren dicker geworden, und die Koteletten des einen hatten graue Streifen, doch Sam erkannte die beiden Detectives, die vor einigen Jahren bei ihnen aufgetaucht waren, um Fragen über Vandalismus zu stellen. »Nein. Die sind einkaufen.«

»Können wir reinkommen?«

Der zweite schaltete sich ein. »Er ist doch noch minderjährig«, sagte er mit gesenkter Stimme zu dem anderen.

Der erste lächelte Sam freundlich an. »Paß auf – du mußt nicht ›ja‹ sagen, wenn du nicht willst. Aber können wir uns nicht im Wagen unterhalten?«

Sam zog seine Schuhe an. Als sie den Gartenpfad hinuntergingen, sagte einer der beiden: »Haben wir uns nicht schon mal gesehen?«

»Glaub' nicht«, erwiderte Sam.

»Explosionen«, sagte der erste Detective, als die Autotür ins Schloß fiel. Sie saßen vorn, Sam auf dem Rücksitz. Der Fahrer beobachtete ihn durch den Rückspiegel. »Die machen uns ganz nervös.«

»Ja.«

»Weißt du, was ein Terrorist ist?«

»Ja.«

»Wie alt bist du?«

»Vierzehn.«

»Vierzehn. Also, du siehst mir nicht wie ein Terrorist aus. Aber Ma Casey sah auch nicht wie eine Bankräuberin aus. Und Explosionen zu verursachen ist ein schweres Vergehen. Wieviel kann man dafür kriegen, Bill?«

Der zweite Detective fuhr fort, Sam im Rückspiegel im Auge zu behalten. »Zehn Jahre. Fünfzehn Jahre.«

»So viel? Fünfzehn Jahre? Das ist ja länger, als unser Sam hier auf dieser Erde weilt.«

»Schweres Vergehen«, sagte Bill lakonisch.

»Weißt du etwas über diese Explosionen, Sam?«

»Nein. Ich weiß ja nicht mal, wie man 'ne Bombe baut.«

»Ach, Bomben sind das also … Was denn für Bomben?«

»Ich weiß nicht – wenn es Explosionen gibt, müssen sie doch von Bomben stammen.« Sam konnte nicht anders, er mußte tief einatmen.

»Nein, da gibt's noch ganz andere Möglichkeiten, stimmt's, Bill?«

»Ganz andere Möglichkeiten.«

»Schau mal, Sam, ein paar Leute glauben, daß sie euch gesehen haben. Auch wenn sie zugeben, daß sie sich vielleicht irren. Meinst du, es stimmt? Daß sie sich irren?« Sam nickte. »Du willst damit sagen, daß du in der Nacht nicht da warst?«

»In welcher Nacht?«

Das breite Lächeln des Detectives war plötzlich weggewischt. Wortlos starrte er Sam an – eine ganze Weile. Sam saß auf seinen Händen, die am Lederpolster festklebten. Schließlich beugte der Detective sich hinüber und öffnete Sams Tür. »Okay.«

»Kann ich gehn?«

Der nicht mehr lächelnde Beamte gab keine Antwort. Sam stieg aus dem Wagen und ging zum Haus, ohne sich umzuschauen. Er warf die Tür ins Schloß und rannte zur Toilette, weil ihm speiübel war. Nachdem er wieder saubergemacht hatte, wagte er einen Blick durch das Schlafzimmerfenster seiner Eltern. Der Wagen mit den beiden Beamten hielt immer noch vor dem Haus. Sie warteten noch eine halbe Stunde, bevor sie endlich wegfuhren.

Sam zog seine Jacke über und rannte zum Teich. Er wollte die anderen fragen, ob die Männer sie auch aufgesucht hatten. Zuerst dachte er, keiner seiner Freunde sei dort, doch als er sich dem Versteck näherte, hörte er das Murmeln gedämpfter Stimmen. Vorsichtig kroch er um die Büsche herum. Nun sah er Alice und Terry auf dem Autositz. Sie sprachen leise, vertraut, Terrys Lippen nur wenige Zoll von Alices Mund entfernt. Dann bemerkte Sam seine Hand; krabbenartig lag sie auf ihrer Brust, und seine Finger zuckten ein wenig, während sie sprachen. Zum zweiten Mal an diesem Tag drehte sich Sam der Magen um.

Unbemerkt kroch er rückwärts aus dem Gebüsch heraus, raste über das Feld und das Gattertor. Blind vor Bitterkeit marschierte er über die angrenzenden Felder, wischte die Brille an seinem Hemd ab und blinzelte in den klaren Septemberhimmel. Seine Füße trugen ihn in Richtung Wald und hielten nicht inne, bis er dessen Saum erreicht hatte. Er lief geduckt unter die Bäume, folgte fast blind den gewundenen Pfaden, wollte rennen. Sein Atem kam stoßweise. Er mußte gegen das beängstigende Gefühl in seiner Brust ankämpfen, das ihm in die Kehle zu steigen und die Luft abzuschnüren drohte.

Endlich stießen ihn seine revoltierenden Gefühle wie einen Stein von einem Katapult auf eine vertraute Lichtung. Dort sah er einen hohlen Baumstumpf mit Farnen und zerbrochenen Zweigen. Eine unheimlich purpurfarbene Blume wuchs aus dem Stumpf, ihr ordinärer, dicker weißer Staubfaden wiegte sich im Wind. Langsam trat Sam näher.

Die Pflanze wurzelte in einem tiefen Mulch aus faulendem Laub: darüber lagen die Zweige, die er mit Clive und Terry über den Stumpf gehäuft hatte. Diesmal bestand kein Zweifel darüber, daß es die richtige Stelle war. Irgendwo darunter lag Tooleys verwesende Leiche. Sam brach einen Ulmenzweig ab. Zitternd stocherte er in dem Laubmulch herum, aus dem die Pflanze wuchs.

Sein Stock rührte einen dunklen saftigen Brei aus modernden Blättern auf, darunter kam ein geschwollener gelber Pilz zum Vorschein. Ein Heer von Waldläusen, Milben und schwarzen Käfern krabbelte über die Sporen des verdorben aussehenden Pilzes. Eine glänzende Larve mit einer Haut, die wie weißes Leder wirkte, saugte an der Wurzel der Pflanze. Angewidert ließ Sam seinen Stock fallen und trat zurück. Wieder blickte er finsteren Blickes auf die Pflanze, die die Zahn-Fee eine ›Aasblume‹ genannt hatte. Die purpurschwarzen und nachtschattenblauen Blütenblätter waren in einem engen Kranz angeordnet, und der dicke weiße Staubfaden war mit safrangelben Pollen von Rühr-mich-nicht-an bestäubt. Er wollte seinen Stock wieder nehmen und die Pflanze in Stücke schlagen, aber er verspürte Widerwillen, den Ulmenzweig noch einmal zu berühren, als sei dieser vergiftet worden. Er fürchtete, daß die Pflanze irgendwie übernatürliche Macht zur Vergeltung besitzen könnte. Darüber hinaus spürte er, daß die Zahn-Fee hier im Wald war, ihn beobachtete.

Zuweilen schien es, als sei sie ewig, ewig bei ihm.

Schließlich beruhigte er sich wieder und ging heim.

Den ganzen Nachmittag über lag Sam auf dem Bett. Als seine Mutter einmal an die Tür klopfte, tat er, als ob er schliefe. Den Tee nahm er schweigend ein und sagte dann zu Connie, er werde den Abend damit verbringen, durch das Teleskop die Sterne zu betrachten.

Und das tat er auch, da er wußte, er konnte über dem Anblick der Galaxien alles vergessen. Das Teleskop schien klarer, seit es repariert worden war. Er richtete es auf den wolkenlosen Nachthimmel, in dem die Sternenbilder deutlich zu sehen waren, und nun mußte er nicht mehr an Alice und Terry denken. Er verfolgte einen Satelliten und beobachtete einen Meteoritenschwarm und machte sich Notizen in seinem Buch.

»Fahr mal hinunter«, sagte eine Stimme in seinem Ohr. »Fahr ein bißchen runter zur Andromeda. Ich will dir etwas Schönes zeigen.«

Er nahm nicht mal das Auge vom Sucher. Er schwenkte hinunter, wie sie ihm gesagt hatte.

»Halt es nach da. Vielleicht noch ein Grad mehr. Hast du mir jetzt vergeben?«

»Du hast mir weh getan. Sehr weh getan.«

»Ich hab' beschlossen, dir zu helfen. Ich hab' dir doch immer was bezahlt, stimmt's? Seit dem ersten Zahn. Komm her. Leg dich zu mir.«

Er nahm sie bei der Hand, und sie führte ihn zum Bett. Sie legten sich hin. Die Fee wiegte ihn in den Armen und flüsterte: »Ich werde alle Hindernisse aus dem Weg räumen. Ich werde dir bei Alice helfen.«

»Wie denn?«

»Ich werde dir helfen. Terry wird nie mehr seine Hand auf sie legen. Du wirst schon sehen.«

Er schlief in ihren Armen ein. Als er mitten in der Nacht erwachte, war sie verschwunden, doch das Fenster stand offen – so wie damals, als er noch ein kleines Kind gewesen war.

32.
Kleine Wellen

Der nächste Tag war ein Sonntag. Sam fand, er müsse Clive und Terry mitteilen, daß die Polizei bei ihm gewesen war. Er ging zuerst zu Terry. Auf halbem Wege zum Haus empfing ihn schon der Geruch von gebratenem Speck, und in der Küche traf er Terrys Onkel Charlie, unrasiert und im Unterhemd, der mit der Gabel Speckstreifen in der Pfanne umdrehte. »Er werkelt in der Garage 'rum«, sagte Charlie schläfrig, ohne aufzusehen.

Aus der Garage klang ein dumpfes Hämmern. Sam versuchte, die Tür zu öffnen; sie war von innen verriegelt. Er klopfte und rief nach Terry. Mit einem leisen Quietschen glitt der Riegel zurück, und Terry ließ ihn ein.

»Schieb den Riegel wieder vor«, sagte Terry.

An der Rückwand der Garage stand eine Werkbank. Terry hatte einen Lumpen um ein Ende eines Rohrstücks gewickelt. »Sieht aber nach 'nem ganz schönen Brocken aus«, meinte Sam, nachdem er einen Blick auf die Rohrbombe geworfen hatte.

»Alice wird sie gefallen«, erwiderte Terry. Er nahm einen Hammer und ließ ihn auf das lumpenumwickelte Ende des Rohrs niedersausen.

Sam fand, daß Terry ein wenig nachlässig zu Werke ging, und sagte es ihm. »Solltest du nicht besser 'nen Schraubstock benutzen?«

»Viel zu dick. Braucht bloß ordentlich geklopft werden.« Terry schwang den Hammer. Wieder ertönte ein dumpfer Schlag.

»Hör mal, Terry; die Polizei war bei mir zu Hause. Wegen der Bomben.«

Terry ließ den Hammer sinken, er pendelte in seiner Hand. Erstaunt blickte er Sam an.

»Gestern.«

Terry blickte auf den Hammer in seiner Hand und dann auf die Bombe. Nachdenklich wog er den Hammer, bevor er der Bombe einen weiteren Schlag versetzte. »Ich denke, wir sollten's jetzt mal 'ne Weile lassen.«

»Denk' ich auch.«

»Soll die hier für 'ne Weile die letzte sein.«

»Am besten gar keine mehr machen.«

Traurig blickte Terry auf sein neuestes Modell. Er hatte noch nicht einmal Zeit gehabt, sich einen Namen dafür auszudenken. Wieder wandte er sich zur Werkbank. Er hielt die Bombe mit der linken Hand fest und versuchte, das andere Ende mit einer Reihe kräftiger, kurzer Schläge zu verschließen. Sam bemerkte Terrys Finger, die sich vorsichtig um das andere Ende schlossen, so wie sie es auch über Alices Brust getan hatten.

»Ich werd's Clive sagen«, meinte Sam. »Kommst du auch?«

»Ich mach' das erst fertig. Ich treff' mich mit Alice am Teich – um zwölf. Bis später dann.«

Sam zuckte die Achseln und verließ die Garage. Als er am Küchenfester vorbeikam, warf ihm Charlie, der immer noch im Unterhemd war, eine Kußhand zu und grinste dabei. Sam konnte Terry immer noch in der Garage hämmern hören.

Er war noch keine hundert Yards weit gekommen, als er die Bombe detonieren hörte.

Sam, Alice und Clive saßen an jenem Nachmittag am Teich. Nachdem die nüchternen Tatsachen bekannt waren, saßen sie wie versteinert da, jeder in seinem eigenen unheimlichen Schweigen gefangen. Sie starrten in den Teich und beobachteten die konzentrischen Kreise, die fast unsicher von der Mitte des Teichs ausgingen und in kleinen Wellen an das lehmige Ufer brandeten. Es schien erstaunlich, daß solche Kreise entstehen konnten, ohne daß ein Steinchen ins Wasser geworfen worden war; und doch waren sie da, kaum wahrzunehmen und doch existent, als bildeten sie eine Antwort auf irgendeine tiefe, nicht zu ergründende Störung im Herzen des Teichs.

Sie saßen dort um drei Uhr nachmittags, und sie saßen noch dort, als es dämmerte, als das Zwielicht in Dunkelheit überging. Das Wasser sog sanft an der Dämmerung, eine Dunkelheit rief die andere, bis die Schwärze aus dem Teich herauszukriechen schien auf das Land, bis das Wasser des Teichs und das umliegende Land einen unsicheren Waffenstillstand geschlossen hatten.

»Es wird dunkel«, sagte einer, irgendeiner, es spielte keine Rolle. Doch die Worte schienen in konzentrischen Wellen von einem stillen, kleinen Mittelpunkt auszugehen und zu einem öden, unbekannten und schrecklichen Ufer zu reisen.

33.
Gurkenscheiben

Eine Woche, nachdem Terry aus dem Krankenhaus gekommen war, verließ Linda ihr Heim, um nach London zu gehen. Die Tatsache, daß Terry seine linke Hand verloren hatte, machte den Abschied weniger dramatisch, als es sonst der Fall gewesen wäre. Immerhin war ein Abschied Anlaß zu Tränen und Sorgen und Bedenken und Zweifeln in letzter Minute – doch nun, im Lichte des Dramas besehen, daß ein Jugendlicher seine eigenen Arme und Beine wegsprengen konnte, schien eine junge Dame, die ihr Zuhause verließ, kaum einer so großen Aufregung wert zu sein. Immerhin war sie achtzehn – also fast volljährig. Und außerdem wollte London sie unbedingt haben.

Sie versammelten sich vor Terrys Haus, um Linda Lebewohl zu sagen. Charlie hatte seinen Wagen auf Hochglanz poliert und war bereit, sie zum Bahnhof zu fahren. Derek, dem sogar dieses letzte Privileg genommen worden war, hatte sich am Vorabend irgendwo auf der Landstraße von Linda verabschieden müssen. Er machte eine traurige Figur, ein wenig abseits von den anderen stehend, wie ein Statist ohne Text. Auf Lindas Bitte waren auch Clive, Sam und Alice gekommen, alle unsäglich geknickt. Sie lehnten sich gegen das Gartentor, rissen dumme Witze und versuchten, nicht nach dem bandagierten Stumpf zu schauen, der einmal Terrys Hand gewesen war. Auch Connie und Nev, die immer auf gutem Fuß mit Charlie und Dot gestanden hatten, waren zum Abschiednehmen erschienen.

Nachdem die Unfallursache und die Umstände, unter denen die Bomben gefertigt wurden, bekannt geworden waren, hatte es unterschiedliche Reaktionen gegeben. Eric Rogers hatte Clive gegen die Wand geschleudert und ihn so hart geschlagen, daß der Junge einen Bluterguß auf der Wange davontrug. Es war erst das zweite Mal in seinem Leben, daß er aus Wut Hand an seinen Sohn gelegt hatte. Nev hingegen verhielt sich seltsam ruhig und pflegte seinen Sohn nur anzustarren, als sei Sam das widerlichste Insekt, das eine verrückte Natur jemals ausgebrütet hatte; Connie dagegen fragte ihn aus – hilflos und manchmal hysterisch, und vor allem ohne ein Ende zu finden.

Während die meisten verstörten Eltern versuchen, die Verbrechen ihrer Kinder mit dem verderblichen Einfluß ihrer Freunde zu erklären, schienen Charlie und Dot niemals Clive oder Sam irgendwelche Vorwürfe zu machen. Eines Abends, als Terry immer noch im Krankenhaus lag, trank Sam drei Flaschen Cider und erschien heulend an Charlies Tor, wo er die alleinige Verantwortung für den Unfall auf sich nahm. Charlie nahm ihn mit ins Haus, und da er nicht das Geringste von Sams wilden Geschichten verstand oder auch nur ahnen konnte, warum der Junge sich persönlich verantwortlich fühlte, bot er ihm eine Zigarette an und redete beruhigend auf ihn ein. Danach brachte er Sam nach Hause und sagte halblaut zu Nev, er solle den Jungen nicht zu hart anfassen, er leide schon schwer genug.

»Leiden?« Nev hatte den Kopf geschüttelt. »Leiden? Soll er auch.«

»Der Junge fühlt 'ne ganze Menge, Nev. Er spürt die Dinge.«

»Er sollte meine Fäuste zu spüren kriegen, das ist's!«

»Nein, Nev. Du liegst da ganz falsch.«

Nachdem Terry aus dem Krankenhaus gekommen war, weinte Linda jede Nacht: die Anstrengung, so zu tun, als sei alles wie vorher, war zuviel für sie. Daher hatte sie am großen Tag ihrer Abreise rotverweinte Augen, und das war ein schlechtes Zeichen. Dot hieß sie sich hinlegen und preßte ihr Gurkenscheiben auf die geschwollenen Augen und kam Linda sehr herzlos vor, als sie sagte: »Terry hat's nun mal getan; jetzt muß er auch damit leben.« Es schien Linda nicht recht – wenn jemand, den man liebt, sich die Hand weggesprengt hat, ist es nicht richtig, mit Gurkenscheiben zu hantieren. Doch Dot blieb fest; und ihr unerschütterlicher Gleichmut ließ alle die schwere Zeit überstehen.

An dem großen Tag erschien Linda in einem Anzug in grellem Pink und mit kurzem Haar, das zu einer modischen Welle geschnitten war. Sie küßte und umarmte jeden voll stürmischer Begeisterung, und erst kurz vor ihrer Abfahrt begriff Sam, wie sehr sie einfach dagewesen war – im Vordergrund oder im Hintergrund, auf beruhigende, stille Weise gegenwärtig – und wie sehr er sie wirklich vermissen würde. Er warf einen raschen Blick auf Derek, der ein wenig abseits stand und das Geschnatter und das aufgeregte Hin und Her beobachtete, und er spürte einen Stich des Mitleids.

Linda küßte Clive und Alice, und bevor sie ihre Mutter noch ein letztes Mal umarmte und zu ihrem Vater in den Wagen stieg, nahm sie Sam und Terry beiseite.

»Terry«, sagte sie leise, damit die anderen es nicht hörten. »Ich möchte, daß du dich um Sam kümmerst. Ihr seid alle sehr dumm; aber Sam ist der Dümmste, und ich mache mir mehr Sorgen um ihn als um irgendeinen von euch. Deshalb mußt du mir versprechen, daß du gut auf ihn aufpaßt. Versprichst du mir das?«

Sam war sehr erstaunt. Er wollte schon protestieren. Er wollte sagen: »Hör mal, er ist doch das arme Arschloch, das nur noch eine Hand hat«, aber statt dessen wurde er rot und sagte gar nichts. Terry war äußerst verlegen, wischte sich die Nase mit seinem bandagierten Armstumpf und blickte zu Boden.

»Versprochen?« beharrte Linda.

»Klar«, meinte Terry. »Sicher.«

Dann küßte Linda beide, bevor sie zu Derek ging. Eine letzte Umarmung mit Dot, und sie kletterte ins Auto. Alle winkten, alle schrien, alle warfen Kußhände. Linda war gegangen.

Die Erwachsenen gingen nach Hause, nur Derek blieb stehen; die Hände in den Hosentaschen, starrte er dem davonfahrenden Wagen nach.

»Sie kommt zurück«, sagte Alice freundlich.

»Ist ja nicht so, als ob du sie nie mehr siehst«, meinte Terry.

Derek blickte sie an. Seine Augen funkelten boshaft. »Was wißt ihr denn schon davon?« spie er voller Bitterkeit. »Gar nichts wißt ihr. Ihr seid ja bloß Kinder. Für euch bin ich bloß Lindas Freund, einer, den man versucht zu verarschen, wo's nur geht. Aber jetzt ist sie weg, und alles ist vorbei. Ich kann da nicht mithalten, wo sie jetzt hinfährt. Ich bin raus. Ich kann nicht mithalten.« Er stieg in seinen Mini und knallte die Tür zu. Wütend heulte der Motor auf, und die Reifen quietschten, als er mit dem Auto auf die Straße fuhr. Er raste davon.

34.
Dein Blues

Es gibt da was, das du begreifen mußt, Junge«, sagte Skelton. »Solch eine Macht besitzt du nicht. Du hast sie nicht; ich hab' sie nicht, niemand hat solche Macht.«

Skelton versuchte – nicht zum ersten Mal – Sams Schuldgefühle wegen Terrys Unfall aus dem Weg zu räumen. Es war nicht Sams erster Termin bei Skelton, seitdem das Unglück geschehen war. Im Grunde sollte er nur jedes Jahr einmal zu dem Psychologen gehen – Skelton hatte entschieden, daß häufigere Sitzungen unnötig seien: »Wir wollen ja nur deinen Schädel messen und gucken, daß alle anderen zufrieden sind«, hatte er gescherzt. Doch jedes einschneidende Ereignis in Sams Leben, sei es, daß er beim Rauchen erwischt wurde, sei es beim Bombenbasteln, führte dazu, daß Connie sich energisch für einen Extratermin einsetzte.

Sam hatte seine Geschichte erzählt – von der bösen Hand und vom Versprechen der Zahn-Fee, für Vergeltung zu sorgen.

»Zu-fall!« zischte Skelton. »Obwohl ich dir freudig zugestehe, daß du vielleicht vorausgesehen haben könntest, was passieren würde. Damit meine ich, du WUSSTEST, daß es Gefahren gab. »Du WUSSTEST, wie diese verdammten Dinger gebastelt werden, nämlich indem man sie mit einer Hand festhält und auf das andere Ende einhämmert. Du WUSSTEST das alles. Du hast es vorausgesehen. Und das ist bloß eine Frage menschlicher Intelligenz, nicht irgendeiner übernatürlichen Kraft. Du bist NICHT verantwortlich dafür!«

»Und was war damals, als Terrys Vater sich erschossen hat?«

»Vielleicht hast du auch da etwas gesehen. Du hast

die Gefahr für deinen Freund gespürt, etwas im Verhalten seines Vaters wahrgenommen, das dich zutiefst verstört hat. Und du wolltest ihn retten. Das Gehirn ist ein ungeheuer feinfühliges Instrument, Sam. Es weiß mehr, als du glaubst. Mehr, als es sollte.«

»Woher wissen Sie das alles?«

»Das ist mein Job.«

»Die Zahn-Fee meinte, daß Terry mir sowieso sein Leben schuldete.«

»Und daher leicht 'ne Hand opfern könnte?«

»Ja. Genau das hat die Zahn-Fee gesagt.«

»Scheiß auf die Zahn-Fee!« rief Skelton, am Ende seiner Geduld. »Warum schnappst du dir diese Zahn-Fee nicht mal und schüttelst sie ordentlich durch?«

»Tu ich ja. Manchmal.«

»Ja, ja, ja. Ich weiß, daß du's tust. Du hast es mir ja erzählt. Mir fällt bloß nichts mehr ein.«

Skelton hatte Sam mit schonungsloser Offenheit erklärt, daß seine Fähigkeit, ihm zu helfen, begrenzt sei. Für den Psychologen stellte Sam einen einzigartigen Fall dar. Skelton hatte viele Kinder und andere Patienten mit imaginären Freunden kennengelernt; doch nach seiner Erfahrung verschwanden diese Wesen eines Tages auf Nimmerwiedersehen oder entwickelten sich zu den klassischen Symptomen von Paranoia, Schizophrenie oder anderen schutzgewährenden Wahngebilden. Sam hingegen schien völlig normal – außer dieser einen verrückten Überzeugung. Er war auch, wie Skelton vor langer Zeit in einem Bericht geschrieben hatte, niemals zu einer Gefahr für sich oder andere geworden. Bis jetzt.

»Und was ist mit dieser wunderschönen ... Alice? So hieß sie doch? Alice? Ich bin sicher, wenn du dich mit dieser wunderschönen Alice ins Gras legst, wirst du diese Zahn-Fee nie mehr wiedersehen.«

»Woher wollen Sie das wissen?«

»Woher ich das wissen will? Weil ich dafür bezahlt werde! Ist mein Job, so was zu wissen! Und es macht mir gar nichts aus, dir zu sagen, daß mich deine Fortschritte in dieser Hinsicht sehr enttäuschen. Du mußt es VERSUCHEN, Junge. VERSUCHEN. Kennst du das Geheimnis des Erfolgs bei Frauen? Man muß es VERSUCHEN. Vielleicht riskierst du 'ne Ohrfeige. Vielleicht mußt du mal 'ne schmerzende Abfuhr oder 'ne Demütigung ertragen. Aber wenn du Äpfel im Korb haben willst, mußt du den Korb unter den Apfelbaum stellen. Verstehst du? Du mußt es VERSUCHEN.«

»Das ist jetzt noch unmöglicher als vorher.«

»Warum? Sag mir doch warum?« Skelton weinte fast, so frustriert war er.

»Weil es doch genau darum ging! Zwischen Terry und mir! Daß wir beide Alice wollten! Und daß Terry deshalb seine Hand verloren hat!«

»Und genau deshalb«, schrie Skelton, »hab' ich dir ja gesagt, daß DU GAR NICHT DIE MACHT HAST! Gott gebe mir die Kraft!«

»Im Fernsehen«, sagte Sam und schob seine Brille über die Nase hinauf, »regen sich die Psychologen nicht so auf wie Sie.«

Skelton entblößte seine nikotingelben Zähne. »Ich komme mal mit einem Ziegelstein zu deinem Haus. Und dann schmeiß' ich dir den Stein in die Mattscheibe. Jetzt aber fort mit dir. Mach mit Mrs. Marsh einen neuen Termin aus. Und keine Bomben mehr. Ein schönes Jahr wünsch' ich dir.«

»Irgendwas Neues über den Abfangjäger?« fragte Sam, während er aus dem Sessel aufstand.

»Eh, was? O nein, da gibt's nichts zu berichten. Jeder, dem ich's erzählt habe, fand ihn zwar clever, aber doch zu phantastisch. Ich suche immer noch.«

»Wissen Sie, ich will ihn nicht für mich patentieren lassen. Ich will es für Terrys Vater. Er hat ihn erfunden. Ich hab' gelogen, als ich sagte, ich wär's gewesen.«

»Das wußte ich.«

»Wie? Wie haben Sie das wissen können?«

»Raus mit dir«, sagte Skelton.

Sam verbrachte einen großen Teil seiner Zeit mit Spaziergängen im Wald und versuchte sich darüber klarzuwerden, was er dort wollte. Er wußte, er sollte die Stelle meiden, wo Tooleys Leiche lag und verweste, doch die strahlende Präsenz der Aasblume zog ihn an wie ein Leuchtfeuer. Manchmal stand er in einer Entfernung von zwanzig Yards und beobachtete, hinter einem Baum stehend, die Blume; dann wieder wagte er sich näher, ging um die Pflanze herum, spähte vorsichtig auf ihren Fuß im Baumstumpf. Er fragte sich, welcher Teil von Tooleys Leiche ihre Wurzeln nähren mochte – das Gehirn oder die Eingeweide.

Heute fühlte Sam sich besonders mutig. Er stand unmittelbar neben der Pflanze, begutachtete die Purpurblätter und den weißen Staubfaden. Die Pflanze schien eine gewisse Reife erreicht zu haben und mußte bald, das spürte Sam, eine atemberaubende Metamorphose erleben. Der dicke Staubfaden stand kurz vor dem Platzen. Die Luft über der Pflanze zitterte.

Sam fühlte einen Stich der Ungeduld, fast als habe die Pflanze sie ihm mitgeteilt. Er sah sich genötigt, der Natur nachzuhelfen. Mit einem Stock stocherte er im Laubmulch am Fuß der Pflanze herum und legte den gelben, giftig aussehenden Pilz darunter frei. Er war seit dem letzten Mal beträchtlich angeschwollen und besaß nun die Größe eines kleinen Menschenschädels. Sam berührte ihn mit seinem Stock. Der aufgeblasene weiße Sack reagierte auf den Druck mit einem pfeifenden Atmen und schwoll sichtlich an. Erstaunt ließ Sam den Stock fallen und sprang zurück. Wieder folgte ein seufzendes Einatmen, während der giftig aussehende Sack sich immer weiter aufblähte. Das kurze Atmen wurde heftiger, und langsam erreichte der Pilz die Größe eines Fußballs, der von einer Fahrradpumpe aufgeblasen wird. Seufzend und atmend arbeitete der Ball, bis sich die Formen eines Gesichts herauszubilden begannen; es war Tooleys teigiges Gesicht, gelb und giftig, mit schrecklichen Narben auf den Wangen, das ihn mit öligen, haßerfüllten Augen anstarrte.

Immer noch heftig atmend, fast schluchzend, fuhr Sam im Bett auf, während die Krokodilklemme des Alptraum-Abfangjägers an seiner Nase hing.

Wie angedroht wurde der Teich aufgefüllt; eines Tages erschienen zwei riesige Bulldozer, verschreckten die Tiere, planierten das Feld und schoben Erdmassen in den Teich, die ihn auf ein Drittel seiner bisherigen Größe schrumpfen ließen. An einem Tag war alles vorüber. Sie gingen hin, um den Schaden zu besehen.

Schweigend und bedrückt blickten sie auf den Teich. Undeutlich empfanden sie den Verlust wie einen Raub an ihrem Leben: als hätte man ihnen etwas sehr Persönliches gestohlen, während sie schliefen – ein lebenswichtiges Organ, eine Lunge vielleicht. Oder einen Zahn.

Sogar das alte Versteck war zerstört worden. Der Ort, an dem sie so viele Nachmittage verbracht hatten, ob bei Regen oder Sonnenschein, war nun eine plattgewalzte Ebene aus roter Erde, auf der die Raupenketten ihre Abdrücke hinterlassen hatten. Die Bäume, die vordem über dem Teich gehangen hatten, waren ausgerissen und zu einem Stapel Brennholz aufgeschichtet worden. Der alte Morris-Sitz, dessen Federn nun durch das aufgerissene Leder hervorschauten, war auch auf dem Scheiterhaufen gelandet. Das im Teich verbliebene Wasser hatte die Farbe trüben Tees. Es schien unmöglich, daß es immer noch die vielfältigen Lebensformen beherbergen sollte, die es Jahre hindurch ernährt hatte: Reiher und Moorhühner und Mauersegler, Barsch und Hecht, Kröten und Wassermolche, Libellen und Rückenschwimmer, Schnecken und Laich, Entengrütze und Wasserlinsen.

»Sie sollten doch nur die Hälfte trockenlegen!« Alices Stimme klang zwar gedämpft, doch kochend vor unterdrücktem Zorn. »Damit können die doch nicht durchkommen!«

»Was schlägst du denn vor?« meinte Clive bitter. »Sollen wir ihn wieder ausheben?«

Niemand erwähnte mehr die Bomben.

Irgendwie war ihnen mehr genommen worden als nur ein Teich. Keiner konnte es genau beschreiben, aber dieses Ereignis läutete ihnen wie eine Glocke eine neue Etappe in einem furchtbaren Rennen ein. Es war etwas wie ein Flüstern oder eher ein Warnsignal als eine Stimme, das aus der aufgewühlten, planierten, geschundenen Erde heraufklang und sang: So ist es eben, so wird es immer sein, ich kann alles ändern, wie ich will, und nie, niemals wird das Rad sich zurückdrehen lassen.

»Hey, Clive«, meinte Terry. »Das ist ja dein Blues.«

Clive war ein absoluter Fachmann für Popmusik geworden. Er entdeckte, daß er eher akzeptiert wurde, wenn er sich mit seinem Wissen über die Rhythm & Blues-Vorgänger der Rolling Stones und der Yardbirds brüstete, als wenn er umfangreiche Kenntnisse über die Infinitesimalrechnung oder die Atomtheorie zur Schau stellte. Und er arbeitete hart; er verfolgte musikalische Einflüsse bis zurück zum Delta Blues und den Farmer-Melodien des Mississippi. Was immer The Cream herausbringen oder John Mayahall's Bluesbreakers aufnehmen mochten, Clive kannte die Quelle. »Ja, aber siehst du, das war 'ne Komposition von Blind Lemon Jefferson ... ach ja, das Stück von Robert Johnson ... ja klar, Josh White hat es zuerst ... wer? ... nein, du meinst wahrscheinlich Howlin' Wolf.«

Es brachte Sam und Terry zur Verzweiflung, wenn er ihnen sagte, sie dächten irrtümlicherweise an jemanden, von dem sie noch nie in ihrem Leben etwas gehört hatten – *Howlin' wer?* Aber sie hielten es für besser, nicht zu streiten. Clive irrte sich nie in diesen Dingen, und er hatte auch schon eine vollständig formulierte Theorie dazu im Kopf. Er fing an, sich Musikzeitschriften wie *Melody Maker* und *New Musical Express* zu kaufen, nur um sich mit den Rock-Journalisten anzulegen. Jede Woche schickte er giftige und sarkastische Leserbriefe an die Zeitschriften – sie wurden zwar nie gedruckt, doch er machte unbeirrt weiter. Auch wurde er zum Sammler und schuf sich ein beeindruckendes Archiv von Bluesplatten. Nach der Schule tankte er nun Autos auf, um sich sein Hobby leisten zu können. Clive wurde zu dem Jungen, den man nie mehr ohne das neueste Album unter dem Arm sah.

Im Vergleich zu den anderen war Alice am meisten von seinem umfassenden Wissen beeindruckt. Clive lieh ihr Platten, und nun hockten sie stundenlang zusammen und redeten über Musik, summten Melodien, sangen Refrains vor- und rückwärts ... Es war sehr ärgerlich für Sam und Terry.

»Sie gibt eben Stimmung wieder«, ließ Clive sich

herab, es ihnen zu erklären. »Darum mögen Alice und ich die Musik ja so sehr. Das ist tiefsinnig. Musik für Redstone.« Die beiläufige Erwähnung von ›Alice und ich‹ hinterließ ihre Spuren.

Clives Akne war nicht verschwunden – die Thomas-von Aquin-Schule hatte auch nicht das erhoffte Wunder vollbracht. Doch der Ausschlag war zurückgegangen, und nun war Clives Gesicht ständig rot und wirkte vorzeitig gealtert. Als Terry in jenem Augenblick beim Betrachten des trockengelegten Teichs zu ihm sagte: »Hey, Clive, das ist ja dein Blues«, und Clive ironisch zustimmend das Gesicht hob, fiel Sam plötzlich auf, wie alt sein Freund aussah. Und als er Terry und Alice genauer anblickte, schienen auch sie unversehens gealtert. Nicht sehr und nicht älter, als Teenager aussehen sollten. Aber Sam kam es so vor, als seien sie eben noch rotwangige Kinder gewesen und ein abenteuerliches Leben voller endloser, langer heißer Sommer und untröstlicher, kurzer, klirrend kalter Winter habe vor ihnen gelegen, und nun plötzlich hatte alles, was man sagte oder tat, eine *Bedeutung*.

Er wußte nicht, ob er über die Veränderung glücklich sein sollte.

35.
Neue Unternehmungen

»Schluß«, erklärte Alice beiläufig auf der Heimfahrt im Schulbus. Es ging um ihren Freund. »Wir haben Schluß gemacht.«

Clive, der hinter Alice und Sam saß, spitzte die Ohren. Sams Aufmerksamkeit war auf Alice gerichtet, daher konnte er Clives Ohren nicht sehen; doch er wußte, daß sie nun vor lauter Neugier nach vorn gekippt waren. Vielleicht hatte die Luft um Clive ein wenig gezittert und war um ein Grad heißer geworden oder kühler. Dies war eines jener Dinge, die man nur erahnen, nicht mit Bestimmtheit sagen konnte.

Sam war nicht weniger interessiert. Er wollte fragen, ob dies bedeutete, daß auch Alices Mutter mit dem Sportwagen fahrenden Freund aus London ›Schluß gemacht‹ habe. Statt dessen fragte er: »Hast du mit ihm Schluß gemacht oder er mit dir?«

»Im beiderseitigen Einvernehmen«, erwiderte Alice, aus dem Fenster blickend. »Wir fanden es besser so.« Dann warf sie ihm einen Blick zu, der ihm verriet, daß der Freund sie fallengelassen hatte.

Sam dachte, er müsse nun eigentlich einige Worte des Beileids sagen, doch er konnte es nicht, weil sein Herz von unbeschreiblicher Freude erfüllt war. Sein Blut sang in den Adern. Er rückte seine Brille zurecht und versuchte, den Anflug eines Lächelns zu verbergen. »Ohne ihn bist du besser dran. Er war zu alt für dich.«

Alice sagte nichts. Clive wußte nicht, daß Sam Alices Freund einmal gesehen hatte. »Du kennst ihn?«

»Ja.«

»Wie ist er denn so?«

»Wie *war* er denn, meinst du wohl. Ein Schleicher – ein Wiesel.«

Alice sagte nichts.

»Du hast mir nie erzählt, daß du ihn kennst«, protestierte Clive.

»Nein, das hab' ich dir nie erzählt«, gab Sam zu.

Es war sein Geheimnis gewesen. Er sammelte Geheimnisse von Alice wie andere Menschen Streichholzschachteln. Sorgfältig verwahrte er alle Vertraulichkeiten und ließ sich gelegentlich dazu herab, Beispiele solcher Informationen an Terry und Clive weiterzugeben, um seine größere Nähe zu Alice zu untermauern. Er hatte ihnen nie erzählt, daß er den Freund kennengelernt oder die Schnipsel eines Briefes gelesen oder die Folie eines Kondoms gefunden hatte, und auch über die seltsame Dreierbeziehung, die Alices Mutter einschloß – und die er selbst nie verstanden hatte –, war nie ein Wort über seine Lippen gekommen.

»Was ist mit deiner Mutter?«

Wieder vibrierte Clive vor Neugier. Ein mörderischer Haß erschien in Alices Augen. »Es ist vorbei«, sagte sie mit Betonung zu Sam. »ALLES.«

Nun, da die Neuigkeiten heraus waren, verstand er, warum er mit seinem Wissen so vorsichtig umgegangen war; nicht nur Respekt gegenüber Alice und ihren privaten Angelegenheiten hatte sein Verhalten motiviert, sondern eher der Vorteil, den es ihm einbrachte. Und nun wußte er, daß Clive es so schnell wie möglich Terry erzählen würde, und dann würden sie alle ihre Vorsicht fallen lassen, und die *Jagd* auf Alice wäre eröffnet.

Verstohlen blickte er sie von der Seite an, während sie traurig aus dem Fenster starrte. Sie war nicht auffallend schön, und doch unwiderstehlich: das brünette Haar fiel über einen elfenbeinweißen Nacken und reichte fast bis zu ihren festen Brüsten, die in der Form an halbe Tennisbälle erinnerten. Die Art, wie sie die Schulkrawatte nachlässig um den Hals gebunden hatte, ließ in ihm den Wunsch entstehen, sie in den Arm zu nehmen; und wenn sie mit den schlanken weißen Fingern über ihre schwarzen Strümpfe fuhr, erregte ihn das über alle Maßen. Es schien ihm nicht im geringsten unsinnig, daß er nichts lieber wollte, als sie zu heiraten.

Und genau das, glaubte er, wollten Terry und Clive.

Alice jedoch hielt sich alle Möglichkeiten offen. Es war nie sicher, ob sie nun Sam, Terry oder Clive als zukünftigen Ehegemahl ins Auge faßte.

»Willst du mit zum Fußballspiel kommen?« fragte Terry sie.

Zweifelnd sah sie ihn mit zusammengekniffenen Augen an. »Fußball? Gehn die andern denn auch?«

»Nein.«

»Dann, glaub' ich, mag ich nicht.«

»Laß uns doch zu dir gehen und Platten hören«, schlug Clive vor.

»Okay. Sag Sam und Terry, sie sollen auch kommen.«

»Ach. Warum?«

»Weil's dann mehr Spaß macht.«

Und Sam erinnerte sich an Skeltons Rat und holte tief Luft. »Willst du Samstag mit ins Kino kommen?«

»Hast du Terry und Clive schon gefragt?«

»Na ja, nein.«

»Du meinst also, nur wir zwei sollen da in der hinteren Reihe sitzen oder so?«

»Oder so.«

»Hmm. Witzig.«

Was nicht ›nein‹ bedeutete, aber auch gewiß nicht ›ja‹. Während die drei Jungs einander wie nervöse Hasen beäugten, schien Alice sehr geschickt darin, die

Gewährung besonderer Gunst oder das Treffen mit einem allein zu vermeiden. Die Jungen hingegen wären durch brennende Reifen gesprungen, nur um bei ihr sein zu dürfen oder um wenigstens sicherzugehen, daß keiner der beiden anderen mit ihr allein war. Was dazu führte, daß sie zuweilen Dinge taten, die ihnen im Innersten ihrer Seelen zuwider waren.

»Zieh ihn doch zurück! Zieh ihn einfach zurück!« schrie Alice Terry an.

»Ich versuch's ja! Ist nicht so einfach mit einer Hand!«

Clives Tier schien nach Hause gehen zu wollen. »Nein! Nicht da lang! Zieh ihn rum!« Alice war bald am Ende ihrer Geduld. Die Unbeholfenheit der Jungen machte sie wütend.

Dann beschloß Sam, sich hinzusetzen. »Es will nicht gehen«, sagte er lahm.

»Dann BRING sie dazu! Du mußt sie dazu BRINGEN!«

Sie riß ihr eigenes Pferd herum, trottete zu Sams grauer Stute und ließ ihre Reitgerte auf die Flanken des Tieres sausen. Die Stute stand auf. »Laß sie das ja nicht wieder tun!« Dann galoppierte sie hinter Clive her, packte die Zügel seines Kastanienbraunen und brachte ihn zu den anderen zurück. In der Zwischenzeit graste Terrys Graubauner unbehelligt weiter an der Hecke.

Eine Viertelstunde Ausritt, und sie hatten erst wenige hundert Yards geschafft. Alice hatte dafür gesorgt, daß alle drei sehr ruhige Tiere bekamen, doch keines der Pferde war daran gewöhnt, stumpfsinnig einherzulatschen, und außerdem hatte Alice nicht bedacht, wieviel Angst und Unfähigkeit Jungen im Flegelalter gegenüber Tieren an den Tag legen konnten.

»Was ist denn bloß los mit euch? Ich hab' schon Mädchen von sieben Jahren auf diese Pferde gesetzt! Ihr müßt ihnen ZEIGEN, wo's *langgeht!*«

»OHA!« rief Terry aus, als sein Graubrauner aufhörte, Gras zu fressen, und statt dessen einen Happen von Clives Kastanienbraunem nehmen wollte.

Der Kastanienbraune trabte in einem engen Kreis herum. Clive hatte das Trensenmundstück zu weit nach links gezogen. »Scheißescheißescheiße!«

»Ruhig! Mach ihn nicht scheu!«

»Du sagtest doch, ich soll's ihm zeigen!«

»Ich hab' nicht gesagt, du sollst ihm mit der Trense das Maul aufreißen!« Alice beugte sich gefährlich weit von ihrem Pferd herunter, hielt Terrys Zügel in der einen Hand und griff mit der anderen nach Clives. Sams Pferd stand nun endlich wieder gerade und wartete gehorsam. Alices Reitkappe rutschte herunter und hüpfte über den Asphalt der Landstraße. Ihr Haar fiel über das Gesicht, das vor Wut und Anstrengung rot angelaufen war. Ihr kesser Hintern, der sich in der engen Reithose abzeichnete, hob sich aus dem Sattel und streckte sich gen Himmel, während sie darum kämpfte, die beiden Pferde unter Kontrolle zu bringen. Der Anblick von Alices Hintern bewirkte bei Sam eine plötzliche und unerwartet heftige Erektion.

Während er noch darüber nachsann, was er gern mit Alice tun wollte, sprang jemand hinter ihm aufs Pferd, faßte ihn um die Taille und hieb mit aller Gewalt die Absätze in die Flanken. Die Graue bäumte sich auf, wieherte und schnaubte und galoppierte zweihundert Yards die Landstraße entlang, durchbrach dann eine Hecke und raste in ein kleines Gehölz. Außer sich vor Furcht ließ Sam die Zügel fahren und vergrub seine Finger in der Pferdemähne. Es schien, als feuere dies das Tier nur an.

»ICH LIEBE PFERDE!« kreischte die Zahn-Fee über seine Schulter. Zweige schlugen Sam ins Gesicht, als sie durch das dichte Unterholz donnerten. Die Zahn-Fee quietschte vor Lachen, faßte mit einer Hand in seinen Schritt und fuhr mit der nassen Zunge in sein Ohr. Sam sah einen tiefhängenden Zweig genau vor sich; er duckte sich und schmiegte sich eng an den ausgestreckten Hals des Pferdes, in dem die Adern pumpten. Die Zahn-Fee sprang aus dem Sattel und packte den Zweig. Sam blickte sich um und sah, wie sie sich lachend hinaufschwang und etwas Unverständliches rief, wobei ihre Worte im Wind verlorengingen. Plötzlich schwenkte das Pferd jäh um, und Sam fühlte sich aus dem Sattel gehoben. Er flog durch die Luft und landete unsanft am Fuße einer Eiche.

Er mußte für einen Augenblick ohnmächtig geworden sein, denn als er wieder zu sich kam, stieg Alice gerade vom Pferd und eilte auf ihn zu. Sein eigenes Pferd stand daneben.

»Geht's dir gut? Bist du verletzt?«

»Mir geht's gut.«

»Das ist 'ne Katastrophe«, erklärte Alice. »Eine richtige Katastrophe. Ich werd' euch drei nie mehr zum Reiten mitnehmen.«

Sam war immer noch außer Atem und konnte daher nicht sagen, was er gern gesagt hätte.

Doch die Dinge wiederholten sich. Als die Schule im Frühjahrsquartal eine Höhlenexpedition organisierte, an der die dritte und vierte Klasse teilnehmen konnten, krochen Sam und Clive in den sumpfigen Senken der Täler von Derbyshire durch Schlamm und eiskaltes Wasser. Keiner von ihnen verspürte besondere Begeisterung, in den dunklen, nassen Eingeweiden der Erde herumzuwühlen, doch Alice hatte mitfahren wollen. Zum Glück für Terry hatte man ihn von dieser Reise befreit, doch Sam wurde von der Angst getrieben, daß Clive mitginge, wenn er ablehnte; und Clive ging es ebenso.

Obschon Frühling, war es sehr kalt, wenn man sich in Höhlen aufhielt. Die meiste Zeit mußten sie auf Händen und Knien kriechen, mit der Nase nur wenige Zoll hinter Alices Hinterteil. Alice machte die Höhlenexpedition natürlich unbändigen Spaß. Clive erlebte einen Augenblick der Panik, als er in einem engen Schacht eingeklemmt wurde und unfähig war, sich vor oder zurück zu bewegen. Auch Sam bekam es einmal mit der Angst zu tun, als er von den anderen getrennt war und seine Karbidlampe ausging, und er sie nicht wieder anzünden konnte. Er tröstete sich damit, daß die Zahn-Fee nicht da war, nicht irgendwo in der Dunkelheit der Höhle höhnisch die Zähne bleckte. Und dann kam Alice und zündete seine Lampe wieder an, und ihm fiel wieder ein, warum er sich an diesem schrecklichen Ort aufhielt.

In diesem Sommer brachte Alice ein neues Element in die Gruppe ein. Sie saßen an den kläglichen Überresten des Teichs. Flora und Fauna am Wasser hatten sich ein wenig erholt, doch es war nicht mehr wie früher. Der Teich hatte einst die Fähigkeit gehabt, die Atmosphäre um ihn herum zu filtern, etwas aus der Luft zu ziehen und dafür Frieden zu geben. Er lebte zwar immer noch, war aber nun wie eingefroren. An jenem Nachmittag, als sie nach der Schule auf dem warmen lehmigen Ufer lagerten, brachte Alice ein kleines Silberpapierpäckchen zum Vorschein.

»Wo hast du das denn her?«

»Mein Freund hat es vergessen. Ich glaub' nicht, daß er's wiederhaben will.«

»Hast du das schon mal gemacht?«

»Klar. Ist doch keine große Sache.«

Terry schüttelte zweifelnd den Kopf. »Ich möcht' lieber nicht.«

»Ich auch nicht«, sagte Sam.

»Auf keinen Fall«, fügte Clive hinzu. »Da hab' ich zu viele Geschichten gehört.«

Alice zuckte die Achseln. »Aber ihr habt doch nichts dagegen, wenn ich's tu, he?«

Keiner sagte etwas. Gebannt sahen sie zu, wie Alice drei Blättchen Zigarettenpapier aneinanderklebte, eine Zigarette zerkrümelte, das Päckchen aufwickelte, aus dem etwas zum Vorschein kam, das aussah wie ein glänzendes Stückchen Schuhcreme, dieses mit dem Feuerzeug anbrannte und etwas davon in die Zigarette krümelte. Dann krönte sie ihr elegantes, schlankes Produkt mit einem Stückchen Pappe von der Zigarettenpapierschachtel, das sie in das eine Ende des Joints einbaute. Sie machte das so fachmännisch, daß es aussah, als tue sie es schon seit Jahren. Unbemerkt gluckste etwas im Teich. Alice wandte sich mit einem Achselzucken an die Jungen. »Ich dreh' sie für meine Mutter.«

»Für deine *Mutter*?«

Alice zündete sich den Joint an. »Sie steht drauf.« Paff, paff, Zusammenzucken. Sie behielt den Rauch in den Lungen und krächzte: »Sie sagt, es hilft ihr, wenn sie diese romantischen Verse für die Grußkarten dichten muß.« Dann nahm sie einen tiefen Zug und hielt den Joint in die Runde, daß ein anderer ihn nehme.

»Nein«, sagte Terry.

»Zähl nicht auf mich«, sagte Sam.

»Auf gar keinen Fall«, sagte Clive.

Clive wurde weiß wie ein Laken und krümmte sich am Ufer zusammen; Terry mußte sich schlagartig in den Teich übergeben; und Sam, rot angelaufen, fiebernd und mit dem Gefühl, er müsse sich von den anderen entfernen, um wieder einen klaren Kopf zu bekommen, taumelte über das Feld davon, wobei er das Gefühl hatte, daß seine Füße bei jedem Schritt viel zu hoch über dem Boden schwebten. Das letzte, was er von Alice hörte, war: »Ich schätze, ihr wollt nicht, daß ich noch einen drehe?«

Sam fand einen Fleck hohen, süßriechenden Grases und streckte sich darauf aus. Ihm war schlecht, und sein Herz schlug unangenehm heftig. Doch die fruchtbaren, frischen Düfte der Erde waren überwältigend: Grassamen und Gänseblümchen, Pilz und Tau, Erde und Wurzeln und das blumenübersäte, grüne Gras.

»Ich hab's dir ja gesagt«, hörte er die Zahn-Fee. »Die ist gefährlich, diese Alice. Ich hab' dich schon vor Jahren gewarnt. Du denkst, ich wär' das Problem, aber sieh dich vor! Sie wird dich noch über den Rand der Klippe stoßen.«

Sam blinzelte nach oben. Die Zahn-Fee lächelte zu ihm herunter; sie kaute an einem Grashalm. Sie war nackt, und ihre Haut hatte einen grünlichen Schimmer, als spiegele sich das Gras auf einer blanken Oberfläche.

»Und du bist dumm genug, ihr immer hinterherzurennen, nur weil du hoffst, daß irgendwann mal ein Kuß für dich abfällt.«

Da sah Sam, daß die Zahn-Fee aus Gras bestand, gar nicht aus Haut und Knochen. Sie lag auf dem Rücken und verschmolz mit den trockenen Stengeln und den spitzen Blättern des gelbgrünen Grases, bis er sie nicht mehr von der Vegetation unterscheiden konnte. Sam setzte sich kerzengerade auf, tief aus den Eingeweiden kam es ihm hoch. Als er es auskotzte, sah es aus, als habe er Gras gegessen. Die Zahn-Fee war verschwunden, und er hörte Alice seinen Namen rufen.

36.
Zoot Salem

»Unglaublich«, meinte Clive.

»Wie kann man nur so was tun?«

»Völlig sinnlos.«

»Das ist Liebe«, erklärte Alice. »Sie packt dich. Sie läßt dich seltsame Dinge tun – und du willst sie tun, weil du einen Menschen liebst.«

Sam wußte, was sie meinte. Er nahm den armseligen Rest des Joints, den sie ihm weiterreichte. Nach ihrer ersten Erfahrung mit Cannabis schien es erstaunlich, daß sie es jemals wieder versuchen wollten. Doch Alice versicherte ihnen, daß einem nur beim ersten Mal schlecht werde, und so wurden sie ganz scharf darauf, zumindest, wenn sie an das Zeug herankamen, was selten genug geschah; so konnte man kaum davon ausgehen, sie würden einmal süchtig werden. Alices ›Ex‹ kam ab und zu vorbei und hinterließ ein kleines Päckchen in Goldfolie; dann wieder gelang es Alice, etwas aus dem Vorrat ihrer Mutter abzuzweigen. Die Joints wurden immer nur von Alice oder Clive gedreht – Terry konnte es aus naheliegenden Gründen nicht, und jeder Versuch von Sam endete in einem Joint, der sich von selbst auflöste oder vorzeitig abbrannte.

Die Wirkung war, wie jeder zugeben mußte, viel sanfter als erwartet und auch nicht aufregender, als wenn man Woodpecker-Cider auf Ex trank. Doch sie war anders als Alkohol, weicher. Nur Sam schien extrem empfänglich zu sein und konnte plötzlich ohne Vorwarnung verschwinden oder wurde gelegentlich dabei ertappt, wie er mit unsichtbaren Wesen Gespräche führte. Insgeheim hegte er die Vorstellung, daß das Zeug die Zahn-Fee im Zaum halten könne; zwar konnte sie ihm erscheinen, wenn er ›stoned‹ war, doch ansonsten ließ sie ihn meist in Ruhe. Sam fragte sich, ob er diesen Glauben Skelton mitteilen könne.

»Also er ist mit dem Mini direkt vor die Mauer gefahren?« wollte Clive wissen.

»Genau das«, berichtete Terry. »War sofort tot.«

Mehr als ein Jahr war nun vergangen, seit Linda Derek verlassen hatte und nach London gegangen war. Derek hatte sie seitdem ein paar Mal gesehen, doch seine Voraussage, sie werde ihn hinter sich lassen, hatte sich als völlig richtig erwiesen. Eines Abends hatte er allein im Salon des *The Gate Hangs Well* gesessen und schwer gesoffen. Die Wirtin, Gladys Noon, hatte gesehen, wie er zur Sperrstunde seine Autoschlüssel nahm, und versucht, ihn zu überzeugen, daß er nicht mehr fahren könne. Aber er war gegangen, in den Wagen gestiegen und hatte allem ein Ende gemacht.

»Das ist ja komisch«, sagte Nev Southall, als ihm sein Sohn berichtete, was Terry erzählt hatte. »Ich war an dem Abend auch im *Gate Hangs Well*, und ich hab' ihn noch abfahren sehen. Hat mich fast überfahren, als er vom Parkplatz kam. Aber er hatte jemand bei sich.«

»Bist du sicher?«

»Ganz sicher.«

Sam wurde plötzlich ganz seltsam zumute. »Wer war's denn?«

»Weiß ich nicht. Ich hab' gesehen, wie sie sich im Pub kurz vor der Sperrstunde an ihn ranmachte. Sah seltsam aus, die Kleine. Die ganze Zeit sah's so aus, als flüsterte sie ihm was ins Ohr. Dann sind sie aufgestanden und gegangen.«

»Wie hat sie ausgesehen?«

»Klein. Schwarze, lockige Haare, rabenschwarz. Sah aus wie 'ne Zigeunerin; blitzende Zähne. Wie ich aus dem Pub komme, rasen sie gerade vom Parkplatz – sie auf dem Beifahrersitz und quatscht ihm immer noch ins Ohr. Aber er guckt nur stur geradeaus, als ob er sie gar nicht hört. Dann sind sie weggefahren.«

Sam fühlte kalten Schweiß im Nacken. Er schwieg.

»Komisch war nur«, meinte Nev, »daß sie keinen Beifahrer erwähnt haben, wo sie ihn aus dem Wrack gekratzt haben.«

Sam zuckte zusammen.

»Hast du Derek umgebracht?« fragte er die Zahn-Fee mitten in der Nacht. »Ja?«

»Was kümmert dich Derek?« antwortete sie spöttisch.

»Warst du's? Hast du's getan? Ich muß es wissen.«

»Als Linda noch da war, hast du dir die ganze Zeit gewünscht, er wär' dir nicht im Weg. Ihr habt ihm ganz schön zugesetzt, du und deine Kumpels. Du hast Derek gehaßt. Ob ich's nun war oder nicht, was geht's dich an? Wenn ich's getan habe, dann war's, um dir einen Gefallen zu tun.«

»Hast du ihm gesagt, er soll sich umbringen? Hast du das *gesagt?*«

Die Zahn-Fee gab keine Antwort. Sie umfing ihre Knie in der Dunkelheit und schaute ihn mit verächtlich gekräuselten Lippen an. Ihr Gesicht sah blaß und krank aus. Es umgab sie eine giftige Atmosphäre, ein Hauch von Verwesung. Sam fühlte einen eiskalten Stich der Angst um jeden, der mit ihm zu tun hatte. Seine Knochen schmerzten.

»Laß mich in Ruhe«, sagte er. »Ich will nichts mehr mit dir zu tun haben. Hörst du? Nichts mehr! Nichts mehr!«

Die Zahn-Fee umschlang ihre Knie noch enger und blickte ihn aus zusammengekniffenen Augen an.

Eine Weile später stattete Linda Redstone einen ihrer seltenen Besuche ab. Die Stimmung nach Dereks Ableben war gedämpft. Keiner gab Linda die Schuld, aber Dot und Charlie taten ihren Unmut darüber kund, daß Linda sie nicht öfter mit einem Besuch beehrte. Doch nach dem ersten Abend, nachdem sie mit gedämpften Stimmen über Derek gesprochen hatten, kehrte die alte Wärme bald zurück. Linda erzählte glücklich von ihrem aufregenden neuen Leben in London, wobei sie Namen von Berühmtheiten verstreute wie Konfetti bei einer Hochzeit. Die meisten dieser Namen war Dot und Charlie gänzlich unbekannt, doch sie lauschten aufmerksam und versuchten sich ein Bild von Lindas neuem Milieu zu machen.

»Pippa meint, ich sollte nach Mayfair ziehen. Pippa sagt, ich kann es mir leisten, also warum nicht?«

»Ist das denn besser?« fragte Charlie.

»Mayfair, Dad, *Mayfair,* wie beim Monopoly.«

Charlie wurde rot. »Das weiß ich ja, ich wollte nur wissen, ob das besser ist, das ist alles.«

»Pippa sagt, man muß in 'nem Stadtteil leben, wo man auch gesehen wird. Pippa sagt, daß jeder, der was ist, in Mayfair wohnt.«

»Nicht in Redstone?« warf Terry ein.

»Du hast ja ganz schön viel Make-up neuerdings«, bemerkte Dot.

»Nicht mehr, bloß anders, Pippa sagt, ich müsse mich anders schminken. Sie sagt, mit meinem alten Stil säh' ich aus wie eine Bardame im Arbeiterverein.«

Dot, die Linda das Schminken beigebracht hatte, rümpfte die Nase.

»Diese Pippa«, schnaubte Charlie, »is' wohl so fein, daß sie sich noch mit Seife im Hintern wäscht.« Er stand aus seinem Sessel auf und verließ das Zimmer.

Dot blickte Linda vorwurfsvoll an.

Einige Wochen nachdem Linda nach London zurückgefahren war, erschien in einer Boulevardzeitung ein Foto von ihr, auf dem sie nur mit einem kragenlosen Herrenhemd bekleidet war. Man sah den Ansatz ihrer Brüste – wenn auch die Brustwarzen züchtig vom Rand des Hemds bedeckt waren – und gewann einen aufreizenden Blick auf die Warzenhöfe – nicht mehr. Charlie war außer sich vor Wut und konnte einen Tag nicht zur Arbeit gehen. Niemals mehr, so sagte er, könne er seinen Arbeitskollegen in die Augen schauen. Sam, in der Verschwiegenheit seines Zimmers, schnitt das Bild aus und heftete es an die Wand über seinem Bett.

Ungefähr um diese Zeit nahm ein neuer Englischlehrer eine Stelle an der Thomas-von Aquin-Schule an. Für einen Lehrer hatte Ian Blythe ungewöhnlich langes Haar und eine Vorliebe für unkonventionelle Sportsakkos mit Fischgrätenmuster. Eines Tages hielt er Clive auf dem Korridor an. »Was ist denn das?«

»Sir?«

»Das da! Was du da unterm Arm trägst!«

»Sonny Boy Williamson, Sir.«

»Laß mich mal sehen! Originalpressung aus Amerika? Ich hab' mal so eine gehabt. Ist mir irgendwie während des Studiums abhanden gekommen. Könnte ich mir die wohl mal zum Aufnehmen ausleihen?« Und so begann eine Freundschaft zwischen Lehrer und Schüler, auf der Grundlage des Blues. Mr. Blythe besaß eine Sammlung von Platten und Tonbändern, die selbst Clives Archiv in den Schatten stellte. Und er hatte einen *Folk-und Blues-Club* im *Cock Inn* im nahen Frowsley gegründet, wo er auch selbst auftrat.

»Ihr könnt kommen, wenn ihr mögt, aber ihr dürft nichts trinken«, sagte Blythe streng.

Clive schleppte Sam, Alice und Terry mit, und da sie nicht trinken durften, rauchten sie Dope auf dem Weg und Kette während der Veranstaltungen. An manchen Abenden traten glänzende, an anderen wieder geradezu peinliche Gruppen auf, und jedesmal mußten sie kurz vor Schluß gehen, um den letzten Bus nach Redstone noch zu erwischen. Aber das war immer noch besser, als auf der Straße herumhängen, und auf jeden Fall war es den langweiligen Jugendclubs vorzuziehen.

Blythe selbst spielte eine ganz anständige Blues-Gitarre, nur seine Stimme ließ ihn oft im Stich. Clive geriet ernsthaft in Gefahr, für den Mann zu schwärmen, was dazu führte, daß sein Englisch, in dem er nie außerordentliche Leistungen erbracht hatte wie in Mathematik oder den Naturwissenschaften, sich plötzlich schlagartig verbesserte. Alle seine Lehrer, auch Blythe, drängten darauf, daß er die Aufnahmeprüfung für Oxford schon bald ablegen solle, doch mit Unterstützung seines Vaters wiederstand Clive hartnäckig allen weiteren Versuchen, ihn von der Herde abzuspalten.

Dann geschah es eines Abend, als sie aus dem *Cock Inn* kamen, um den letzten Bus zu erwischen, daß sechs oder sieben Jugendliche aus Frowsley sie überraschend angriffen, ohne herausgefordert worden zu sein. Während sie lachend und Witze reißend den Pub verließen, hörte Sam jemanden rufen: »Verpißt euch doch nach Redstone«, und dann spürte er auch schon einen Ziegelstein, der ihm gegen die Wange gerammt wurde. Er ging zu Boden – und vage war ihm bewußt, daß da ein Handgemenge entstand. Knieend spie er Blut und einen Zahn aus. Obwohl er leicht benommen und seine Sicht getrübt war, konnte er ein vertrautes Gesicht erkennen, das wie in Zeitlupe vor ihm erschien, böse grinsend und nach seinem Zahn greifend.

»Der ist für mich«, flüsterte die Zahn-Fee ihm ins Ohr.

Sam war erstaunt. Die Zahn-Fee war einer ihrer Angreifer. Er kam stolpernd auf die Beine und taumelte in die Mitte des Kampfgetümmels, um seinen Freunden zu helfen. Glas splitterte. Die Nase eines der Angreifer verwandelte sich unter seiner Faust zu Brei. Dann kamen Leute aus dem Pub gerannt, um den Aufruhr zu beenden. Im Gewirr der Fäuste und Schuhkappen sah Sam, wie die Zahn-Fee nach Alice schlug. Die unbekannten Angreifer verdrückten sich in der Dunkelheit. Das Ganze hatte nur fünfzehn Sekunden gedauert.

Es war eine häßliche Geschichte; Alice hatte eine aufgesprungene Lippe und einen blutigen Mund. Sie gingen zur Bushaltestelle, wobei sie sich immer wieder umschauten. Nur Terry war zuversichtlich, daß man sie nicht noch einmal angreifen würde. Seine gesunde Hand und sein Hemd waren blutbefleckt, und es war nicht sein eigenes Blut. Alle hatten das Gefühl, daß sie sich zumindest gut gewehrt hatten. Sam wußte, er hatte einem die Nase gebrochen, und Alice fand, sie habe genauso ausgeteilt, wie sie eingesteckt hatte. Clive hatte vermutlich am meisten abbekommen, doch auch er entsann sich, einem der Angreifer mit dem Stiefel so fest gegen das Schienbein getreten zu haben, daß die Haut aufgerissen war.

Dann weigerte sich der Busfahrer, von ihrem Anblick erschreckt, sie im Bus mitfahren zu lassen, und sie durften ihre Aufregung mit einem Fußmarsch zurück nach Redstone stillen.

»Ich bin sicher, daß es ein Mädchen war«, sagte Alice nun zum vierten Mal. »Ich bin sicher, es war ein Mädchen, das mir den Schlag auf den Mund verpaßt hat.«

Sam wußte genau, wer das Mädchen war. *Ich muß*

unbedingt mit Skelton reden, dachte er. *Es breitet sich schon wieder aus. Es gerät außer Kontrolle.*

Die Folge des Aufruhrs war, daß der Wirt des *Cock Inn* sie für immer aus seinem Pub verbannte, als seien sie die Ursache für den Ärger gewesen. Blythe verteidigte seine Schüler standhaft – so standhaft, daß der Wirt Blythe zu verstehen gab, er könne seinen Folk-und-Blues-Club zukünftig woanders aufziehen. Eric Rogers, der von ihren Sorgen hörte, erwähnte Clive gegenüber ein ungenutztes Hinterzimmer im *Gate Hangs Well* und versprach, mit der Wirtin darüber zu reden. So kam Blythe eines Abends nach Redstone, becircte Gladys Noon, eine Witwe, und aus dem *Frowsley-Folk-Club* wurde der *Redstone-Folk-Club.* Blythe landete bereits am ersten Abend einen Volltreffer; seit die Yardbirds das Unerhörte getan und Sonny Boy Williamson nach England gebracht hatten, waren auch andere Blueslegenden aus Amerika angereist. Der Bottleneck-Gitarrist Zoot Salem sollte am Eröffnungsabend spielen. Clive und Alice saßen an der Tür und betreuten die Kasse, während Terry und Sam angestellt waren, Gläser einzusammeln und dem Musiker beim Aufbauen zu helfen.

Der legendäre Zoot Salem erschien in einem gemieteten Ford Capri, ohne Roadie, mit einer Gitarre und einem kleinen P.A.-System, das Sam ehrfürchtig in den Pub trug. Zoot, der mit seinen achtzig Jahren immer noch auf Tournee ging, war ein dünner drahtiger Schwarzer mit einem lederhäutigen Gesicht. Traurige, schwere Tränensäcke hingen unter seinen Augen, und er hatte die irritierende Angewohnheit, des öfteren die Hand zum Mund zu führen, als wolle er dort irgendein kleines, aber störendes Objekt von seiner Zunge entfernen. Eine Menge Zuhörer erschien, und der alte Mann zeigte sich als Meister der Bottleneck-Gitarre. Besonders Clive war wie gebannt.

Auch Sam war hoch begeistert, doch gegen Ende des Auftritts geschah etwas, das ihn fast umwarf. Während er sein nächstes Lied ansagte, schien Zoot Salem sich ganz auf Sam zu konzentrieren. Vielleicht bildete Sam es sich ja auch nur ein, aber Zoot schien genau ihn anzustarren, während er in seinem breiten Südstaaten-Akzent sagte: »Den Song hie-ah hab' ich vor langer Zeit geschrie'm. Den Song hie-ah nenn' ich ›Die Zahn-Fee‹.« Und er klopfte mit dem Fuß einen Zwölfertakt und heulte ins Mikrophon, während er die Saiten seiner Gitarre bearbeitete, daß sie aus Protest zitterten und quietschten.

Einen Augenblick lang hörte Sam die Musik nicht mehr, und er fürchtete, in Panik zu verfallen. Sicherlich hatte er sich bloß verhört? Aber nein, zwischen jeder Strophe war ein Refrain, bei dem Zoot die Gitarre unvermittelt zum Verstummen brachte, die Lippen um das Mikrophon schloß und krächzte: »*Yo! Yo just a toof fereh, yo!*«

Die Zuhörer griffen die Zeile auf und sangen nun jedesmal den Refrain mit. Doch Sam kam es vor, als wende sich Zoot unmittelbar an ihn – oder als mache er sich über ihn lustig. Es schien auch, als hätten die Zuhörer teil an diesem Scherz, denn jedesmal, wenn der Refrain kam, sangen sie aus voller Brust. Sam wurde heiß. Er mußte an die frische Luft. Er mußte hier raus.

Er setzte sich auf eine Bank und blinzelte zum Nachthimmel. Es war eine klare, wolkenlose Nacht. Die silberne Sichel eines neuen Mondes leuchtete vor der Dunkelheit. Mars zwinkerte orangegelb nahe beim Sternbild des Löwen. Er fühlte sich besser. Das Lied hatte doch nichts mit ihm zu tun, glaubte er, da sie ja immer noch weitersangen, nachdem er schon lange den Raum verlassen hatte. Er blieb eine Weile draußen sitzen, atmete die klare, kalte Luft und hörte begeisterten

Applaus, als Zoot seinen Auftritt beendete. Alice kam zu ihm heraus, während der Musiker eine Zugabe spielte.

»Da bist du ja.« Sie setzte sich neben ihn und legte ihm die Hand auf den Arm.

»Da bin ich.«

»Was ist denn los?«

Sam tippte sich gegen den Kopf. »Das ist los. Er taugt nichts.«

»Ja. Das ist das Problem. Dein Kopf.«

»Mach dich nicht lustig.«

»Warum erzählst du's mir nicht? Warum denn nicht? Du erzählst mir nie etwas darüber.«

»Es ist zu ... es würde zu lang dauern.« Er wollte ihr sagen, daß er sich zu sehr fürchtete, darüber zu reden. Er glaubte, daß er es ihr erzählen könnte, eines Tages. Aber nicht jetzt. Er blickte zum Himmel auf. »Die Sterne leuchten heute nacht.«

»Red bitte mit mir, ja?«

Er sah sie an. »Ich liebe dich, Alice. Aber das weißt du ja.«

Prüfend blickte sie ihm ins Gesicht. Dann stand sie auf. »Komm wieder rein. Kannst meine Hand halten.« Zoot spielte inzwischen die dritte Zugabe. Der Abend war ein voller Erfolg gewesen, die Wirtin hatte guten Umsatz gemacht, der Club war eröffnet und lief prächtig. Nachdem Zoot eine vierte Zugabe abgelehnt hatte und die Gäste sich für die letzte Runde an die Theke drängten, ging Sam zu dem alten Musiker und half ihm mit seiner Anlage. Er mußte mit dem Mann reden.

»Warum haben Sie diesen Song geschrieben?«

»Welchen Song meins' du?«

»Die Zahn-Fee.«

Zoot legte Sam eine riesige, lederhäutige Hand auf die Schulter, legte den Kopf an die Seite und schmatzte mit den Lippen. »O ja, hab' eben geträumt, ummm, ummm. So war's. Da kommt diese Zahn-Fee un' will mein' Zahn. Ich sag' nein, kriegs' mein' Zahn nich', ummm? No, Sir. Ich brauch' den Zahn hie-ah für mich selber. Ich hab' den Song geschrie'm. He he he!«

Sam starrte den Alten nur an. Dann wurde Zoot von Bewunderern umlagert, die mit ihm reden wollten. Bevor er sich abwandte, sagte er noch: »Ich dank' dir noch schön, junger Mann, daß du mir die Gitarre getragen hast.«

»Was hat er gesagt?« wollte Clive unbedingt wissen. »Sag doch, was hat er gesagt?«

»Nichts.«

»Ach, komm schon!«

»Er hat bloß gesagt, daß er den Song geschrieben hat.«

37.
Kondom

»Übrigens bist du nicht der einzige, der an Feen glaubt, Sam. Auch Sir Arthur Conan Doyle war von ihrer Existenz überzeugt. Er hat sogar ein Buch darüber geschrieben. Ihr beide würdet euch wirklich gut verstehen.«

Sam hatte Skelton nie so abgespannt, so müde gesehen. Er hatte vor dem Jungen erwähnt, daß er sich dem Ruhestand nähere, und seit einiger Zeit hatte Sam eine Achtlosigkeit an ihm bemerkt, eine Schlampigkeit im Büro, die vor vielen Jahren, als er den Psychologen zum ersten Mal besucht hatte, nicht dagewesen war. Mrs. Marsh, die treue Sekretärin, hatte in letzter Zeit eine Miene erschöpfter Geduld aufgesetzt. Skelton war wie ein Mann, der irgendwann den Glauben verloren hat und doch nicht weiß, wie das geschehen konnte.

Sam war nun auch alt genug zu verstehen, daß auch Skelton – wie er selbst – von seinen Kobolden und Dämonen gequält wurde und daß sie aus einer Flasche namens Johnny Walker kamen. Das Trinken beeinflußte zwar nie die Qualität seiner Arbeit, aber sein Gesicht war nun ständig gerötet, und seine Augen hatten einen wäßrigen Ausdruck. Er verbarg auch nicht mehr, wenn ihn die Lust zu trinken ankam, und genehmigte sich offen einen im Büro. Er hatte die Verstellung aufgegeben. Und leider waren alle Pläne für den Alptraum-Abfangjäger seit langer Zeit vergessen.

»Er wurde reingelegt, der gute Conan Doyle, weißt du. Zwei kleine Mädchen schoben ihm ein angebliches Foto von Feen unter, und er glaubte ihnen. Wer hätte das gedacht? Ein kluger Kopf wie Conan Doyle.«

»Ich hab' das Foto mal gesehen. Völliger Blödsinn. Jeder kann sehen, daß es 'ne Fälschung ist.«

»Nicht Conan Doyle. Weil er daran glaubte, Sam. Er hatte den Glauben, und wenn du den Glauben hast, kannst du alles sehen. Gott. Kommunismus. Feen. Psychologen. Wir fälschen uns unsere eigenen Bilder, verstehst du? Und es scheint, daß gerade der Klügste die schlimmsten Fälschungen akzeptiert.«

»Also hör'n Sie«, protestierte Sam. »Ich weiß, was Sie sagen wollen. Aber Feen sehen nun mal nicht aus wie zartflügelige Elfen mit Namen wie ›Erbsenschote‹ und ›Karamelbonbon‹.«

»Laß mich korrigieren: *Deine* sieht nicht so aus.«

»Aber ich versuch' es Ihnen doch zu erklären: andere sehen sie auch und haben unter ihr zu leiden. Mein Dad hat sie bei Derek im Auto gesehen. Alice hat von ihr einen Fausthieb gekriegt. Terry sah sie durch mein Teleskop. Und Clive und Terry sahen ...«

»Sahen was?«

»Nichts.«

»Ich hab' dir schon mal erklärt, was dieses ›Nichts‹ bedeutet.« Skelton hatte Sam gelehrt, daß Menschen, wenn sie ›nichts‹ sagen, meistens ein besonders bedeutendes ›Etwas‹ verbergen wollen.

»Clive und Terry haben sie auch einmal gesehen, als wir im Wald waren.«

»Du verheimlichst da etwas.«

»Ich hab' Ihnen einmal davon erzählt. Sie taten es als Humbug ab.«

Skelton entblößte die Zähne und kramte in seinem Gedächtnis. Langsam schüttelte er den Kopf. Dann fiel es ihm plötzlich wieder ein. »Der tote Scout? Meinst du den toten Scout?« Sam nickte. »Weißt du noch, wie du früher angekommen bist und Bilder von Grabsteinen und Fledermäusen und was nicht noch alles gemalt hast?«

»Das war was ganz anderes.« Sam wußte, es war

zwecklos, darüber zu diskutieren. Seine ganze Beziehung zu Skelton war wie ein Spaziergang durch einen Flur voller Spiegel, wo Illusion und Wirklichkeit auf ewig ineinander widergespiegelt wurden. In Skeltons Auffassung von Sams Welt waren tote Scouts nicht von Zahn-Feen zu unterscheiden.

»Sam, ich muß dir sagen, daß ich mir Sorgen um dich mache. Jetzt mehr als je zuvor. Ich hab' diese Worte nie vor dir gebraucht, denn normalerweise vermeide ich psychologische Fachausdrücke, weil sie wie eine Art Beschwörung wirken, die die Leute daran hindert, selber nachzudenken. Aber während all der Jahre habe ich geglaubt, diese *Projektion* von dir wäre harmlos. Völlig verdreht würdest du sie vielleicht nennen, aber harmlos. Jetzt aber nehme ich an dir Anzeichen einer *Paranoia* wahr. Weißt du, was das ist?«

»Glaub' schon.«

»Du bist ein intelligenter Junge, Sam, warst es immer schon. Schau dir mal diese Geschichte an, die du mir von dem alten Musiker erzählt hast. Siehst du, wie dein Geist sich an einem Zufall festkrallt und wie deine Phantasie dann mit dir durchgeht? Ja? Das ist ein Muster, dem du widerstehen mußt.

Ich hatte gehofft, daß ich nächstes Jahr, bevor ich hier aufhöre, deinen Fall abschließen könnte, ohne dich an jemand anderen zu überweisen. Jetzt bin ich mir nicht mehr so sicher. Vielleicht wäre eine zweite Meinung ganz hilfreich. Es ist nur – du bist so verdammt anders als alle anderen Fälle, die mir jemals untergekommen sind, und ich bin der erste, der zugeben muß, daß ich bei dir mit meiner Weisheit am Ende bin.«

»Tut mir leid.«

»Sag nicht, es tut dir leid. Ich mach' mir Sorgen um dich, Sam. Wirklich.«

Sam blickte zu dem zerstörten alten Gesicht auf, das

ihn von der anderen Seite des Schreibtisches anfunkelte. »Sie haben mich dieses Mal gar nicht gefragt.«

»Was gefragt?«

»Nach Alice.«

»Halleluja! Sag jetzt nicht, du hast's getan? Endlich getan?«

»Nein.«

»Um Gottes willen!«

»Ich meinte ja nur, daß Sie nicht gefragt haben. Sie fragen doch sonst immer.«

»In dieser Hinsicht hab' ich den Glauben an dich verloren.« Skelton klopfte mit einem Bleistift auf die Schreibtischkladde. »Ach übrigens – hast du Alice von deiner Zahn-Fee erzählt?«

»Nein.«

»Solltest es vielleicht mal versuchen.«

»Sie würde ja glauben, daß ich verrückt bin.«

»Ach nein!«

»Sie würde mich auslachen.«

»Versuch's doch mal.«

»Warum denn?«

»Fiel mir nur gerade ein. Das kleine Mädchen, das Conan Doyle mit der Fotografie beschwindelte, hieß Alice. Wenn sie ihn dazu bringen konnte, Feen zu sehen, vielleicht kann dich deine Alice dann dazu bringen, sie nicht zu sehen.«

»Paranoia«, sagte Sam.

»Raus mit dir, du Ungeheuer. Und paß auf den Weg auf.«

Sam konnte auf einmal mehr Zeit mit Alice allein verbringen. Clive, der nach Zoot Salems Auftritt mit dem Gefühl leiser Verachtung herumlief, nicht als Schwarzer geboren zu sein, und als habe ihm die Natur hinterlistig sein rechtmäßiges ethnisches Erbe versagt, verbrachte nun mehr Zeit auf Flohmärkten und Sammlermessen, wo er seltene Alben und alte 78er Singles ausgrub. Terry war an den Wochenenden von Fußball mit Beschlag belegt – er spielte jetzt an Samstagen für den *Redstone FC* (da er ein Liebling des neuen Trainers war) und an Sonntagnachmittagen für die Thekenmannschaft des *Gate Hangs Well*, wo er gegenüber den faßbäuchigen Männern, die sich vor dem Spiel mit fünf Pinten Bitterbier und zwanzig Zigaretten zu stärken pflegten, eine glänzende Figur machte.

So hatten sie also Zeit, und Sam erzählte Alice alles; er ließ nichts aus.

»Du bist ja verrückt«, meinte Alice.

»Kann sein.« Es war Sonntag; sie waren bei Ihr. Alices Mutter ›ruhte‹ in ihrem Zimmer hinter geschlossenen Vorhängen; sie hatte einen ausgewachsenen Kater.

»Ich mein' es ernst. Du bist ja komplett durchgedreht.«

»Ich hab' Skelton ja gesagt, daß ich's dir lieber nicht erzählen sollte.«

»Ich bin aber froh, daß du's getan hast. Es läßt 'ne Menge Dinge plötzlich klarer werden. Was hat er denn getan, um dir zu helfen?«

»Er hat alles Mögliche versucht. Meistens nur geredet, daß ich nicht in Panik geraten sollte, wenn es wieder passiert. Einmal hat er mir Pillen gegeben.«

»Davon hast du nie etwas erzählt.«

»Na ja, wo ihr doch alle dabei wart … die Pillen haben auch nicht weitergeholfen – alles war in einer Art Watte, und die Zahn-Fee ist trotzdem noch gekommen. Skelton hat mir auch gesagt, ich sollte ein Mädchen finden und es mit ihr tun. Er sagte, das wäre das Beste dagegen.«

»Was? Er sagte, wenn du's mit jemand machst, würde die Zahn-Fee verschwinden? Ich glaub's nicht!«

»Es stimmt aber. Na ja, um ehrlich zu sein, er sagte, es würde mir helfen. Das war alles. Er sagte nur, es würde helfen.«

»Ich glaub', du hast das alles erfunden.«

»Nein. Ehrlich. Er hat's mir erklärt. Er ist wie ein Gift, wenn er gefangengehalten wird.«

»Er?«

»Der Sex. Er wird blockiert und bringt dir das Hirn durcheinander. Irgend so was hat er jedenfalls gesagt, ich konnte mir keinen rechten Reim darauf machen.«

Alice blickte ihn fasziniert und erschrocken an. Sie streckte die Hand aus und strich mit den Fingern sacht über sein Kinn. Dann starrte sie auf den Teppich, tief in Gedanken versunken. Sam wollte eben etwas sagen, als Alice aufstand, das Zimmer verließ und auf Zehenspitzen über den Flur schlich. Sie blickte ins Zimmer ihrer Mutter, dann schloß sie die Tür, daß man das Schnarchen nicht mehr hörte. Als sie wiederkam, zog sie ihre eigene Tür leise ins Schloß.

Sie stand vor Sam, mit ernstem Blick. Ihre Wangen waren gerötet, die Augen lagen tief in den Höhlen. »Schwör mir, daß du das nicht erfunden hast, damit du einfach mit mir ficken kannst.«

»Ich schwör' es«, krächzte Sam.

Alice nickte. Dann zog sie ihr weißes T-Shirt über den Kopf und warf es beiseite. Sie trug keinen BH, und ihre kleinen Brüste zitterten ein wenig, während sie heftig atmete und ihn keinen Moment aus den Augen ließ. Ihre Haut hatte einen fahlen Schimmer. Unter einer Brust war ein kleiner Leberfleck.

Mein Gott, dachte Sam. Sie läßt mich, weil sie Mitleid mit mir hat. Aus Mitleid.

Alice kniete neben ihm nieder und begann, ihn zu

küssen. Während des Kusses nahm Sam die Brille ab. Er berührte ihre Brüste, und die dunklen Warzen wurden steif unter seiner Hand. Sein Schwanz richtete sich in der Jeans auf, als wolle er den festen Denim-Stoff durchbohren. Rasch zog er sein T-Shirt aus, und der süße, eindringliche Druck ihrer Haut auf der seinen ließ ihn fast ohnmächtig werden. Ihre Arme schlossen sich um ihn. Er wurde von dem Alice-Geruch umweht, ihrem ganz persönlichen Duft, der ihn vor langer Zeit eingefangen hatte. Furchtbar aufgeregt und doch zu keiner Regung fähig spürte er, wie sie den Knopf seiner Jeans zu öffnen versuchte.

Da entstand eine Bewegung im Nebenzimmer, ein Dielenbrett knarrte. Alice sprang auf, griff nach ihrem T-Shirt. Die Badezimmertür fiel ins Schloß, wurde verriegelt. Alice seufzte und zog das Shirt über. »Hier geht's nicht. Wir müssen uns was anderes suchen.«

Rasch zog Sam das T-Shirt wieder an und setzte die Brille auf.

»Mum, ich geh' für 'ne Weile weg«, rief Alice durch die Badezimmertür. Ein leises Stöhnen war die Antwort. »Komm jetzt.«

Es war ein warmer Frühlingstag. Arm in Arm spazierten sie von Alices Haus, ohne zu sprechen; von Erwartung erfüllt, jeder in Gedanken versunken.

Instinktiv wählten sie den Weg zum Teich, dessen Büsche und Unterholz ausreichend Schutz gewährten. Doch dort war eine Horde Kinder, die sich damit vergnügte, Steine ins Wasser zu schmeißen. Sam seufzte.

»Im Wald«, sagte Alice.

Sam kratzte sich am Kopf. »Ich mag den Wald nicht.«

»Wo denn sonst?« Ihre Frage schien zu besagen: Willst du nun oder nicht? Er zuckte die Achseln, und sie näherten sich der geschlossenen Baumreihe. »Ach hör mal – hast du überhaupt was dabei?«

»Was?«

Sie packte ihn am Arm und befahl ihm stehenzubleiben. »Ich will nicht schwanger werden.«

Er starrte sie mit offenem Mund an, dann dämmerte es ihm. »Zarte, flüchtige Substanz. Spinnweben im Wind. Etwas Leichtes. Zarte Gaze.«

»Was???«

»*Gossamer.* Nein.«

»Verdammt. Ich hatte einen im Zimmer. Ich hab' ihn vergessen.«

Sam hatte eine Idee. »Zu mir ist es näher. Ich weiß, wo welche sind.«

»Sam, ich geh' jetzt nicht mit und unterhalte mich freundlich mit deiner Mum, während du 'n Gummi besorgst.«

Er hatte Angst, sie würde es sich anders überlegen. »Warte hier. Ich geh' und hol eins. Ich beeil' mich.«

»O Gott!« machte Alice.

Sam rannte bereits die Straße entlang. Auf dem Weg nach Hause versuchte er, die Abkürzung über ein Feld zu nehmen. Beim Überklettern eines Zauntritts rutschte er aus und landete mit einem Knie in weichem schwarzem Schlamm. Der dicke Mulch zeichnete sich auf seiner Jeans ab.

»Warum bist du denn so aufgeregt?« sagte Connie, die ihre Gartenhandschuhe trug, als er an ihr vorbeiraste.

»Hab' was vergessen.«

Er raste nach oben. Sein Vater stand im Elternschlafzimmer vor dem Spiegel und probierte eine Krawatte an. »Eieiei«, machte Nev.

Sam murmelte etwas und stolperte in sein eigenes Zimmer, setzte sich aufs Bett, um wieder zu Atem zu kommen. Sein Vater machte sich offenbar fertig. Er wartete.

Und wartete.

Endlich begab sich Nev nach unten. Sam hörte, wie die Tür ins Schloß fiel, und lauschte auf die Stimmen draußen im Garten. Er kroch ins Zimmer der Eltern. Nev und Connie standen am Ende des Gartens und redeten über die Rosen. Wenn sie nach oben sähen, könnten sie bemerken, daß er in ihrem Zimmer war. Also kroch er auf allen vieren zur anderen Seite des Bettes. Steckte seine Hand über die Matratze und fuhr suchend hin und her. Nichts. Er schob seinen Arm tiefer darunter und suchte verzweifelt. Immer noch nichts. Er fuhr mit der Hand zum Kopfende, und seine Finger schlossen sich um das, was er gesucht hatte. Als er das Päckchen herauszog, sah er, daß es nur noch ein einziges Kondom enthielt.

Eins. Würde sein Vater eins vermissen? Natürlich würde sein Vater eins vermissen. Trotzdem behielt er es und legte das leere Päckchen wieder unter die Matratze und hoffte, Nev würde einfach denken, er habe sich verzählt.

»Keine gute Idee«, sagte die Zahn-Fee.

Sam fuhr erschreckt zurück. Die Zahn-Fee saß auf dem Bett und schüttelte den Kopf. »Geh weg«, sagte Sam. Sie zeigte auf den Boden. Er blickte nach unten; der Schlamm, der auf dem Knie seiner Jeans war, hatte eine schmutzige Spur auf dem hellen Teppich hinterlassen. »Nein nein nein nein!« Er sprang auf die Füße und rannte ins Bad, kam mit einem feuchten Tuch wieder und versuchte, die schwach glitzernde Spur, die aussah wie eine riesige Nacktschnecke, wegzuwischen.

»Das wird mächtige Probleme bringen«, beharrte die Zahn-Fee. »Für uns beide. Die Folgen werden verheerend sein.«

Sam war fertig mit Aufwischen. Er zeigte mit dem

Finger auf die Zahn-Fee und sagte: »Paranoia.« Zu seiner Überraschung verschwand sie augenblicklich.

Während er die Treppe hinunterraste, fragte er sich, ob Alice überhaupt noch wartete. Seine Mutter rief ihn zurück. »Wo gehst du hin?«

»Nirgends.«

»Also, wenn du nichts weiter vorhast – ich brauch' ein paar Sachen aus dem Laden.«

»Kann nicht. Ich muß wohin.«

»Du hast doch gerade gesagt …«

»WAS? WAS WILLST DU?« Connie war erstaunt über seine Heftigkeit. »'tschuldige. Ich meine, was willst du haben – aus dem Laden. Was?«

»Ich hab' 'ne Liste gemacht. Liegt in der Küche.«

Sam holte tief Luft und trabte zurück zur Küche. Dort lehnte er einige Augenblicke den Kopf an die Wand, bevor er die Liste vom Tisch nahm. Dann war er wieder draußen, rannte die Straße hinunter auf der Suche nach Alice.

Sie saß auf einem Zaun am Waldrand und rauchte. »Ich wär' fast gegangen. Du siehst ja ganz schön fertig aus.«

»Frag mich nicht«, bat er und zog das Kondom aus der Gesäßtasche.

Alice sah aus, als habe sie inzwischen arge Bedenken gegen das Unternehmen entwickelt. Fast lustlos nahm sie Sam bei der Hand und führte ihn in den Wald. Wieder war Glockenblumenzeit – sie glitzerten wie kleine, flache reiche zwischen den Bäumen.

Ihm gefiel die Richtung nicht, die sie einschlug, doch er unterdrückte jeden Protest. Als sie zu einem geschützten Platz kamen, gewann Sam den unangenehmen Eindruck, daß er sich in der Nähe der sterblichen und wahrscheinlich verwesenden Überreste des toten Scouts befand. Doch noch immer sagte er nichts.

Die Bäume schlossen sich um ihn, um sein Tun zu beobachten; das Unterholz friedete sie ein; Laubmulch und junge Farne erfüllten die Luft mit ihrem Geruch; die Glockblumen läuteten ihren Chor der Farbe.

Alice zog ihre Jeans aus, legte sie zwischen ein paar hohen Farnen auf die Erde und setzte sich darauf. Dann schlüpfte sie aus ihrem Slip und preßte scheu die Beine zusammen. Sam zerrte seine Jeans herunter. Sein Penis hatte sich aufgerichtet und schaute schon aus der Unterhose heraus. Sie küßten sich. Alice legte ihre Hand auf seinen steifen Schwanz, daß er glaubte, er könne es nicht länger zurückhalten.

»Noch nicht«, sagte Alice und zog ihre Hand zurück. »Komm noch nicht.«

Er war gebannt von dem nußbraunen Dreieck zwischen ihren langen, schlanken Beinen und dem weichen, flachen Bauch. Dann nahm er die Quelle des Dufts wahr, der ihn gepackt hatte seit dem Tage, an dem sie mit ihm in der Schulbusschlange zusammengestoßen war. Er riß sich die Unterhose vom Leib. Dann fiel ihm das Kondom ein. Sie sah ihn erwartungsvoll mit leichtgeöffneten Lippen an, während er alle Taschen nach dem Ding durchwühlte. Er riß die Folienverpackung auf, und das mit einem Gleitmittel versehene Gummi rutschte in seine Hand.

Plötzlich flog ein Vogel aus dem Dickicht. Sam sah auf. Ein wenig weiter weg, halbverborgen hinter den Riesenfarnen, wuchs eine seltsame Blume mit einer purpurnen Trompetenblüte aus einem hohlen Baum, ein ähnliches oder vielleicht identisches Exemplar zu dem, das ihm die Zahn-Fee gezeigt hatte. Der weiße, knollenförmige Staubfaden wackelte verräterisch im Wind. Sam rollte das Kondom ein bißchen aus und versuchte, es über die widerspenstige Spitze seines Penis zu ziehen. Er schien das Ding falsch herum aufgerollt zu haben. Alice lehnte sich zurück, und ihre Beine gingen ein wenig auseinander. Aus dem Augenwinkel konnte er die Pflanze sehen, deren häßliche, fleischige weiße Knolle im Wind wackelte. Tooleys Rache, dachte er. *Tooleys Rache.* Während er mit dem Kondom kämpfte, betete er darum, daß sein Vater nicht erriet, wer es genommen hatte. Dann entsann er sich der Schlammspur auf dem Teppich und bereute sogleich, daß er sich nicht mehr Mühe mit ihrer Beseitigung gegeben hatte.

Sein Schwanz wurde weicher, als er versuchte, das Kondom andersherum überzustreifen, aber das Reservoir an der Spitze drückte sich nicht heraus. Der Latexgeruch war widerlich. Er stellte sich vor, wie die Zahn-Fee und der tote Scout ihm grinsend über die Schulter schauten und sich über seine Ungeschicklichkeit belustigten. Er blickte zu Alice hinüber; sie zog die Augenbrauen hoch, was ihn auch nicht ermutigte.

Die Einkaufsliste seiner Mutter fiel ihm ein, und wieder dachte er an die Zahn-Fee; und dann kurz – und mit Ekel – an seine Mutter und seinen Vater im Bett. Die weiße Knolle in der purpurschwarzen Blüte winkte herausfordernd. Nun war sein Schwanz ganz weich geworden, und das Gummi ließ sich nicht über die ganze Länge rollen. Er zog es ab und versuchte es erneut. Doch wenn das Ding halb aufgerollt war, ging es noch schlechter. Sam sah voller Verzweiflung um sich – die weiße Knolle in der Purpurblüte zitterte fröhlich im Wind, fast als werde sie von einer unsichtbaren Hand geschaukelt. Besiegt riß Sam das Gummi herunter und warf es in die Farne, dann vergrub er den Kopf in den Händen.

Alice schwieg. Sie setzte sich auf und zog sich rasch an. Nach einer Weile legte sie ihm die Hand auf den

Kopf. »Zieh deine Hose wieder an«, sagte sie. »Wir legen uns einfach noch 'ne Weile hin.«

Und das taten sie, inmitten von Farnen und Glockenblumen, bis das Zwielicht sich herabsenkte und den duftenden Wald einhüllte.

38.
Ankündigung

Terry ging in diesem Sommer von der Schule ab. Lernen interessierte ihn nicht so sehr, und die Realschule von Redstone, die er seit seinem elften Lebensjahr besuchte, hatte dafür gesorgt, daß es auch so blieb. Daß er ein paar Zehen und die linke Hand verloren hatte, schien seine Fußballerlaufbahn nicht zu beeinflussen; er war jetzt in die Spielerliste des *Coventry City FC* aufgestiegen, und der Nachbarverein *Aston Villa* zeigte auch schon Interesse.

Terrys Onkel Charlie war jedoch realistisch genug, um den Jungen eine Lehre machen zu lassen. Charlie war derjenige gewesen, der Terrys Begeisterung für Fußball geschürt hatte, seit der Junge den Familienselbstmord der Morris' überlebt hatte. Charlie kannte das Fußballgeschäft: »Das tolle Spiel, Terry. Da hängen mehr Enttäuschungen dran, an dem tollen Spiel, als am Leben selber. Such dir ein anständiges Handwerk.«

Das war gar nicht so einfach mit einer Hand; und nachdem Terry als Lehrling von einigen Werkzeugmachern abgelehnt worden war, ließ Charlie einige Beziehungen spielen und brachte Terry in der Lackiererwerkstatt der Autowerke unter.

Inzwischen gab es eine Neuigkeit in Sams Heim.

»Ich weiß' nicht, was ich sagen soll«, meinte Sam.

»Tja«, sagte Connie, »wir sind genauso überrascht wie du.«

»Was …?« fragte Sam. »Wann …?« Er hätte fast gefragt: »Wie …?«

»Im Februar«, erwiderte Connie. »Es wird ungefähr im Februar kommen.«

»Hör mal«, schaltete sich Nev ein, der immer noch

einen leicht glasigen Blick hatte. »Wir haben es nicht erwartet, aber jetzt ist es nun mal da, und dabei bleibt es. Also freuen wir uns. Glauben wir jedenfalls.«

»Wir *freuen* uns«, betonte Connie.

In dieser Nacht erschien die Zahn-Fee. Sie trug eine blaßblaue Kappe, die wie eine Blütenkrone aussah. »Wie findest du das?« meinte sie. »Ich finde, es sieht irgendwie traditioneller aus – mehr wie 'ne Fee.« Sam sah genauer hin und erkannte, daß es eine riesige Glockenblume war. Die Fee bewegte ihren Kopf hin und her. »Na? Vielleicht sollte ich lieber ›Kräuterweiblein‹ heißen. Hab' mir das Ding als Souvenir mitgenommen an dem Nachmittag, als du mit Alice im Wald warst.«

»Da hast du dein Zeichen hinterlassen, was?«

»Ich geb' ja zu, daß ich euch beobachtet habe. Aber ich hatte dich gewarnt. Ich sagte, es würde jede Menge Ärger geben.«

»Ärger?«

»Was ist denn los mit dir? Kannst du nicht rechnen? Deine Mutter hat gesagt, im Februar ist es soweit. Das wäre also Mai, Juni, Juli ...«

Plötzlich dämmerte es Sam: das gestohlene Kondom. Er ließ sich aufs Bett sinken und drückte die Finger gegen die Schläfen, während die Zahn-Fee in übertriebener Manier die Monate herzählte.

»Ich hoffe so, daß es ein Mädchen wird«, sagte sie.

Abrupt blickte Sam auf, spähte durch seine Finger wie durch Gitterstäbe. »Was meinst du damit?«

»Du wirst bald von hier weggehen. Läßt mich hier in der Falle sitzen. Mit einem Mädchen könnte ich soviel Spaß haben. Ich würde mit ihr früher anfangen als mit dir. Mädchen kann man viel leichter beeinflussen. Verführen. Ich könnte sie nach meinem Wunsch *erschaffen*. Ach! Ich hoffe wirklich, daß es ein Mädchen wird!«

Sam glaubte, sein Kopf müsse platzen. Er sah keinen Ausweg, wie er die Zahn-Fee daran hindern sollte, ein neugeborenes Baby zu quälen. Er war entsetzt über die Folgen seines Tuns.

»Hey!« sagte sie plötzlich. »Dein Dad hat aber keine Probleme damit, ihn hochzukriegen! Nicht so wie du! Dein alter Herr bumst deine Mutter, bis ihr die Zähne klappern! Ha ha!«

Sam sprang vom Bett und stieß der Zahn-Fee wütend den Finger ins Gesicht. »Paranoia!« rief er, und sie verschwand.

Sam und Clive kamen in die sechste Klasse. Sam bereitete sich auf das Abitur in Physik, Chemie und Biologie vor. Clives Genius hatte eine schwere Schlappe hinnehmen müssen; während der Sommerferien war er dazu gebracht worden, die Prüfung in Angewandter Mathematik, Reiner Mathematik und Physik abzulegen. Irgend etwas ging ›schrecklich schief‹ bei der Reinen Mathematik, und er erhielt nur die Note B statt A. Doch immer noch waren sein Vater und er sich einig darin, hartnäckig allem Druck zu widerstehen, daß er so früh wie möglich nach Oxford oder Cambridge gehen sollte. Die Erfahrung mit der Epstein-Stiftung hatte sie etwas gelehrt, und Eric Rogers war eisern in seinem Entschluß, daß Clives Bildung nicht über den Durchschnitt beschleunigt werden solle. Und doch mußte Clive drei Prüfungen mehr ablegen als Sam, so daß es am Ende sieben wurden. Sam, Clive und Terry ließen sich die Haare lang wachsen, trugen alte Parkas aus Armeebeständen und blickten nun noch trübseliger als je zuvor.

Sie halfen Ian Blythe bei der Arbeit, den *Gate's Folk & Blues Club* zu managen. Da sie die höchste Klasse erreicht hatten, stand ihnen nun das Privileg zu, Blythe mit seinem Vornamen anzureden und in seiner Gegenwart Alkohol trinken zu dürfen. Clive bedrängte ihn, den Namen zu Blues & Folk Club zu ändern, und er hatte beim Engagement der Gruppen ein Wort mitzureden. Ein paar der alten Folk-Puristen hatten einiges gegen den unausweichlichen Umschwung zu elektrischen Instrumenten zu sagen, doch an jedem Freitagabend war das Hinterzimmer des *Gate Hangs Well* bis zum Bersten voll mit Zuhörern.

Um die Weihnachtszeit herum sahen sie Blythe einmal sturzbetrunken werden. Es schien ihm nichts auszumachen, daß drei seiner Schüler Zeugen wurden, wie er vom Barhocker fiel, während er in einer Pause zwischen zwei Auftritten einen Song zu spielen versuchte. Sam und Clive halfen ihm nach draußen, wo er sich prompt übergeben mußte. Doch nichts, was er tat, konnte ihn in ihren Augen herabsetzen. Fast gegen ihren Willen mußten sie seinen Stil bewundern – wie er sich den Mund abwischte, tief Luft holte und »Gott segne euch, Gentlemen«, sagte –, bevor er wieder hineinging und den nächsten Auftritt ansagte. »Ich glaube, seine Frau hat ihn vor kurzem verlassen«, flüsterte Alice, die in seinem Englischkurs war. »Er hat mal so was angedeutet, als wir gerade den Othello durchnahmen.«

Sie konnten Blythe fast alles erzählen und respektierten meist auch die Ratschläge, die er ihnen gab. Einmal versuchten sie, ihn mit einem Joint zu reizen, aber er lehnte es reumütig ab, mitzurauchen. Eines Abends, als er wieder eine Menge getrunken hatte, schien es, als sei etwas zwischen Alice und ihm im Gange. Die anderen drei sahen, was da ablief. Blythe mußte den Ausdruck von Verletztheit und Verrat in ihren Augen bemerkt haben; oder vielleicht war ihm auch nur seine Stellung wieder eingefallen. Was immer es auch war, er zog sich vernünftig wieder zurück.

»Was ist das eigentlich zwischen dir und älteren Männern?« wollte Sam wissen, während Blythe damit beschäftigt war, die Band auszuzahlen.

Alice dachte angestrengt nach. »Ich kenne mich selbst nicht gut genug, um dir auf diese Frage zu antworten.«

»Erkenne dich selbst«, bellte Clive, der mitgehört hatte. Die Glocke läutete zur letzten Runde. »Das stand über dem Orakel von Delphi: ›Erkenne dich selbst‹.«

Alice, Sam und Terry starrten ihn an. »Verpiß dich!« sagten sie gleichzeitig.

Ende Februar wurde Sams Schwester geboren. Sam fuhr mit Nev ins Krankenhaus, um Connie und das Baby zu besuchen. Alles, was Nev wieder und wieder sagen konnte, war: »Sie ist einfach prachtvoll! Guck doch mal, Sam, ist sie nicht prachtvoll?«

Sam mußte ihm beipflichten. Er war überwältigt von der Vollkommenheit des Neuankömmlings, von der Vorstellung, daß ein Baby mit so kleinen Fingernägeln, Nasenlöchern, Zehen und Ohren, eine Miniaturausgabe der Großen, geboren werden konnte. Es war, als sähe man das Vaterunser in neuer Ausgabe auf die Rückseite einer Briefmarke geschrieben.

Und er trug die Last der Schuld, das Wissen darum, daß er das Kondom gestohlen hatte. Es war unmöglich, daß Connie und Nev auch nur einen entfernten Verdacht hegten; aber die Tatsache blieb bestehen, daß Sam durch Tat und Einmischung für die Geburt dieses strahlenden neuen Menschenwesens verantwortlich war.

»Du bist ja meilenweit entfernt, Sam«, sagte Connie soeben. Sie lächelte stolz und wiegte das Baby an ihrer

Brust. »Ich sagte gerade, ich und dein Vater hätten gern, daß du einen Namen für sie aussuchst.«

»Einen Namen? Mensch! Ich mein', warum denn ich?«

»Jetzt mach dir nicht gleich in die Hose. Es muß ja nicht sofort sein!«

Es gab jedoch eine kleine Absonderlichkeit an dem Baby. »Schau mal«, sagte Connie und öffnete der Kleinen vorsichtig den Mund. »Sie ist mit einem Zahn auf die Welt gekommen.«

Sam starrte entsetzt auf den winzigen, rosigen Mund des Babys; die kleine Perle eines Schneidezahns war sichtbar. Sam griff sich in die Haare. »Mein Gott! Ein Zahn! Mein Gott!«

Eine Schwester, die neben dem Bett stand, versetzte ihm einen Rippenstoß. »Das ist doch nichts Ungewöhnliches«, schalt sie. »Es kommt selten vor, aber das gibt's. Manche behaupten, es bringt Glück.«

»Und manche sagen, es bringt Unglück«, lachte Nev.

Auch Connie lachte. »Sam, du bist ja weiß wie ein Laken.«

»Guck sie doch nur an, Sam«, sagte Nev kumpelhaft. »Sie ist einfach prachtvoll!«

Sam schaute. Das Baby öffnete seine strahlenden blauen Augen und starrte zurück, als sei es erschrocken über die ungeheure Schönheit des Universums, in das es ohne Vorwarnung geboren worden war. Und dort, in der winzigen schwarzen Pupille, spiegelte sich die gelbäugige Zahn-Fee und blickte ihn an. Sams Angst um seine Schwester war unermeßlich. Er hatte ihr ein Zeichen mitgegeben, das schweres Leid verhieß, das böse Feen ans Fußende des Wochenbettes brachte.

Die ganze Aufmerksamkeit war auf das Baby gerichtet. Sam wandte sich um, sah die Zahn-Fee an, die mit verschränkten Armen, von den anderen unbemerkt, wartend hinter ihm stand. Sam wollte fragen, was sie nun wolle. Er war bereit, mit ihr einen Handel zu machen, sich selbst als Opfer anzubieten, um seine Schwester zu beschützen.

»Paranoia«, sagte die Zahn-Fee und verschwand.

Später verließ Sam das Krankenhaus und begab sich auf die Suche nach ihr. Es war ihm nie gelungen, die Kreatur nach seinem Willen erscheinen zu lassen – sie war gekommen, wann immer sie es wollte und zu ihren Bedingungen. Er hatte keine Möglichkeit, dies zu ändern. Seine Suche führte ihn zu Chris Morris' verriegelter, verlassener Werkstatt. Er erinnerte sich, daß die Zahn-Fee ihm dort einmal erschienen war, auch wenn die Folgen scheußlich gewesen waren. Nun fragte er sich, ob sie es noch einmal tun werde. Er wartete die Dämmerung ab, dann schlüpfte er unbemerkt die Seitenwand der Garage entlang, stieß das lose hängende Fenster auf und kletterte hinein.

Terry hatte recht gehabt: alle Erfindungen seines Vaters, die noch einen Wert besaßen, hatte man verkauft. Nur unbrauchbarer Müll war dageblieben. Sam faltete ein altes Laken und ließ sich im Dunkeln darauf nieder. Der Staub senkte sich, und nach wenigen Augenblicken hatten sich seine Augen an das Dämmerlicht gewöhnt.

Die Werkstatt roch immer noch nach der aufbrausenden, fast krankhaften Energie ihres früheren Besitzers. Sam hatte den Eindruck, daß er sogar noch das Haaröl des Mannes und seinen Tabak riechen konnte. Doch es war nun fast zehn Jahre her, seit Morris seine Flinte genommen und seine Familie erschossen hatte. Die Wandkonsole, an der die Waffe gehangen hatte, war immer noch dort.

»Ich hasse diesen Ort. Warum bringst du mich her?« Die Zahn-Fee lag zusammengekauert unter der Konsole, zitternd.

»Du mußt sie in Ruhe lassen. Meine kleine Schwester. Ich kann nicht zulassen, daß du ihr zu nahe kommst.«

»Du hast sie doch hergebracht, Sam. Es ist deine Verantwortung.«

»Warum hat sie den Zahn? Warum hast du das getan?«

»Es war einer, den du selbst mir gegeben hast, vor langer Zeit. Du hast ihn zurückgenommen. Wolltest ihn gar nicht wirklich hergeben, stimmt's? Warum hast du ihn nicht einfach losgelassen, damals, statt mich auf ewig hier festzuhalten?«

»Ich halte dich doch gar nicht. Und wenn du dich nicht von ihr fernhältst, weiß ich schon eine Lösung.«

Die Zahn-Fee erstarrte. Dann lächelte sie. »Das würdest du tun? Du bist bereit, dir selbst das anzutun, damit ich aus dem Spiel bleibe?«

Sam nickte.

»Du verstehst überhaupt nichts«, meinte die Zahn-Fee. Tränen standen in ihren Augen. »Du träumst mich nicht – ich träume dich. Du bist mein Alptraum, Sam. Bitte, laß mich gehn.«

Erschöpft, verwirrt schloß Sam die Augen. Als er sie wieder öffnete, war die Zahn-Fee verschwunden. Ihn schauderte. Er verlor sich. Er wußte kaum, ob das Gespräch wirklich stattgefunden hatte. Doch die Zahn-Fee hatte recht; Morris' Atem war im ganzen Raum zu spüren. Sam hatte Angst zu bleiben, als liefe er Gefahr, Morris' Geist zu begegnen. Doch in gewisser Weise war dies schon geschehen. Auf eine ganz bestimmte Art hatte Morris schon zu ihm gesprochen.

Er kletterte hinaus, wie er hineingekommen war.

Später sagte er zu Connie: »Ich finde, wir sollten das Baby Linda Alice nennen.«

In den Augenblicken zwischen Schlafen und Wachen, in der dumpfen Werkstatt, in der Gedanken zu Worten geschmiedet werden, kam eine Stimme zu Sam, flüsternd, aus der Dunkelheit; vertraut, beruhigend, vernünftig. *Selbstmord,* sagte die Stimme aus der Dunkelheit, *Selbstmord.*

Im nächsten Frühjahr kehrte Linda heim. Die Leute tuschelten, daß sie ein wenig mitgenommen aussehe. Sie hatte Gewicht verloren, und sie erschien in einem Lammfellmantel, den Charlie einfach widerlich fand. Er fragte sie, ob sie dieses Stück auf einem der benachbarten Felder geschlachtet habe, und machte noch andere verletzende Bemerkungen über ihr Erscheinungsbild. Die wahre Bedeutung hinter seinen Worten war nur allzu klar: ihm gefiel nicht, was er da sah. Er wollte nicht, daß seine Tochter zu ›so 'ner Art Hippie wurde‹. Sie war jetzt einundzwanzig, und es brach Charlie das Herz zu sehen, daß sie nun ihr eigenes Leben lebte.

Sam war es nicht gewohnt, in Terrys Heim, wo es sonst herzlich und warm zuging, solche Spannungen zu spüren. Bei jedem Besuch wurde die Situation angespannter. »Laßt uns abhaun«, sagte Linda eines Abends zu Sam und Terry. »Ich brauch' 'nen Drink.«

Die Bande wurde zusammengetrommelt, und sie fuhren mit Linda zu einem Bummel durch die Stadt. Für die Jüngeren hatte der Abend eine festliche Note. Lindas Name war in den Zeitungen in Verbindung mit Gregg Austen genannt worden, dem Leadgitarristen und Bandleader von The Craft. Die beiden waren zusammen fotografiert worden, und besonders Clive konnte es gar nicht abwarten, Linda mit Fragen zu bombardieren.

Sie wehrte nur ab: »Er ist ein Scheißkerl, Clive. Manche von diesen Typen sind lange nicht so interessant, wie sie aussehen. Frag jetzt nicht weiter.«

Also beließen sie es dabei. Sam bemerkte, daß Lindas Hände ein wenig zitterten, wenn sie einen tiefen Zug aus der Zigarette nahm. Sie erzählte von London und ließ lässig berühmte Namen fallen – nicht, um sie zu beeindrucken, sondern um einen Eindruck ihres Lebensstils zu geben –, und alle spürten, wie sehr sie sie vermißt hatten. Terry machte einen Versuch und tippte sie am Knie an, worauf er ihr unter dem Tisch einen kleinen Joint anbot.

»Mein Gott«, sagte sie und nahm ihn. »So ist die Zivilisation doch noch nach Redstone gekommen.«

»Nun mach unser Dorf nicht runter«, sagte Terry.

»Wenn ich mein ganzes Leben hier verbringen müßte«, sagte sie aufgekratzt, »würd' ich mir, glaub' ich, 'ne Knarre nehmen und das Hirn rauspusten.«

Alle vermieden es, Terry anzusehen, dessen Wimpern wie verrückt flatterten. Er versuchte, den Tick zu kontrollieren, der ihn immer wieder heimsuchte, seit er sieben war. Sam hörte wie aus weiter Ferne die Schüsse – verzweifelt blickte er Linda an.

»Ich kann nicht glauben, daß ich das gesagt hab'«, stammelte sie. »Wo wir doch nie … Ich kann es einfach nicht glauben, daß ich das gesagt habe. Sie versuchte, die Situation mit einem unfrohen Lachen zu retten, und fischte, fast als wolle sie sich auf diese Weise entschuldigen, eine kleine goldene Schnupftabakdose aus ihrer Handtasche, klappte sie auf und stellte sie auf den Tisch. Ungefähr ein Dutzend pinkfarbener Pillen lag darin.

Sie starrten die Pillen an, nutzten aber die Gelegenheit nicht.

»Nein?« meinte Linda, nahm sich selbst eine und ließ die Dose wieder zuschnappen. »Hey, laßt uns doch in 'nen Nachtklub gehen. Ich geb' einen aus.« Im Nachtklub war Linda in Tanzlaune. Sie wirbelte begeistert mit Sam, mit Clive, mit Terry und mit Alice herum. Sie konnten mit ihr nicht Schritt halten. Sie gab Runden von Bucks Fizz aus. Unter den rosaroten und ultravioletten Lampen des Clubs versprühte sie eine blendende Laune, die in krassem Gegensatz zu ihrer Mißstimmung im elterlichen Hause stand. Sie küßte alle wieder und wieder und sagte jedem einzelnen und allen zusammen, wie sehr sie sie liebte und vermißt hatte. Sie verschwand mit Alice im Waschraum, und die beiden kamen hysterisch kichernd wieder heraus. Sie redete und flirtete mit allem und jedem, benutzte aber die Gruppe dazu, andere Männer fernzuhalten.

Sam wollte einen langsamen Tanz mit Alice tanzen, doch Terry kam ihm zuvor. Statt dessen griff Linda ihn bei der Hand und führte ihn auf die Tanzfläche. Sie roch nach einem extravaganten, teuren Parfüm.

»Was ist mit Alice?« fragte sie lachend.

»Was soll mit ihr sein?«

»Mit wem ist sie nun zusammen? Mit dir, mit Terry oder mit Clive?«

»Das ist noch nicht raus. Sie hält uns alle auf Abstand.«

»Sie ist euch allen voraus.«

»Magst du sie nicht?«

»Ob ich sie nicht mag? Ich liebe sie! Ich liebe euch alle! Ihr seid ganz tolle junge Leute! Ich wünschte, ich wünschte wirklich, ihr könntet mit mir kommen und in London leben.«

Der Gedanke schien sie traurig zu stimmen. Dann

wurde sie plötzlich wieder fröhlich, hüpfte zur Bar und kam mit einer neuen Runde Bucks Fizz zurück. Am Ende des Abends tanzte sie noch einmal mit Sam und schlief fast in seinen Armen ein. Plötzlich hörte sie auf zu tanzen und blickte ihn mit halbgeschlossenen Augen an. »Da sind Dämonen«, sagte sie.

»Was?«

»Im Wald, in den Bäumen. Nachts. Ich hab' sie in den Büschen gesehen. Hier, in Redstone. In London vielleicht auch.«

»Ich kann dir nicht folgen.«

»Wer sind wir denn schon?« fragte sie schläfrig.

»Wie? Ich bin Sam. Du bist Linda.«

Die Musik verklang, und der Disc-Jockey wünschte jedem eine gute Heimfahrt. »Nein. Ich meine, wer sind wir?«

Sam zuckte die Achseln. »Wir sind die Redstone Moodys.«

Sie sah ihn an, als sei die Bemerkung sehr tiefsinnig, sehr philosophisch und treffe ihre ganze Erfahrung bis zu diesem Abend. Sie faßte ihn am Kragen, warf den Kopf zurück und brach in Gekicher aus. »Das stimmt!« schrie sie. »Wir sind DIE REDSTONE MOODYS!« Dann lachte sie wieder, lehnte sich zurück und zerrte an Sams Jackenaufschlägen. »DIE REDSTONE MOODYS!«

Ein ärgerlicher Rausschmeißer im Abendanzug mit Fliege marschierte über die Tanzfläche auf sie zu. »Habt ihr kein Zuhause?« herrschte er sie an.

Während sie in der Taxischlange warteten, bewunderte Alice Lindas Lammfellmantel. »Der ist ja klasse!«

Linda streifte den Mantel ab. »Nimm ihn, er gehört dir.«

»Ich kann doch nicht deinen Mantel annehmen!«

Linda hängte ihn über Alices Schultern und drückte

ihr einen leidenschaftlichen Kuß auf die Lippen. »Ich will, daß du ihn behältst. Ich liebe dich. Ich liebe euch alle.«

Das Taxi ließ Linda und Terry zuerst heraus. Linda zahlte und gab ein viel zu großzügiges Trinkgeld. Als sie weiterfuhren, fragte Clive: »Weiß einer, was in diesen rosa Pillen war?«

39.
Geister

Sam unternahm drei scheiternde Versuche, einen Termin mit Skelton auszumachen, da die Stimme im Dunkeln sich nun öfter hören ließ. Er konnte mit niemand anderem über seine Gefühle sprechen. Mit seinen Eltern auf keinen Fall: Er wollte sie nicht mit neuen Sorgen über ihre kleine Tochter belasten, und doch war er entsetzt über die Vorstellung, daß er das Leben seiner kleinen Schwester zerstört hatte. Auch mit Alice konnte er nicht reden, denn sie hielt sich von ihm fern, wenn er anfing zu brüten. Wenn er mit ihr zusammen war, bemühte er sich um einen leichten Ton, war locker und humorvoll, obwohl ihm nicht danach zumute war. Clive und Terry, die ihm vielleicht mitfühlend zugehört hätten, hätten es nicht verstehen können:

»Was ist bloß mit dir, Sam? Reiß dich mal zusammen.«

»Ja, werd mal wieder klar, verdammt noch mal.«

Sam gewöhnte sich an, seine kleine Schwester auf Zeichen zu beobachten, ob die Zahn-Fee ihr schon die angedrohte Aufmerksamkeit zuwandte, und wurde besessen von der erschreckenden Verletzbarkeit eines kleinen Kindes. Er durchkämmte das Haus auf der Suche nach spitzen Gegenständen, Glasscherben, Nadeln, die er ihr aus dem Weg räumen konnte; er sperrte Türen auf, damit sie sich nicht die Finger einklemmte, und der Anblick kochenden Wassers ließ ihn fieberhafte Furcht empfinden. Sein ganzes Heim steckte voller Fallen und Gefahren. Hinter jedem unschuldig aussehenden Sessel, hinter jedem Kissen lauerte eine brennende Peitsche.

Jedesmal, wenn Sam versucht hatte, Skelton anzurufen, war etwas in Mrs. Marshs Stimme am anderen Ende der Leitung gewesen, das ihn veranlaßt hatte, ohne ein Wort aufzulegen. Schließlich schwänzte er eines Nachmittags die Schule und ging zu Skeltons Praxis.

Mrs. Marsh saß nicht auf ihrem üblichen Platz hinter dem Empfang. Ihr Schreibtisch war sauber aufgeräumt, als hätte sie den Nachmittag freigenommen. Sam ging zu Skeltons Tür und lauschte. Da er keinen Laut hörte, drückte er die Klinke herunter und öffnete leise die Tür.

Skelton saß im Sessel, doch sein Kopf lag auf der Schreibtischkladde. Daneben standen eine leere Flasche Scotch und ein Glas. Geräuschlos schloß Sam die Tür, glitt durch den Raum und nahm seinen angestammten Platz im Sessel gegenüber ein. Eine ganze Weile starrte er die schlafende Gestalt an.

»Er ist völlig hinüber«, sagte die Zahn-Fee. »Willst du, daß ich ihn wecke?«

»Ja«, sagte Sam. »Weck ihn auf.«

Die Zahn-Fee ging zu Skelton und legte ihren Mund an sein Ohr. Sie sprach ein einziges Wort, das Sam nicht verstand, trat zurück und zog sich einen zweiten Sessel heran, so daß sie sich neben Sam setzen konnte.

Skelton reckte sich. Seine Augen klappten auf. Langsam hob er den Kopf vom Tisch, schmatzte mit den Lippen und richtete seinen wäßrigen Blick auf Sam. Dann schaute er mit erstaunter Miene auf die Zahn-Fee und dann an ihr vorbei, als sei das Zimmer voller Fremder oder als habe man ihn gekidnappt und gegen seinen Willen an diesen Ort gebracht.

»Was?« stieß er hervor. »Was war das?«

»Er ist in Gefahr«, erwiderte die Zahn-Fee. »Er läuft Gefahr, sich umzubringen. Er will mit dir sprechen.«

»Was? Was ist das, Junge?«

»Ich hab' nichts gesagt«, erwiderte Sam.

Skelton massierte seinen Nacken und sah ihn scharf an. »Sam? Ist es schon wieder soweit?«

»Nein. Aber ich muß Sie sprechen.«

Skelton blickte mit gerunzelter Stirn auf die leere Whiskyflasche. »Hast du Mrs. Marsh gesehen? Keiner kommt an Mrs. Marsh vorbei.«

»Sie ist weg.«

»Hatte genug, zweifellos.« Er machte eine Bewegung zur Zahn-Fee hin. »Wer ist das?«

»Wer ist das, tja, wirklich«, spottete die Zahn-Fee. »Wenn ich daran denke, daß ich einst Angst vor dir hatte.«

Skelton erhob sich langsam, immer noch seinen lederhäutigen Nacken massierend und blinzelte vom einen zum anderen. »Ich hoffe, das ist nicht die, die ich befürchte.«

»Wer?« gab die Zahn-Fee zurück. »Wer glaubst du, bin ich?«

Schleichend wie ein Löwe kam Skelton hinter seinem Schreibtisch hervor. »Hör auf damit, Junge«, flüsterte er. »Hör lieber sofort auf damit.« Wachsam schlich er um die Zahn-Fee herum und betrachtete sie mit bösen, glitzernden Augen. Er schwankte gefährlich. Dann trat er hinter Sams Sessel. Sam konnte den Atem des Mannes auf seinem Nacken spüren. Er roch den Alkohol.

»Er denkt daran, sich umzubringen. Er kommt zu dir, damit du ihm hilfst. Doch du bist ein Säufer. Du hast den Glauben verloren. Du gehörst ja längst zum alten Eisen.«

»Steh auf!« bellte Skelton Sam an. »Steh auf, Junge!«

»Tu's nicht«, sagte die Zahn-Fee ruhig, als Sam Anstalten machte. Sam zuckte zusammen. »Ich sagte, bleib, wo du bist!«

Die Zahn-Fee machte eine schnelle Metamorphose

durch: sie verwandelte sich in ihre gräßliche männliche Gestalt. Als die Metamorphose vollzogen war, sah Skelton ihm fest in die Augen. Schweißspuren glitzerten in seinen Augenbrauen. »Clever. Ganz schön clever. Kannst du das erscheinen lassen, wann immer du willst?«

»Ich hab' keine Macht darüber«, erwiderte Sam.

»Das ist die reinste Zeitverschwendung«, meinte der Zahn-Elf. »Soll er dir etwa helfen? Ich hab' dich schon immer vor diesen Leuten gewarnt.«

»Ich befehle dir, zu verschwinden!« grollte Skelton. »Zum letzten Mal. Raus!«

»Trink doch«, sagte der Zahn-Elf bitter. »Red doch.«

»Er kann brutal werden«, warnte Sam Skelton. »Sehr brutal.«

»Nein, bei mir nicht. Schau mal her.« Skelton lief zum Schreibtisch, öffnete eine Schublade und wühlte darin herum. Er drehte sich wieder um und zeigte seine leere Handfläche. »Erinnerst du dich?« Er hielt die Finger wie eine Pistole. »Siehst du? Jetzt lade ich sie mit einer Silberkugel. So.« Er schwenkte gefährlich herum. »Da. Nimm sie. Und schieß auf diesen Abschaum.«

»Ich kann nicht«, sagte Sam, »ich kann's einfach nicht.«

»Dann werde ich es tun. Skelton trat einen Schritt zurück, zielte sorgfältig und schoß. Es gab eine weißglühende Explosion und einen dumpfen Widerhall. Der Raum schien zu implodieren und klirrte wie eine Windschutzscheibe – dann setzte er sich wieder zusammen. Sam sah, daß der Elf erschrocken war, die Augen weit aufgerissen. Dann erschien langsam ein böses Lächeln auf den Lippen des Wesens. Grinsend brachte es eine Silberkugel zum Vorschein, die es mit den Zähnen gefangen hatte.

Die Kreatur holte die Kugel aus dem Mund und legte

sie auf ihre Faust, die so groß war wie ein Holzhammer. Dann erhob sie sich. Das Lächeln verschwand. Zwei Fuß größer als der Psychologe, dräute das Wesen über ihm und strahlte Bösartigkeit und einen giftigen Gestank aus.

»Jetzt bin ich dran«, sagte der Elf. Mit einem Rückhandschwinger brachte er seine Hammerfaust gegen Skeltons Gesicht. Der Mann wurde von den Füßen gehoben und schlug mit dem Kopf gegen die Ecke seines Schreibtischs. Der Elf wandte sich Sam zu. Er hielt eine imaginäre Waffe an die Lippen, blies Rauch von der Lauföffnung und warf Sam ein verschwörerisches Lächeln zu.

Eines Freitagabends wurden Terry und Sam auf dem Weg in den *Blues & Folk-Club* aufgehalten. Sam hatte bei Terry vorbeigeschaut und Dot und Charlie in heller Aufregung vorgefunden, während Terry am Telefon mit Linda sprach. Linda war schrecklich aufgeregt über irgend etwas, aber keiner konnte ausmachen, worüber. Sowohl Charlie als auch Dot hatten versucht, mit ihr zu reden, ohne das Geheimnis zu lüften, und nun sollte Terry es versuchen.

Terry hielt Sam den Hörer entgegen. Er hatte Linda gegenüber erwähnt, daß Sam soeben gekommen war, und nun wollte Linda ganz dringend, wie es schien, mit ihm sprechen. Es ging ihr dreckig, sie war in Tränen aufgelöst – aber was sie sagte, ergab einfach keinen Sinn. So ging es eine ganze Weile weiter. Endlich gab Sam den Hörer wieder an Charlie.

»Sieh mal, Liebes, du kannst doch immer nach Hause kommen, wann du nur willst«, tröstete Charlie. »Nein, mein Herz, niemand hat gesagt, daß du nach Hause kommen MUSST. Ich wollte doch nur ... nein, meine Blume ... nein ... deine Mutter hat nie gesagt ... und sie hat auch nie gesagt, daß du so was gesagt hast ...«

»Komm«, flüsterte Terry. »Laß uns bloß abhauen.«

Der Club füllte sich schon, als sie ankamen. Eine dreiköpfige Band – Schlagzeug, Baß und Orgel – baute eben ihre ziemlich abgenutzten Verstärker auf der winzigen Bühne auf. Alice und Clive verkauften eifrig Eintrittskarten.

»Ihr seid spät dran«, sagte Ian Blythe, der Lehrer. »Könnt ihr noch ein paar Tische im hinteren Teil aufstellen? Sieht so aus, als käme heut 'ne Menge Zuschauer.«

»Wie heißt denn die Band?« wollte Terry wissen. In den späten Sechzigern hatten sich Bands mehr und mehr verrückte Namen zugelegt; Terry stellte eine Liste der komischsten zusammen, die jemals im Club aufgetreten waren, angeführt von How I The Blitz und Vapy Cow.

»Spy V Spy. Aus London.«

Blythe hatte recht gehabt, der Club füllte sich bis zum Bersten, und es gab nur noch Stehplätze, als Spy V Spy mit ihrer ersten Nummer begannen. Die Musik war solider *Gutbucket-Blues* mit schrillem Gesang und ein paar zarten Orgeleinlagen; fein, wie Clive sagen würde, aber nicht gut genug, daß es den weiten Weg von London her gelohnt hätte. Sam sah in einer Ecke ein paar Leute, mit denen er reden wollte, und stand zehn Minuten bei ihnen, als Clive kam und ihn am Arm packte.

»Komm mit«, zischte er Sam ins Ohr.

»Wozu die Eile? Ich unterhalte mich gerade.«

»Komm mit!!«

Clive war sehr blaß geworden. Seine Augen hatten einen fremden Ausdruck, und Sam wußte, daß er jetzt nicht streiten durfte. Er entschuldigte sich bei den anderen und folgte Clive zur Tür.

Am Eingang waren ein Tisch und zwei Stühle aufgestellt, Terry wartete auf sie. Sein Gesicht war ganz weiß. »Was ist denn los?« fragte Alice gerade. Sie wandte sich an Sam. »Was habt ihr bloß?«

Clive achtete nicht auf sie. Er packte Sam hart am Handgelenk. »Was siehst du?« Sam sah sich um. Jeder im Club war damit beschäftigt, sich zu unterhalten, ein frisches Bier zu besorgen oder der Band zuzuhören. Es schien in jeder Hinsicht ein ganz normaler Abend im *Gate Hangs Well,* an dem jeder sich amüsierte.

»Will mir mal einer sagen, was zum Teufel hier los ist!« protestierte Alice.

»Nein«, gab Clive zurück. »Die Band! Schau dir doch mal die Band an!«

Sam blinzelte über die wippenden Köpfe einiger Jugendlicher hinweg, die im Eingangsbereich standen. An den drei Leuten auf der Bühne fiel ihm nichts Bemerkenswertes auf. Die steife blonde Dauerwelle des Orgelspielers wirkte verdächtig gefärbt oder aufgehellt; und der Bassist hatte die unangenehme Angewohnheit, einen Schmollmund zu ziehen, während er mit den Fingern über die Bünde seines Instruments fuhr; es gab nichts Auffälliges.

»Der Schlagzeuger!« kreischte ihm Terry ins Ohr. »Guck dir mal den verdammten Schlagzeuger an!«

Sam guckte und konnte immer noch nichts Besonderes feststellen. Der Schlagzeuger war ein fetter Typ mit Bart, der gut, aber vielleicht ein wenig nachlässig trommelte und sich vermutlich zu sehr auf sein Instrument verließ. Dann blickte er auf, schenkte dem Publikum ein Lächeln voller Zahnlücken, und die Scheinwerfer fingen den leicht perversen Ausdruck seiner Augen ein. *Nein,* dachte Sam. *Das kann nicht sein.*

Clive stellte sich neben ihn. »Denk dir mal den Bart weg.«

Alice hatte es aufgegeben und war gegangen, um sich mit Blythe zu unterhalten.

»Das ist unmöglich«, stotterte Sam. »Das kann er doch nicht sein.«

»Er ist es aber«, sagte Terry. »Echt.«

Sam stellte sich das Gesicht ohne Bart vor. Ein stechender Geruch nach Herbstwald überlagerte den Kneipengeruch von abgestandenem Bier und kalter Asche. Es war kein Irrtum möglich. Jetzt konnte er sich das anzügliche Gesicht unter einem Scout-Barett und mit einem Halstuch vorstellen. »Das heißt ... das bedeutet ja ...«

»Ja«, sagte Terry.

»Ja«, pflichtete Clive bei. »Er muß wieder rausgekrochen sein.«

»Was habt ihr denn, Jungs?« wollte Ian Blythe wissen. Er spendierte ihnen immer ein paar Bier aus den Einnahmen. Da stand er, mit drei schäumenden Pints auf einem Tablett. Alice hinter ihm schaute mißtrauisch zu. »Ihr seht ja aus, als hättet ihr 'nen Geist gesehn.«

»Was weißt du über diese Band?« fragte Sam hastig.

Blythe zuckte die Achseln. »Nicht viel. Hab' sie über das übliche Rundschreiben gekriegt. Der Schlagzeuger hat mir erzählt, er wär' von hier und zum ersten Mal wieder in der Gegend, seit er vor Jahren nach London ging.«

Die Jungen starrten ihn ungläubig an. Nachdem er die Orgel gedämpft und ein paar Akkorde wiederholt hatte, beugte sich der Orgelspieler mit der Dauerwelle nach vorn und stellte seine Band vor. »Chaz Myers am Baß ...« Höflicher Beifall erhob sich und ermutigte Chaz zu einem ermüdenden Solo, bei dem er die Finger erneut die Bünde auf- und niedersausen ließ, während

Orgel und Schlagzeug leiser spielten. »Und Tooley Bell am Schlagzeug …« Ein weiterer höflicher Applaus, während Tooley fröhlich ins Publikum grinste. In der oberen Zahnreihe war eine Lücke. Fröhlich trommelte er drauflos.

»Hey, wo wollt ihr denn hin?« rief Blythe, als Sam aus dem Raum rannte. Terry und Clive folgten ihm auf den Fersen. »Was ist jetzt mit dem Bier?« rief Blythe ihnen nach.

Vor dem *Gate Hangs Well* war ein Rasen mit einer urigen Gartenlaube und rohbehauenen Tischen und Bänken für die Sommermonate. Sam warf sich mit dem Gesicht nach unten in das feuchte Gras zwischen den Tischen. Es schüttelte ihn.

»Geht's dir gut?« fragte Terry besorgt.

»Sam, komm schon«, sagte Clive.

Doch Sam kicherte. Dann schnaubte er heftig, und sein Kichern wurde zu einem Lachen aus vollem Halse. Er schnappte fast über. Er rollte sich auf dem Rücken herum, trat mit den Beinen in die Luft und lachte wie ein Mann in der Gummizelle. Terry fiel zu Boden, umarmte Sam mit seinem gesunden Arm, verflocht seine Beine mit Sams Beinen und lachte mit ihm. Clive warf sich auf beide, und im nächsten Augenblick rollten alle drei auf dem Rasen herum, umarmten einander und brüllten hysterisch vor Lachen.

Blythe kam mit Alice heraus. Spy V Spy spielten den gewöhnlichen Blues-Höhepunkt von einem ihrer Stücke. Sie konnten hören, wie Tooley für das Finale auf seinen Becken herumtrommelte. Der Gedanke daran, wie er mit seinen Schlegeln zuschlug, ließ sie nur um so mehr heulen. »Was habt ihr genommen?« fragte Blythe vorwurfsvoll. Die Frage bewirkte nur, daß sie noch lauter, noch umbeherrschter lachten. Sie drückten sich die Rippen, schnappten nach Luft.

»Stop«, quiekte Terry. »Stop!«
»Kann nicht«, keuchte Clive. »Kannnnnnnicht.«
»Huuuhuuuhuuu«, heulte Sam.
»Ihr Jungs solltet 'n bißchen vorsichtiger sein. Ich mein' das ernst. Diese Drogen sind kein Witz«, sagte Blythe in scharfem Ton. Dann drehte er sich um und ging wieder hinein.
Alice wartete geduldig, bis das Lachen und das Heulen verebbten. Endlich waren die drei in der Lage, sich zumindest ein wenig aufrecht hinzusetzen. Sie lehnten aneinander wie besiegte Marathonläufer. »Also? Wollt ihr mir jetzt endlich mal verraten, was los ist?«
Sam blickte Alice an. Als er wieder atmen konnte, schaffte er es zu sagen: »Der Schlagzeuger. Er ist der tote Scout.«
Und das hysterische Gelächter begann von neuem.

40.
Weiße Würfel

Es war eine beträchtliche Erleichterung, durch den Gang der Ereignisse von der Last befreit zu sein, einen Mord begangen zu haben. Besonders für Terry und Clive ließ sich der Sommer berauschend an; er schien gesegnet und voller Versprechungen. Alice mußte sich leider mit der Wiederholung des Lernstoffes für ihr Abitur auseinandersetzen, doch für die anderen war es, als habe man ihnen düstere Ketten von den Schultern genommen.

Nur Sam trug immer noch seine Kette – die schwerste.

Da er nun wenigstens nicht mehr fürchten mußte, über eine Leiche zu stolpern, genoß Sam von neuem seine einsamen Spaziergänge im Wald. Er fand die Stelle, wo es damals geschehen war, und stellte sich vor, daß Tooley vermutlich nur bewußtlos gewesen war, als sie ihn in den Baumstumpf geworfen hatten. Offenbar hatte er sich wieder erholt, war nach Hause gegangen, um seine Wunden zu lecken, und hatte dann beschlossen, sich nach London abzusetzen, genau wie seine Kumpels es erzählt hatten. An jenem Abend im *Gate*, als sie sich von ihrem Lachanfall erholt hatten, waren Clive, Terry und Sam absichtlich in Tooleys Nähe gegangen, um zu sehen, ob er sie wiedererkannte. Terry brachte ihm sogar ein Bier und redete wie ein Wasserfall. Sie waren sich einig, daß er Sam ziemlich scharf beobachtete, während die Anlage der Band aus dem Pub getragen wurde, doch er hatte nichts gesagt. Bevor er aus der Tür ging, hatte Tooley dann noch einmal zu Sam zurückgeblickt und den Kopf schief gehalten wie ein verwirrter Hund; doch dann war er mit den anderen Bandmitgliedern in den Lastwagen geklettert und zurück nach London gefahren.

Inzwischen sandte London ein anderes seiner eingewanderten Kinder zurück. Charlie und Dot hatten nie verstanden, in welcher Zwangslage Linda sich befand, bis sie einen Anruf von einem Arzt aus der Harley Street erhielten: Er hatte Linda wegen Erschöpfungszuständen behandelt, teilte er ihnen mit, und empfahl ihr nun einen längeren Aufenthalt zu Hause bei den Eltern, wo sie sich ausruhen und umsorgt werden könne.

»Erschöpfung?« brachte Charlie gerade noch heraus.

»Ich mag den Ausdruck *Nervenzusammenbruch* nicht«, sagte der Arzt aalglatt. »Ich finde ihn nicht besonders hilfreich.«

Charlie und Dot holten Linda in Coventry am Bahnhof ab. Dot brach in Tränen aus, als Linda aus dem Abteil stieg. Sie war furchtbar dünn geworden, und ihr Haar hing strähnig über das abgezehrte Gesicht. Kraftlos versuchte sie, den schweren Koffer hinter sich her zu ziehen. Was hatte London Linda angetan? Ihre Augen hatten den Glanz, ihre Haut den gesunden Schimmer verloren. Sie sah gleichzeitig gealtert und wie ein kleines Mädchen aus. Die goldene Krone lag verborgen zu ihren Füßen auf dem Bahnsteig. Charlie mußte einen gewaltigen Kloß im Hals herunterschlucken, bevor er auf sie zugehen und sie umarmen konnte.

Er nahm die Sache in die Hand. Packte ihren Koffer und führte sie und Dot durch das Menschengewühl auf dem Bahnsteig und hinaus zu seinem Wagen. Sie stellten Linda keine Fragen, denn der Hausarzt, der nun die Behandlung übernehmen sollte, hatte ihnen geraten, Linda nicht zu drängen. Ein paar Tage später kam eine Rechnung des Arztes aus der Harley Street, an Charlie adressiert. Er öffnete den Brief, und sein Magen drehte sich um.

»Was gibt's denn?« wollte Dot wissen.

»Nichts – mach dir keine Sorgen.«

Charlie brütete ein paar Tage über der Rechnung. Wenn er alle seine Ersparnisse nahm und seinen Wagen verkaufte, dann konnte er ungefähr die Hälfte begleichen. Da schnappte er sich Lindas Adreßbuch und rief ihre Agentur an. Er wurde mit Pippa Hamilton verbunden.

»Ist dort Miss Pippa?«

»Am Apparat.«

Ein bestimmter Ton in der Stimme der Frau versetzte ihn in Weißglut, bevor das Gespräch überhaupt begonnen hatte. »Ich bin Lindas Vater.«

»Linda? Wie geht's der armen Kleinen? Ich hoffe ja so, daß es ihr bessergeht.«

»Kriegt sie noch was?«

»Wie bitte?«

»Hat sie noch Geld zu kriegen? Von der Agentur?«

»Nein, tut mir leid. Sie ist ein kleines Dummchen, was Geld angeht, fürchte ich.«

»Wir haben eine Rechnung bekommen. Von einem Arzt in London.«

»Ja, das ist ein guter Freund. Wir hatten Glück, daß er sich um Linda gekümmert hat.«

»Wie lange war sie schon bei ihm in Behandlung?«

Es entstand eine Pause. »Schon seit einiger Zeit. Ehrlich gesagt.«

Irgend etwas an der letzten Bemerkung ließ Charlie zu Eis erstarren. »Ich werde zu Ihnen kommen.«

»Das ist doch nicht nötig …«

»Doch. Ich komme. Und wenn ich mit Ihnen fertig bin, werden Sie nur noch dazu taugen, daß Ihre überkandidelten Models Sie auf dem Laufsteg tragen können.« Am anderen Ende der Leitung war Schweigen, und er legte den Hörer auf.

Nachdem seine Hände aufgehört hatten zu zittern, nahm er die Rechnung, schrieb darauf *Von der Agentur Pippa Hamilton zu bezahlen*, adressierte einen Umschlag und brachte ihn zum Briefkasten. Charlie wußte, Pippa Hamilton hatte begriffen, daß er keine leere Drohung aussprach. Er hörte nie wieder etwas von der Rechnung.

Langsam kam heraus, daß in Lindas glänzender Welt die Höhepunkte und die Tiefpunkte eng miteinander verbunden waren. Nach einer unglücklichen Liebesgeschichte hatte sie begonnen, Schlankheitspillen auf Amphetaminbasis zu schlucken, und dann hatte ihr jemand gezeigt, wie man Barbiturate einwarf, um die Schlafstörungen zu beheben, die von den Aufputschmitteln hervorgerufen wurden. Wichtiger noch war, daß Linda eine große und nie ausgesprochene Schuld über den Tod Dereks mit sich herumschleppte. Die Champagner- und Pillen-Partys waren eine wirkungsvolle Methode, ihre Verzweiflung auszublenden. Und die meisten Tabletten hatte sie von jenem Arzt aus der Harley Street erhalten, der dann, als die Krise kam, bei ihren Eltern angerufen hatte.

Dies waren die Erklärungen, die zu Lindas ›Erschöpfung‹ abgegeben wurden. Doch Sam erinnerte sich des Tages, als Linda ihren ersten Titel als Schönheitskönigin gewonnen hatte; und er erinnerte sich, wie die Zahn-Fee ihre schmutzige Hand nach Linda ausgestreckt hatte, um sie zu berühren.

Er wollte mit der Zahn-Fee reden. Er wollte sie befragen, welch schmutzigen Einfluß sie auf Lindas Leben in London ausgeübt habe. Er war immer noch überzeugt, daß sein ›Gebrechen‹ die Fähigkeit besaß, sich auszubreiten in die Leben der Menschen, die er am liebsten hatte. Doch nie hatte er die Zahn-Fee nach seinem Willen erscheinen lassen können. Sie kam, wann sie wollte;

und in letzter Zeit kam sie noch zufälliger als früher. Er blieb voller Furcht vor dem bösen Einfluß, den sie auf das bis dahin unbefleckte Leben seiner Schwester Linda Alice ausüben konnte. In manchen Nächten kam die Stimme immer noch zu ihm und bot ihm ihre düstere Lösung an.

»Tja, jetzt heißt's auf Wiedersehen sagen, Sam.« Skelton streckte ihm eine bärenartige Tatze entgegen. Den anderen Arm trug er in einer Schlinge. Und immer noch klebte das große Pflaster auf seinem Kopf.

Er hatte schon begonnen zu packen. Auf den Sesseln stapelten sich Akten; Zeitschriften waren aus den Eichenregalen herausgezerrt und in Kartons gepackt worden. Er hatte sich für einen vorgezogenen Ruhestand entschieden. »Ich hab' in letzter Zeit ein oder zwei Patienten im Stich gelassen«, erklärte er. »Besonders dich, als du das letzte Mal da warst. Irgendwie muß ich hingefallen sein. Ich kann mich ehrlich gesagt überhaupt nicht mehr daran erinnern.«

»Sie können sich an gar nichts erinnern?«

»Du weißt ja, wie's heißt: ›Hast du was intus, geht dein Verstand flöten‹.«

»Vielleicht wollen sie sich ja nicht erinnern?«

»Tja, immerhin hast du ein bißchen Psychologie von mir gelernt, wenn schon nichts sonst, was, Junge? Aber ich denke wirklich, ich sollte aufhören. Laß einen anderen kommen, der weiß, wovon er redet. Ich tauge nichts mehr.«

»Sie waren eine Rettungsleine«, sagte Sam.

»Ich hab' sie ehrlich genossen, unsere kleinen Sitzungen. Auch wenn ich zugeben muß, daß ich dir bei deinem Leiden nicht das kleinste bißchen geholfen habe.«

»Doch das haben Sie.«

»Es tut mir auch leid, daß ich nie einen Nutzen für diesen Alptraum-Abfangjäger gefunden habe. Hast du das Ding noch?«

»Irgendwo ja.«

Skelton kratzte sich am Kopf. »Er hat schon ein gewisses Potential, das fühlt man. Bleib dran an der Sache. Ich möchte nicht, daß du ihn wegwirfst. Trotzdem, ich muß zugeben, Träume sind neuerdings 'n bißchen aus der Mode gekommen. Hier in die Praxis kommt jetzt ein Jüngerer. Mit neuen Ideen. Neurophysiologie, weißt du, was das ist? Ich auch nicht, und ich will es auch nicht wissen. Ich habe ihm meine Aufzeichnungen über dich hinterlassen und angedeutet, daß es ganz nützlich sein könnte, wenn du mal zu ihm gehst. Er wird sich die Akte anschauen und dann entscheiden.«

»Ich hab' aber keine besondere Lust, zu jemand anderem zu gehen.«

»Ich weiß, was du meinst. Wird 'ne nette Angewohnheit, diese kleinen Sitzungen, was? Manchmal frage ich mich, ob das nicht ein Teil des Problems ist. Ja, ich frage mich, ob wir nicht gegenseitig unsere Dämonen wachhalten?«

Bedrückt dachte Sam an seinen Dämon. »Paranoia?« fragte er dann heiter.

»Ja, jeder von uns unterstützt die Paranoia des anderen. Hör mal, Junge, du bist schon in Ordnung. Tief drinnen, meine ich. Laß uns einfach sagen, du bist anders.«

»Fast hätte ich's vergessen.« Sam griff in seine Sporttasche und holte eine Geschenkschachtel heraus. Das war Connies Idee gewesen.

Skelton öffnete die Schachtel und holte eine Flasche Johnny Walker heraus. Er untersuchte das rote Etikett, als sei es ein Kunstwerk, dann hielt er die Flasche gegen das Licht. »Schau dir mal das Licht darin an. Sam. Das bernsteingelbe Licht. Siehst du, was ich meine?« Damit öffnete er die Flasche und goß schwungvoll jedem ein kleines Glas ein. »Wie war das mit den gegenseitigen Dämonen? Gestern erst hab' ich beschlossen, nie mehr zu saufen.«

Es war Clive, der das Zeug besorgt hatte; irgendeiner seiner Bekannten aus der Platten-Sammlerszene hatte es ihm verschafft.

»Ach, ihr seid es. Ich sollte euch eigentlich nicht reinlassen, sie lernt für irgend so 'ne Prüfung. Alices Mutter, wie immer im Morgenrock und nach Schlaf riechend, schob eine graue Locke aus ihrem Auge. Sie ließ die Tür offen und wandte ihnen den Rücken zu, wobei sie rief: »Sie ist in ihrem Zimmer.«

Alice saß im Schneidersitz auf dem Bett, das Haar zum Pferdeschwanz zurückgebunden. Schulbücher waren auf der ganzen Decke verstreut. »Ich hab's so satt. Guckt doch nur mal das schöne Wetter draußen, und ich muß hier drinhocken und lernen.«

»Laß es doch. Komm mit uns.«

»Ich hab' nächste Woche eine Prüfung.«

»Du willst dich doch nicht überarbeiten«, meinte Terry.

»Man kann eben keinen Viertelliter in 'n Schnapsglas kippen«, tröstete Sam.

»Was du brauchst, ist 'ne Pause«, meinte Clive. »Etwas, das dich von dir selbst ablenkt.« Er öffnete die Hand und zeigte ihr auf der Handfläche vier Zuckerwürfel.

Alice sah sie mißtrauisch an. Sie wirkten völlig harmlos. »Ich hab' gehört, es ist ein langer Trip«, sagte sie zweifelnd.

»Nur acht Stunden«, erwiderte Clive heiter.

Terry war der erste, der sich einen der Würfel schnappte. »Hoch die Tassen«, sagte er und warf ihn in den Mund.

»Ich hab' immer wieder nachgezählt«, sagte Alice. »Und jedesmal, wenn ich uns zähle, komm' ich auf fünf.«

Clive versuchte es – mit dem gleichen Ergebnis. »Warte mal«, kicherte er und zählte noch einmal. Wieder das Gleiche. »Warte, warte mal! Das ist ja lächerlich!«

Terry versuchte es; auch er kam auf fünf. Er schüttelte den Kopf und versuchte es von neuem. »Aber es sind ich und Sam und ihr beide, und das macht vier.«

»Klar.«

»Klar.«

»Also wieso komm' ich dann auf fünf! Ha! Ha ha! Wartet, ich versuch's noch mal ... vier ... fünf! Das kann doch nicht sein! Ha ha ha!«

In Sams Magen schwoll ein Angstklumpen; er wußte, daß die Zahn-Fee sich zu ihnen gesellt hatte, eine knappe halbe Stunde nachdem sie die Zuckerwürfel bei Alice geschluckt hatten, und das war nun drei Stunden her. Er konnte ihre Anwesenheit spüren, obwohl er sie noch nicht wirklich erblickt hatte.

Irgendwie konnten die anderen nun auch die Zahn-Fee sehen, aber sie sahen sie nur in Gestalt eines der anderen; Terry mochte sie als Alice sehen, Clive als Terry, Alice als Sam.

Sie waren zum Fußballfeld gegangen und saßen nun am Ufer des Teichs. Der Tag war warm, aber ein paar Zirrus-Wolken am Himmel drohten eine Veränderung an. Sie hatten eine Weile gebraucht, um sich vom Schrecken der Farben zu erholen. Überall strömte Farbe aus, glänzend wie auf einer Leinwand. Lichter pulsierten. Sie hatten eine Phase unbeherrschbarer Heiterkeit und Freude durchlebt, dann war eine lange Zeit gefolgt, in der keiner ein Wort gesagt hatte. Die warme Luft streichelte ihre Nacken. Die Erde strömte reichen Duft aus, und Gras und Erde waren ein unentwirrbares Knäuel aus Zeichen und Spiralmustern, als sei das Universum von einem abstrakten Maler zusammengesetzt worden.

Sam hatte auch zu zählen versucht und war ebenfalls auf fünf gekommen. Sie waren zu fünft. Fünf. Er zählte noch einmal. Es war zum Verrücktwerden. Und doch waren außer ihm nur Terry, Alice und Clive da.

»Ich weiß jetzt, was los ist«, sagte Terry. »Hör mit dem Zählen auf.«

Alice winkte ab; ihr ausgestreckter Arm fächerte sich auf zu den Federn eines großen exotischen Vogels, der in stockenden Einzelbildern durch die Luft flog. Die Vögel in den Bäumen und Büschen um sie herum flatterten von Zweig zu Zweig und zeichneten untereinander verbundene Parabolkurven hinter sich.

»Erkenne dich selbst«, sagte Alice zum dritten Mal.

»Warum sagst du das immer wieder?«

»Clive hat das gesagt, ist schon ewig her. Es stand geschrieben auf den Zuckerwürfeln in Delphin.«

»Delphi«, berichtigte Clive.

»Delphieber ... lieber ... trieber.«

»?«

»Das Orakel.«

»Horror-kell«, nuschelte Alice. »Horror-kall ... Hurer-koll.«

»Wenn du eine Frucht wärst«, sagte die Zahn-Fee zu Alice, »welche Frucht würd'st du dann sein?«

Sam blinzelte. Er hatte deutlich die Zahn-Fee aufrecht sitzen und Alice angrinsen sehen. Aber nun war es Clive, der die Frage stellte, nicht die Zahn-Fee.

»Häh?«

»Ist 'n Spiel. Welche Frucht? Du?«

Die Worte glitten ihnen aus dem Munde, entrollten sich auf der Zunge, wurden mehrdeutig. Seltsamerweise schien die Verständigung leichter als sonst, sie war telepathisch. Sam wurde plötzlich heiß. Seine Angst wuchs. Dann sah er, wie die Zahn-Fee die Frage von neuem stellte. »Wenn Sam eine Frucht wär', welche ...« doch bevor die Frage ausgesprochen war, hatte sich die Zahn-Fee in Terry verwandelt, »... welche Frucht würd' er dann sein?«

»Sam wäre 'ne Limone«, gluckste jemand.

Sams Haut würde über und über grün. Sein Körper blähte sich kugelförmig auf. Eine dicke, schützende Rinde wuchs auf seiner Haut, und er ahnte die weiche, fruchtfleischige Masse seines Inneren. Er atmete tief ein und genoß den bittersüßen Zitrusduft. Er drückte auf seine Haut, und eine dünne Fontäne spritzte heraus, die als leichter Sprühregen zwischen ihnen niederging.

Das Lachen der anderen brachte ihn wieder zu sich. Er streckte sich und verwandelte sich wieder in Sam.

»Wird ganz schön komisch, was?« fragte die Zahn-Fee.

»Du bist echt keine Hilfe«, erwiderte Sam.

»Wer ist keine Hilfe?« wollte Alice wissen.

»Alice wäre 'ne Orange«, sagte die Clive-Fee.

Oder der Zahn-Terry.

Sam schüttelte heftig den Kopf. Sein Raum- und Zeitgefühl brach auseinander; er schien sich nicht länger als einen Augenblick auf einen Gedanken konzentrieren zu können. Eben noch schienen Terry und Clive ganz nah, im nächsten Augenblick schon waren sie hundert Yards weit fortgeweht. Er wollte unbedingt Alice umarmen, an ihrer Brust kindlichen Trost suchen. Doch jedesmal, wenn er auf sie zukroch, schien es, als teile er seine Absichten telepathisch mit, und Terry rutschte ebenfalls näher. Dann kam ihm der Gedanke, daß Alice mit ihnen allen ein Spielchen betreibe, damit sie um sie kämpfen sollten. Eine dreckige Welle des Hasses überspülte ihn, und doch erwischte er sich gleichzeitig dabei, wie er über seine schrecklichen Gefühle heulte.

»Keine Panik«, sagte der Zahn-Terry.

Sam streckte den Finger aus. »Paranoia.«

Die Zahn-Fee grinste und wich nicht von der Stelle.

»Paranoia«, sagte Sam noch einmal.

Die Zahn-Fee schüttelte den Kopf. Sie verwandelte sich wieder in ihre männliche Form. Das Gesicht der Kreatur hatte einen giftigen, bläulichen Schimmer. »Hab' dir 'nen kleinen Streich gespielt mit der Paranoia-Nummer. Die zieht hier nicht.«

Sam fühlte, wie eine heiße Welle in ihm hochstieg, und dann spürte er eine Hand sein Genick streicheln, sein Haar packen und daran reißen. Es war die nackte Angst. »Laß uns in Ruhe. Laß uns einfach in RUHE!«

»Sam«, sagte Alice. Auch sie konnte nicht mehr richtig sprechen. Alles, was sie sagen konnte, war: »Sam!«

»Klasse Idee von dir, deine kleine Schwester nach Linda und Alice zu nennen«, meinte der Zahn-Elf. »Gut so.«

»Sei nicht eifersüchtig. Du hast keinen Grund, eifersüchtig zu sein.«

»Ich hab' dir gesagt, die Kleine ist für mich, ja? Hör zu: Du gewinnst was, aber du verlierst auch was. Von Linda hab' ich ja schon 'ne Rückzahlung gekriegt. Jetzt ist's Zeit, Alice mal 'n bißchen dranzukriegen.«

Der Zahn-Elf sprang hinüber zu Alice, brachte seinen Mund nahe an den ihren und atmete sie heftig an. Sie fuhr zurück.

Sam konnte nicht mehr sprechen. Dann merkte er, daß er sich telepathisch mit Alice verständigen konnte. *»Das ist die Zahn-Fee, von der ich dir erzählt habe.«*

Clive und Terry schienen immer noch ins Gespräch vertieft, hundert Yards weit weg. Alice antwortete ihm telepathisch. Ihre Lippen bildeten andere Worte als die, die er vernahm, wie der Ton eines Films, der mit der Synchronisation nicht übereinstimmt. *»Mein Gott. Das also siehst du? Hab' ich mir nie vorstellen können.«*

»Jetzt weißt du's.«

»Dieses Ding siehst du die ganze Zeit? Aber es ist häßlich! So häßlich!«

»Dafür wirst du bezahlen«, sagte der Zahn-Elf mit bösem Mienenspiel. »Ich schulde dir was.«

»Paranoia«, versuchte Sam wieder.

»Ich hab' dir schon gesagt, daß ich dich nur glauben ließ, es würde funktionieren. Erinnere dich mal – dies ist mein Traum, nicht deiner.«

»So häßlich«, sagte Alice wieder.

»Wenn du 'ne Frucht wärst, welche Frucht würd'st du dann sein?«

Alice gewann ihre Fähigkeit zu sprechen zurück. »Ich bin eine Orange«, sagte sie. »Ich bin eine Orange.«

Der Zahn-Elf streckte die Hand nach einer rostigen Rasierklinge aus, die in der Rinde eines Baums eingelassen war. »Kenne dich. Schäle dich.«

Sam schnappte nach Luft. Er fühlte sich hundert Yards von der Stelle weggezoomt, an der Alice saß. Dann formierten sich die Wolken zu einem drohenden Muster schiefer Winkel, und der Himmel war erfüllt von einem Schrei gleich dem Kreischen Tausender exotischer Vögel, deren Flügel ineinander verhakt waren und die den Himmel bedeckten. Dann merkte Sam, daß der Schrei aus seiner eigenen Kehle kam.

41.
Nachwirkungen

Sam, Clive und Terry verbrachten die nächsten drei Tage mit dem Versuch, die Ereignisse des Nachmittags zusammenzufügen; warum Alice tat, was sie getan hatte; wann der Krankenwagen kam; wer ihn gerufen hatte. Die Polizei wollte es wissen. Die Ärzte wollten es wissen. Die Eltern wollten es wissen.

Es war schwierig, denn alle drei waren so außer sich gewesen, daß es fast unmöglich war, das wirkliche Geschehen von den darauffolgenden Alptraum-Halluzinationen zu trennen. Fest stand, daß Terry sich fast selbst umgebracht hatte, als er zur Straße gerannt und vor einem Auto auf die Fahrbahn gesprungen war. Mit seinem unverständlichen Gebrabbel hatte er die Familie, die einen Sonntagsausflug machen wollte, in Angst und Schrecken versetzt – aber immerhin hatten sie so viel begriffen, daß sie einen Krankenwagen riefen.

Zu dem Gekreisch der Krankenwagensirene war der Kopfschmerzen erzeugende Blitz des Blaulichts am Polizeiwagen gekommen. Als die Streifenpolizisten erschienen, war Sam immer noch dabei, sich zu übergeben – er hatte noch nie so viel Blut gesehen. Clive stand unter Schock und war unfähig, sich zu bewegen, während Terry versuchte, davonzulaufen. Er hätte es auch geschafft, doch als er die Sicherheit des Waldes erreicht hatte, ließ ihn ein plötzlicher Impuls umkehren und das Schicksal seiner Freunde teilen.

Als die Krankenpfleger erst einmal in Erfahrung gebracht hatten, was und wieviel Alice genommen hatte, überließen sie die drei Jugendlichen der Polizei. Immer noch wild halluzinierend wurden sie zu einer

Wache in Coventry gebracht. Dort wurden sie getrennt, verhört und von einem Arzt untersucht.

»Gibt es in deiner Familie Geisteskrankheiten?« wurde Sam gefragt, und er brach in hysterisches Lachen aus. Als er wieder sprechen konnte, erzählte er dem Arzt von seinen Sitzungen bei Skelton, von dem Alptraum-Abfangjäger, von Skeltons Alkoholdämonen, von Skeltons Sekretärin Mrs. Marsh, über Neurophysiologie und ....

»Ich werde dir jetzt ein Beruhingungsmittel geben. Bist du einverstanden?«

»Ja.«

Sam wurde immer wieder befragt, wo er die Drogen her habe. Die beharrliche Antwort, »ein Fremder im Pub« sei es gewesen, ärgerte die Beamten, aber Sam blieb dabei, da er wußte, Terry und Clive würden das gleiche erzählen. Dies war bloß ein Verhör, er mußte nur einen klaren Kopf behalten. Nach und nach hob das Beruhigungsmittel die Halluzinationen auf; um Mitternacht war die Wirkung der Droge fast ganz verflogen. Ein Beamter teilte ihm fröhlich mit, daß Drogenfahnder zu ihm, Terry und Clive nach Hause geschickt seien, um dort nach mehr Stoff zu suchen. Sam war verzweifelt.

Es war schon früh am Morgen, als er in einen Raum geführt wurde, in dem bereits Terry und sein Onkel Charlie, Clive mit Eric und Betty Rogers und sein eigener Vater saßen.

Als er durch die Tür schritt, warf ihm sein Vater den *Blick* zu. Sam war nun nicht mal mehr ein Insekt – jetzt war er nur noch eine Art Insektenlarve.

Die Beschuldigungen wuchsen ins Uferlose; kein Elternteil verbot offen den Kontakt, doch wenn die Jungen nur davon sprachen, brach ein Quell erstaunlicher Giftigkeit aus. Besuche waren von vornherein ausgeschlossen: Anrufe wurden kontrolliert. Sams Eltern und, wie er annahm, auch die Eltern der anderen sahen ihn einerseits als den schlimmsten Übeltäter und dann wieder als unschuldiges Lamm, das nur durch den Einfluß schlechter Freunde auf die schiefe Bahn geraten war.

Noch schlimmer war, daß es nicht möglich schien, in Erfahrung zu bringen, was mit Alice geschehen war. Endlich wurde es Sam zuviel, und er nahm allen Mut zusammen und ging zu ihrem Haus.

Alices Mutter öffnete. Sie trug einen fadenscheinigen Morgenrock und Lockenwickler. Sie hatte ihr Gebiß herausgenommen. Sie verzog den Mund und blickte Sam verwirrt an. Einen Augenblick dachte er schon, sie könne sich nicht an ihn erinnern. Über ihr Gesicht, das vom Alkohol verwüstet war, zogen sich wacholderbeerfarbene Streifen.

»Ich wollte fragen, wie's Alice geht. Darf ich sie sehen?«

Alices Mutter stieß ein gurgelndes Geräusch aus. Sie warf den Kopf zur einen, dann zur anderen Seite. Dann fuhr sie auf Sam los wie eine zischende Schlange. »Wie kannst du es WAGEN, hier aufzutauchen! Wie kannst du es WAGEN! Es ist unglaublich, daß du dich hier zeigst! Unglaublich!«

»Ich will doch nur wissen, wie's ihr geht!«

Alices Mutter streckte ihm einen nikotinverfärbten Finger entgegen. »Ich habe DIR VERTRAUT!« kreischte sie. »Euch allen! VERTRAUT! Ich habe euch die Freiheit gelassen, und dies ist der Dank dafür. Ich habe EUCH VERTRAUT!«

Sam war benommen von ihrer Heftigkeit. Er wich zurück, doch nachdem er einen Schritt getan hatte, ließ ihn ein Instinkt ihr wieder ins Auge blicken. »Das stimmt nicht. Sie haben niemandem vertraut. Sie haben sich bloß einen Scheißdreck drum gekümmert. Sie haben sich nicht drum gekümmert, daß sie auch mit Ihrem *Freund* zusammen war. Das ist nicht das gleiche wie Vertrauen.«

»UNGEHEUER!« schrie die Frau. Sie stolperte in ihren Pantoffeln den Gartenweg entlang und stürzte sich mit wildrudernden Armen auf ihn. DU UNGEHEUER!«

Sam wich ihr aus und rannte davon. Selbst nachdem er zweihundert Yards zwischen sich und das Haus gelegt hatte, konnte er sie noch immer schreien hören. Er ging über die Felder zurück, und heiße Tränen der Empörung brannten in seinen Augen.

Nur ein paar Yards von der Stelle entfernt, an der es passiert war, sah Sam Linda, die sich gegen den Zaun lehnte. Sie machte einen Spaziergang mit Titch, dem Whippet-Mischling. Titch bellte, als er Sam erkannte, und Linda drehte sich um.

»Sam!«

Widerwillig ging er zu ihr hinüber. Er wußte nicht, ob sie ihm auch die Schuld gab, wie es die anderen Erwachsenen taten.

»Du siehst viel besser aus, Linda.« Es stimmte, Linda erholte sich langsam, aber sie wirkte nun etwas kalt, und der eisige Ausdruck in ihren Augen deutete an, daß man das süße Mädchen aus der Provinz hier nicht mehr erblicken würde.

»Mach dir keine Sorgen um mich – was ist mit dir? Du siehst furchtbar aus.«

»Alices Mutter läßt mich nicht zu ihr. Sie gibt mir die Schuld. Alle geben mir die Schuld.«

»Terry geht's genauso. Er hat mich gefragt, warum alles, was er anfaßt, sich in Scheiße verwandelt.«

»Warum denn bloß, Linda? Was stimmt nicht mit uns?«

Sie nahm seinen Arm und streichelte ihn, das Gesicht von Mitleid erfüllt. Sie konnte erkennen, wann ein Junge weinen wollte, aber die Zähne zusammenbiß, weil er nicht durfte. »Es ist gar nicht so. Schau doch mich an, bin ich etwa besser? Hab' ich nicht auch alles versaut?«

»Klar. Aber du bist ja auch eine von den Redstone Moodys.«

»Ach ja? Ich hab' nie geglaubt, daß ich dazugehöre.«

»Doch, Linda. Im Grunde warst du unser erster Moody.«

Linda mußte lachen, aber es klang bitter. »Siehst du? Wir können uns schon gegenseitig aufheitern, was?« Sam ließ den Kopf hängen. Linda ließ ihre kühlen Finger an seiner Wange ruhen, und er entsann sich einer anderen Gelegenheit, wo sie genau dasselbe getan hatte. »Ich geh' heute abend zu Alice. Mich wird ihre Mutter nicht rauswerfen. Ich krieg' raus, wie's ihr geht, und dann sag' ich's dir.« Linda hakte ihn unter. »Komm, gehn wir zusammen.«

42.
Lebt wohl, Moodys

Die Schuld versickerte wie Wasser. Die Polizei konnte niemanden strafrechtlich verfolgen, da sie trotz nächtlicher Durchsuchungen keine Beweise gefunden hatte; doch immerhin wurden die Beteiligten offiziell verwarnt. Nach dem Sommer mußten sie an ihre Abschlußprüfungen denken. Und wenn Sam und Clive wenigstens dieses Jahr einmal ernsthaft lernten, so geschah es aus Respekt vor Alice.

Wegen ihrer selbstzugefügten Verletzungen verpaßte Alice die Prüfung und wurde ein Jahr zurückversetzt, in den Jahrgang von Sam und Clive. Mit der Zeit heilten ihre Wunden, aber die Narben sahen nicht besonders schön aus.

Immerhin konnte sie die vielen Schnitte an ihrem linken Unterarm und an der linken Seite des Brustkorbs, die in der Form an eine Sprossenleiter erinnerten, die meiste Zeit unter ihrer Kleidung verstecken. Irgendwie spürten Sam und Clive, daß sie nun für eine Stimmung ernsthaften Lernens sorgen mußten, schon um Alice zu helfen.

Und es funktionierte, denn alle drei schlossen ihr Abitur überdurchschnittlich gut ab. Es war eine allgemeine Erleichterung, daß endlich einmal etwas gut ausgegangen war. Im Grunde hatte die Frage nie zur Diskussion gestanden, daß Clive nach Oxford gehen und Mikrobiologie studieren würde. Sam war bereit für London, für das Studium der Astrophysik – wenn er seine kleine Schwester ihrem Schicksal überlassen konnte. Alice ließ ihre akademische Laufbahn für eine Weile ruhen, auch wenn sie ursprünglich schon einen Platz im Lehrerseminar in Sheffield sicher hatte. Sie sprach oft davon, daß sie eine Zeitlang gar nichts tun, sondern reisen wolle.

Terry wurde kein Fußballprofi und wurde aus der Liste von *Coventry City* und *Aston Villa* gestrichen, doch er nahm es bemerkenswert gelassen. Er genoß das Gefühl, Geld, das er in seinem Job verdiente, in der Tasche zu haben, und war sehr großzügig, wenn er ein paar Runden im *Gate-Hangs-Well-Blues & Folk-Club* ausgab. Ian Blythe war der einzige Erwachsene, der sie nicht verdammte für das Geschehene, obschon auch er eines Abends, als sie nach Schließung des Clubs die Stühle aufstapelten, nicht umhinkonnte, ihnen seinen Rat zu geben.

Leicht angesäuselt von ein paar Pints Guinness, sammelte er die vier um sich. »Hört mal«, sagte er, »hört mal her. Schaut mich an. Die meisten Drogen machen die Leute blöd im Kopf. So ist das.« Dann nickte er nachdrücklich, deutlich mit sich einer Meinung, rülpste und stolperte in Richtung Toilette davon.

Was ihr letzter Sommer in Redstone werden sollte, flog in einem Dunstschleier und einer Hitzewelle vorbei. Sie machten zu viert Ferien in einem Caravan in Norfolk und nahmen sich fest vor, Blythes Warnung hinsichtlich Drogen auf keinen Fall zu befolgen. Clive wollte, daß sie noch einmal das Zeug nehmen sollten, das den ganzen Ärger verursacht hatte. »Bloß um rauszukriegen, was schiefgelaufen ist«, erklärte er, als Alice nicht dabei war.

Sam und Terry warfen ihm nur feindselige Blicke zu.

»Okay«, beruhigte Clive. »War ja nur so 'n Gedanke.«

Manchmal wußte Sam wirklich nicht, ob er die Zahn-Fee träumte oder sie ihn, wie sie immer behauptete.

»Denkst du immer noch daran, dich umzubringen?«

»Ja«, antwortete er. »Weil es dich umbringen würde. Und damit andere Menschen schützte. Ich hab' ja jetzt gesehen, wie du's machst. Du redest den Leuten ein, sich selbst zu zerstören. Wahrscheinlich hast du Terrys Vater gesagt, er soll sich und seine Familie umbringen. Du hast es Derek gesagt. Und du hast es Alice gesagt, und sie hätte's auch getan, wenn der Krankenwagen nicht rechtzeitig gekommen wäre.«

»Da irrst du dich. Du warst verantwortlich für das, was Alice geschehen ist, nicht ich. Du hast ihr die Rasierklinge gegeben.«

»Das ist eine Lüge«, heulte Sam. »Ich hab' doch gesehen, wie du sie ihr gegeben hast.«

»Aber ich handele doch nur nach deinen Anweisungen«, erklärte die Zahn-Fee. »In dem Augenblick hast du Alice gehaßt. Du warst eifersüchtig. Nur darauf hab' ich reagiert. Und schau mal zurück auf all die Male, wo ich zu dir gekommen bin, wenn du wütend warst oder ängstlich oder verletzt.«

Sam blickte zurück. »Und du lebst davon? Wie von ausgefallenen Zähnen?«

»Es ist ein Handel. Du kriegst immer etwas wieder. Aber es ist eine sehr unfaire Partnerschaft, Sam. Du gibst dich nie selbst. Deshalb geht es auch so oft schief.«

»Was? Was genau soll ich denn geben?«

Die Zahn-Fee zuckte die Achseln. »Zähne. Seele. Liebe.«

Sam blickte sie an, wie sie auf der Fensterbank saß. Sie sah traurig aus. Erschöpft und elend.

»Jedesmal, wenn ich mich dir gegeben habe, wie oft warst du dann mit mir zufrieden? Ich lege mich in dein Bett. Sei Linda, sagst du. Sei Alice. Sei diese, sei jene. Du willst mich nie als mich selber. Und jedesmal, wenn deine Not mich ruft, komme ich zu dir. Ich bin an dich gekettet, Sam. Ich hab' es dir schon mal gesagt: du bist mein Alptraum.«

»Aber wenn ich dein Traum bin, wo bist du dann, wenn du wach bist? Wohin gehst du?«

»Das ist es ja gerade: du willst dich mir nie hingeben. Also wirst du auch nie dorthin kommen, wo ich hingehe.«

»Das ist nicht wahr.«

Die Zahn-Fee setzte sich aufrecht hin. Plötzlich schien sie an Stärke zu gewinnen. »Das würdest du tun? Du würdest mit mir kommen? Jetzt gleich?«

»Ja. Das würde ich, ja.«

Und die Welt stellte sich auf den Kopf. Und die Welt erschuf sich neu. Sam fand sich in Wistman's Wood wieder. Doch der Wald war verändert. Statt der Bäume standen dort baumförmige Säulen aus weißem Licht – strahlend wie ein Magnesiumblitz –, durch die man sich seinen Weg bahnen mußte, und der Raum, der sonst zwischen Bäumen besteht, war undurchdringlich. Er konnte sich nur fortbewegen, indem er von Lichtpunkt zu Lichtpunkt sprang. Und die Farne, die unpassierbaren Pfade, der Laubteppich und die Luft zwischen den baumhohen Säulen waren lila und malvenfarben. Wenn er über den Kreis der Lichtsäulen hinausschritt, war der Weg versperrt, und die Farbe rieb sich in seine Haut, bis auch er lila und malvenfarbig war.

Er spürte eine Faust der Angst in den Eingeweiden. Er konnte die Nähe der Zahn-Fee fühlen, obwohl er sie nicht sah. Und seine Zähne schienen ungewöhnlich schwer zu sein; sie kamen ihm vor wie seltsame Metallsplitter, die in sein Zahnfleisch eingerammt waren, und wenn er sie mit der Zunge berührte, fühlte er, daß sie in scharfe Spitzen ausliefen.

Endlich fand er sie, die unter einer erleuchteten Baum-Säule auf ihn wartete. Sie lächelte ihn an, und aus ihrem Mund waren die spitzen Zähne verschwunden. Sie strahlte; nie hatte er sie so schön gesehen. Die Kleider, die in seiner Welt so schäbig schienen, waren nun unberührt und makellos, selbst die einzelnen Fasern blitzten im Licht. Sie winkte ihm, ihr zu folgen.

Sie schritten durch den Wald, sprangen von Lichtschein zu Lichtschein. Dann hielt sie an, nahm ihn bei der Hand und zeigte auf eine seltsame Blume, die aus einer zerbrochenen Schüssel aus Licht wuchs. Auf dem langen Stiel saß eine leuchtend weiße Trompetenblüte. Innerhalb des Kranzes der Blütenblätter stand ein röhrenförmiger Staubfaden, der die Farbe eines lila Schattens hatte. Auf dessen Staubbeutel saß giftig aussehender Staub. Die Zahn-Fee streckte die Hand nach dem Staubbeutel aus, sammelte etwas gelben Staub auf ihrem Zeigefinger. Während sie Sam anblickte, hob sie den Finger zum Mund und leckte ihn verstohlen sauber. Dann sammelte sie mehr und bot es ihm an.

Er leckte ihr die Finger sauber. Das Zeug perlte auf seiner Zunge. Die Zahn-Fee legte den Kopf zur Seite; seine Überraschung gefiel ihr. Sie sammelte noch mehr der seltsamen Pollen für ihn, und wieder schäumten sie in seinem Mund. Jetzt begann er Dämpfe zu spüren, die zu seinem Gehirn aufstiegen.

Lachend glitt die Zahn-Fee aus ihren Kleidern. Mit koketten Schritten kam sie zu ihm, zog ihn aus. Sie schüttelte mehr Pollen von der Blume, rieb Sam damit Brust und Arme und Beine ein. Dann führte sie ein wenig davon in ihre Vagina ein. Sam fühlte, wie er erregt wurde, aber ihm war, als schwelle sein ganzer Körper an, als platze die Haut bald unter dem Druck des Blutes.

Die Zahn-Fee preßte sich an ihn. Ihre Haut war heiß, wogte in Wellen des Lichts. »Wer soll ich sein?« hörte er sich selbst fragen. Seine Stimme klang wie ein fremder Wind.

»Sei einfach du selbst.« Ihre Brustwarzen standen aufrecht, wie zwei Zwillingsschneiden, und als sie sich an ihn preßte, fühlte er, wie die Warzen die aufgeblähte Haut seiner Brust durchbohrten. Plötzlich ließ der Druck nach, und er wurde von Panik ergriffen; er fühlte sich betrogen und konnte sich vor Schreck nicht mehr rühren. Die Schneiden ihrer Brustwarzen rissen seine Haut auf, während sie sich langsam nach unten bewegte. Da erst bemerkte sie seinen Schreck und blickte ihm zärtlich in die Augen, ängstlich darauf bedacht, ihn zu beruhigen. Die Einschnitte schmerzten, aber nur kurz. Blut quoll aus den Wunden, doch nur wenig. Sie verlängerte den Schnitt über den Brustbeinknochen, über seinen ganzen Torso, die Schenkel und endete erst an seinen Zehen.

Als sie fertig war, begann sie, ihre eigene Haut mit den scharfen Fingernägeln aufzureißen. Dann trat sie aus der Haut, und zum Vorschein kam eine neue und doch identische Version ihrer selbst, sanftglühend und jungfräulich rein. Sie tat einen Schritt nach vorn und half ihm aus seiner alten Haut, als sei sie ein alter Anzug. Vor Schreck wie gelähmt ließ er es mit sich geschehen. Die neue Haut konnte kaum einen leisen Windhauch ertragen, so empfindlich war sie. Sie schien zu schäumen.

Dann gab ihm die Zahn-Fee einen vollmundigen Kuß; und mit den geschickten Bewegungen einer Ballerina erkletterte sie ihn und spießte sich langsam auf seinen steifen Schwanz. In ihr brannte es wie Feuer. Dieses Honig-Feuer war überwältigend, unerträglich – wie eine tosende, süße Kraft, die in seinem Geist wucherte. Sie bockte auf ihm, drängte ihn, tiefer in sie zu stoßen; und er nahm wahr, daß sie sich langsam vom

Waldboden erhoben. Sam lachte unkontrolliert, hysterisch, verrückt vor Freude. Am Ende entleerte er sich in sie, und ein tausendjähriges Verlangen in ihm brach aus wie ein gezogener Zahn.

»Du hast dich gegeben«, flüsterte sie ihm ins Ohr, zitternd und weinend vor Freude. »Du hast dich mir gegeben.«

Er verlor das Bewußtsein.

Als er wieder zu sich kam, lag er nackt auf dem Teppich in seinem Schlafzimmer. Er weinte, und seine Nase schmerzte von der Krokodilklemme des Alptraum-Abfangjägers. Die Alarmglocke schrillte. Er erinnerte sich nicht, das Ding selbst angebracht zu haben.

Ein paar Wochen bevor Clive und Sam Redstone verlassen wollten, um ihr Studium aufzunehmen, verkündete Blythe, daß er ein besonderes Fest zu ihrem Abschied arrangiert habe. Gladys, die Wirtin, stiftete die Sandwiches; treuergebene Anhänger des Clubs wurden ermahnt, zu erscheinen; sogar die Eltern waren eingeladen. »Wir werden euch ein tolles Fest bereiten«, versprach Blythe.

Als der Abend nahte, wurde ein großes Transparent im Hinterzimmer des *Gate* aufgespannt. In roter Farbe stand da LEBT WOHL, MOODYS geschrieben. Alice und Linda hatten es gemalt und aufgespannt. Der Club war schon zum Bersten voll, als Sam kam. Das Bier floß in Strömen, auf großen Keramikplatten wurden die Sandwiches angeboten, und ein paar Kabarettsänger lobten ›die Jungs und Mädels, die den Club gemanagt haben, während Ian Blythe nur auf seinem Arsch saß und die Profite vertrank‹.

Das sei nicht fair, sagte Blythe, und ließ sich darüber

aus, wieviel Mühe er gehabt habe, um für den heutigen Abend eine anständige Band zu kriegen. Und es war in der Tat eine irische Band namens Deviltry, die in der Szene hoch gehandelt wurde.

»Konntest du nicht 'ne Blues-Band kriegen?« fragte Clive undankbar.

Blythe lachte nur und tätschelte Clives Kopf, bevor er die Band ansagen ging.

Deviltry nahm die Bude auseinander. Mit Gitarre, Banjo, Geige und einem *Bodrhon* legten sie schwungvolle Jigs und Reels hin, daß selbst das Bier im Takt aus den Zapfhähnen floß. Auf den Tabletts erschienen schäumende Gläser für Clive und Sam, die sie fast so schnell hinunterstürzten, wie sie kamen. Dann machte die Band eine Pause, um selbst etwas zu trinken.

»Du mußt nicht alles trinken, bloß weil's vor dir steht«, sagte Connie in Sams Ohr.

»Mum! Bin ich froh, daß du's geschafft hast! Ist Dad auch da?« Tante Madge war eingespannt worden, um auf Sams kleine Schwester aufzupassen. »Kennst du schon Ian Blythe?«

Sam ließ sie stehen, während Blythe seiner Mutter zuhörte. »Ich sagte ihm gerade, er braucht nicht alles trinken, bloß weil's vor ihm steht«, hörte er noch, als er abzog. Er suchte Alice. Sie war die letzten Tage immer mit Terry zusammengewesen. Er wollte ihr noch etwas sagen, bevor sie sich Lebewohl sagen mußten.

»Deine Mutter sagt, ich soll dir sagen, du brauchst nicht ...«, sagte Alice.

»Ich weiß, ich weiß.«

»Guck dir nur Linda an!« Linda hatte sich zu Ian Blythe an die Bar gesellt. Aufmerksam lauschten sie Connies Ermahnungen. Linda, die ein wenig beschwipst war, lehnte sich leicht an den Lehrer. »Glaubst du, die zwei werden sich kriegen?«

»Ich glaub', du hast recht«, meinte Sam. »Ist dir schon aufgefallen, daß er jetzt weniger trinkt? Er will anständig wirken.«

»Ich muß mit dir reden«, sagte Alice.

»Klar.«

»Draußen.«

Lange bevor sie im Biergarten anlangten, hatte Sam schon ein flaues Gefühl im Magen – Alice würde nicht das sagen, was er gern hören wollte.

»Ich wollte dir was sagen«, begann sie. »Über Terry und mich. Wir wollen zusammen weggehen. Reisen. Nach Griechenland oder Indien oder so was.«

Sam blickte zu Boden. Schon hatte sich Tau auf dem Gras gebildet. »Du hast Terry gewählt – irgendwie hab' ich es mir immer gedacht.«

»Du bist doch nicht böse, oder? Er macht sich Sorgen, daß du böse sein könntest.«

»Ein Teil von mir ist ganz bestimmt böse – enttäuscht. Der andere freut sich für dich und Terry.«

»Ich mag dich immer noch. Wir beide mögen dich.«

»Können wir jetzt wieder reingehn?«

»Du *bist* böse.«

»Quäl mich doch nicht, Alice!«

Drinnen begann die Band wieder zu spielen, und Alice gab ihm einen leidenschaftlichen Kuß auf den Mund. Dann führte sie ihn an der Hand wieder hinein. Sam ging Terry aus dem Weg und steuerte zur Bar. Clive schien sich unterdessen bis zur Besinnungslosigkeit besaufen zu wollen.

Sam stürzte ein frisches Pint hinunter und rieb sich einen Schnurrbart aus Schaum von der Oberlippe. Der Geiger strich einen Reel in hohen Tönen, die Trommel schlug immer schneller. Die Musik betrog sein Herz um einen Schlag. Dann spielte die Geige eine hohe, pfeifende Note, bei der er sich vor Entzücken krümmte.

Der Zusammenfluß von Bier und quietschenden Geigentönen stachelte sein Blut an und ließ ein Kitzeln irgendwo in seinem Hinterkopf entstehen.

Irgendwer begann, in dem engen Raum zwischen der Band und der ersten Tischreihe zu tanzen. Im nächsten Augenblick war die halbe Zuhörerschaft auf den Beinen und wiegte sich in einem ekstatischen Jig vor und zurück. Ein Arm mit Armband streckte sich aus und packte Sam; sein Bier schwappte über, als er zwischen die Tänzer gezogen wurde. Es war Linda. Sam schaffte es noch, sein Glas in eine vorbeifliegende Hand zu drücken, während Linda ihn herumschwang, die Arme an den Ellbogen untergehakt. Als sie ihn losließ, schoß er über die Tanzfläche, doch Ian Blythe fing ihn auf und tanzte nun seinerseits mit ihm herum. Gladys Noon ermahnte die Tanzenden aufzuhören. »Ich hab' doch keine Lizenz hier!« protestierte sie. Aus irgendeinem Grund fanden alle die Bemerkung ungeheuer komisch. Ian Blythe gab Sam frei und tanzte mit der Wirtin, die ihre Klagen vergaß und sich in den Tanz warf, die freie Hand emporgestreckt. Sam war schwindlig. Er starrte über die wimmelnden Köpfe der Tanzenden – entweder bildete er sich das ein, oder es stieg tatsächlich eine Hitzewelle aus der Menge empor. Alice tanzte einen Jig mit Terry, Linda einen Reel mit Clive. Seine Mutter tanzte mit Betty Rogers, und Nev schwang das Bein mit Terrys Tante Dot. Kopfschüttelnd drängte Sam sich zur Bar und bestellte ein frisches Bier. Die Geige quietschte hoch und tief, und der süße Stachel der Musik brachte sein Blut zum Kochen. Er nahm einen gewaltigen Schluck und warf sich wieder ins Getümmel.

Er wurde von einem Partner zum nächsten geschleudert, das genossene Bier ließ ihn schwindlig werden. Alice hakte ihn unter, ihre Augen funkelten, das Haar klebte ihr an der Wange. Sie ließ los, und er segelte frei, bis seine Mutter ihn auffing. Nevs Gesicht flog vorüber und Clives schwitzende, trunkene Züge; dann schwang er an Terrys gesundem Arm; dann wieder mit Linda; und dann drängte die Zahn-Fee aus der Menge, tanzend, grinsend, und hakte ihn unter. »Ich seh' dich später«, flüsterte sie ihm ins Ohr.

Er hielt an, befreite sich und trat aus der wilden Menge. Die Zahn-Fee war schon wieder verschwunden.

Gesichter taumelten vor und zurück, knollige Gesichter mit geschwollenen Lippen; rot, schwitzend und entstellt im bernsteingelben Licht des Pub. Er nahm wahr, gegen einen Tisch voller Gläser zu stolpern; und er hörte sie noch zersplittern, bevor jedes Geräusch in seinen Ohren zu einem dumpfen Brüllen wurde.

Als er zu sich kam, saß er draußen im Biergarten. Alice lockerte ihm den Kragen. Terry und Clive setzten ihn aufrecht hin.

»Tiefsinnig«, sagte Sam.

»Na, komm schon«, mahnte Terry und half ihm auf die Beine. »Wir laufen 'n bißchen, um wieder klar zu werden.«

Mit Terry als Stütze taumelte Sam vom Pub weg. Terry brachte ihn auf einen Rundweg, der die Dorfstraße hinunterführte, hinten an den Häusern vorbei. Sam hielt an, um ins Gebüsch zu pinkeln.

Er blickte zum Nachthimmel auf. »Die Sterne sind irre«, rief er. Terry erwiderte nichts. »Hey! Macht's dir gar nichts aus, Clive und Alice allein zu lassen?«

»Nee. Ich wollte, daß sie mit Clive spricht. Wie mit dir.« Terry hatte ein Pokerface aufgesetzt, seine klaren Augen waren stechend.

»Scheiß drauf. Ich liebe diese Alice.«

»Tun wir doch alle. Ist das nicht komisch? Also haßt du mich jetzt, oder was?«

»Ja. Nein. Ach, ich weiß nicht.« Sam hockte sich an den Rand des Straßengrabens und suchte eine Zigarette. Terry kniete sich neben ihn und gab ihm Feuer. »Terry, hast du nicht auch das Gefühl, daß wir auf 'ner langen, sonderbaren Reise sind?«

»Wird immer sonderbarer.«

Sam blies eine Rauchwolke aus. »Nein, ich kann dich nicht hassen, obwohl ich's versucht hab'. Ich bin bloß eifersüchtig, daß ich heulen könnte. Nie hab' ich was gekriegt im Leben.«

»Du? Du hast nie was gekriegt?« Terrys Wimpern begannen zu flattern, wie sie es immer taten, wenn ihm ein bestimmter Gedanke durch den Kopf fuhr. Dann hörte das Flattern auf, und Terry starrte ihn mit weitaufgerissenen Augen wütend an. Er war aufgesprungen, und er raste vor Wut. »Ein Hecht hat mir den halben Fuß abgebissen! Dann hat mein Vater meiner Mutter den Kopf weggeschossen! Dann den Zwillingen! Dann sich selbst. Dann hab' ich meine Hand verloren! Und du sagst, daß du nie was gekriegt hast! Sam, ich hab' mein ganzes Leben lang immer irgendwas verloren, und jetzt bin ich endlich auch mal an der Reihe. Gönn mir Alice!«

Sam starrte seinen Freund überrascht an. Dies war das erste Mal, daß Terry offen über alle vergangenen Ereignisse gesprochen hatte. Sam war sprachlos.

Terry bebte immer noch vor Zorn. »Und jetzt werd' ich dich und Clive verlieren!« schloß er bitter.

»Du verlierst uns doch nicht!«

»Doch. Ist dir nicht mal aufgefallen, was in dem Kaff hier los ist? Man nimmt uns die Klügsten und die Besten und die Schönsten. Sie haben uns Linda genommen, stimmt's nicht? Und jetzt ...«

»Nicht!«

Terry blieb fest. »Hör mich an. Das ist unser letzter Abend, und ich will es einmal sagen, was immer du auch davon hältst. Du und Clive, ihr geht weg, auf die Uni. Ich werd' euch ab und zu mal sehen, und nach ein bis zwei Jahren habt ihr nur noch große Worte im Mund und große Ideen, und wenn ich Glück habe, nein, wenn ich GROSSES Glück habe, werdet ihr mich nicht von oben herab ansehen und ...«

»Terry!«

»... werdet ihr mich nicht von oben herab ansehen, und wir können uns über die alten Zeiten unterhalten, aber alles wird sich verändert haben, zwischen uns, und zwar für immer. Ich weiß das. Mein ganzes Leben lang mußte ich mich dran gewöhnen, daß mir etwas weggenommen wurde. Das Leben ist nicht etwas, das du in deiner Hand halten kannst. Du mußt dich dran gewöhnen, etwas zu verlieren. Das ist die eine Sache, über die ich alles weiß. Und jetzt werd' ich dich verlieren, und ich bitte dich nur, daß du dich an unser Gespräch erinnerst.«

Sam konnte Terry nicht in die Augen sehen. Er tat so, als blicke er zum Sternenhimmel auf. »Ach Scheiße, Terry.«

»Heul nicht, Mann. Ist nur der Suff. Ich versuch' ja nur, ein bißchen von euch zu behalten, mehr nicht. Ach Blödsinn!« Er stand auf und zerrte Sam auf die Füße. »Laß uns reingehn, bevor die Band aufhört. Da sind noch 'ne Menge Leute, die dir auf Wiedersehen sagen wollen.«

Schweigend zogen sie zum Pub zurück. Deviltry peitschte immer noch den Sturm der Hinterzimmer auf, und der Tanz hatte nichts von seiner Wildheit verloren. »Fang nicht wieder an zu trinken«, war Terrys letzte Mahnung, als er sich auf die Suche nach Alice machte. Im nächsten Moment klopfte Sam jemand auf die Schulter und drückte ihm einen Whisky in die Hand.

»Hoch die Tassen«, sagte Sam zu niemand im besonderen. Dann tanzte die Wirtin vorbei. Sie warf ihre Hand in die Luft und wackelte komisch mit dem Kopf.

Ein paar kühle Finger berührten seine Wangen. »Sehen wir uns dann in London, wenn du auf die Uni gehst?« Es war Linda.

»Na klar. Ich meine, willst du denn zurückgehen?«

»Klar. Ich kann wieder neu anfangen. Und dieses Mal pack ich's anders an. Gott, Sam, wenn ich daran denke, wie ich euch drei zur Schule gebracht habe.«

Die Lichter erloschen und flammten wieder auf. »Letzte Runde. Ich hol' dir den Drink, Linda.«

Die Band spielte eine Zugabe, gefolgt von heiserem Applaus. Endlich schaffte es Gladys Noon, ihre Gäste zum Gehen zu bewegen. Sams Mutter wollte, daß ihr Sohn mit ihr heimgehe, doch Sam lehnte ab. Viel zu betrunken, um helfen zu können, hing er herum, während die Band ihre Gage bekam und ihre Ausrüstung nach draußen schaffte. Er sah ihnen nach, während der Lastwagen davonbrauste. Alice und Terry, Linda und Ian Blythe, alle boten an, ihn nach Hause zu bringen, doch er wollte nicht. Er wollte nicht nach Hause. Sein Kopf drehte sich; er war noch nicht bettreif. Die anderen gingen zusammen weg, und er verließ den Pub mit dem ebenso betrunkenen Clive. Sie mußten sich aneinanderlehnen, um aufrecht zu gehen. Ein leichter Nieselregen ging nieder. Clive hielt an und wühlte in seiner Tasche herum. Er brachte eine zerdrückte, selbstgedrehte Zigarette zum Vorschein.

»Noch eine auf den Weg?«

Ein Windstoß blies ihnen den Regen ins Gesicht. Sam fiel ein, wohin sie gehen könnten. »Komm mit.«

Er führte Clive zu dem Ort, wo Terry einst in dem Wohnwagen gelebt hatte. Das Cottage, wie auch der Zufahrtsweg, lagen im tiefen Dunkel. Clive folgte ihm blind. Als sie Morris' alte Garagenwerkstatt erreichten, bedeutete Sam Clive zu warten. Er zwängte sich an der Seitenwand entlang und kletterte bei dem offenen Fenster hinein. Dann schloß er die Tür auf und ließ Clive ein.

»Bist du letztens mal hier gewesen?«

»Vor einiger Zeit.«

Sie setzten sich im Dunkeln auf den Boden, und Sam steckte die Zigarette mit seinem Feuerzeug an. Die Werkstatt war still wie der Staub. Eine Zeitlang war nur der Regen auf dem Dach zu hören; das Saugen am Joint; und das Ausblasen des Rauchs.

Dann brach Sam das Schweigen. »Tiefsinnig. So viele Jahre ist das jetzt her. Du hast die Wände angemalt, Clive.«

Clive schnaubte. »Ja und? Wie bist du drauf gekommen?«

»Der Farbtopf in dei'm Garten«, nuschelte Sam. »Den hast du dahin gestellt, damit jeder denkt, das ist zu offensichtlich, als daß du was damit zu tun haben könntest. Du wolltest, daß wir glauben, daß Alice ihn dahin gestellt hat. Du hast dich selber reingelegt. Immer willst du 'nen Zug voraus sein.«

»Wie wahr«, meinte Clive. »Hab' ich doch glatt eure Blödheit unterschätzt.«

»Du hast so getan, als ob du furchtbar böse wärst auf Alice. Als hätte sie dich reingelegt.« Sam sah, daß Clive fast eingenickt war. »Du hast deine wahren Gefühle verborgen.«

»Komm mal von der Straße der Erinnerungen runter, ja?«

Ein frischer Windstoß fegte den Regen über das lecke

Dach der alten Garage. Irgend etwas schnorchelte in der Dunkelheit. Sam erstarrte. Hastig griff er nach dem Feuerzeug, drehte am Rädchen, und die winzige Lichtexplosion jagte die Dunkelheit ein Stück zurück. Da saß Clive wie ein Sack gegen die kalte Wand gelehnt, die Augen geschlossen. Die selbstgedrehte Zigarette, die er eingeklemmt zwischen den Fingerknöcheln hielt, war ausgegangen. Das Licht beleuchtete den unfertigen, lächerlichen Schnurrbart auf der Oberlippe seines Freundes. Sam brachte die Flamme gefährlich nahe an die dünne Linie des Mundes, und Clive, der die Augen gerade noch rechtzeitig öffnete, um die Flamme zu sehen, hielt es für eine Aufforderung, die Zigarette wieder anzuzünden.

»Du bis' eingeschlafen«, nuschelte Sam. »Du bis' besoffen.«

Clive leckte sich die Lippen im Versuch, seinen pelzigen Mund zu befeuchten. Er sah sich unruhig um. »Ich mag diesen Ort nicht. Hab' ihn noch nie gemocht. Warum sollten wir herkommen?«

»Sie hat uns alle gehabt, weißt du. So oder so.«

Verwirrt zog Clive an seiner Zigarette. »Ich hätt' dir ja was abgegeben«, krächzte er durch eine Lunge voller Rauch, »aber du hast eh schon zuviel. Laß uns abhaun.«

»Sie hat mich geliebt. Sie hat Alice gehabt. Terry. Morris. Linda. Sogar Derek, kannst du dich noch erinnern? Skelton auch. Und sie hatte dich. Bei dieser Prüfung, als du's verpatzt hast. Das war sie.«

Sam zündete wieder das Feuerzeug an und fing einen bitteren Glanz in Clives Augen ein. Clive drückte seine Zigarette an der Schuhsohle aus und stand schwankend auf. Der Regen peitschte über das Dach. »Ich geh' jetzt. Bleib nicht allein hier. Ist ja wie 'n Grab.«

»Macht mir nichts.«

»Geh nach Hause, Sam. Schlaf bloß nicht ein hier.«

Clive schlurfte noch unschlüssig herum, bis er sich endlich entschlossen zum Gehen wandte und aus der Tür wankte. Statt seiner kam nun ein Luftzug mit regenfeuchter Kälte. Sam hatte Angst, allein zu bleiben, aber er wußte, es war der einzige Ort, an dem er eine Antwort finden konnte. Irgendwo hier mußte sie zu finden sein. Die Antwort mußte aus Morris' alter Werkstatt kommen.

Seine Sinne empfingen einen vertrauten Duft, einen Hauch von jemand, der mit ihm im Schuppen war. Eine Mischung aus Tabak, Whisky und Haaröl und einem kaum faßbaren Geruch, den er mit Morris' Gehirn verband, wenn es auf Hochtouren arbeitete. Sam spürte, wie er auf den Schlaf zutrieb – geringfügig und dann spürte er etwas, das wartete, schwebte, als treibe es unter der Oberfläche eines altvertrauten Sees.

Er regte sich. Er entsann sich, mit Clive geredet zu haben, aber er konnte sich nicht mehr erinnern, worüber. Dann war Clive gegangen, und er konnte sich nicht erinnern, gesehen zu haben, wie er die Garage verließ. Er spürte nur, daß er die immer schwärzer werdende Dunkelheit etwas zu fragen habe; und daß er nur an diesem Ort die Antwort erhalten könne.

Sam schloß die Augen und ließ sich vom Schlaf übermannen. Er wußte nicht, wieviel Zeit vergangen war, als er von einer leichten Bewegung am anderen Ende des Schuppens aufgeschreckt wurde. Die Luft war plötzlich eiskalt und stinkend, als entströmte sie einem frischgeöffneten Grab. Jemand war hier.

Vom Schreibtisch drang ein schwaches Glühen. Im Halbschatten saß ein Mann am Tisch; er arbeitete, zeichnete mit geometrischen Instrumenten. Sam erkannte die Gestalt von Chris Morris, Terrys Vater.

»Mr. Morris«, stieß er hervor.

Chris Morris legte Kompaß und Lineal auf den Tisch

und wandte sich langsam um. Als er Sam sah, hielt er den Finger gegen den Kopf, wie eine Pistole. Als Sam erschreckte und ehrfürchtig den Blick erwiderte, nahm Morris die Hand wieder herunter, spreizte Daumen und Zeigefinger und zwickte sich sanft in die Nase. »Selbstmord«, brachte Sam mit zitternder Stimme heraus.

»Sie hatten auch eine Zahn-Fee. Darum haben Sie's getan. Gibt es denn keinen anderen Ausweg?«

Morris öffnete den Mund und bewegte langsam die Kiefer, aber er brachte keinen Ton heraus. Endlich machte er eine Bewegung des Aufziehens mit den Händen und zwickte sich ein zweites Mal mit Daumen und Zeigefinger in die Nase. Im nächsten Augenblick brandete irgendwo hinter ihm ein leiser, summender Laut auf. Dann war Morris verschwunden, und das Summen wurde lauter, wütend, ohrenbetäubend. Sam sah, daß es aus einem Marmeladenglas kam, das auf dem Tisch stand, am dem Morris gesessen hatte. In dem Glas krabbelten lebendige, wütende Wespen. Fast sofort waren das Geräusch und die Vision des Glases verschwunden, und Morris wieder da. Er formte ein O mit dem Mund, und es schien, als bereite es ihm Schmerzen. *Laß sie heraus*, sagte eine Stimme. *Sie können zwar herein, aber nicht mehr heraus.* Plötzlich blickte Morris schrecklich verwirrt, und die Erscheinung löste sich in Luft auf.

Sam würgte es. Seine Glieder waren steif. Er kam stolpernd auf die Füße und rannte schnell aus dem Schuppen. Draußen nieselte es immer noch. Schaudernd schlug er seinen Kragen hoch und eilte heim.

Im Dunkel seines Zimmers wartete die Zahn-Fee auf ihn. Sie sah erschöpft aus. Ihre Kleider schienen zerlumpter und fadenscheiniger als je zuvor. Er fragte sich, ob ihre letzte Begegnung, jene in ihrer Welt, ihr das angetan hatte. »Ich dachte schon, du kommst gar nicht mehr heim«, sagte sie leise.

»Ist ein langer Abend gewesen. Aber ich bin froh, daß du da bist«, flüsterte Sam und begann sich auszuziehen. »Beim letzten Mal, in deiner Welt, hab' ich das geträumt? Oder war es echt?«

»Wie lange noch, Sam? Wie lange noch willst du mich das fragen?«

»Nicht mehr lange. So kann es ja nicht weitergehen, oder?«

»Nein.«

»Nein«, sagte Sam tröstend. »Kann es nicht. Weißt du, heute ist ein Abend des Abschiednehmens. Von Alice und von anderen. Willst du mit mir ins Bett gehen?«

Sie willigte ein und legte ihre zerlumpten Kleider ab, den Umhang und ihre senfgrün gestreiften Leggins, und stand nackt vor ihm. Ihre glatte Haut schimmerte bläulich weiß und betonte das dunkle Gestrüpp ihres Schamhaars. Sam nahm ihre Hand und atmete tief ihren aufreizenden, erdigen Geruch ein – dann legten sie sich hin.

»Die ganze Zeit haben mir die Leute gesagt, was ich tun müßte, um dich loszuwerden. Aber auch wenn ich immer glaubte, daß es nicht in meiner Macht stünde, so hab' ich es wohl letzten Endes gar nicht gewollt, was?« Sie erwiderte nichts. Ihre dunklen Augen spiegelten die Sterne wider. Er streichelte sie und flüsterte: »Sogar du selbst hast es mir gesagt, nicht wahr? Deshalb hast du mich in deine Welt mitgenommen. Es war unser letztes Mal, nicht?« Sie schloß die Augen, und er hielt sie, bis er spürte, daß sie in seinen Armen eindöste, wie so oft zuvor.

»Ich hab' nie begriffen, daß ich dich festhielt. Wenigstens nicht bis zu dem Mal in deiner Welt, als ich endlich losgelassen habe.«

Er griff unters Bett und tastete nach dem Wecker des Alptraum-Abfangjägers. Vorsichtig holte er ihn heraus; die Kabel schleiften hinterdrein. Der Sensor, die Krokodilklemme, war jetzt mit Baumwolle gepolstert. »Und ich muß ja an meine kleine Schwester denken. Schließlich hab' ich dabei geholfen, daß sie auf der Welt ist. Und selbst wenn ich wegginge, würde sie dich an diese Welt binden, oder nicht? Du wirst verstehen, daß ich dich gehen lassen muß. Für Linda Alice Wendy? Ich kann nicht zulassen, daß sie das alles auch durchmachen muß.«

Die Zahn-Fee schlief ein. »Du hast mir ja gesagt wie, als du erklärtest, du wärst nicht in meinem Traum, ich aber in deinem. Ich hab' bloß nicht richtig zugehört. Und heute nacht hat Chris Morris mir gezeigt, was ich machen muß.«

Er öffnete die Feder der Krokodilklemme und ließ sie vorsichtig zuschnappen – nicht auf seiner Nase, sondern auf der der Zahn-Fee. »Die ganze Zeit hab' ich versucht, aus meinem Alptraum aufzuwachen. Ich hatte es ganz falsch verstanden. Jetzt ist es Zeit, dich aus deinem Alptraum zu wecken.« Sie regte sich leicht im Schlaf, wachte aber nicht auf. Sam legte sorgfältig die Kabel aus und zog den Wecker auf. Dann legte er den Kopf aufs Kissen und hielt sie, bis er selbst einschlief.

Als er am Morgen erwachte, fand er die Klemme des Alptraum-Abfangjägers in seinem Bett, und die Kabel führten bis zu dem Kissen, auf dem ihr Kopf gelegen hatte. Ihr Abdruck war immer noch auf dem Bett zu sehen. Ihr Duft war auf dem Kissen. Er glaubte sich erinnern zu können, wie der Alarm irgendwann in der Nacht losgegangen war. Sein Schlafzimmerfenster war diesmal fest verschlossen.

Er wußte, er würde die Zahn-Fee nie wiedersehen.

43.
Stern

Am nächsten Abend packte Sam seine Koffer und bereitete sich auf die Abreise am folgenden Morgen vor. Connie verbreitete Hektik, bügelte Hemden, nähte Knöpfe an, faltete Hosen. »Astrophysik«, sagte sie immer wieder, während sie geschäftig hin und her eilte. »Astrophysik.« Es war, als habe sie Geschmack an dem Wort gefunden.

Sam hatte Clive schon am Nachmittag Lebewohl gesagt. Dieser war einen Tag früher nach Oxford abgereist. Alle waren kurz vor Clives Abreise bei Terry gewesen und hatten versprochen, sich zu schreiben und ernsthaft miteinander in Kontakt zu bleiben. London sollte der Ort sein, wo sie sich treffen konnten, weil Sam und Linda sich schon dort aufhielten und Clive es nicht weit bis dorthin hatte. Ihre Begeisterung über das fortdauernde Bündnis der Redstone Moodys besiegte fast ihre heimlichen Ahnungen, daß die Freundschaft nun doch endgültig auseinandergebrochen war.

Sam verriet bei dieser Gelegenheit Clives altes Geheimnis, daß er vor Jahren die Wände mit Graffiti bemalt hatte. Clive bestritt es lauthals, doch nur fünf Minuten lang, und nur weil Dot und Charlie dabei waren. Schließlich gab er es zu. In aller Unschuld fragte Charlie, warum er es denn getan habe.

»Geistesblindheit«, erklärte Clive.

»Tiefsinn«, erklärte Sam.

Alice, die die ganze Zeit die Hauptverdächtige gewesen war, schüttelte nur erstaunt den Kopf. Dann erzählten sie unter Gelächter Dot und Charlie die Geschichte von dem toten Scout, worauf die Reihe an

Charlie war, den Kopf zu schütteln. »Einsperren sollte man euch«, war sein Kommentar.

Schließlich mußte Clive fahren, und Dot tupfte sich mit dem Taschentuch die Augen, während Charlie ihr sagte, sie solle nicht so verdammt sentimental sein. Sam blieb auch nicht viel länger, weil Alice und Terry versprochen hatten, ihn am nächsten Morgen zum Bahnhof zu begleiten. Er erklärte Dot und Charlie, er müsse packen, aber der Hauptgrund, warum er Clive unmittelbar folgte, war der, daß er die Verzögerung des Abschieds nicht ertragen konnte.

Linda hielt ihn an der Tür an und gab ihm einen besonderen Kuß auf die Wange. »Ich mache mir um dich keine Sorgen mehr«, sagte sie.

»Was meinst du damit?«

»Ich meine, ich hab' mir um dich immer mehr Sorgen gemacht als um die andern. Jetzt gehst du fort, und ich mach' mir keine mehr. Ist doch komisch, nicht? Du wirst schon durchkommen.«

»Danke«, sagte er ironisch.

Sie legte ihm wieder die Hand auf die Wange, dann ließ sie ihn gehen.

Später am Nachmittag, als er allein war und sich durch einen Spaziergang von dieser bestimmten Stimmung befreien wollte, wie er es schon immer getan hatte, wanderte Sam zum Teich. Er wollte einfach nur Zeit totschlagen. Er mußte eine Zeitlang allein sein: Die liebende Fürsorge der anderen war so stark, daß es schon fast schmerzte. Während er sich dem Teich näherte, dachte er daran, wie oft ihn dieser Ort angezogen hatte. Diese Mutterschoß-Öffnung der Erde war schon immer dagewesen, und sie hatte immer einen Weg gefunden, zu ihm zu sprechen, auch wenn ihre Stimme mit der Zeit stetig schwächer geworden war. Sehnsüchtig erinnerte er sich der Tage, als der Teich ihm, dem kleinen Jungen – endlos wie ein Meer vorgekommen war. Nun bestand der Teich nur noch aus einem armseligen Rest seiner früheren geheimnisvollen, von pulsierendem Leben erfüllten Erscheinung. Als Sam seufzend am Ufer stand, fiel sein Blick auf etwas, das da im ruhigen, leicht brackigen Wasser dahintrieb. Es war der Kadaver eines Hechts. Der tote Fisch mochte zwei Fuß messen. Er wußte nicht, wie lange Hechte gewöhnlich leben; aber er glaubte nicht, daß es derselbe war, der eines Tages vor so langer Zeit Terry ein paar Zehen abgebissen hatte. Überhaupt war jener Hecht damals ein Ungeheuer gewesen; oder zumindest hatte er so gewirkt. Sicherlich war dieser König eines mythischen Reiches nicht zu einem solchen Fischlein verkleinert worden.

»Oder vielleicht«, sagte Sam laut, »ist der Teich dir einfach zu klein geworden.«

Der Hecht, tot im Wasser treibend, gab keine Antwort.

Sam ging heim. Er sann die ganze Zeit darüber nach, während er seinen Koffer packte. Er dachte an drei kleine wilde Jungs, die am frühem Morgen Spinnweben aus einer betauten Hecke gesammelt hatten.

»Nimmst du das mit?« Connie stand am Fensterbrett. Die Schlafzimmervorhänge waren aufgezogen, und hinter ihr funkelten die ersten Sterne im Zwielicht.

»Tut mir leid, Mum, ich war meilenweit weg.«

»Ich meinte, nimmst du das Teleskop mit? Wirst du es brauchen in London?«

»Nein. In London ist zu viel Licht. Verlust der Sterne, Mum, das bewirkt den Verlust der Sterne. Es wird bedingt durch ...«

»Wie du willst.» Connie wandte sich ab und beschäftigte sich mit seinem Koffer.

Sam ging zum Teleskop. Es stand in einem niedrigen

Winkel auf den Himmel gerichtet. Er sah mit zusammengekniffenem Auge durch das Okular. Das Teleskop war auf Sirius gerichtet. Der große, mythische Stern funkelte im Zwielicht; schillerte in der Linse; unerreichbar, unerkennbar, und doch spendete er unermeßliche Freude durch seine einzigartige Fähigkeit, strahlendes Licht auszusenden.

ENDE